KNAUR

Folgender Roman der Autorin ist bislang bei Knaur erschienen:
Fräulein Liebe und das Glück der Bücher

Über die Autorin:
Susanne Esser wurde 1979 in Andernach am Rhein geboren und wuchs in der Nähe auf einem Bauernhof auf. Während ihrer Ausbildung zur Buchhändlerin zog sie nach Andernach und wohnte viele Jahre in der mittelalterlichen Stadt. Heute lebt sie mit ihrem Mann, ihren drei Kindern und ca. 2000 Büchern im Brohltal.

SUSANNE ESSER

Fräulein Liebe und der Traum vom Leben

Roman

KNAUR

Besuchen Sie uns im Internet:
www.droemer-knaur.de

MIX
Papier | Fördert gute Waldnutzung
FSC® C014496

Originalausgabe Juli 2024

Ein Imprint der Verlagsgruppe
Droemer Knaur GmbH & Co. KG, München

Redaktion: Dr. Clarissa Czöppan
Covergestaltung: FAVORITBUERO, München
Coverabbildung: FAVORITBUERO unter Verwendung verschiedener Motive von akg-images und Shutterstock.com
Illustration im Innenteil von Olga Rai / Shutterstock.com
Satz und Layout: Adobe InDesign im Verlag
Druck und Bindung: GGP Media GmbH, Pößneck
ISBN 978-3-426-53029-0

2 4 5 3 1

Für Lieselotte und Peter,
Thomas, Bärbel und Ute
und für Tante Anni

Prolog

»Begrüßen Sie mit mir den Gast des heutigen Abends, Frau Anna Densing.« Applaus brandete auf, und Eva trat zur Seite, um der jungen Schriftstellerin neben sich Raum zu geben.

Während Anna Densing das Publikum ansprach, ging Eva weiter zur Seite, bis sie an der Tür, die den Verkaufsraum vom Lager trennte, angekommen war. Mit einem leisen Seufzen lehnte sie sich an den Türrahmen. Endlich konnte sie durchatmen. Sie ließ ihren Blick durch die Buchhandlung schweifen. Den ganzen Nachmittag hatte sie mithilfe ihrer Cousine Ilse geräumt. Zusammen hatten sie die Bücher von den Auslagetischen ins Lager gebracht und dann die Tische selbst dort gestapelt, auch wenn es sie mitunter an ihre körperlichen Grenzen gebracht hatte. Nun war im Lager nur noch wenig Platz, um von der Buchhandlung in den Hausflur und hinauf in die Wohnung zu gelangen, und Eva spürte die Anstrengung in Armen und Beinen. Aber wenn sie sich so ansah, wie viele Stühle dadurch im Verkaufsraum der Buchhandlung Platz gefunden hatten und dass jeder einzelne von ihnen besetzt war, erfüllte es sie mit einer großen Freude.

Es war die erste richtige Lesung in der Rhein-Buchhandlung, und Eva war stolz, dass sie diese Veranstaltung auf die Beine gestellt hatte. Als sie vor zehn Jahren aus dem zerbombten Berlin nach Andernach an den Rhein gekommen war, hätte sie sich nicht träumen lassen, was ihr Bücher und diese kleine Buchhandlung einmal bedeuten würden. Überhaupt hatte sie damals noch gedacht, ihr Leben würde in ganz anderen Bahnen verlaufen. So viel hatte sich seit diesen Tagen verändert. Einiges zum Guten und anderes …

Eva schüttelte impulsiv den Kopf. Nein, sie wollte heute Abend nicht an Georg denken. Wollte nicht daran denken, wie sehr sie sich in ihrem Herzen wünschte, er wäre jetzt hier, wäre an ihrer Seite. Trotz allem. Aber dieses Kapitel in ihrem Leben, das Kapitel, das glückselig an Georgs Seite gespielt hatte, war vorbei. Ein für alle Mal.

Bei diesem Gedanken fuhr ein Schauer über ihren Rücken, und plötzlich waren ihr die Arme in der kurzen Bluse kalt. Instinktiv schlang sie die Hände darum. Ihre Cousine Ilse kam aus dem Lager und stellte sich neben sie. Aus dem Mädchen von einst war eine junge Frau von achtzehn Jahren geworden. Eva war froh, dass ihre Cousine ihr bei den Vorbereitungen geholfen hatte. Sonst wäre sie ganz auf sich allein gestellt gewesen, und das hätte sie unmöglich alles schaffen können.

Ilse lächelte ihr zu, und Eva lächelte zurück. Auch ihre Cousine trug eine helle Bluse, aber mit langem Arm, dazu einen weit schwingenden Glockenrock, während Eva eine taillierte Stoffhose trug. Bis vor Kurzem hatte Eva sie noch ein Stückchen überragt, aber nun hatte Ilse sie eingeholt. Sie waren auf Augenhöhe.

Das letzte leise Stimmengemurmel des Publikums verstummte, und alle Blicke richteten sich gespannt auf Anna Densing, die neben dem Kassentresen an einem kleinen Tischchen Platz genommen hatte und nun ihr Buch aufschlug.

»Kapitel Eins. Als Liese Schmitt das erste Mal den Rhein erblickte, wusste sie zwei Dinge: Erstens, dass sie in ihrem ganzen und zugegebenermaßen noch recht kurzen Leben bislang noch nie einen solch großen Fluss erblickt hatte, und zweitens, dass sie nie wieder woanders sein wollte.«

Sofort vergaß Eva alle schlechten Gedanken, die sich eben noch in den Vordergrund hatten drängen wollen. Die Worte des Romans zu hören, den Eva bereits mehrmals gelesen hatte, verschaffte ihr eine innere Ruhe. Und es war erstaunlich, wie der Text sich dadurch veränderte, dass die Schriftstellerin ihn selbst vortrug. Wie sie die Sätze und Wörter betonte, wo sie beim Sprechen Pausen einlegte. Ganz anders, als Eva es beim Lesen in ihrem Kopf getan hatte. Das war faszinierend, denn der Text wurde dadurch noch intensiver.

Wie sehr sich Worte ändern konnten, wenn man sie aus dem Mund eines Menschen hörte, dachte Eva.

Die letzten Worte, die Georg zu ihr gesagt hatte, hatten leider nichts verändert. Erneut schüttelte Eva den Kopf. Was war es nur heute Abend, dass ihre Gedanken immer wieder zu ihm zurückkehrten?

Ilse berührte sie am Arm. »Stimmt etwas nicht?«, wisperte sie leise.

Eva zwang sich zu einem kleinen Lächeln. »Nein, nein. Es ist nichts. Alles ist in Ordnung.«

Sie blickte in die Menge und fand Friedel Faßbender, der ihr einen aufmunternden Blick zuwarf. Der alte Lehrer hatte mittlerweile fast alle Haare verloren, nur ein lichter Kranz führte noch oberhalb seiner Ohren um den Kopf herum. Während das bei anderen Männern vielleicht merkwürdig aussah, verlieh es Friedel eher noch Größe. Er sah damit aus, als würde er einen Siegerkranz aus silbernem Lorbeer tragen. Wie Julius Cäsar. Der Vergleich gefiel Eva, und sie nahm sich vor, es Friedel später zu erzählen. Sie konnte sich schon vorstellen, wie dann seine Augen spitzbübisch leuchten würden.

Neben Friedel saßen Elli Breuch und Anna Simon. Die beiden Frauen waren Freundinnen ihrer Tante Maria, und über die Jahre waren sie auch zu Evas Freundinnen geworden. Zu ihrer Familie. Schade fand Eva nur, dass ihre Freundinnen Käthe, Ingeborg und Margot heute Abend keine Zeit hatten. Es hätte sie sehr gefreut, die drei hier anzutreffen.

Als Eva im Frühjahr 1945 in Andernach angekommen war, hatte sie nichts mehr gehabt. Ihre Eltern und ihre kleine Schwester Grete waren bei einem Bombenangriff in Berlin ums Leben gekommen, ihr Verlobter Alfred an der Front gefallen. In Andernach hatte Eva eine neue Familie gefunden, in ihrer Tante, ihrer Cousine, ihren neuen Freundinnen und in den Mitgliedern des Kreises. Sie alle waren zu ihrer Familie geworden und Andernach und die Rhein-Buchhandlung zu ihrem Zuhause.

Eva ließ ihren Blick wieder zu Anna Densing gleiten, hörte weiter zu, wie deren Protagonistin Liese Schmitt alles hinter sich ließ, um am Rhein ihr neues Leben zu beginnen. Das war es vermutlich, was Eva am meisten an diesem Roman begeisterte: Sie fand darin so viele Parallelen zu ihrem eigenen Leben.

Bis auf die Stimme der jungen Schriftstellerin war nichts zu hören. Die Gäste lauschten genauso gebannt wie Eva, und so war das Geräusch der sich öffnenden Tür umso lauter. Alle Anwesenden fuhren herum und blickten zum Eingang der Buchhandlung.

Herein trat ein Mann. Eva schätzte ihn auf Anfang, Mitte sechzig. Er kam ihr vage bekannt vor, obwohl sie nicht sagen konnte, woher. Die Kleidung, die er am Leib trug, war schäbig und viel zu groß, seine Wangen eingefallen und hohl, die hellen Haare schütter. Braune Augen blickten sich aus tief liegenden Höhlen in der Buchhandlung um. Der Mann öffnete den Mund, wollte etwas sagen, aber ein Hustenschwall unterbrach ihn. Er krümmte sich zusammen, hustete laut und rasselnd. Mit jedem neuen Husten wurde sein dünner Körper noch mehr durchgeschüttelt. Eva zuckte zusammen. Es tat schon beim Zusehen weh.

Im Publikum kam Unruhe auf. Stimmengewirr erfüllte die Rhein-Buchhandlung. Die Anwesenden flüsterten und redeten wild durcheinander. Einige wurden lauter, und so hörte Eva mit einem Mal, wie jemand sagte: »Das ist doch Herrmanns August!«

Und ein anderer rief: »Ja, der August, das ist der August!«

Eva kniff die Augen zusammen. Konnte es sein, was die Leute sagten, war dieser Mann August Herrmann? War er ihr Onkel, der Bruder ihrer verstorbenen Mutter? War das der Grund, warum er ihr so vage bekannt vorkam?

Sie warf einen schnellen Blick zu Ilse, die neben ihr erstarrt war und einen Ausdruck auf dem Gesicht trug, den Eva nicht einordnen konnte. War es Unglaube? Angst? Eva durchquerte die Stuhlreihen und trat zu dem Mann heran. »Onkel August, bist du es wirklich?«, fragte sie.

Der Mann hustete ein letztes Mal, dann ruckte der Kopf zu ihr, und sein Blick durchbohrte sie beinahe. »Wer bist du?«, fragte er mit kratziger Stimme. »Wo ist meine Frau? Wo ist Maria?« Er blickte sich suchend in der Buchhandlung um und rief: »Maria! Maria, wo bist du?«

Eva trat noch näher zu ihm. »Ich bin Eva, deine Nichte. Tante Maria ist im Moment nicht hier. Vielleicht kommst du erst einmal mit mir rauf in die Stube.« Sie deutete zur Lagertür. »Dann kann die Lesung von Frau Densing weitergehen, sie liest heute aus ihrem neuen Buch *Rheinle…*«

»Eva? Eva Liebe etwa? Die Tochter meiner Schwester aus Berlin?«, unterbrach Onkel August sie.

Eva nickte. »Ja, ich bin deine Nichte aus Berlin. Komm, wir gehen hinauf.« Sie fasste ihn sanft am Arm, um ihn mit sich zu ziehen.

Doch ihr Onkel entriss ihr den Arm grob. »Wo ist meine Frau?«, fragte er wieder.

»Sie ist im Moment nicht hier, das sagte ich doch schon«, antwortete Eva ruhig, und als sie sah, dass diese Erklärung ihrem Onkel anscheinend nicht ausreichte, fügte sie hinzu: »Sie ist verreist.«

»Verreist?«, fragte August Herrmann. »Wohin denn? Mit den Kindern?«

Mit den Kindern. Eva wurde kalt. Ihr Onkel wusste nicht, dass er nur noch ein einziges Kind hatte. Wie sollte sie ihm diese Nachricht schonend beibringen? Und was würde er wohl sagen, wenn er erfuhr, dass Tante Maria nicht mit Ilse, aber auch nicht allein verreist war … Eva schluckte. »Onkel August, es wäre wirklich besser, wenn …« Sie verstummte, als der kalte Blick ihres Onkels sie erneut traf.

Da ertönte Ilses helle Stimme: »Vater, komm, wir gehen hinauf, wie Eva es vorgeschlagen hat.«

Erneut ruckte Onkel Augusts Kopf herum. Wie hypnotisiert starrte er Ilse an, die immer noch an der Lagertür stand. »Welche von meinen Töchtern bist du? Ilse? Gisela?«, fragte er.

»Ilse«, antwortete diese. Ihre Stimme klang belegt und gleichzeitig viel zu abgeklärt, als würde sie neben sich stehen.

Das Gemurmel und Gerede im Raum wurde für einen Moment leiser, als Onkel August sich durch die Stuhlreihen schob, um zu seiner Tochter zu gelangen. Er packte Ilse und zog sie in eine feste Umarmung. Über seine Schulter konnte Eva Ilses Gesicht sehen. Das Ganze schien ihr unangenehm zu sein. Und Eva konnte es ihr nicht verdenken. Wie seltsam musste es für ihre Cousine sein. Sie war doch noch so klein gewesen, als ihr Vater zum Kriegsdienst eingezogen worden war. Bestimmt erinnerte sie sich gar nicht mehr an ihn. Sie alle waren davon ausgegangen, dass er tot war. Und nun hatte dieser fremde, totgeglaubte Mann Ilse fest an sich gezogen. Schnell eilte Eva zu den beiden hinüber. Die Gäste tuschelten und redeten wieder aufgeregt. Eva legte ihre Arme um Onkel August und Ilse. »Kommt, das müssen wir nicht hier besprechen. Lasst uns endlich hinaufgehen. Dann kann Frau Densing weiterlesen und …«

August Herrmann ließ schlagartig von seiner Tochter ab und wirbelte zu Eva herum. »Ich lasse mich hier nicht herumkommandieren! So habe ich mir meinen Empfang bestimmt nicht vorgestellt! Jahrelang in Kriegsgefangenschaft, und dann kommt man nach Hause und soll bloß kein Aufsehen machen?« Er blickte über die Stuhlreihen und dann zu Anna Densing, die mit bleichem Gesicht hinter dem Tischchen saß, das aufgeschlagene Buch in den Händen. »Ich weiß nicht genau, was hier heute Abend gespielt wird, aber eines weiß ich ganz genau! Das hier ist meine Buchhandlung. Und über meine Buchhandlung bestimme ich. Und ich sage: Verschwindet! Verschwindet alle!«

Die ersten Gäste sprangen erschrocken auf und wandten sich zur Tür.

»Aber Onkel August …«, versuchte Eva es.

Ein bitterböser und kalter Blick traf sie.

»Nein! Du gehst auch. Ich wüsste nicht, was du hier zu suchen hast! Das hier ist nicht deine Buchhandlung!«

1

Juni 1955

MEINE BUCHHANDLUNG

Mit den Fingerspitzen fuhr Eva über das Holz des Kassentresens. Fühlte die raue Maserung und die Rillen, die sich hier und da vom Durchdrücken eines Stiftes zeigten. Sie hielt einen Moment inne und ließ ihren Blick durch den Raum schweifen. Über die prall gefüllten Bücherregale, die schön arrangierten Auslagetische. Die ersten Sonnenstrahlen schienen hell und warm durch das Schaufenster, und sie konnte einige Staubkörnchen sehen, die sich träge und beinahe schillernd im Licht drehten. Durch die Luft trudelten, als läge eine Magie darin.

Meine Buchhandlung, bald wird das hier meine Buchhandlung sein, dachte Eva.

Vor ein paar Wochen erst hatte Tante Maria ihr eröffnet, dass sie sie als Nachfolgerin der Rhein-Buchhandlung ansah. Ilse würde schließlich bald die allgemeine Hochschulreife erlangen und dann studieren, hatte die Tante erklärt. Zudem habe sie selbst es nie so gesehen, dass es unbedingt die eigenen Kinder sein müssten, die einen familieneigenen Betrieb übernähmen. Sie wolle, dass Ilse frei sei, ihre Zukunftsentscheidungen selbst treffen zu können. Und sollte sie sich dann doch irgendwann einmal für die Buchhandlung entscheiden, dann würde Tante Maria es befürworten, wenn Eva und Ilse den Laden gemeinsam führten.

Eva hatte wie vom Donner gerührt dagestanden und nur noch genickt. Genickt, genickt, genickt. Das war ihr alles recht. Ob mit oder ohne Ilse. Sie würde bald die Inhaberin der Rhein-Buchhandlung sein. Sie! Und das war wunderbar. Es war alles, was Eva sich je erträumt hatte. Denn ein Leben ohne Bücher und ohne die Rhein-Buchhandlung konnte sie sich nicht mehr vorstellen. Sie liebte den kleinen Laden in der Hochstraße. Liebte es, so wie jetzt, am frühen Morgen allein hier zu sein. Dabei ergab sich oft die Gelegenheit, hier und da die Buchdeckel zu öffnen und für ein paar Minuten zu schmökern. Oft genug vergaß sie dabei alles um sich herum. Tauchte ganz in die Welt der Bücher ein, die zu ihrem Lebenselixier geworden waren. Wenn Tante Maria dann später die Treppe herunterkam, um mit Eva zusammen die Buchhandlung für den Morgen zu öffnen, war es mehr als einmal passiert, dass Eva für einen kurzen Augenblick nicht gewusst hatte, wo sie war. So sehr war sie in die Lektüre versunken gewesen.

Auch an diesem Morgen ging Eva zu den Regalen hinüber und zog ein Buch heraus. Es waren Gedichte von Rose Ausländer. Vorsichtig öffnete sie das Buch. Nur nicht zu weit, damit der Rücken nicht brach! Sie wollte gerade die ersten Zeilen lesen, als es energisch an die Ladentür klopfte. Vor lauter Schrecken hätte Eva das Buch beinahe fallen gelassen. Sie sah zur Tür hinüber, und als sie erkannte, wer geklopft hatte, schlug ihr Herz sofort ein wenig schneller. Es war Georg, der sie mit geröteten Wangen und einem warmen Lächeln ansah. Schnell stellte sie das Buch zurück in das Regal, eilte dann zum Tresen, um den Ladenschlüssel aus der Schublade zu nehmen, und ging zur Tür.

Ihre Finger zitterten ein wenig, als sie den Schlüssel in das Schloss steckte und zweimal herumdrehte. Nach all den Jahren, die Georg und sie nun schon ein Paar waren, war sie immer noch aufgeregt, wenn sie ihn sah. Immer noch verspürte sie dieses Gefühl von zarten Schmetterlingsflügeln in ihrem Bauch.

Kaum hatte sie die Tür geöffnet, als Georg auch schon hereinkam, sie in die Arme schloss und stürmisch küsste. Als hätten sie sich nicht erst gestern Abend gesehen, sondern wären für Wochen getrennt gewesen. Die Schmetterlinge in ihrem Bauch flatterten schneller und wilder, und als Georg eine Hand unter ihre Bluse schob, fingen die Flügel Feuer. Wurden zu einem heißen Feuerball, einem Gefühl von Verlangen, das sich rasend in Eva ausbreitete. Sie drückte sich näher an ihn. Wollte diesem Gefühl nachgeben, als ein Lichtstrahl sie in den Augen traf und ihr mit einem Mal wieder bewusst wurde, wo sie gerade waren. In der Buchhandlung, am frühen Morgen. Und Tante Maria würde jeden Moment hier auftauchen. Mit einem leisen Keuchen machte Eva sich von Georg los.

»Was denn?«, fragte er und grinste schief. »Schon genug?«

Eva musste lächeln. »Von dir? Niemals. Aber meine Tante kommt gleich, und überhaupt, wenn uns einer durch das Schaufenster gesehen hätte.«

»Sollen sie doch. Das mit uns beiden ist kein Geheimnis.«

»Das nicht«, erwiderte Eva und stupste ihm mit dem Zeigefinger auf die Nase. »Aber es gehört sich nun wirklich nicht in der Öffentlichkeit. Zumindest nicht alles davon.«

»Verstehe«, erwiderte Georg. Er nahm ihre Hand und strich mit seinen Fingern langsam darüber, während er sie mit einem Blick ansah, bei dem Eva sofort wieder heiß wurde. Um sich selbst davon abzulenken, zog sie ihre Hand zurück und fragte: »Was machst du denn eigentlich in aller Frühe hier?«

»Ich wollte die zukünftige Ladenbesitzerin sehen.« Das Wort *Ladenbesitzerin* sprach er mit besonderem Stolz aus.

Eva grinste. Georg hatte sich genauso sehr gefreut wie sie selbst, als sie ihm erzählt hatte, dass sie die Buchhandlung übernehmen würde.

»Wie?«, fragte Eva. »War dir die Zeit bis heute Abend zu lang?« Am Abend waren sie zum Essen verabredet.

Statt einer Antwort zog Georg sie wieder zu sich und küsste sie erneut. »Viel zu lang«, murmelte er gegen ihre Lippen.

Eva lächelte. Sie hob die Hand und schob sachte mit ihrem Zeigefinger eine kurze blonde Strähne aus Georgs Stirn. Er wandte dabei nicht den Blick ab. Musterte sie mit diesen blauen Augen, die sie früher an Alfred erinnert hatten, in denen sie aber heute nur noch Georg sah. Ihren Georg, den sie mit jeder Faser ihres Herzens liebte.

Aus dem Lager ertönte ein Klappern, und sie hörte die Schritte ihrer Tante. Rasch stellte Eva sich auf die Zehenspitzen, gab Georg noch einen letzten schnellen Kuss. Dann drehte sie sich zur Lagertür um, genau in dem Moment, als Tante Maria dort erschien.

»Georg!«, rief die Tante überrascht. »Dich hab ich hier ja gar nicht erwartet.« Sie blickte von Georg zu Eva und wieder zurück. »Störe ich etwa?« Ein Lächeln zuckte um ihre Mundwinkel.

Eva trat sofort ein Stückchen zur Seite, eine unbewusste Reaktion, die sie nicht aufhalten konnte. »Nein, nein, alles gut«, sagte sie schnell. »Georg wollte nur …«

»Ich wollte mit den Tischen helfen.«

»Ach, Georg! Das ist ja nett. Die Tische sind auch wirklich jeden Morgen so schwer. Also mein Rücken dankt es dir schon einmal. Und Evas sicherlich auch.«

»Natürlich«, erwiderte Eva. Sie sah Georg an, und alles, woran sie denken konnte, waren Georgs Hände, die ihren Rücken sachte hinauf- und hinunterfuhren. Seine warmen Fingerspitzen auf ihrer Haut und das Gefühl, das diese Berührungen erzeugte.

Als könnte er ihre Gedanken lesen, zwinkerte Georg ihr zu, und sie spürte, wie die Röte in ihre Wangen schoss. Schnell wandte sie ihren Kopf ab und machte sich daran, die Ladentür weit aufzuschieben. Georg trat hinter sie, legte ihr eine Hand an die Schulter, und sie lehnte sich gegen ihn, nur um erschrocken zusammenzufahren, als Tante Maria kräftig in die Hände klatschte und rief: »Dann los, die Tische tragen sich nicht von allein nach draußen!«

Eva tauschte einen amüsierten Blick mit Georg, dann machten sie sich ans Werk.

Kurze Zeit später trugen sie zusammen den ersten kleinen Holztisch nach draußen, der mit einer Auswahl von Büchern bestückt war. Danach den zweiten. Wenn Eva oder die Tante allein waren, mussten sie vorher alles abräumen und Tische und Bücher einzeln nach draußen tragen. Mit Georgs Hilfe ging es deutlich schneller. Wenn er doch nur jedes Mal da wäre, wenn es zu regnen begann. Denn dann mussten die Bücher und die Tische schnell wieder rein, um keinen Schaden zu nehmen. Und wenn es am Morgen schon regnete, war es eng in der Rhein-Buchhandlung, weil die Tische dann gar nicht erst nach draußen kamen. Aber das mochte Eva irgendwie. Es machte die kleine Buchhandlung in ihren Augen nur noch gemütlicher.

Sie hatten gerade den letzten Auslagetisch nach draußen getragen, als die Glocken der Christuskirche zu läuten begannen.

Georg hob den Kopf. »Oi!«, rief er. »Ich komme zu spät.« Damit gab er Eva einen schnellen Kuss, hob die Hand zum Gruß und rannte dann die Hochstraße in Richtung des Koblenzer Tors entlang.

Eva lehnte sich an einen der Tische und sah ihm lächelnd hinterher.

»Mit dem Georg hast du einen Guten gefunden«, sagte Tante Maria.

»Ich weiß«, antwortete Eva schlicht. Georg war ihr Glück. Georg und die Rhein-Buchhandlung.

WAS DIE JUGEND NICHT WEISS

Den ganzen Morgen über hatten sie schweigend gearbeitet, auch wenn die anderen Arbeiter zunächst einmal gelacht hatten, als Georg in der Früh mit großen Schritten auf das Werk zugelaufen war. Nun waren alle geschäftig zugange. Sie hatten einen großen Auftrag reinbekommen, der jeden von ihnen mit ordentlich Arbeit versorgte.

»Jung, was machste denn für Sachen?«

Georg fuhr herum und blickte in die kleinen Augen von Werner Seul.

»Ich hab gehört, du warst heut Morgen zu spät. Dat hätt et bei mir nicht gegeben.«

»Ich weiß, Herr Seul«, antwortete Georg. »Es wird auch bestimmt nicht mehr vorkommen«, fügte er an, als wäre Seul immer noch sein Vorgesetzter und er nur ein einfacher Arbeiter. Dabei war Georg jetzt der Vorarbeiter im Werk und Seul seit einigen Jahren in Rente. Dennoch konnte der alte Mann es nicht lassen, jeden Tag auf ein Schwätzchen vorbeizukommen. Georg hatte den Eindruck, dass Werner Seul die Arbeit fehlte. Die tägliche Beschäftigung, die er doch sein Leben lang gewohnt gewesen war. Dass er deshalb so oft in der Werkshalle vorbeischaute.

Und eigentlich freute sich Georg auch, den alten Mann zu sehen. Ihm hatte er es zu verdanken, dass er nun Vorarbeiter war, weil Seul ihn vorgeschlagen hatte.

Jetzt ging Seul über seinen Gehstock gebeugt neben Georg her, während sie zusammen die Halle durchquerten. Schauten, dass Ordnung an allen Arbeitsplätzen herrschte. Seul stellte dabei die immergleichen Fragen, und Georg gab die immergleichen Antworten. Gab es genug Aufträge? Waren Lieferschwierigkeiten zu erwarten? Würden die Ersatzteile für die große Säge endlich eintreffen? Während Georg seinem früheren Vorgesetzten Rede und Antwort stand, musste er innerlich grinsen. Es war, als hätten sie schon lange Satz für Satz einstudiert und würden jeden Tag ein Bühnenstück geben. Georg hoffte, dass Werner Seul noch lange lebte, denn er wusste nicht, was er machen sollte, wenn es diese kleine Unterbrechung am Tag einmal nicht mehr gäbe.

»Mach et jut, Jung!«, sagte Seul, als sie ihren Rundgang beendet hatten und wieder am Eingang standen.

Georg ging ein paar Schritte mit nach draußen. »Sie auch, Herr Seul. Bis morgen dann.«

Der alte Mann hob die Hand mit dem Gehstock zum Gruß, zwinkerte Georg zu und wandte sich dann zur Straße. Werner Seul mochte alt geworden sein, aber seine Augen, die kleinen listigen Augen, die waren noch so wie an dem Tag, an dem Georg ihn kennengelernt hatte.

Als Georg wieder zurück in die Halle trat, bemerkte er erst, wie heiß es mittlerweile dort war. Dabei hatte der Sommer noch gar nicht richtig begonnen. Die Luft war trocken und stickig, erfüllt von Sägemehl, mit den feinen Spänen, die bei ihrer täglichen Arbeit im Sperrholzwerk anfielen. Georg hustete und wischte sich mit einer Hand den Schweiß von der Stirn. Wenn der Sommer in wenigen Wochen richtig beginnen würde, konnten sie nur noch arbeiten, wenn alle Türen und Fenster weit geöffnet waren. Und mussten dann trotzdem noch darauf hoffen, dass ein wenig Wind ging, um den Staub und die Hitze aus der großen Werkshalle zu vertreiben.

Georg sah auf die große Uhr, die an der Wand über dem Eingang hing, und stellte fest, dass es schon nach zwölf war, fast schon halb eins. Die Glocken der Christuskirche waren draußen vor dem Sperrholzwerk gut zu hören, aber in der Halle, über den Lärm der Maschinen hinweg, war es unmöglich.

Georg ging durch die Halle, an allen Arbeitsplätzen vorbei, klatschte in die Hände und rief: »Mittag, Männer!«

Nach und nach verstummte der Sägelärm und wurde durch das Rumoren der Männer ersetzt, die ihre Arbeitsplätze verließen und zum Gemeinschaftsraum strömten. Gerd und Harald waren wie immer die Letzten. Die anderen Arbeiter lästerten oft über die zwei, weil sie so langsam arbeiteten, aber Georg wusste, dass sie nicht langsam waren, sondern gewissenhaft und verlässlich.

Georg machte einen weiteren Rundgang, vergewisserte sich, dass alle Maschinen ordnungsgemäß ausgeschaltet waren, bevor auch er zum Gemeinschaftsraum ging. Früher hatte er es gemieden, zusammen mit den anderen Arbeitern zu essen. Sich zu lange mit ihnen abseits der Arbeit aufzuhalten. Er war immer wachsam gewesen, hatte immer Angst gehabt, sich in einem unbedachten Moment zu verraten. Mehr als einmal war es knapp gewesen. Aber nun war es anders. Er war schon so lange in Andernach, und mit Eva an seiner Seite fühlte er sich sicher, unbeschwert und leicht. Früher hatte er gedacht, dass jemand, der liebte, zu viel von sich preisgab. Aber er hatte gelernt, dass es nicht unbedingt so sein musste. Natürlich hatte er Eva gegenüber mehr preisgegeben als bei jedem anderen. Aber sein großes Geheimnis, das hatte er ihr trotzdem nicht anvertraut. Sein großes Geheimnis war damals an der Front gestorben und dort geblieben, und so konnte es auch bleiben. Denn an diesem Tag hatte er eine zweite Chance bekommen, und so wie sein Leben jetzt war, war es gut. Er sah keinen Grund, daran etwas zu ändern.

Die Männer waren schon am Essen, als Georg den Gemeinschaftsraum betrat. Jeder hatte seinen festen Platz, und so steuerte Georg seinen an, nachdem er sich aus dem Spind die Dose mit seinen Butterbroten genommen hatte. Neben ihm saßen Dieter und Anton. Dieter war ein älterer, stiller Mann. Immer nachdenklich und leise. Georg konnte nur vermuten, dass auch er im Krieg Dinge gesehen hatte, die ihn hatten verstummen lassen. Anton wiederum, den alle nur Toni nannten, war der Jüngste im Werk. Mit seinen vierzehn Jahren noch grün hinter den Ohren. Mehr als einmal hatte nur wenig gefehlt und Toni hätte ein paar

Finger oder gar die ganze Hand verloren. Und jedes Mal lächelte der Junge dann schief und sagte: »Aber Chef, du hast doch auch an der einen Hand nur noch zwei Finger!«

Für Toni war alles immer nur toll und aufregend. Ständig fragte er Georg nach dem Krieg, nach dem Einsatz an der Front. Wollte die vernarbte Hand sehen. Für ihn war das ein großartiges Abenteuer.

Georg schüttelte den Kopf. Seine Zeit an der Front war kein Abenteuer gewesen. Es war das Schrecklichste, was ihm je widerfahren war. Das wünschte er keinem anderen. Erst recht nicht einem so jungen Burschen wie Toni.

Georg biss gerade in sein Butterbrot, als Toni auch schon wieder ansetzte: »Chef, willste nicht doch endlich mal erzählen, wie du deine Finger ganz genau verloren hast?« Er sah ihn mit erwartungsvollen Augen an.

Dieter, der auf der anderen Seite von ihm saß, gab einen leisen Laut von sich. Als hätte ihm jemand einen Stoß zwischen die Rippen versetzt. Georg kannte das von ihm schon. Es war der Grund, warum er selbst nie über den Krieg sprach. Es war alles zu schmerzhaft.

Georg kaute bedächtig zu Ende, schluckte den Bissen hinunter und sah Toni dann einen Moment lang ruhig an, bevor er sagte: »Du weißt, wie ich meine Finger verloren habe. Durchschuss. Mehr gibt es da nicht zu erzählen.« Er dachte, damit würde Toni sich begnügen, dabei kannte er den Jungen gut genug, um zu wissen, dass er nicht locker lassen würde.

»Aber Chef«, begann Toni auch schon wieder, »wer hat geschossen? Gegen wen habt ihr gerade gekämpft? Bestimmt hast du heldenhaft einen deiner Kameraden gerettet, oder gleich deine ganze Kompanie.«

Dieter schnaubte, und Georg sagte: »Daran war nichts heldenhaft, glaub mir. Der ganze Krieg war nicht heldenhaft. Und jetzt ist gut damit für heute.« Er bedachte Toni mit einem scharfen Blick, und der Junge zog förmlich den Kopf ein. Widmete sich endlich schweigend seinem Pausenbrot.

Dieter murmelte etwas, ganz leise, wie es seine Art war. Georg konnte es kaum verstehen, aber es klang wie: »Die Jugend, die weiß doch nichts von diesen Dingen. Und das ist auch gut so.«

ROMANTISCHE MONDNACHT

Eva ging zum Kassentresen und zog ein Holzkästchen darunter hervor. Darin waren die Laufkarten der Bücher, die am Wochenende verkauft worden waren.

Nach dem Krieg hatte Eva mit ihrer Ausbildung zur Buchhändlerin begonnen. Sie hatte sich vorher gründlich informiert und dann herausgefunden, dass die Schulen des Deutschen Buchhandels in Köln die beste Ausbildung boten.

Es war schön gewesen, auf so viele gleichgesinnte Menschen zu treffen. Frauen und Männer, die Bücher genauso liebten wie Eva selbst. Und die Dozenten erst. Wenn sie von ihrer täglichen Arbeit in den Buchhandlungen sprachen, dann war sogar Rechnungswesen für Eva spannend. Gern dachte sie an ihre Zeit in Köln zurück. Vor allem an ihren Abschluss. Es war ein unglaubliches Gefühl gewesen, als sie ihr Zeugnis endlich in Händen hatte halten können. Und besonders hatte sie gefreut, wie stolz die Tante auf sie gewesen war. Wie stolz sie immer noch auf sie war.

Eva nahm die Laufkarten aus dem Holzkästchen und sortierte die kleinen Zettel in drei Stapel. Auf den ersten kamen die Titel, von denen sich noch Exemplare im Lager befanden, die nachgeräumt werden mussten. Auf den zweiten diejenigen, die ausverkauft waren und die sie nachbestellen würde, und auf den dritten

Stapel kamen die Zettel mit den Titeln, die sie vermutlich nicht mehr nachbestellen würde.

Nach dem Sortieren machte sie sich an die Arbeit. Das Auf- und Nachräumen am frühen Morgen gehörte zu ihren liebsten Tätigkeiten in der Buchhandlung. Sie ging ins Lager. Dort warteten die neuen Bücher darauf, aus ihren Kartonagen befreit zu werden, um zunächst im Laden ihren Platz und später ein neues Zuhause bei einer Leserin oder einem Leser zu finden.

Sie riss den ersten Karton auf. Es waren Bücher aus dem Rowohlt Verlag. Daneben stand eine Kiste mit Büchern von Suhrkamp, und dahinter warteten die Bücher aus dem S. Fischer Verlag. Eva freute sich schon auf jeden einzelnen Titel. Freute sich darauf, die Bücher in den Händen zu halten und den unverwechselbaren Geruch nach Papier und Druckerschwärze wahrnehmen zu können.

Sie nahm gerade einen Stapel Bücher aus dem letzten Karton, als sie hörte, wie sich die Ladentür öffnete. »Ich bin gleich bei Ihnen«, rief Eva. Sie legte die Bücher auf dem langen Arbeitstisch ab und ging nach vorn.

Ein junger Mann war hereingekommen. Eva kannte ihn. Es war Herbert, der ältere Sohn von Bermels aus der Neugasse. Seine Mutter kaufte hin und wieder Bücher in der Rhein-Buchhandlung, aber ihn hatte sie bisher immer nur draußen vorbeigehen sehen.

Eva nickte ihm freundlich zu. »Herbert, schön, dich zu sehen. Wie geht es deiner Mutter? Sollst du etwas für sie holen?«

Herbert hatte die Hände vor dem Bauch zusammengelegt wie ein Schuljunge, dabei musste er schon über zwanzig sein. »Meiner Mutter geht es gut, danke der Nachfrage«, antwortete er. »Aber ich bin nicht ihretwegen hier.«

Eva zog überrascht die Augenbrauen hoch.

»Ich …«, begann Herbert, »… ich habe ein Problem, und ich weiß gar nicht, ob ich bei Ihnen wirklich richtig bin. Also … ich weiß gar nicht, ob Sie mir helfen können, aber …« Er war so verlegen.

Eva lächelte ihm aufmunternd zu. »Vielleicht erzählst du mir einfach, was los ist. Ich bin mir sicher, dass wir eine Lösung finden werden. Bislang konnte ich noch all unseren Kunden helfen.«

»Also, es ist so …« Er knetete seine Hände. »Ich hab ein Mädchen kennengelernt, die ist aus Koblenz, und …« Er brach ab, und seine Wangen färbten sich rot.

Eva lächelte still in sich hinein und wartete ab, bis der junge Mann seinen ganzen Mut zusammennahm und weitersprach: »Bei unserem letzten Treffen hat sie mir erzählt, dass sie so gern Gedichte liest. Aus der Roma…, der Roma…nik?«

Jetzt verstand Eva endlich, wo der Schuh drückte. »Gedichte der Romantik vielleicht?«, fragte sie nach.

Herbert nickte eifrig. »Genau! Das war es, was sie gesagt hat.«

»Und nun suchst du ein Buch mit Gedichten der Romantik?«, fragte Eva nach.

Wieder nickte Herbert Bermel. »Ich lese eigentlich kaum.« Er blickte Eva ins Gesicht, die ihm aufmerksam zuhörte. »Ach, Ihnen brauche ich nichts vorzumachen. Ich lese überhaupt nicht.« Er kniff für einen Moment die Lippen zusammen. »Aber die Karin, die liest ganz viel. Und sie hat mir davon erzählt, von den Gedichten, meine ich, und da wollte ich selbst mal etwas lesen und vielleicht …« Jetzt färbten sich selbst seine Ohren rot. »… und vielleicht kann ich das eine oder andere Gedicht auswendig lernen und der Karin vortragen?«

Eva klatschte in die Hände. »Das ist eine hervorragende Idee. Bestimmt wird deine Karin davon sehr angetan sein.«

»Glauben Sie?«, fragte Herbert, und ein Hoffnungsschimmer zeigte sich auf seinem Gesicht.

Eva lächelte. »Ich bin mir sogar sicher. Komm mal mit, ich habe da genau das richtige Buch für dich.« Eva ging zum Regal und zog ein Buch mit einer Gedichtsammlung hervor. Sie gab es Herbert in die Hand. »Wenn ich dir noch einen Tipp geben darf: Versuch es mit *Mondnacht* von Joseph von Eichendorff.«

»*Mondnacht*«, wiederholte Herbert ernst und nickte erneut.

Zusammen gingen sie zurück zum Tresen. Herbert bezahlte das Buch. Eva zog ein Stück braunes Packpapier hervor und schlug den Gedichtband darin ein, bevor sie dem jungen Mann das Päckchen in die Hand drückte.

Er nahm es an sich und wandte sich zur Tür. Dort blieb er noch einmal stehen und wandte sich zu Eva um. »Haben Sie herzlichen Dank für die gute Beratung.«

Eva lächelte. »Aber gern. Deine Karin wird sich sicher sehr freuen.«

Herbert drückte das Päckchen fest an sich. »Danke. Hundertmal, tausendmal. Danke!« Damit eilte er zur Tür hinaus.

Eva trat zum Schaufenster und sah ihm hinterher. Wie glücklich er eben ausgesehen hatte. Wie glücklich und beschwingt er auch jetzt noch aussah, als er die Hochstraße hinaufging.

Die Menschen bedankten sich oft bei Eva, wenn sie ein passendes Buch empfohlen oder trotz weniger Angaben das Gesuchte gefunden hatte. Aber selten waren sie dabei so glücklich und beseelt wie Herbert Bermel. Er würde seiner Freundin ein Gedicht vortragen. Bei diesem Gedanken fasste Eva sich ans Herz. Das war zwar ein wenig kitschig, aber eigentlich war es wunderschön. Eva fragte sich, ob Georg ihr wohl jemals ein Gedicht vortragen würde. Vielleicht würde sie ihn das heute Abend fragen. Bei dem Gedanken musste sie schmunzeln.

EIN GLÜCKLICHER MENSCH

Oberstudienrat Schulze dozierte nun schon seit einer geschlagenen Dreiviertelstunde über die griechische Mythologie. Ilse hörte nur mit halbem Ohr zu. Sie kannte die Sagen und Legenden in- und auswendig. Hatte zu Hause in ihrem Zimmer mehrere Bücher mit den Sagen des klassischen Altertums stehen. Zudem hatten ihr die Mutter und auch der alte Lehrer Friedel Faßbender schon immer viel darüber erzählt. So viel, dass Ilse davon ausgegangen war, jeder müsse diese Sagen und Legenden so gut kennen. Aber die meisten Mädchen in ihrer Klasse hatten bis heute anscheinend noch nicht viel davon gehört. Ilse sah es an ihren Gesichtern, hörte es an den Fragen, die sie stellten. Das erstaunte und langweilte Ilse zugleich, deshalb wandte sie ihren Kopf und blickte aus dem Fenster. Die Blätter der Bäume bewegten sich leicht. Es schien ein laues Lüftchen zu wehen, während es hier im Klassenraum stickig und heiß war. Ilse seufzte leise. Nur zu gern wäre sie an das Fenster getreten und hätte es weit geöffnet, um die frische Brise hereinzulassen.

Versunken sah sie dem Spiel der Blätter zu, versuchte, ein Muster in den Bewegungen zu finden. Manchmal sah es so aus, als würden die Blätter ihr zuwinken, als würden sie sagen: Komm her, komm hinaus zu uns. Hier ist es wunderbar.

Ilse hörte der Klasse immer noch kaum zu. Marianne stellte gerade eine Frage, die Ilse kindisch vorkam. Vielleicht lag es an dem Altersunterschied? Ilse war zwar nicht viel, aber etwas älter als die meisten ihrer Mitschülerinnen. Durch den Krieg war sie mit acht Jahren in die erste Klasse eingeschult worden. Zwar trennten sie nur ein, zwei Jahre, aber Ilse merkte es doch deutlich. An jedem Schultag im Städtischen Oberlyzeum für Mädchen am Martinsberg. Die anderen Mädchen waren immer mit Feuereifer bei der Sache, während sie sich langweilte. Sie war gut in der

Schule, brachte fast nur Einser nach Hause. Mathematik, Religion, Naturwissenschaften oder Deutsch, das alles war ein Leichtes für sie. Und in Geschichte war es ebenso. Auch wenn Oberstudienrat Schulze sie nicht leiden konnte. Und ihre Klassenkameradinnen schienen es ebenso zu halten. Zumindest hatte Ilse immer den Eindruck, dass sie sich von ihr fernhielten, dass kaum eine von ihnen länger mit ihr sprach. Noch nie war Ilse gefragt worden, ob sie am Nachmittag nach der Schule einmal vorbeikommen wolle. Und Ilse hatte selbst kein Interesse daran. Sie war gern für sich. Früher, da hatte sie mit den Kindern unten am Rhein gespielt, hatte mit ihrer kleinen Schwester Gisela gespielt. Aber seit Gisela nicht mehr da war, war alles anders. Ilse blieb seitdem lieber allein.

Vielleicht war es deshalb, dass sie jeden Morgen, wenn sie mit dem Ranzen auf dem Rücken die Hochstraße entlang und durch den Steinweg und die Kirchstraße den Martinsberg hinaufging, so großen Widerwillen verspürte. Was nützte ihr die Zeit in der Schule, wo sie nur herumsaß und kaum etwas Neues lernte? Aber so war es eben. Sie würde noch bis zum Abitur die Schulbank drücken und dann hoffentlich während des Studiums richtig gefordert werden. Auch wenn sie noch keinen blassen Schimmer hatte, was sie studieren wollte. Und große Lust darauf hatte sie auch nicht. Ein Studium, das war nur eine verlängerte Schulzeit, und die missfiel ihr doch jetzt schon …

Aber die Mutter hatte es so für Ilse vorgesehen. Sie war unglaublich stolz auf ihre Tochter, die das Oberlyzeum besuchte, die ihr Abitur mit Bravour machen und dann studieren würde. Als Mädchen! Das war gar nicht so selbstverständlich, wie sie immer sagte. Bisher hatte Ilse gedacht, dass es auch das sei, was sie selbst wolle. Weil es ein schönes Gefühl war, wenn die Mutter stolz auf sie war. Wenn die Menschen, denen die Mutter davon berichtete, anerkennend nickten. Aber mit jedem Tag, den Ilse älter wurde,

wurde ihr mehr und mehr bewusst, dass sie gar nicht sicher war, ob das ihr Weg war. Abitur? Nur für ein Studium? Wo sie noch nicht einmal sagen konnte, was sie studieren wollte und ob überhaupt? Das ergab alles keinen Sinn. Ja, Ilse liebte es, Wissen anzusammeln. Sie liebte es, mathematische Gleichungen auszurechnen, aber es war nichts, was sie erfüllte. Es war eine nette Beschäftigung. Etwas für nebenbei. Es war schön, aber es machte sie nicht restlos glücklich.

Die Blätter der Bäume tanzten immer mehr, so wild beinahe, dass Ilse meinte, sie könnte den Luftzug spüren, obwohl das bei den geschlossenen Fenstern natürlich nicht möglich war. Sie rückte ein Stückchen zur Seite des Tischs, näher zum Fenster.

»Fräulein Herrmann!«, ertönte die scharfe Stimme von Oberstudienrat Schulze, und Ilse zuckte ertappt zusammen. »Es würde mich überaus freuen, wenn Sie den Anstand besitzen würden, meinen Ausführungen zu folgen, statt wie ein neugieriges Waschweib aus dem Fenster zu sehen!«

Neugieriges Waschweib, dachte Ilse böse, und am liebsten hätte sie dem Lehrer gesagt, dass es wohl auch nichts mit Anstand zu tun hatte, wenn man eine Schülerin derart beleidigte. Aber sie kannte den Oberstudienrat schon zu lange, um zu wissen, wann es besser war, etwas ungesagt herunterzuschlucken. Deshalb sah sie den Lehrer nur aufmerksam an und nickte.

»Sehr schön«, erwiderte dieser. »Und jetzt, wo ich Ihre ungeteilte Aufmerksamkeit habe, Fräulein Herrmann: Seien Sie bitte so gut und erläutern uns den Sisyphos-Mythos.« Er verzog den Mund zu einem hämischen Grinsen.

Ilse konnte genau sehen, dass er nur darauf wartete, sie vorführen zu können. Sie stand auf, schob den Stuhl dabei ein wenig nach hinten, damit ihr Rock nicht so in den Kniekehlen drückte, und lächelte, bevor sie antwortete: »Aber natürlich, gern, Herr Lehrer.« Sie berührte einmal kurz den Anhänger an ihrer Kette, dann sprach sie weiter: »Sisyphos ist eine der interessantesten Figuren der griechischen Mythologie. Er wurde als Sohn eines Königs in Korinth geboren. Bekannt ist er vor allem durch die Strafe, die er auferlegt bekam: Für die Ewigkeit musste er einen schweren Steinbrocken einen Berg hinaufrollen, aber immer, wenn er oben angelangt war, rollte der Brocken wieder hinunter, und Sisyphos musste von neuem beginnen. Daher nennt man heutzutage eine scheinbar nicht enden wollende Aufgabe eine Sisyphusarbeit. Der Begriff ist daher negativ belegt. Wenn man aber dem französischen Schriftsteller Albert Camus glaubt, so war Sisyphos ein glücklicher Mensch. Es sollte also nicht negativ gesehen werden.«

Die Miene des Oberstudienrats hatte sich über ihre Ausführungen gewandelt. Das Grinsen war einem schmalen Strich gewichen. »Was für ein Unsinn!«, rief er. »Wie kann jemand nur zu dieser Aussage gelangen?«

Es war eine rhetorische Frage, und Ilse wusste genau, dass es jetzt besser gewesen wäre, es dabei zu belassen. Sich einfach wieder zu setzen und dem weiteren Vortrag des Lehrers zu lauschen. Aber sie konnte nicht anders. Also antwortete sie: »Camus belegt es sehr gut in seinem Werk, wenn Sie mich fragen. Er sagt, ein Teil des Glückes sei, dass der Stein, jener Felsbrocken, Sisyphos' Sache sei. Er sagt, es sei das Schicksal, das ihm gehöre. Sagt, dass Sisyphos trotz der Arbeit viele Freiheiten habe. Vielleicht mögen Sie es einmal selbst nachlesen? Das Buch heißt *Der Mythos des Sisyphos.* In unserer gut sortierten Buchhandlung ist es natürlich vorrätig. Wenn Sie mögen, bringe ich Ihnen morgen gern ein Exemplar mit.«

Als sie sich wieder setzte, hörte sie einige der Mädchen hinter vorgehaltenen Händen kichern und murmeln.

Oberstudienrat Schulze hatte rote Flecken im Gesicht bekommen. Er nahm das große Holzlineal von der Wand ab und schlug damit mehrmals auf das Lehrerpult. »Ruhe, bitte! Silentium. Silentium!« Seine Stimme klang schrill. Er hielt das Lineal drohend in die Luft, dann zeigte er damit auf Ilse. »Fräulein Herrmann! Das wird noch ein Nachspiel haben, und zwar nicht zu knapp, das sage ich Ihnen!«

DER NEUE ALLTAG

Am Vormittag hatte Maria in der Wohnung geräumt. Hatte endlich einmal ihren kompletten Kleiderschrank aussortiert. Das machte sie ohnehin viel zu selten. Immer war etwas anderes zu tun. Aber heute hatte sie sich die Zeit genommen. Hatte alles ausgeräumt, auf dem Bett abgelegt und durchsortiert. Was sie dabei nicht alles gefunden hatte. Einzelne Strümpfe ohne Gegenstück, Unterwäsche aus grober Baumwolle, die sie seit Jahren nicht mehr trug, sogar ein bunter Flickenrock, den sie früher einmal zu Karneval angezogen hatte und der ihr jetzt nicht mehr passen wollte, war dabei. Alles, was sie sonst immer nur weit nach hinten schob und was dort über die Jahre in Vergessenheit geraten war.

Die Kleidung, die noch in Ordnung und tragbar war, hatte sie bereits fein säuberlich in den Schrank zurückgeräumt. Nun blickte sie auf den gar nicht einmal so kleinen Stapel, der auf dem Bett verblieben war. Sie würde ihn zu ihrer Freundin Elli Breuch bringen. Elli war geschickt mit Nadel und Faden. Sicherlich würde sie im Handumdrehen neue Stücke daraus zaubern können. Und wenn es nur Kissen oder Stofftiere waren, die Elli mittlerweile sehr gern nähte, seit sie Großmutter geworden war. Maria lächelte. Sie war schon jetzt gespannt darauf, wie es werden würde, wenn sie selbst Großmutter würde. Aber Ilse war gerade erst achtzehn, sie sollte sich damit besser noch etwas Zeit lassen. Bei ihrer Nichte Eva sah das anders aus. Vielleicht war es ja bei ihr bald so weit? Dann wäre Maria zwar genau genommen die Großtante und nicht die Großmutter, aber auch das wäre sicherlich schön. Jetzt so ein kleines Würmchen im Arm halten zu können, ohne die Sorgen des Krieges auf den Schultern, das stellte Maria sich wunderbar vor. Sie hütete sich aber, ihrer Nichte von ihren Gedanken zu erzählen. Sie wusste selbst noch genau, wie es sich damals angefühlt hatte, als sie frisch verheiratet gewesen war. Wie jedermann und jederfrau sie gefragt hatte, wann es denn so weit sei, ob sie schon in anderen Umständen sei? Und ihre Nichte war noch nicht einmal verlobt. Nein, nein, da würde sie Eva bestimmt nicht so etwas fragen. Niemals. Genauso, wie sie niemals danach fragen würde, wann und ob Eva denn gedenke zu heiraten.

Maria stemmte die Arme in die Seiten. Ihr Blick glitt von dem Kleiderstapel auf dem Bett hinüber zu der kleinen Uhr auf ihrem Nachttisch. Gleich schon Mittag! Über die Räumaktion hatte sie die Zeit ganz vergessen. Schnell ging sie hinüber in die Küche, um das Mittagessen vorzubereiten.

Sie wollte gerade damit beginnen, die Kartoffeln zu schälen, als Hans zur Tür hereinkam. Er trat zu ihr, schlang die Arme von hinten um sie und gab ihr einen Kuss auf die Wange. Maria hielt inne und schmiegte ihren Kopf an seinen Hals. Nahm den vertrauten Geruch wahr und das Gefühl der Geborgenheit, das immer damit einherging. Hans löste sich von ihr und nahm ohne ein Wort Schüssel, Schälmesser und Kartoffeln von der Anrichte und setzte sich damit an den Küchentisch.

»Aber Hans, lass mich das machen, du musst wirklich nicht die Kartoffeln schälen.«

Hans stellte die Schüssel auf die Knie und nahm in die eine Hand das Messer, in die andere eine Kartoffel. »Ich möchte aber.« Er zwinkerte ihr zu.

Maria drehte sich wieder zur Anrichte zurück. Sie lächelte still in sich hinein. Mit Hans war alles so einfach. Ihr August wäre niemals auf die Idee gekommen, Kartoffeln zu schälen oder überhaupt im Haushalt mitzuhelfen. Er war kein schlechter Mensch gewesen, das nicht. Er war sogar ein wunderbarer Mann und Buchhändler gewesen, und sie hatte ihn geliebt. Liebte ihn auf gewisse Weise auch heute noch. Aber mit Hans war es anders. Er scherte sich nicht um Konventionen. Er gab nichts darauf, dass der Haushalt nur Frauensache sei. Er war da, und er unterstützte Maria. Immer und in allen Dingen. Er war im Krieg an ihrer Seite gewesen, war in den dunkelsten Stunden, die sie hatte durchleben müssen, für sie da gewesen und war es jetzt immer noch. Für sie, für Ilse. Selbst wenn es nur um das lästige Schälen der Kartoffeln ging.

Maria nahm den großen Topf und füllte Wasser hinein. Fast anderthalb Jahre hatte es nach dem Krieg gedauert, bis sie Hans' Werben endlich nachgegeben hatte. Es war ja nicht so gewesen, als hätte sie sich nicht auch schon länger zu ihm hingezogen gefühlt. Gerade in den letzten Kriegstagen war dieses Gefühl bei ihr stärker geworden. Aber sie war zu der Zeit noch verheiratet gewesen. Hatte lange daran festgehalten, dass ihr Mann August doch noch wiederkommen würde. Auch wenn sie während des Krieges geahnt hatte, dass er an der Front gefallen sein musste. Es waren keine Briefe mehr gekommen, kein offizielles Schreiben, nichts. Dennoch hatte sie sich immer daran geklammert. An die Hoffnung, dass ihr Mann noch lebte. Und genau diese Hoffnung hatte jeden Gedanken an eine romantische Beziehung mit Hans verhindert. Aber als der Krieg ein Jahr vorbei gewesen war und sie immer noch kein Lebenszeichen von August erhalten hatte, war Maria aufs Amt gegangen und hatte ihn für tot erklären lassen. Von selbst wäre ihr das nicht in den Sinn gekommen, aber eine Kundin von ihr, Frau Klein, hatte sie darauf aufmerksam gemacht. Sie hatte ihr erzählt, dass man die vermissten Soldaten aus dem Krieg ein Jahr nach Kriegsende für tot erklären lassen konnte. Damit war man dann auf einen Schlag Kriegerwitwe und konnte einen Antrag auf Witwenrente stellen. An dem Tag, an dem Frau Klein ihr das erzählt hatte, hatte sich alles in Maria gesträubt. Sie hatte ihren August nicht für tot erklären lassen wollen, hatte gar nicht die Absicht gehabt, sich selbst als Witwe hinzustellen und die Hand für Geld vom Staat aufzuhalten. Aber die Zeiten waren hart gewesen. Der komplette Wiederaufbau der Buchhandlung, die laufenden Kosten für Haus und Wohnung, Geld für Lebensmittel und Kleidung, das hatte nicht auf der Straße gelegen. Vor allem nicht nach dem ersten Nachkriegswinter, der schon jetzt als Hungerwinter in die Geschichtsbücher eingegangen war. Also war Maria schließlich dem Rat der Kundin gefolgt. Und so seltsam es klang: Als sie vom Amt die Bestätigung in den Fingern gehalten hatte, die Bestätigung dafür, dass man August Herrmann offiziell für tot erklärte, war es gewesen, als hätte endlich jemand einen Schlussstrich gezogen, wo Maria es selbst nicht gekonnt hatte. Mit diesem Tag hatte sie endlich vom letzten Rest ihrer Hoffnung ablassen können. Und damit war die Zukunft mit Hans an ihrer Seite mit einem Mal möglich gewesen.

Es folgte ein erstes Essen mit Hans in der Rheinkrone, dann eine Fahrt nach Koblenz zum Deutschen Eck, und dann hatte Hans sie geküsst, und alles war so neu und aufregend gewesen. Sie war verliebt gewesen wie damals, als sie ihren August kennengelernt hatte. Erst mit der neu erblühten Liebe zu Hans hatte sie den Krieg völlig abschütteln können. Hatte wieder die Schönheit des Lebens wahrgenommen und alles wieder genießen können. Sie hatte ganz vergessen gehabt, wie sich das anfühlte. Hatte sich richtig lebendig gefühlt und jung. Beinahe, als wäre sie wieder zwanzig, obwohl sie schon mehr als doppelt so alt war.

Maria trocknete sich die nassen Hände an der Küchenschürze ab. Dann nahm sie die Teller und das Besteck aus dem Schrank und machte sich daran, den Tisch zu decken. Sie bemerkte, dass Hans sie dabei nicht aus den Augen ließ. Dass er jede ihrer Bewegungen verfolgte, immer mit einem Lächeln auf den Lippen und einem Blitzen in den Augen, bei dem Maria ganz heiß wurde. So sah er sie auch an, wenn sie sich in seiner Wohnung trafen. Sie legte das letzte Messer auf den Tisch, und während sie wieder zurück zur Anrichte ging, streifte sie wie zufällig seinen Arm. Diese kleine Berührung reichte aus, dass Hitze in ihrer Körpermitte aufflammte. Mehr noch, als Hans sich zu ihr herumdrehte, mit einer Hand nach ihrem Arm griff und sie zu einem leidenschaftlichen Kuss zu sich zog.

Maria spürte, wie ihr die Hitze auch zu Kopfe stieg, und sie machte sich mit einem Lächeln von Hans los. Mit roten Wangen strich sie sich ihre Haare zurück. Seit einiger Zeit trug sie sie in einer kurzen Dauerwelle, ganz nach der Mode der Zeit. Zumindest für Frauen ihres Alters. Maria mochte ihre Dauerwelle. Sie war praktisch, zudem kam sie so alle zwei Monate in den Friseursalon in der Kramgasse und konnte ihre Freundin Anna Simon treffen, die dort nach dem Krieg Arbeit gefunden hatte. Wenn Maria dann unter der großen Trockenhaube saß und in einer Illustrierten blätterte, vergaß sie oft die Zeit. Es war wunderbar.

Hans stand auf und ging mit den Kartoffeln zur Spüle. Wusch sie dort unter kaltem Wasser ab und reichte sie einzeln Maria, die sie in den Topf legte. Als sie fertig waren, stellte Maria die Herdplatte an. Während sie darauf warteten, dass das Wasser kochte, begann Hans zu erzählen. Davon, was er am Vormittag auf der Arbeit erlebt hatte. Nach dem Krieg hatte er endlich wieder eine Anstellung gefunden und arbeitete nun am Vormittag im Andernacher Bahnhof.

Maria hörte ihm zu. Das war ihr Alltag, ihr neuer Alltag. Mit Hans an ihrer Seite. Ab mittags war er bei ihr in der Buchhandlung, bis er spät am Abend in seine Wohnung ging. Und oft ging Maria dann mit ihm. Teilte das Bett mit ihm. Auch das war anders als mit August. Manchmal dachte sie, dass es nur daran lag, dass sie jetzt wesentlich reifer war. Dass sie sagte, was sie wollte und wie sie es wollte. Dass sie es einforderte. Und dass Hans dem nachkam. Bei August damals war sie noch so jung gewesen. Niemals hätte sie sich getraut, so mit ihm zu reden. Mit Hans war einfach alles anders. Und obwohl sie nicht mehr wirklich jung war, fühlte sie sich mit ihm jung. Dieses Verlangen, das hatte sie vorher in dieser Form nie verspürt. Und es flammte just wieder auf, als Hans ihr einen Klaps auf den Hintern gab.

»Hans!«, rief sie gespielt empört, dabei genoss sie die neuerliche Hitze, die sanft in ihr brodelte.

Juli 1955

FREITAGS GIBT ES FISCH

Sprich über Liebe nicht am Telefon tönte aus dem Radio, als Eva die Stube betrat. Durch das Fenster zeigte sich der Morgen dunstig verhangen. Trüb und grau. Tante Maria deckte gerade den Frühstückstisch. Dabei wippte sie fröhlich im Takt der Musik, und der Rock ihres Kleids wippte mit.

Ihre vergnügliche Stimmung steckte Eva sofort an. Als sie selbst zur Anrichte hinüberging, wiegte sie ihre Hüfte im Takt und summte leise die Melodie mit. Das tat gut, verscheuchte es doch den letzten Rest des schlechten Gefühls, das sie heute Morgen nach dem Aufwachen verspürt hatte.

Die ganze Nacht über hatte es geregnet und Eva einen unruhigen Schlaf beschert. Sie hatte schlecht geträumt, auch wenn sie nicht mehr zusammensetzen konnte, was es genau gewesen war. Die Traumbilder hingen wie Schemen am Rande ihres Bewusstseins, doch jedes Mal, wenn Eva danach greifen wollte, lösten sie sich auf und verschwanden vollends. Ließen nur ein unbehagliches Kribbeln in ihrem Nacken zurück und das Gefühl von kalter Angst. Es war wie damals, als sie wieder und wieder den gleichen Albtraum gehabt hatte. Den Traum von dem Mann.

Eva schüttelte sich unbewusst. Sie hatte niemandem von den Erlebnissen ihrer Reise erzählt. Hatte niemals über den Tag gesprochen, als der Mann sie mit sich gezerrt und zu Boden geworfen hatte. Dabei hatte sie auch heute manchmal noch das Gefühl, seinen Atem auf ihrem Gesicht zu spüren, die groben Hände in ihren Haaren. Sie hatte nie darüber gesprochen, weil sie sich geschämt hatte, als wäre sie selbst daran schuld gewesen, dabei war es nicht so. Und sie hatte nie darüber gesprochen, weil sie Angst hatte. Angst vor der Frage, was mit dem Mann danach geschehen war, nachdem sie ihn mit einem schweren Stein am Kopf getroffen hatte. Sie wusste es doch selbst nicht. War er nur bewusstlos gewesen, oder hatte sie ihn umgebracht? War sie eine Mörderin? Vor dieser Frage fürchtete sie sich am meisten. Auch wenn sie sich immer wieder im Stillen vorsagte, dass es nur Notwehr gewesen war. Nur Notwehr und nichts anderes. Und dass niemand auf der ganzen weiten Welt das anders sehen konnte. Dennoch hatte sie darüber geschwiegen, hatte es tief in sich selbst vergraben.

Der letzte Akkord des Liedes verklang, und *Es liegt was in der Luft* setzte ein. Automatisch schnupperte Eva. Der Geruch von frisch gekochten Eiern, Fleischwurst und Kaffee stieg ihr in die Nase und wurde von ihrem Magen sofort mit einem Knurren quittiert.

»Na, da hat aber jemand Hunger«, sagte die Tante. Sie zwinkerte Eva zu.

Zusammen deckten sie den Rest des Frühstückstischs. Dann drehte Tante Maria das Radio aus und rief nach Ilse, damit sie alle zusammen frühstücken konnten. Zu Eva gewandt sagte sie: »Mit jedem Tag kommt das Mädchen schlechter aus dem Bett. Was ist das nur?«

Eva nahm am Tisch Platz. »Das liegt bestimmt am Alter.«

Tante Maria schüttelte den Kopf. »Wenigstens sind bald Ferien.«

Eva hatte schon ein Butterbrot mit Ei gegessen und dazu eine Tasse Kaffee getrunken, als auch ihre Cousine die Stube betrat. Wie an jedem Schultag trug Ilse Bluse und Rock, das braune Haar zu zwei langen, ordentlichen Zöpfen geflochten. Nur die Miene, die so grau war wie das Wetter draußen, und die hängenden Schultern wollten so gar nicht in das Bild der adretten Schülerin passen.

»Was denn, Ilse?«, fragte Eva. »Nur müde, oder liegt dir die Sache mit dem Oberstudienrat immer noch im Magen?«

Knapp einen Monat war es her, dass ihre Cousine sich in der Schule einen Tadel zugezogen hatte. Eva erinnerte sich daran, wie Tante Maria im ersten Moment, als sie davon erfuhr, gelacht hatte. Und auch Eva hatte schmunzeln müssen über die Geschichte mit Sisyphos, die Ilse ihnen dargelegt hatte.

Dennoch hatte Tante Maria irgendwann die Fassung wiedergewonnen. Sie war zwar Buchhändlerin, und sie liebte die Bücher von Albert Camus, das wusste Eva, aber Maria Herrmann war auch Mutter. Also hatte sie ihre Tochter streng angesehen und gesagt: »Ilse, so kann das nicht weitergehen. Du kannst deinem Lehrer gegenüber nicht so vorlaut sein. Das hat sonst Folgen für deine schulische Laufbahn. Denk an das Studium!«

Eva hatte in dem Moment nur gedacht, wie schwierig das Muttersein für Tante Maria doch oft sein musste. Wie schwierig es vermutlich für jede Mutter war. Immer streng und vernünftig zu sein.

Ilse murmelte nur etwas Unverständliches und setzte sich an ihren angestammten Platz. Dann trank sie einen großen Schluck von der Milch, die ihre Mutter ihr wie an jedem Morgen bereitgestellt hatte.

Tante Maria begann derweil, mit Eva die Pläne für den Tag zu besprechen. »Heute Nachmittag können wir das Schaufenster neu bestücken, was meinst du, Eva? Ich dachte an Reiseführer und leichte belletristische Sommerlektüre.«

»Gute Idee, ich kann Titel dafür raussuchen, wenn ich vom Einkaufen zurück bin«, meinte Eva.

»Vielleicht kannst du auch ein Plakat schreiben. Du weißt doch, meine Schrift ist einfach nicht so schön wie deine.«

Eva lächelte. »Natürlich. Ich kann das machen.«

Danach frühstückten sie eine Weile schweigend. Ilse sah noch nicht einmal von ihrem Teller auf.

Als sie fertig gegessen hatten, warf Tante Maria einen Blick auf die Uhr und rief: »Jetzt aber los, Ilse, sonst kommst du am Ende noch zu spät.«

Wieder brummte Ilse nur etwas Unverständliches. Es war offensichtlich, dass sie nicht erfreut war, zur Schule zu müssen. Eva war in Berlin auch nie gern zur Schule gegangen. Aber das hatte eher daran gelegen, dass sie nie eine überragende Schülerin gewesen war. Ilse dagegen schien der Schulstoff nur so zuzufliegen. Natürlich saß sie auch oft da und lernte, aber es war nie so viel, wie Eva dafür hatte aufwenden müssen. Für Eva war es erst in der Buchhändlerschule in Köln einfach geworden. Da hatte sie plötzlich mit Leichtigkeit gute Noten erzielt.

Nachdem Ilse mit ihrer Schultasche das Haus verlassen hatte, wandte Tante Maria sich an Eva: »Wenn du gleich zum Einkaufen in den Gemischtwarenladen gehst, bringst du dann noch Sahne-Heringsfilets für morgen mit? Dazu würd ich Pellkartoffeln machen. Und am Samstag …«

»Für den Samstag habe ich mir schon etwas überlegt«, fiel Eva ihrer Tante ins Wort.

»Was denn?«, fragte die Tante.

»Lass dich überraschen, Frau Müller hat mir letztlich von einem neuen Rezept erzählt, und das will ich ausprobieren.«

Tante Maria zog die Augenbrauen hoch. »Gut. Aber morgen gibt es Fisch.«

»Natürlich, es ist schließlich Freitag.«

FREIWILLIGE VOR

Es war noch früh, als Georg an diesem Morgen das Sperrholzwerk betrat. Heiße, trockene Luft und der intensive Geruch nach Holz und Maschinenöl empfingen ihn. Da der Tag sich trüb zeigte, schaltete er die großen Lampen ein, bevor er in den Gemeinschaftsraum ging, um seine Sachen in seinen Spind zu legen. Dann trat er hinüber zum Tisch und nahm die Zeitung vom Vortag, die noch dort lag, zur Hand. Er überflog die Schlagzeilen nur halbherzig, in Gedanken war er noch bei seinem Traum von gestern Nacht. Er hatte von Eva geträumt. Aber es war kein schöner Traum gewesen, im Gegenteil. Er hatte geträumt, er würde mit Eva spazieren gehen. Eva war neben ihm wie ein strahlender Engel gewesen. Ihr helles Haar hatte geleuchtet wie die Sonne, ihre Lippen waren tiefrot gewesen, und sie hatte ein elegantes blaues Kleid getragen. Er hatte ihr den Arm reichen wollen, damit sie sich unterhaken konnte, wie sie es so oft tat, aber mit einem Mal war Eva vor ihm zurückgewichen. Die Augen schreckgeweitet. Er blickte an sich hinunter. Er trug seine Soldatenuniform, die zerrissen und von Schlamm und Blut durchtränkt war, und dann sah er noch etwas. Seine linke Hand wie frisch nach dem Durchschuss, die Pistole in seiner rechten. Erschrocken ließ er die Waffe fallen und blickte wieder auf, sah Eva an. Und plötzlich wusste er, dass er ihr endlich die Wahrheit erzählen musste, jedes noch so kleine Detail. Es war falsch, Geheimnisse vor der Frau zu haben, die er liebte. Vor der Frau, mit der er den Rest seines Lebens verbringen wollte. Er wollte den Mund öffnen, wollte direkt sprechen, aber genau da vernahm er das Prasseln. Ein lautes Prasseln wie von einem Maschinengewehr. Evas Körper wurde mit jedem Schuss durchgeschüttelt, auf ihrem Gesicht zeigte sich dabei ein Ausdruck von ungläubigem Schrecken. Georg eilte zu ihr, fing ihren blutenden Körper im letzten Moment auf. Dann sackte er mit ihr zusammen auf den Boden. Saß auf der kalten Erde und blickte in Evas weit aufgerissene, aber tote Augen, mit dem schrecklichen Wissen, dass das alles nicht geschehen wäre, hätte er ihr nur vorher die Wahrheit gesagt. Und im Hintergrund hörte er immer noch das Prasseln, das furchtbare Prasseln.

An dieser Stelle war Georg schweißgebadet hochgeschreckt und hatte festgestellt, dass es regnete. Dass das Geräusch nur der Regen gewesen war, der gegen das Fenster geprasselt hatte. Sein Unterbewusstsein hatte daraus diesen grausigen Traum gewebt. Ein Traum, der ihn auch jetzt noch nicht richtig loslassen wollte. Die restliche Nacht hatte er sich unruhig von der einen Seite auf die andere geworfen und keinen richtigen Schlaf mehr gefunden.

Als die ersten Arbeiter eintrudelten, faltete er die Zeitung zusammen und legte sie zur Seite. Nach und nach kamen immer mehr Männer, und der Gemeinschaftsraum wurde von dumpfem Stimmengewirr erfüllt. Normalerweise begrüßte Georg sie freudig, aber heute war ihm nicht danach. Der Schrecken des Traums hatte ihn noch fest im Griff. Dieses Bild von Evas blutüberströmtem Körper, den leblosen Augen, das alles ließ ihn nicht mehr los. Von der Front hatte er schon oft geträumt, auch wenn es in den letzten Jahren nachgelassen hatte. Er hatte gelernt, einen solchen Traum nach dem Aufstehen einfach abzuschütteln. Aber dass Eva dabei gewesen war, dass sie in seinem Traum gestorben war und er dabei das Gefühl gehabt hatte, alles sei nur seine Schuld gewesen, das konnte er beim besten Willen nicht abschütteln. Er musste an seine Großmutter denken, die hätte jetzt vor ihm gestanden, ihn aus ihrem runzligen und sonst immer so gütigen Gesicht streng angesehen und dann gesagt: »Jungchen, Jungchen, das ist ein böses Omen, du musst ihr endlich die Wahrheit sagen, sonst passiert ein großes Unheil!«

All die Jahre hatte er die Wahrheit für sich behalten. Weil er der festen Überzeugung war, dass es besser so war. Nicht nur für ihn selbst, für alle. Natürlich fragte er sich oft, ob er nicht wenigstens Eva einweihen sollte. Sie liebten einander, da war es doch nicht richtig, Geheimnisse voreinander zu haben, oder? Aber jedes Mal hielt ihn die Angst zurück. Die Angst, wie sie ihn ansehen würde, wenn sie erfuhr, was er getan hatte. Die Angst, wenn ihr bewusst wurde, dass er gelogen hatte. Dass er nicht war, was er zu sein vorgab.

Georg schüttelte den Kopf. Er konnte es ihr nicht sagen. Manchmal war es besser, wenn ein Geheimnis geheim blieb. Nicht alles war dazu bestimmt, ans Licht zu kommen, manches war in der Dunkelheit viel besser aufgehoben. Egal, was er in der Nacht träumte und wie aufgewühlt ihn so ein Traum in den Tag entließ.

Dieter setzte sich ihm gegenüber an den Tisch und aß wie jeden Morgen schon einmal eines seiner Butterbrote.

Georg sah ihm einen Moment schweigend zu und beschloss dann mit Blick auf die Uhr, hinüber in die Werkshalle zu gehen, als Toni sich neben ihn auf die Bank fallen ließ und mit einer Hand auf die zusammengefaltete Zeitung klopfte.

»Chef, ich werd nicht mehr lange hier sein«, verkündete Toni, ein breites Grinsen im Gesicht.

Georg wischte sich mit einer Hand über die müden Augen. »Warum das?«, fragte er, nicht wirklich interessiert.

»Hast du es denn nicht gelesen? In der Zeitung steht es doch überall ganz groß.« Toni hob die Zeitung hoch und deutete auf die Titelseite.

Dieter schnaubte und verdrehte kauend die Augen. »Freiwillige. Junge, Junge«, murmelte er mit vollem Mund.

Georg sah Toni an. »Freiwillige?«

»Na, die suchen doch Leute, wegen dem Soldatengesetz!« Toni klopfte mit der freien Hand erneut auf die Zeitung.

»Was soll das sein?«

»Deutschland wird sich wiederbewaffnen, die Bundeswehr wird gegründet, und im nächsten Jahr geht es schon los.« Toni klang so stolz, als hätte er selbst all dies beschlossen.

»Und was ist mit dem Gesetz?«, fragte Georg.

»Das ruft alle Freiwilligen zum Dienst in der Bundeswehr auf. Die brauchen ja schließlich Leute. Ich meine, was ist denn ein Heer ohne Soldaten, he? Und ich werde da natürlich dabei sein, bei der Geburtsstunde der neuen Bundeswehr.«

Wie der Junge da neben ihm saß, den Rücken ganz gerade durchgedrückt und mit einem Ausdruck auf dem Gesicht, als hätte er die Weltformel gefunden. Es fehlte nur noch, dass er aufsprang und sich mit gerecktem Kinn patriotisch mit der Faust auf die Brust schlug. Nun schnaubte auch Georg.

Dieter war mit seinem Butterbrot fertig und hatte den Kopf in die Hände gestützt. »Die SPD mit ihrer Wiederbewaffnung. Wofür soll das gut sein? Sag's mir. Bislang hab ich den Adenauer ja für einen patenten und fähigen Mann gehalten, aber mit der Bundeswehr? Da liegt er komplett falsch.«

»Warum?«, fragte Toni.

»Jung! Jetzt denk doch mal für fünf Pfennige nach! Was heißt das denn, wenn Deutschland wieder ein Heer aufbaut? Meinst du, die anderen Länder um uns herum finden das gut? Wir rennen doch sehenden Auges in den nächsten Krieg mit der Bundeswehr, das tun wir! Aber ohne mich. Ich geh nicht mehr an die Front. Nie wieder. Bevor ich so was noch mal mitmache, spring ich lieber in den Rhein.«

Toni lachte, aber Georg wurde es schwer im Magen. Er wusste, dass Dieter keinen Scherz gemacht hatte. Er sah es in Dieters Augen. Und er konnte es nachvollziehen. Vor allem heute, wo ihm der furchtbare Traum noch so präsent war. Er wollte auch nie wieder an einer Front sein. Wollte nie wieder die Geräusche von Schüssen und Granaten hören müssen, diese dumpfen Klänge, die immer von den Schreien der Männer durchtränkt wurden wie der Boden vom Blut.

»Aber jetzt schaut doch mal, wie die Besoldung ist!«, rief Toni aufgeregt und tippte wieder auf die Zeitung. »Da gibt es gutes Geld. Mehr als hier. Viel mehr!«

Dieter nahm dem Jungen die Zeitung aus den Händen und faltete sie zusammen, bevor er sie auf den Tisch warf. »Für kein Geld der Welt würd ich das machen! Jung, wenn de unbedingt Krieg spielen willst, dann geh runter an den Rhein und such dir ein paar Kinder in deinem Alter. Du bist doch selbst noch ein Kind.«

Toni sah Dieter empört an. »Was soll das heißen? Ich bin kein Kind mehr, ich bin schon vierzehn!«

»Nehmen die denn überhaupt Vierzehnjährige?«, fragte Dieter.

»In der Zeitung rufen sie Freiwillige auf, und ich bin frei und willig. Vom Alter stand da nichts.«

Dieter gab einen kehligen Laut von sich, der vermutlich ein Lachen sein sollte. »Frei und willig. Du bist ein Kind. Ein Kind, das keine Ahnung von der Welt da draußen hat. Aber geh nur, renn nur in dein Verderben. Freiwillige vor!«

EWIG JUNG

Sobald Eva die Buchhandlung verließ, klebte ihr das Haar im Nacken, so schwül war es. Bestimmt gab es später wieder ein Sommergewitter, wie auch an den Tagen zuvor. Wenn es doch endlich einmal etwas Abkühlung bringen würde. Bestimmt waren es jetzt schon wieder über zwanzig Grad, obwohl es immer noch früh war.

Sie schulterte die Einkaufstasche und machte sich auf den Weg die Hochstraße entlang. Es nützte ja nichts, die Einkäufe mussten erledigt werden. Und eigentlich freute sie sich auch darauf, gleich ihre Freundinnen Käthe und Ingeborg zu sehen, die beide immer noch im Gemischtwarenladen arbeiteten. In letzter Zeit sahen sie sich alle viel zu selten. Vor allem Käthe machte sich rar, seit sie geheiratet hatte. Sie hatte sich verändert. Aus der jungen Frau, die oft ein wenig vorlaut und immer für einen Spaß zu haben gewesen war, war eine … Eva wusste gar nicht richtig, wie sie es formulieren wollte. Käthe war verheiratet, verheirateter als jede andere Frau, die Eva kannte. Fast jeder Satz, der nun aus Käthes Mund kam, begann mit: »Mein Karl-Heinz und ich …« Mein Karl-Heinz und ich dieses, mein Karl-Heinz und ich jenes. Als gäbe es Käthe nicht mehr allein. Als hätte sie mit der Ehe ihre Eigenständigkeit aufgegeben. Bei ihrer besten Freundin Margot war das zum Glück nicht so. Und die war schon länger verheiratet als Käthe. Dennoch bekam sie auch diese nur selten zu Gesicht. Ihre beiden Kinder hielten Margot immer auf Trab.

Eva bog am Rathaus in die Kramgasse ein. Mit jedem Schritt verdunkelte sich der Himmel über ihr. Zog sich mehr und mehr zu. Viel Zeit blieb ihr wohl nicht mehr, wenn sie nach dem Einkauf trockenen Fußes nach Hause kommen wollte. Sie beschleunigte ihre Schritte. Eilte über den Marktplatz. Endlich hatte sie den Gemischtwarenladen erreicht. Durch das Schaufenster sah sie ihre Freundinnen. Käthe und Ingeborg räumten gerade eines der Regale ein und unterhielten sich dabei lachend. Das zauberte Eva direkt ein Lächeln auf das Gesicht. Vielleicht war die alte Käthe doch nicht vollständig verschwunden.

Als Eva den Laden betrat, verstummten die beiden Freundinnen abrupt. »Hab ich euch ertappt!«, rief Eva und stemmte gespielt empört einen Arm in die Seite.

»Hier gibt es gar nichts zu ertappen«, rief Käthe zurück, und Ingeborg sagte: »Eva, wie schön, dich zu sehen. Das Übliche?«

Eva nickte. »Und ich brauche Sahne-Heringsfilets und noch eine Dose Ananas, Schmelzkäsescheiben und Toastbrot.«

Ingeborg und Käthe warfen sich einen wissenden Blick zu und riefen dann wie aus einem Mund: »Und Cocktailkirschen!«

Eva lachte. »Ja, wenn es sein muss. Ich mag Kirschen nicht so gern.«

»Aber so hat der Clemens Wilmenrod den Toast Hawaii im Fernsehen gemacht. Mit Cocktailkirschen«, erklärte Käthe besserwisserisch.

»Ach, habt ihr die Sendung gesehen?«, fragte Eva.

Die beiden schüttelten den Kopf.

»Wir haben noch keinen Fernseher, das weißt du doch. Dabei wird das jetzt überall immer mehr«, sagte Käthe. »Die Schmitze aus der Schafbach haben erst letzte Woche einen bekommen, und die Hoffmanns, die vom Martinsberg, die haben schon lange einen. Ich hab ja gestern noch zu meinem Karl-Heinz gesagt: Karl-Heinz, hab ich gesagt, wir brauchen unbedingt so ein Fernsehgerät!«

»Bestimmt fährt er heute nach der Arbeit direkt los und kauft eins, wie ich deinen Mann kenne«, sagte Ingeborg.

»Das wär zu schön, um wahr zu sein«, erwiderte Käthe. »Mein Karl-Heinz ist zwar immer sehr spendabel, aber vom Fernsehen hält er nichts. Er schwört auf sein Radio und sagt, mehr braucht er nicht. Dabei würd ich wirklich zu gern einmal die Kochsendung mit dem Clemens Wilmenrod sehen, oder was da nicht sonst noch alles gezeigt wird. Wenn die Kunden hier manchmal erzählen, da kann man richtig neidisch werden.«

»Ich bin ja auch durch eine Kundin auf den Toast Hawaii gekommen. Die hat so davon geschwärmt, da will ich das am Wochenende einmal ausprobieren«, erklärte Eva.

»Also ich weiß nicht«, sagte Ingeborg, »Ananas mit Käse?«

Käthe winkte ab. »Das sagst du doch nur, weil du keine Ananas magst. Ich hab es auch schon gemacht. Sehr exotisch, sag ich dir.«

Eva nickte. »Ich werd das am Samstag kochen.«

»Lass mich raten, der Sahne-Hering ist für morgen.« Ingeborg grinste.

»Natürlich.«

Während Eva mit Ingeborgs Hilfe die gewünschten Lebensmittelkonserven zusammensuchte, ließ sie ihren Blick über die Waren in den Regalen gleiten. Wie anders es hier aussah als noch vor zehn Jahren, als sie den Gemischtwarenladen zum ersten Mal betreten hatte. Die Konserven standen dicht an dicht, teils sogar übereinandergestapelt. Das Warenangebot war jetzt so groß, dass kleinere Regale zwischen den großen aufgestellt worden waren, um die Vielfalt zu beherbergen. Manchmal kam Eva die Zeit, in der sie nur mit Essensmarken Lebensmittel erhalten hatte, und auch nur das, was gerade da gewesen war, wie ein böser Traum vor. Heute war es einfach nicht mehr vorstellbar, dass es irgendetwas nicht gab. Heute gab es jederzeit Fleisch, Butter, frisches Brot, Kaffee. Es gab alles, sogar Südfrüchte wie Bananen und Orangen.

Was hatte sie früher Hunger gehabt! Jeden Tag. Ihr Magen hatte oft so sehr geschmerzt, weil das wenige Essen, das sie zur Verfügung gehabt hatten, nie gereicht hatte. Jetzt war das ganz anders. Hunger wie zu Kriegszeiten, das gab es nicht mehr.

»Was hat euch denn eben so erheitert?«, fragte Eva, als sie alle zusammen am Kassentresen standen und Käthe die Beträge in die Registrierkasse tippte.

»Am Wochenende geht es mit den Möhnen auf große Fahrt!«, sagte Käthe, und ihre Augen leuchteten dabei.

»Auf große Fahrt?«, fragte Eva.

»Ja, wir machen einen Sommerausflug. Aber die Obermöhn und alle anderen aus dem Vorstand wollen uns nicht erzählen, wo die Reise hingeht. Die tun die ganze Zeit so geheimnisvoll.«

»Wie ich sie kenne, wird das ein Heidenspaß werden«, sagte Ingeborg.

Nur wenige Jahre nach dem Krieg waren Käthe und Ingeborg im Karneval aktiv geworden. Seitdem mischten sie ordentlich bei der Möhnengesellschaft *Ewig Jung* mit.

Mehr als einmal hatten die beiden schon versucht, Eva dazu zu überreden, auch bei den Möhnen mitzumachen. Aber Eva konnte mit dem rheinischen Karneval nicht so viel anfangen. Den Straßenkarneval, die Umzüge, die mochte sie, da war sie schon ein wenig traurig, dass diese im letzten und auch in diesem Jahr ausgefallen waren. Es sei nicht genug zusammengekommen, um einen Zug zustande zu bringen, hatte ihr Käthe auf ihre Fragen hin wichtig erklärt. Und dann hatte sie sich mit Ingeborg darüber ausgetauscht, dass man innerhalb der verschiedenen Karnevalskorps im Gespräch sei, einen Ausschuss zu gründen, der sich dann mit solchen Dingen befassen würde. Bislang war aber so ein Ausschuss noch nicht gegründet worden, zumindest hatten die Freundinnen weiter nichts mehr davon erzählt.

»Na, dann bin ich ja gespannt, was ihr mir nächste Woche berichten werdet von der großen Fahrt«, sagte Eva und zog ihr Portemonnaie hervor, um die Einkäufe zu bezahlen.

Sie hatte gerade die letzte Konserve in ihre Einkaufstasche gepackt, als Ingeborg fragte: »Wann treffen wir uns denn eigentlich noch mal in der Buchhandlung? Es ist so schade, dass die Treffen des Kreises so selten geworden sind. Ständig wird da was verschoben.«

»Du weißt doch, dass Fräulein Frings wieder so krank war, und Margot kann so schlecht planen wegen ihrer Kinder und …« Eva brach ab, weil Käthe ein schnaubendes Geräusch von sich gegeben hatte. Erstaunt sah sie ihre Freundin an. »Was ist?«, fragte sie.

»Ach, nichts, nichts, ich finde es nur genauso schade wie Ingeborg, dass die Treffen ständig wegen Nichtigkeiten ausfallen müssen.«

»So eine Krankheit ist keine Nichtigkeit«, erwiderte Eva empört.

Käthe machte eine beschwichtigende Geste. »Ich vermisse die Treffen des Kreises einfach.«

»Ich doch auch. Aber nächste Woche treffen wir uns endlich wieder. Wir lesen *Effingers* von Gabriele Tergit. Das hab ich mit Tante Maria zusammen ausgesucht.«

»Oh! Wie schön!«, rief Ingeborg und klatschte in die Hände.

Käthe runzelte die Stirn. »Mir sagt das nichts.«

»Von den *Buddenbrooks* von Thomas Mann hast du schon einmal gehört, oder?«, fragte Ingeborg sie.

»Ja, das ist doch so ein dicker Schinken über eine Kaufmannsfamilie in Hamburg?«, fragte Käthe.

»Lübeck«, korrigierte Ingeborg. »Aber egal. Die Tergit hat sich die Buddenbrooks zum Vorbild für ihren Roman genommen.«

Käthe riss die Augen auf. »Ist das dann auch so ein dickes Buch?«

Eva und Ingeborg nickten.

»Ach Gott! Wann soll ich das denn lesen? Könnt ihr keine dünneren Bücher aussuchen?«, rief Käthe verzweifelt, und Ingeborg sagte kichernd: »Du kannst ja deinen Karl-Heinz fragen, ob er dir das vorliest, wo er dir doch schon keinen Fernsehapparat kaufen will.«

AUS HEITEREM HIMMEL

Ilse machte einen Umweg, als sie an diesem Mittag aus der Schule nach Hause ging. Statt den Kirchberg hinunter über den Markt in die Hochstraße zu gehen, schlug sie den Weg über die Bahnhofstraße ein und bog dann an der Stadtmauer in Richtung des Schlosses ab, um zum Krankenhaus zu gelangen.

Eine angenehme Ruhe und Kühle empfing sie, als sie die Hospitalkirche betrat. Draußen hatte sich der Himmel dunkel zugezogen, gleich würde es sicherlich ein Sommergewitter geben. Wenn sie sich beeilte, schaffte sie es noch trocken zum Mittagessen nach Hause. Sie schloss die schwere Holztür vorsichtig hinter sich und ging dann mit langsamen und gemessenen Schritten zwischen den Holzbänken hindurch. Der Kirchenraum war im Rokokostil pompös verziert. Mit vielen gewundenen Ornamenten und Details in Gold. Aber das war es gar nicht, warum Ilse so gern hierherkam.

Sie wandte sich zur Seite und steuerte auf einen kleinen Nebenaltar zu, vor dem zahlreiche Kerzen brannten.

Schwester Elisabeth war es gewesen, die Ilse vor so vielen Jahren gezeigt hatte, wie man ein Opferlicht aufstellte. »Ein Kerzje«, wie sie es damals genannt hatte. »Komm, mir zünden ein Kerzje an für deine Schwester«, so hatte sie gesagt und war mit Ilse an der Hand in die Krankenhauskirche gegangen.

Schwester Elisabeth hatte sich um Ilse gekümmert, als sie kurz vor Kriegsende im Krankenhaus gelegen hatte. Nach Kriegsende hatte sie die Nonne dann bei einem Spaziergang am Rhein wiedergetroffen. Zusammen hatten sie sich auf eine der Bänke gesetzt und lange gesprochen. Schwester Elisabeth hatte ihr vor allem geholfen, mit dem Tod von Gisela umzugehen. Das allumfassende Schuldgefühl hatte sie ihr zwar nicht nehmen können, das würde Ilse bis an ihr Lebensende begleiten, aber sie hatte ihr helfen können, ihren Frieden damit zu machen. Zumindest etwas. Zuerst hatte sie einfach nur zugehört. Ilse hatte erzählt, hatte zum ersten Mal jemandem von ihren Schuldgefühlen berichtet. Schwester Elisabeth hatte ihr ruhig zugehört, hatte sie alles sagen lassen. Und so hatte Ilse davon erzählt, dass sie sich die Schuld am Tod ihrer kleinen Schwester gab, dass diese Schuld so schwer auf ihren Schultern lastete. Die Ordensfrau hatte sie nicht ein einziges Mal unterbrochen. Sie war nicht ungeduldig geworden, wie die Mutter zuweilen schon einmal, wenn ihr eine Erzählung von Ilse zu lange dauerte, nein, sie hatte Ilse reden lassen, bis sie keine Worte mehr gefunden hatte. Und dann hatte sie nur sanft ihren Arm getätschelt und ihr von den Opferlichtern erzählt.

Es war merkwürdig gewesen, aber in dem Moment, als Ilse die kleine Kerze an einer der anderen brennenden Kerzen entzündet und vor dem Altar abgestellt hatte, hatte sie eine innere Ruhe durchflutet. Es war, als würde ihre Seele für einen Augenblick durchatmen. Als würde ihr die Schuld ein Stück weit genommen. Nie hätte Ilse gedacht, dass eine so kleine Tat eine so beruhigende und befreiende Wirkung haben könnte. Aber so war es gewesen. Danach hatte Ilse sich besser gefühlt. Erleichtert. Schwester Elisabeth und die Kerze, sie hatten etwas von der Last, die auf Ilses Schultern gelegen hatte, genommen.

Mit geübten Bewegungen stellte Ilse ihre Schultasche ab und nahm sich eine der kleinen Kerzen. Mit zwei Fingern zog sie den Docht glatt und zündete ihn mit einer der bereits brennenden Kerzen an. Für einen Moment hielt sie die Kerze mit beiden Händen fest und blickte starr in die flackernde Flamme. Für dich, kleine Schwester, dachte sie und stellte das Licht vor dem Altar ab. Dann berührte sie den Anhänger an der Kette, die sie um den Hals trug. Das tat sie immer, wenn sie an ihre Schwester dachte. Ihre Fingerspitzen fühlten die alte Münze. Es war der Denar, den Gisela kurz vor ihrem Tod am Rhein gefunden hatte. Der größte Schatz ihrer kleinen Schwester. Vor ein paar Jahren hatte Ilse ihn zum Juwelier gebracht und dort als Anhänger fassen lassen. Wochenlang hatte sie darauf gespart. Seitdem trug sie die Kette jeden Tag.

Sie ließ ihre Hände sinken und faltete sie, während sie still das kleine Lichtermeer vor sich betrachtete. So lange darauf starrte, bis die Flammen vor ihren Augen verschwammen und zu einem großen, orangerot zuckenden Flecken wurden.

»Ilse, bist du das?«

Sie schreckte auf und fuhr herum. Sie hatte nicht gehört, dass noch jemand hereingekommen war. Im Dämmerlicht der Kirche sah sie die kleine Ordensschwester, die zwischen den Bänken auf sie zukam. »Schwester Elisabeth!«, rief Ilse, und ein Lächeln stahl sich auf ihr Gesicht. Sie nahm ihre Schultasche und ging auf die Nonne zu, die ihr gebeugt entgegenkam.

Vor zehn Jahren war Schwester Elisabeth noch kräftig gewesen. Obwohl sie so klein und zierlich war, hatte sie Ilse aufgefangen und ins Bett zurückverfrachtet. Davon war nun nicht mehr viel zu sehen. Die Ordensschwester war alt geworden. Ihr Rücken gebeugt, wodurch sie noch kleiner wirkte als zuvor. Aber ihr Blick, der war noch genauso hell und aufmerksam wie damals.

»Ilse, wie geht es dir?« Schwester Elisabeth streckte beide Hände aus und nahm Ilses freie Hand dazwischen, als sie sich im Mittelgang trafen.

Ilse musste schmunzeln. Die alte Ordensfrau gab ihr immer nur die Hand.

»Mir geht es gut, danke, und Ihnen?«

Schwester Elisabeth verzog für einen Moment grimmig das Gesicht. »Die Arthritis macht mir zu schaffen, aber wir werden ja alle nicht jünger, nicht wahr?« Und wieder zeigte sich das runzlige Lächeln. »Hast du nicht bald Ferien?«

Ilse nickte. »Zum Glück!«

Die Nonne hielt immer noch Ilses Hand in ihren, und nun zog sie sie leicht zur Seite, zu einer der Bänke hin. »Komm, lass uns Platz nehmen. Ich hab nicht mehr so jugendliche Beine wie du.«

Als sie saßen, fragte die Ordensfrau: »Macht dir die Schule Schwierigkeiten, oder warum sind die baldigen Ferien ein Glück?«

Ilse schüttelte den Kopf. Sie klopfte auf ihre Schultasche, die neben ihr lag. »Der Lehrstoff nicht. Nur alles andere.«

»Sind die anderen Mädchen gemein zu dir?«

»Manchmal schon, aber das ist es nicht.« Ilse seufzte. »Es ist einfach alles so schrecklich langweilig, das ist es.«

Ilse hätte erwartet, dass die alte Ordensfrau ihr widersprechen würde, dass sie sie fragen würde, wie sie nur so etwas sagen könne, die Schulbildung sei doch so wichtig, so wie die Mutter es sofort sagen würde, aber sie tat nichts dergleichen. Nein, sie nickte und sah Ilse eine Zeit lang wissend an. Ilse bewunderte das, wie Schwester Elisabeth immer in sich ruhte und wie sehr diese Ruhe ausstrahlte.

Schließlich sagte die alte Ordensfrau: »Weißt du, mein Kind, so ging es mir auch, bevor ich meine Bestimmung gefunden habe, bevor ich in den Orden der Borromäerinnen eingetreten bin.«

Bestimmung finden, dachte Ilse. Das war etwas, was sie sich auch schon gedacht hatte. Sie wusste, dass ihre eigene Bestimmung nicht war, ein gutes Abitur zu machen und dann zu studieren. Das hatte sie nie wirklich für sich gesehen. Sie ging zur Schule, weil eben jedes Kind zur Schule ging. Aber nie war es eine Entscheidung von ihr gewesen. Nie war es etwas gewesen, was sie aus vollem Herzen gewollt hatte. Es war einfach so. Man ging zur Schule, man machte einen Abschluss, und wer gut genug war, der trat im Anschluss daran ein Studium an.

So war es. Aber als ihre Bestimmung hatte Ilse es nie gesehen. Eher im Gegenteil.

Aber was war ihre Bestimmung, wenn es nicht das Abitur oder ein Studium war? Die Buchhandlung war es auch nicht. Das hatte selbst ihre Mutter schon erkannt und Eva als ihre Nachfolgerin bestimmt. Wofür Ilse sehr dankbar war. Aber wie sollte sie ihre Bestimmung finden?

Schwester Elisabeth ergriff Ilses Hand erneut und drückte sie. Als hätte sie erkannt, was gerade in Ilse vorging, sagte sie: »Die Wege des Herrn sind unergründlich, so heißt es ja. Aber weißt du, was ich sage?«

Ilse schüttelte den Kopf.

»Wenn man endlich weiß, was man will, dann hat man Gottes Himmelreich auf Erden gefunden.«

»Aber woher weiß ich es denn?«, fragte Ilse.

»Du wirst es irgendwann wissen, glaub mir.« Schwester Elisabeth drückte wieder Ilses Hand. »Aus heiterem Himmel.«

Mit einem Mal musste Ilse kichern. »Na, dann wird es wohl nicht heute sein«, sagte sie. »Denn der Himmel draußen ist alles andere als heiter.«

RHEINWEIN AM ABEND

Wie an jedem Abend war er der Letzte, der das Sperrholzwerk verließ. Als er nach draußen trat, genoss er die Abkühlung, die das heftige Gewitter am Mittag gebracht hatte. In der Halle war es zwar den Nachmittag über immer noch schwülwarm gewesen, aber hier draußen war es wirklich angenehm. Die Erde zu seinen Füßen war noch ein wenig feucht vom Regen, und an der Fassade der Werkshalle klebten in Kniehöhe kleinere Klumpen Erde und Schlamm, die von dem starken Regenguss hinaufgewirbelt worden waren.

»Na, junger Mann«, ertönte hinter ihm eine helle und wohlbekannte Stimme. Eine Stimme, die sein Herz sofort höher schlagen ließ. »Heute Abend schon etwas vor?«

Georg wirbelte herum und schloss Eva in seine Arme. Hob sie hoch und drehte sich mit ihr einmal im Kreis. Dann ließ er sie wieder herunter und küsste sie leidenschaftlich. Ihre Lippen schmeckten süß, und ein leichter Geruch nach Seife umgab sie, und dann war da noch ihr eigener Duft, den er nie richtig beschreiben konnte, der aber unwiderstehlich für ihn war. Er vergrub die Hände in ihrem Haar, und sie machte sich lachend von ihm los. Richtete mit einer Hand ihre Frisur wieder.

Georg sah sie einfach nur an. Eva, sie war sein Leben. Sie war die Frau, für die er alles geben würde, für die er jedes Risiko auf der ganzen Welt eingehen würde. Für die er doch das größte Risiko bereits eingegangen war. Er hatte sie an sich herangelassen, trotz all der Dinge, die er zu verbergen hatte. Und nie war sie eine Gefahr für ihn geworden. Mit ihr war er sicher. Auch wenn es ihm immer noch schwer auf der Seele lag, dass er sie nie in sein Geheimnis eingeweiht hatte.

»Also, Herr Neumann, wo soll es hingehen?«, fragte Eva.

»Hinunter zur Rheinkrone auf einen Schoppen Wein?«, fragte er.

Eva lächelte. »Rheinwein, den nehm ich.«

Zusammen schlenderten sie den Hindenburgwall hinunter, immer an der Mauer des St. Nikolaus-Stiftshospitals entlang.

Kurze Zeit später hatten sie das Hotel erreicht. Es war zur Rechten neben dem Rheintor gelegen und bei den Gästen genauso beliebt wie das Rhein-Hotel und das Hotel zum Anker, die sich auf der anderen Seite an das mittelalterliche Tor drängten.

Sie nahmen an einem der Tische draußen Platz. Vom Rhein wehte ihnen ein Lüftchen entgegen, und die Abendsonne zeigte sich strahlend. Aus dem Inneren des Hotels konnte man ganz leise die Klänge von Musik hören. *Ein Häuschen mit Garten* von Willy Hagara.

Die Kellnerin kam heran. »Guten Abend, die Herrschaften«, grüßte sie. »Was darf ich Ihnen bringen?«

Georg blickte zu Eva.

»Ich nehme eine Rieslingschorle«, sagte sie.

Die Kellnerin notierte etwas auf einem schmalen Blöckchen, das sie aus der Tasche ihrer Schürze gezogen hatte. Dann sah sie Georg fragend an.

»Und für mich einen Schoppen vom Roten«, bestellte er.

Die Kellnerin nickte und ging mit schnellen Schritten wieder hinein. Es dauerte nicht lange, und sie war mit den gewünschten Getränken zurück.

Während Eva an ihrer Schorle nippte, sah Georg sie unverwandt an. Ihr Haar war seit ihrem Kuss vorhin immer noch zerzaust, und eine Strähne über der Stirn bewegte sich in der milden Brise leicht hin und her. Sie war schön. Alles an ihr war schön.

»Was ist?«, fragte Eva plötzlich und tastete mit einer Hand nach ihrer Frisur. »Ist da was?«

Georg lächelte. »Nein, alles in Ordnung.«

»Und warum schaust du dann so?«

»Ich weiß nicht, ob du es bisher noch nicht bemerkt hast, aber ich schaue dich schon immer gern an.« Er nahm ihre Hand, beugte sich vor und hauchte einen Kuss darauf.

Eva stellte ihr Glas ab und legte ihre freie Hand an seine Wange. Sie war kühl vom Weinglas, und für einen Augenblick schmiegte Georg sich daran, bevor sie beide wieder voneinander abließen. Sie waren hier nicht allein. Um sie herum waren fast alle Tische besetzt.

»Die Käthe und die Ingeborg gehen am Wochenende mit den Möhnen auf große Fahrt«, sagte Eva plötzlich.

»Und du würdest gern mitfahren?«, fragte Georg.

Eva schüttelte den Kopf und lächelte amüsiert. »Nein, nein. Aber ich freu mich für die beiden. Das alles scheint ihnen großen Spaß zu machen. Die Möhnen, der Karneval und alles, was da sonst noch dazugehört.«

Eva erzählte weiter, sprach über Toast Hawaii und das neue Buch, das sie mit dem Kreis lesen wollten.

Während Georg ihr zuhörte, sah er zum Rhein hinüber. Von der Terrasse des Hotels konnte man die Promenade bis zum Bollwerk hinüber überblicken. Er war froh, dass es ihn hierher verschlagen hatte. Nach Andernach am Rhein. Einem Ort, von dem er in seiner Kindheit nicht einmal geahnt hatte, dass er existierte. Das Schicksal hatte seinen Weg geleitet, und ein bisschen auch der Zufall.

Wenn ihm jemand als Kind erzählt hätte, wie gut sein Leben einmal werden würde, er hätte es für eines der Märchen gehalten, die ihm seine Großmutter immer erzählt hatte. Als Kind hätte er sich niemals ausmalen können, so ein Leben zu führen, wie er es jetzt tat. Endlich hatte er alles, was er wollte, und das auch noch im Überfluss. Er konnte essen, was er wollte, er konnte sich jederzeit neue Kleidung kaufen und passende Schuhe. Als Kind hatte er immer die alten, abgetragenen Schuhe seines Vaters übernehmen müssen. Sie hatten gerieben und gescheuert, und seine Füße hatten Blasen gehabt, die auch noch schmerzten, wenn er die Schuhe schon lange ausgezogen hatte.

Ja, im Vergleich zu seiner Kindheit lebte er jetzt ein Leben wie im Märchen. Und auch seine Prinzessin hatte er in Eva gefunden. Nur eines war so ganz anders als in all den Sagen und Legenden und Märchen: Dort wurde immer geheiratet. Erst nach der Hochzeit gab es das »Und sie lebten glücklich bis ans Ende ihrer Tage«. Oft schon hatte er darüber nachgedacht, wie es wohl wäre, wenn Eva seine Frau würde. Frau Eva Neumann. Das klang gut. Aber es gab ein großes Problem: Er hatte Eva hoch und heilig versprochen, ihr nie wieder etwas zu versprechen. Und bislang hatte er sich daran gehalten. Aber eine Ehe war nichts anderes als ein Versprechen vor Gott. Wie sollte Eva das annehmen?

Er sah sie an, wie sie mit leuchtenden Augen von dem Roman erzählte, den sie mit dem Kreis lesen wollten. Wie die Begeisterung für die Literatur jede Faser ihres Körpers durchflutete. Da wünschte er, er könnte einfach aufstehen, vor ihr auf die Knie gehen und sie bitten, ihn zu heiraten. Es wäre so einfach. Nur vier Wörter müsste er sagen: Willst du mich heiraten?

Aber genauso, wie er Angst davor hatte, ihr von seinem Geheimnis zu erzählen, hatte er Angst, dass Eva seinen Antrag ablehnen würde. Und er wusste, dass sowohl das eine als auch das andere etwas zwischen ihnen verändern würde. Er wollte nicht, dass sich da etwas änderte, er liebte, wie es zwischen ihnen war. Die Nähe, die sie oft teilten. Das flatternde Gefühl in seinem Magen, wenn sie ihn ansah. Der Geruch ihrer Haut, wenn die Sonne darauf geschienen hatte.

Vom Rheintor her waren plötzlich Jubelrufe zu hören. Eva brach in ihrer Erzählung ab und sah genauso wie Georg hinüber. Beinahe hätte Georg aufgelacht. Da hatte er gerade noch darüber nachgedacht, wie es wohl wäre, Eva zu heiraten, und als hätte das Schicksal seine Gedanken gehört, kam durch das Rheintor ein Brautpaar mit Gästen. Ein Fotograf machte Fotos, Kinder warfen Reis in die Luft. Alle lachten fröhlich.

Für einen Moment stellte Georg sich vor, das wären Eva und er. Sie würden dort vor dem Tor stehen. Eine Gästeschar um sich herum. War es ein Wink des Schicksals? War es das Zeichen, dass er Eva einen Antrag machen sollte? Wenn seine Großmutter noch leben würde, sie hätte sofort gesagt, dass es ein gutes Omen sei. Der Hinweis, auf den Georg gewartet hatte.

Aber Georg war kein Kind mehr, das mit großen Augen den Worten seiner Großmutter lauschte. Ein Kind, das jede noch so mystische Geschichte für bare Münze nahm und sich in Tagträume flüchtete. Er war ein erwachsener Mann. Er hatte an der Front Grausamkeiten gesehen, die ihn auf einen Schlag um Jahre hatten altern lassen.

»Georg?«

Er schreckte aus seinen Gedanken hoch und sah Eva an. Sie hatte die Augenbrauen zusammengezogen und musterte ihn besorgt. »Ist alles in Ordnung mit dir? Du schaust so … ich weiß gar nicht genau, wie du schaust.«

Georg schüttelte den Kopf und lächelte sie an. »Nein, nein, alles gut, keine Omen.«

»Keine Omen?«, fragte Eva.

»Ordnung. Ich meinte, alles in Ordnung«, sagte Georg schnell, nahm sein Glas Rotwein und trank es auf einen Schluck leer. Es gab kein Omen und kein Schicksal. Er winkte die Bedienung zu sich und bestellte einen weiteren Schoppen. Aber es gab guten Rheinwein.

August 1955

JUNGES GLÜCK

Waren die letzten Julitage doch schon sehr heiß gewesen, so begann dieser August mit mäßigen Temperaturen. Eva war das nur recht. Sie mochte zwar das warme Wetter und den Sommer, aber bei fast dreißig Grad im Schatten hörte es auch bei ihr auf.

Obwohl nur wenig zu tun war, waren sie heute zu zweit in der Rhein-Buchhandlung. Tante Maria räumte vorn im Laden Bücher im Schaufenster nach, während Eva im Lager stand und die Rechnungsablage machte. Im Gegensatz zur Tante liebte sie diese Tätigkeit. Es war eine einfache Fleißarbeit. Man musste nur danach schauen, die Rechnungen richtig nach Datum und Verlag einzusortieren. Dabei raschelten die eingehefteten Blätter immer so schön, wenn sie nach vorn oder hinten geblättert wurden, zudem mochte Eva das Geräusch des Ordnerverschlusses, der jedes Mal beim Öffnen und Schließen ein leises *Klack* von sich gab.

Später würde sie zusammen mit der Tante die Tische im Laden verrücken, damit genug Platz für das Treffen des Kreises heute Abend war. Eva freute sich schon sehr darauf, alle in der altbekannten Runde wiederzusehen. Sie trafen sich nur noch selten in der letzten Zeit. Einmal im Monat, wenn es hochkam.

Eva nahm gerade den letzten Rechnungsordner zur Hand, als sie hörte, wie jemand den Laden betrat. Nach einem kurzen Stimmengemurmel rief die Tante sie nach vorn: »Eva? Kommst du bitte einmal?«

Eva legte den Ordner zur Seite und trat durch die Lagertür in den Laden.

Bei der Tante standen der junge Herbert Bermel und an seiner Seite eine junge Frau mit dunklen Haaren. Beide strahlten über das ganze Gesicht. Eva lächelte sie freundlich an. »Guten Tag, Herbert«, begrüßte sie ihn. Sie wandte sich zu der Frau: »Und Sie können doch nur die Karin sein?« Die junge Frau nickte, und ihr Gesicht strahlte nur noch mehr.

»Die beiden wollten unbedingt mit dir sprechen«, erklärte Tante Maria. Sie trat mehrere Schritte zurück, blieb aber im Laden. Sicherlich war sie genauso neugierig, den Grund für den Besuch der beiden zu erfahren.

»Fräulein Eva«, begann Herbert und tauschte einen kurzen Blick mit seiner Begleiterin, »die Karin und ich, wir haben uns verlobt.« Er legte den Arm um seine Karin und drückte sie an sich.

Eva sah die beiden an. Wie glücklich sie aussahen. Es war schön anzusehen. »Das sind ja großartige Neuigkeiten. Gratulation!« Sie streckte ihre Hand aus und schüttelte zuerst Karins und dann Herberts Hand. Dabei entging ihr nicht der Ring mit dem Zierstein, der an Karins linkem Ringfinger glänzte.

»Herzlichen Glückwunsch auch von mir«, bekräftigte Tante Maria, die plötzlich wieder dicht neben Eva stand und nun auch dem Paar die Hand reichte.

Nachdem alle Hände geschüttelt waren, entstand eine unangenehme Stille. Herbert und Karin schienen nicht genau zu wissen, was sie eigentlich sagen wollten, und so war es Eva, die den beiden auf die Sprünge half: »Warum wolltet ihr zwei mich denn nun sprechen? Seid ihr auf der Suche nach einem passenden Buch zur Hochzeit, vielleicht ein Backbuch für die Torte?«

Eva entging nicht, dass Karin Herbert einen fast unmerklichen Schubs mit dem Ellenbogen gab.

»Es ist wegen der Gedichte«, platzte es in diesem Moment aus Herbert heraus.

»Genau«, bestätigte Karin. »Der Herbert hat mir den romantischsten Antrag gemacht, den man sich nur vorstellen kann!« Sie sah auf ihre Hände und strich einmal kurz mit den Fingern über den Ring, bevor sie fortfuhr: »Bei Vollmond auf der Festung Ehrenbreitstein. Mit Blick auf den Rhein und das Deutsche Eck. Dort hat er mir das Gedicht von Joseph von Eichendorff vorgetragen.« Karin sah verträumt zu Herbert, und der sah verträumt zurück.

Für einen Moment hatte Eva das Gefühl, in einem der Liebesfilme zu stecken, die zurzeit in den Kinos liefen. *An der schönen blauen Donau* oder *Ja, so ist das mit der Liebe.*

Sie versuchte, sich vorzustellen, wie es wohl gewesen wäre, wenn Georg genau das getan hätte: sie nach Koblenz auf die Festung Ehrenbreitstein gebracht, um im Mondschein Eichendorff zu rezitieren. Sie verkniff sich ein Schmunzeln. Zu Herbert und Karin passte es, aber zu Georg und zu ihr? Nein. Ihre Liebe war nicht wie auf der Leinwand. War es nie gewesen. Und dennoch vermisste Eva nichts. Sie liebte Georg, und Georg liebte sie. Auch ohne romantische Gedichte. Ohne Verlobungsring oder die Aussicht auf eine Hochzeit.

»Das haben wir alles nur Ihnen zu verdanken, Fräulein Eva«, riss Herbert sie aus ihren Gedanken.

»Mir?«, fragte Eva erstaunt.

»Natürlich.« Herbert und Karin nickten beide. »Wenn Sie mir nicht das Buch verkauft und obendrein noch das Gedicht empfohlen hätten, dann …«, begann Herbert.

»… dann hätte ich niemals diese romantische Seite von Herbert kennengelernt«, beendete Karin den Satz. Die beiden blickten sich wieder verträumt an.

Als das junge Paar die Buchhandlung wieder verlassen hatte, sagte Tante Maria: »Wer hätte das gedacht?«

»Was meinst du?«, fragte Eva. »Dass der Herbert eine romantische Seite hat? Oder dass der Bub schon heiratet?«

»Bub?« Tante Maria zog die Augenbrauen hoch. »Der Herbert ist doch schon zweiundzwanzig!«

Zweiundzwanzig, dachte Eva. Sie selbst war achtundzwanzig und nicht verheiratet.

»Das meine ich ja auch gar nicht«, sagte Tante Maria.

»Was denn dann?«, fragte Eva.

»Dass du hier Cupido spielst, mein liebes Fräulein Liebe.«

»Ich habe bestimmt nicht gekuppelt«, erwiderte Eva lachend. »Der Herbert hat seine Karin ganz ohne mein Zutun kennengelernt. Alles, was ich gemacht habe, war, ihm ein Buch mit Gedichten der Romantik zu verkaufen und das eine Gedicht darin besonders zu empfehlen. Dabei habe ich nicht ahnen können, dass er seiner Karin gleich einen Antrag macht.«

Tante Maria lachte. »Eva Therese Liebe, du machst deinem Namen trotzdem alle Ehre.«

EIN HÄUSCHEN MIT GARTEN

Für die heutige Mittagspause hatten die Arbeiter kurzerhand die Bänke aus dem Gemeinschaftsraum nach draußen getragen. Es war zwar schon seit ein paar Tagen nicht mehr so heiß, aber die Sonne schien trotzdem und heizte dadurch die große Werkshalle auf, während hier draußen ein angenehmer, erfrischender Wind ging.

»Na, Toni, willste dich immer noch freiwillig melden?«, fragte Dieter. Er hatte sich einen Stuhl mitgebracht und saß ein Stückchen abseits im Schatten. Er hielt die Zeitung des Tages hoch. »Bundesrat kürzt Wehrbesoldung«, las er die große Titelschlagzeile vor.

Dem jungen Toni schoss die Röte ins Gesicht. »Na und? Dann kriegt man da jetzt eben weniger. Ist immer noch mehr als hier.«

Der Junge zuckte mit den Schultern, als wollte er zeigen, dass ihn Dieters Worte nicht berührten, obwohl sie es natürlich deutlich sichtbar taten.

»Dich können sie mit dem Sold vielleicht noch locken, aber mehr Männer werden da bestimmt nicht kommen«, sagte Dieter. »Gut so. Dann lassen sie das mit der Bundeswehr vielleicht sein. Wäre für uns alle besser. Ich will keinen neuen Krieg.«

»Den will der Toni bestimmt auch nicht«, sagte Georg, um Streitereien zu vermeiden.

Toni schien noch etwas dazu sagen zu wollen, aber Dieter stand schon auf, nahm Stuhl und Zeitung und ging wortlos zurück in die Halle.

Georg legte Toni eine Hand auf die Schulter. »Lass gut sein. Du kennst den Dieter doch.«

Er hoffte sehr, den jungen Mann damit beruhigen zu können. Gleich war die Mittagszeit vorbei und sie mussten alle wieder an die Arbeit. Da sollte besser niemand von Ärger oder Wut abgelenkt sein, denn die Arbeit an den großen Sägen und den schweren Maschinen erforderte volle Konzentration.

Als sie die Bänke wieder hineintrugen, ging Georg hinter Gerd und Harald, die wie immer die Letzten waren.

»Da sieht doch eins aus wie das andere«, sagte Harald gerade.

»Und das stört dich?«, fragte Gerd.

»Also ich würde nicht in so einer Schuhschachtel wohnen wollen.« Harald ächzte, weil ihm die Bank, die die beiden trugen, zur Seite rutschte. Georg sprang nach vorn und packte mit an.

»Das sind feine Häuschen, perfekt für eine Familie. Vier Zimmer, Küche, Bad, dazu noch ein Garten, was willst du mehr?«, fragte Gerd, ohne auf Georg zu achten.

»Ich bin in meiner Stadtwohnung glücklich«, sagte Harald, als sie die Bank im Gemeinschaftsraum abstellten.

Dieter stand an seinen Spind gelehnt und sah zu ihnen herüber.

»Da hab ich auch vier Zimmer«, fuhr Harald fort. »Und einen Garten brauch ich nicht. Wenn ich was Grünes haben will, dann geh ich in den Schlossgarten oder in die Rheinanlagen, die sind schließlich für alle da. Außerdem hat mir der Josef letztens erst erzählt, dass sie die Häuschen eher an die Flüchtlinge und Vertriebenen geben als an alteingesessene Andernacher. Da will ich bestimmt nicht hin. Was soll ich mit denen?«

Georg trat zu Dieter. »Worüber reden die zwei denn da?«, raunte er ihm zu.

Der alte Arbeiter brummte, wie er es so oft tat, dann sagte er: »Über die Bauvereinshäuschen, die jetzt am Stadtrand in Serie gebaut werden.«

»Bauvereinshäuschen?«, fragte Georg.

»Kennste den Bauverein nicht?«, fragte Dieter.

Georg schüttelte den Kopf.

»Da kannste Mitglied werden, und dann kommste recht günstig an ein Häuschen oder eine Wohnung. Die neuen Häuschen, die sie da bauen, die kosten nur zwanzigtausend Mark.«

Zwanzigtausend Mark. Das war beinahe so viel, wie Georg auf die hohe Kante gelegt hatte. Er hatte nie verschwenderisch gelebt, dafür war er in zu einfachen Verhältnissen aufgewachsen, und auch wenn er immer Angst vor einer Inflation hatte, hatte er Geld beiseitegelegt. Für später, damit er es dann einmal besser haben würde. Dabei hatte er es jetzt schon besser, als er es je gekannt hatte. Er hatte Arbeit, eine gute Unterkunft in der Pension und mit Eva die Frau, mit der er alt werden wollte. Was brauchte er mehr?

Die neuen Häuschen kosten nur zwanzigtausend Mark, dachte er. Und dann hatte er plötzlich den Schlager von Willy Hagara im Kopf, den er erst letztlich gehört hatte, als er mit Eva in der Rheinkrone gewesen war: *Ein Häuschen mit Garten.* »Klein, aber mein«, hieß es da. Und von einem Frauchen und eins, zwei, drei Kindern war die Rede. Mit einem Mal sah er es vor sich: Wie er mit Eva auf einer Bank im Garten hinter einem Häuschen saß und Kinder um sie herumliefen. Mit einem Ball spielten und dabei ausgelassen lachten. Bei diesem Gedanken bekam Georg ein ganz wohlig warmes Gefühl im Magen.

Er würde sich diesen Bauverein und die neuen Häuschen einmal ansehen. Und dann würde er eins für sich und Eva kaufen. Für seine Familie. Er lächelte, und ihm fiel wieder ein, dass er immer noch darüber nachdachte, ob er Eva einen Antrag machen sollte. Schon als sie am Rhein unten gewesen waren und das Brautpaar vor dem Rheintor gesehen hatten, hatte er darüber nachgedacht. An dem Tag hatte er verworfen, dass es ein Wink des Schicksals sein könnte. Oder ein gutes Omen. Aber jetzt war das anders. Es konnte doch kein Zufall sein, dass sich Harald und Gerd ausgerechnet heute über die Bauvereinshäuschen unterhielten und ihm Dieter dann erzählte, dass sie so viel Geld kosteten, wie Georg zur Verfügung hatte. Das war mit Sicherheit ein gutes Omen! Sein Vorhaben, ein Haus zu kaufen und mit Eva eine Familie zu gründen, stand unter einem guten Stern. Anders konnte es nicht sein.

EINE BERECHTIGTE FRAGE

»Der Herbert und die Karin. So ein hübsches Paar«, sagte Tante Maria, als sie am Mittagstisch saßen. Es gab Klöße und Kohl, dazu grobe Bratwürstchen mit einer dunklen Soße.

»Wer?«, fragte Ilse.

»Bermels Herbert, den kennst du doch?«

Ilse nickte.

»Der hat sich verlobt und wird bald heiraten.«

»Ach, wie schön«, sagte Ilse.

»Ja, so eine Hochzeit ist immer etwas Schönes«, meinte Tante Maria und verteilte die Klöße auf die Teller. Zwei Stück für jeden.

»Wieso heiratest du eigentlich nicht?«, wandte sich Ilse an Eva. »Du hast doch den Georg.«

»Ilse! So etwas fragt man nicht«, tadelte Tante Maria ihre Tochter.

»Lass nur«, sagte Eva. »Es ist eine berechtigte Frage.« Mit der Gabel schob sie einen der Klöße auf dem Teller zur Seite, um Platz für Würstchen und Kohl zu schaffen. »Ich war einmal verlobt, wusstest du das, Ilse?«

Ihre Cousine schüttelte den Kopf.

»Das ist schon lange her, das war damals in Berlin. Eigentlich war ich viel zu jung, aber mein Alfred hatte sich zum Volkssturm gemeldet, und da wollten wir es offiziell machen. Also haben wir uns verlobt. Wir wollten heiraten, wenn der Krieg vorbei war.«

»Was ist dann passiert?«, fragte Ilse.

»Das, was so vielen Männern damals passiert ist. Alfred ist an der Front gefallen, da war er gerade einmal ein paar Wochen dort.«

»Wie Vater«, sagte Ilse.

Eva nickte. »Davon ist auszugehen«, antwortete sie.

Sie sah zur Tante hinüber, die für einen Moment aufgehört hatte, das Essen auf die Teller zu verteilen. Dann aber nickte sie seltsam mechanisch und gab allen etwas von der Soße über Klöße und Würstchen. Als Tante Maria damit fertig war, nahm sie Gabel und Messer zur Hand und sagte resolut: »Jetzt lasst uns lieber essen, bevor alles kalt wird, statt hier über solch traurige Themen zu sprechen.« Demonstrativ piekte sie ihre Gabel in ihr Würstchen und schnitt ein Stück davon ab. Der Tod ihres Mannes ließ sie auch nach all den Jahren nicht kalt. Eva konnte das nachvollziehen. Sie selbst musste oft noch an Alfred denken, auch wenn sie mittlerweile wusste, dass sie mit ihm niemals so glücklich geworden wäre, wie sie es jetzt mit Georg war. Aber bei Tante Maria lag der Fall ganz anders. Sie war lange Jahre mit Onkel August verheiratet gewesen, hatte zwei Kinder mit ihm bekommen, von denen nur noch eines lebte.

Ilse wandte sich ebenfalls ihrem Teller zu. Nachdem sie einen der Klöße gegessen hatte, sah sie Eva wieder an und fragte: »Und weil du schon einmal verlobt warst, magst du jetzt nicht mehr heiraten?«

Eva schluckte den Bissen, den sie gerade im Mund hatte, herunter. »Eine Ehe ist immer ein Versprechen. Und das ist es, womit ich mich schwertue. Alfred hat mir versprochen, er würde aus dem Krieg wiederkommen«, erklärte sie.

»Und er hat es nicht gehalten«, sagte Ilse, die anscheinend verstand, was Eva meinte.

»Genau.«

Das weitere Mittagessen verlief schweigend. Nur das Klappern des Bestecks auf den Tellern war zu hören.

Eva hing ihren Gedanken nach. Herbert und Karin, die zwei waren so überzeugt von der Ehe. Für sie stand es überhaupt nicht infrage, etwas anderes zu tun, als zu heiraten. Dabei waren sie noch so jung. Oder war es, weil sie so jung waren? Vor zehn Jahren hätte Eva schließlich auch Hals über Kopf heiraten wollen. Während sie jetzt nicht mehr sicher sagen konnte, ob sie dafür bereit war. Und Georg schien es da nicht anders zu gehen, oder warum hatte er sie bislang nicht gefragt? Ihr keinen Antrag gemacht? Manchmal dachte Eva, dass er sich vielleicht genauso vor einer Ehe fürchtete wie sie selbst. Sie waren beide Freigeister, liebten ihre Unabhängigkeit. Wer sagte denn, dass es etwas Schlechtes sein musste, ein unverheiratetes Paar zu sein? Die Zeiten änderten sich, vielleicht konnten sie bis in alle Ewigkeit so weitermachen. Nur weil sie keinen Trauschein hatten, keine Ringe getauscht hatten, liebten sie sich ja nicht weniger. Im Gegenteil.

Eva schob das letzte Stückchen Kloß über ihren Teller, um noch etwas von der Soße damit aufzutunken.

Als sie jünger gewesen war, hatte sie von einer Hochzeit wie im Märchen geträumt. Sie selbst im langen weißen Kleid mit Schleier. Und dann würde es ein rauschendes Fest geben mit Hunderten von Gästen. So hatte sie sich ihre Hochzeit mit Alfred vorgestellt. Aber sie war jetzt eine andere, sah die Welt und das Leben ganz anders. So eine Märchenhochzeit wollte sie gar nicht mehr. Überhaupt wusste sie nicht, ob sie jemals heiraten würde. Die Ehe war doch einfach nichts für sie.

SOMMERHITZE

Unschlüssig hielt Maria den Staubwedel in der Hand. Sie hatte jedes Regal, jedes einzelne Buch abgestaubt und war dabei nicht ein einziges Mal unterbrochen worden. Jetzt fragte sie sich, was sie als Nächstes tun sollte, um sich die Zeit zu vertreiben. Zu sortieren gab es nichts, die Bücher standen alle ordentlich an ihrem Platz, und die neue Ware hatten sie bereits am Vormittag eingeräumt. Maria drehte den Staubwedel nachdenklich in der Hand. In der Sommerzeit war immer wenig zu tun, vor allem am Nachmittag, wenn die Temperaturen weiter hinaufkletterten. Heute Nachmittag war es besonders schlimm. Seit sie den Laden nach der Mittagspause geöffnet hatten, war nicht ein einziger zahlender Kunde da gewesen. Maria hustete, ihre Kehle war von der Sommerhitze und dem Staub ganz trocken. Wäre doch nur Eva hier, dann könnte sie rasch hinauf in die Stube gehen und sich ein Glas Wasser einschenken. Aber sie hatte Eva für den Nachmittag freigegeben, nachdem Margot mit ihren zwei Kindern vorbeigeschaut hatte. Bestimmt saßen die vier jetzt am Rhein und tranken eine erfrischende Schorle oder aßen gar ein kühles Eis. Maria schluckte trocken. Es nützte nichts, sie würde die Ladentür für ein paar Minuten abschließen und etwas zu trinken holen gehen. Natürlich könnte sie auch einfach so hinaufgehen, schließlich war den ganzen Nachmittag hindurch noch nichts los gewesen. Aber sie wollte nichts riskieren. Am Ende kam genau dann ein Kunde zur Tür herein, wenn Maria gerade oben war und es nicht hörte. Hastig schrieb sie ein kleines Schild: *Bin gleich wieder da,* hängte es in die Tür und schloss ab.

Als sie mit einem Glas und einer Flasche Wasser wieder unten in der Buchhandlung erschien, sah sie einen Kunden vor der verschlossenen Tür stehen. Unwillkürlich grinste Maria. Ob wohl auch schon früher an diesem Nachmittag Kundschaft gekommen wäre, hätte sie nur die Tür abgeschlossen? Sie stellte Glas und Flasche auf dem Kassentresen ab und eilte zur Tür.

»Entschuldigen Sie bitte, dass Sie warten mussten«, begrüßte Maria den Kunden.

»Einfach während der Öffnungszeiten die Tür abschließen, das sind mir ja Manieren bei Ihnen!«, brummte der Kunde ungehalten.

Maria nickte ihm zu und lächelte dabei. Sie hatte gelernt, dass man einem verärgerten Kunden am besten mit unumstößlicher Freundlichkeit begegnete.

Nachdem sie ihm auf seine Frage hin sofort das gesuchte Buch reichen konnte, schien der Kunde wieder milde gestimmt und konnte sich beim Abschied auf Marias »Einen schönen Tag noch« sogar zu einem halbwegs freundlichen »Danke, Ihnen auch« hinreißen lassen.

Maria goss sich endlich ein Glas Wasser ein und trank gierig. Neben der Flasche lag noch das aufgeblätterte *Börsenblatt.* Ihre Nichte hatte ihr nach der Mittagspause den neuesten Artikel zur diesjährigen Serie »Das kleine Schaufenster-Kursbuch« gezeigt, und zusammen hatten sie überlegt, was sie davon in der

Rhein-Buchhandlung umsetzen konnten. Sie hatten einige von den Werbemitteln, die man über die Buchhändlervereinigung in Frankfurt erhalten konnte, bestellt. Plakate für das Schaufenster und Kärtchen mit lustigen Zeichnungen, die sie der Kundschaft mitgeben konnten. So etwas mochten die Leute gern, es zauberte ihnen direkt ein Lächeln auf das Gesicht. Und ein lächelnder Kunde war ein Kunde, der wiederkam, der gern einkaufte.

Ob der griesgrämige Kunde von eben wohl auch so ein Kärtchen zu schätzen gewusst hätte?, fragte sich Maria. Dann kicherte sie über ihre eigenen Überlegungen, als wäre sie ein Schulmädchen und nicht eine erwachsene Frau von fünfundvierzig Jahren.

Sie lehnte sich gegen den Tresen und musterte die Regalwand mit den Romanen. An einem sehr breiten Buchrücken blieb ihr Blick hängen. Im letzten Monat hatten sie mit dem Kreis *Effingers* gelesen. Obwohl das Buch sehr dick war, hatten sie es alle rasch durch gehabt, schon allein, weil jetzt jeder ein Exemplar zur Verfügung hatte. Als sie damals im Krieg den Kreis gegründet hatten, zu der Zeit, wo sie sich nur am Abend im Schutz der Dunkelheit hatten treffen können, hatten sie von den verbotenen Büchern immer nur ein einziges Exemplar gehabt, das sie dann alle reihum hatten lesen müssen. Heute war das kaum noch vorstellbar. Es gab zum Glück keine Reichsschrifttumskammer mehr, die den Literaturmarkt beschnitt. Die reihenweise die Bücher verbot und vielen Autorinnen und Autoren das Schreiben gleich mit.

Maria stieß sich vom Tresen ab und ging näher an das Regal heran. Heute Abend würde der Kreis wieder in der Buchhandlung zusammenkommen, und sie würden sich über *Der Richter und sein Henker* von Friedrich Dürrenmatt austauschen. Obwohl Maria sonst nicht gern Krimis las, hatte sie diesen Roman doch verschlungen. Die Rivalität zwischen Mörder und Kommissar, die Frage nach der Gerechtigkeit, die darin aufgeworfen wurde, und nicht zuletzt die Wette zwischen den beiden Hauptfiguren, die alles überhaupt erst ins Rollen brachte, das hatte für große Spannung gesorgt. Es war Friedel Faßbender gewesen, der den Roman für den Kreis empfohlen hatte. Er hatte davon geschwärmt, dass er selten einen so raffiniert aufgebauten Kriminalroman gelesen habe, einen, bei dem man auch nach dem Ende noch lange darüber nachdachte. Am Anfang war Maria skeptisch gewesen, aber mit jeder Seite, die sie gelesen hatte, hatte sie Friedel mehr zustimmen müssen.

Maria durchquerte den Laden und blickte durch das Schaufenster hinaus. Die Hochstraße lag beinahe verlassen da. Nur ein einziges Auto kam gefahren. So war es immer im Sommer, in der Ferienzeit. Die meisten Andernacher waren in die Sommerfrische gefahren. Viele nach Italien. Nach Rimini an der Adria oder sogar nach Neapel. Vielleicht sollte sie auch einmal verreisen? Mit Hans, das wäre schön. Schließlich waren die Zeiten doch jetzt besser. Die Geschäfte liefen gut, wenn auch heute nicht so viel los war.

Nach dem Krieg hatten das Land, die Menschen und die Wirtschaft sich langsam erholt, auch im Buchhandel war es deutlich zu spüren gewesen. Nach und nach hatten die Verlage wieder die Erlaubnis erhalten, Bücher zu verlegen, und das Angebot war gewachsen. All die verbotenen Bücher aus der Zeit des Krieges durften wieder gelesen werden. Dennoch hatte es noch einige Zeit gedauert, bis es sich wie vor dem Krieg angefühlt hatte. Es war zu viel zerbombt worden, zu viel noch kaputt. Und mit den französischen Besatzern hatte es sich immer noch nicht wie Freiheit angefühlt.

Anfang März 1945 waren es zwar die Amerikaner, die Andernach einnahmen und den Krieg am Rhein schon vorzeitig beendeten. Aber nur kurze Zeit später, im Juli 1945, wurden die Gebiete am Rhein den Franzosen als Besatzungsgebiet zugesprochen. Damit veränderte sich wieder einiges. Oft wünschte Maria sich die Amerikaner zurück. Sie hatte sie freundlicher in Erinnerung.

Aber vielleicht täuschte sie da ihr Gedächtnis. Die Amerikaner waren es gewesen, die den Krieg in Andernach beendet hatten. Die Franzosen waren es, die dann dafür sorgten, dass das normale Leben weiterging. Dass die Ämter wieder ihre Arbeit aufnahmen und alles seinen geregelten Lauf nahm.

Dennoch hatte ganz Andernach aufgeatmet, als die Besatzung 1949 durch die Gründung der Bundesrepublik Deutschland geendet hatte. Und auch Maria war froh darüber gewesen. Es hatte sich endlich wieder wie das normale Leben angefühlt, als die Besatzer weg gewesen waren. Mit ihrem Weggang war die Zeit des Krieges endlich etwas verblasst, obwohl man auch heute noch die Spuren der Kampfhandlungen sehen konnte. Es waren nicht alle Häuser wiederaufgebaut oder renoviert worden. Viele standen noch immer leer, waren halb verfallen.

Maria drehte sich wieder vom Schaufenster weg und drückte ihren Rücken durch. Ein scharfer Schmerz durchfuhr sie dabei. Mit einer Hand massierte sie die schmerzende Stelle an ihrem Rücken. An so einem Tag wie heute kam sie sich unglaublich alt vor. Es war der Krieg. Die Verluste, die sie erlitten hatte. Sie hatte ihren Mann und ihre jüngere Tochter verloren. Das ging nicht spurlos an einem vorbei. Und wenn dann noch so eine Hitze hinzukam wie am heutigen Tag, dann spürte Maria das deutlich. Nicht zum ersten Mal fragte sie sich, ob das von jetzt an immer so weitergehen würde, bis die Schmerzen irgendwann so groß wurden, dass sie gar nicht mehr arbeiten konnte. Was würde sie dann noch vom Leben haben? Würde sie dann am Fenster sitzen und den Menschen auf der Straße zusehen, wie sie ihr Leben lebten? Wie sie lachten und glücklich waren? Würde sie so werden wie die alte Frau Schmitt, die früher im Haus gegenüber gewohnt hatte? Die gerne Gespräche auf der Straße belauscht hatte? Maria schüttelte sich. So würde sie bestimmt nicht werden. Nie und nimmer!

MIT KIND UND KEGEL

Das Sonnenlicht brach sich auf den sanften Wellen des Rheins. Eva hätte ewig hier stehen können. Die Arme auf das Geländer an der Rheinpromenade aufgestützt, mit einer leichten Brise im Gesicht, die ihr das Haar zerzauste.

»Komm, lass uns weitergehen«, sagte Margot, die neben ihr stand. Eine Hand am Kinderwagen, die andere auf der Schulter des kleinen Michael, der schon die ganze Zeit versuchte, am Geländer hinaufzuklettern.

Eva blickte noch einmal über den Rhein, dann nickte sie. »Ja, lass uns gehen.«

Während Margot versuchte, Michael vom Geländer fortzuziehen, da der Junge gar nicht einsah, von dort wegzugehen, stieß Eva sich mit den Armen ab und übernahm wie selbstverständlich den Kinderwagen. Margot warf ihr einen dankbaren Blick zu und konnte nun, da sie beide Hände freihatte, Michael kurzerhand auf den Arm nehmen, auch wenn er dabei wild strampelte und zu weinen begann. Ein paar Passanten warfen Margot und dem schreienden Jungen Blicke zu. Einige verständnisvoll, die meisten vorwurfsvoll, fast schon wütend. Eva schüttelte den Kopf und schob den Kinderwagen, in dem die kleine Helga lag, weiter. Margot folgte ihr. Sie hatte alle Mühe, den strampelnden Jungen auf dem Arm zu behalten. Nach einigen Schritten entdeckte Eva ein paar Enten und Schwäne auf einer der mit Blumen umsäumten Wiesen der Promenade.

»Schau doch mal, Michael«, rief sie und deutete auf die Tiere.

Sofort hörte der Junge auf zu schreien und zu zappeln. Ein Lächeln erschien auf seinem eben noch rot verzerrten Gesicht. Margot ließ ihn wieder herunter. Mit kleinen Schritten pirschte sich Michael an die Enten und Schwäne heran.

»Nicht zu nah dran!«, ermahnte Margot ihn. »Sonst erschreckst du die Tiere.«

Der Kleine nickte und blieb tatsächlich in einem gebührenden Abstand stehen. Die Augen fest auf die schnatternden Tiere gerichtet, das Gesichtchen freudig erhellt.

Margot lächelte Eva dankbar zu und übernahm wieder den Kinderwagen. In diesem Moment nieste die kleine Helga, und Margot gab einen entmutigten Laut von sich. Alle Freude von vorhin war mit einem Mal wie weggewischt.

»Was ist?«, fragte Eva.

»Ach, Helga wird und wird den Schnupfen nicht los.« Margot seufzte.

Wie zur Bestätigung nieste die Kleine noch dreimal kräftig hintereinander. Dabei kräuselte sie jedes Mal ihre kleine Nase. Eva fand, dass es beinahe putzig aussah.

»Ein bisschen Schnupfen ist doch nichts Schlimmes«, sagte Eva.

»Hast du eine Ahnung.« Margot schüttelte den Kopf. »Das bisschen Schnupfen führt dazu, dass die Kleine in der Nacht kein Auge zutut. Sobald sie liegt, ist die Nase ganz zu, und dann fängt sie an zu schreien. Dann hole ich sie und trage sie herum, spüle ihr die Nase, wie Fräulein Frings es mir gezeigt hat, nur, damit es eine halbe Stunde später wieder losgeht. Da ist an Schlaf nicht mehr zu denken.«

Eva betrachtete ihre Freundin genauer, und jetzt fielen ihr auch die dunklen Ringe unter den Augen auf.

»Johannes schläft schon die ganze Woche auf dem Sofa in der Küche«, erzählte Margot weiter. »Sonst bekommt er gar keinen Schlaf mehr. Und er arbeitet doch im Schichtdienst. Das ist sowieso immer schwierig.«

Margot und Johannes. Kurz nach dem Krieg waren sie ein Paar geworden und hatten vor fünf Jahren geheiratet. Ein Jahr später war der kleine Michael gekommen und noch einmal drei Jahre danach die kleine Helga, die jetzt auch bald schon ein Jahr alt wurde.

»Wenigstens kommt Ännchen zweimal die Woche am Nachmittag zu mir, wenn sie mit den Schulaufgaben fertig ist. Dann kann ich mich in Ruhe waschen und manchmal sogar ein wenig schlafen. Und heute Abend kommt sie, damit ich zum Kreis gehen kann.«

Eva nickte verständnisvoll. Ihr kam es noch wie gestern vor, dass sie mit Margot und ihren damals noch kleinen Zwillingsgeschwistern Ännchen und Rudi hier am Rhein entlangspaziert war. Da waren die zwei mit kleinen Trippelschritten um sie herumgelaufen. Und jetzt war Ännchen schon so groß, dass sie Margot mit den Kleinen helfen konnte. Die Zeit verging so schnell.

Margot schüttelte sich, dann lächelte sie mit einem Mal wieder, beugte sich zu der kleinen Helga im Kinderwagen vor und fuhr ihr mit der Hand über das Köpfchen. »Aber ein Leben ohne die Kinder könnte ich mir nicht vorstellen. Sie sind das Beste, was mir passieren konnte.« Sie richtete sich wieder auf und sah mit einem liebevollen Ausdruck zu Michael hinüber, der in die Hocke gegangen war und ganz langsam und vorsichtig versuchte, eine der Enten zu streicheln.

In einem Moment wie diesem fragte Eva sich, wie es wohl wäre, wenn sie selbst einmal Kinder hätte. Wäre sie dann auch müde und erschöpft und würde trotzdem sagen, dass es das Beste war, was ihr je widerfahren war?

Aber sie würde doch die Buchhandlung übernehmen, wie sollte sie da noch gleichzeitig Kinder großziehen? Sie dachte an ihre Tante Maria, die hatte genau das getan. Die Buchhandlung und die Kinder. Aber sie hatte keine andere Wahl gehabt, nachdem ihr Mann in den Krieg gezogen war. Eva hatte die Wahl. Sie konnte entscheiden, auch wenn sie noch nicht wusste, wie sie sich entscheiden würde. Und sie wäre ja nicht allein. Sie hatte Georg, Tante Maria und Ilse.

Michael kam lachend angelaufen und griff wie selbstverständlich nach Evas Hand. Wie klein die Finger waren, und so warm und auch ein wenig klebrig. Dennoch war es ein wunderschönes Gefühl, diese kleine Kinderhand in ihrer zu spüren.

Vielleicht war es an der Zeit, ihr Leben, wie es jetzt war, einmal zu überdenken. Im Moment lebte sie in einer angenehmen Freiheit. Sie und Georg waren zwar ein Paar, aber sie hatten sich nie verlobt oder über eine Heirat gesprochen. Bislang hatte sie sich immer nur auf ihre Zukunft in der Buchhandlung fixiert. Da hatte sie nie an Kinder gedacht. Und eigentlich liebte sie es so, wie es jetzt war. Diese Ungebundenheit.

Aber manchmal gab es eine leise Stimme, die sich mehr wünschte. Nur wusste sie nicht, ob dieses »mehr« hieß, dass sie Kinder haben wollte. Damals hatte sie davon geträumt, in einem Häuschen in der Vorstadt zu leben, Kinder zu haben. Sie hatte sich vorgestellt, genauso wie Margot jetzt, mit dem Kinderwagen auszufahren, dabei neue Bekanntschaften zu machen, andere Mütter zu treffen. So viel hatte sich seitdem verändert. Vor allem Eva selbst. Hatte sie früher immer gedacht, sie würde allein nicht bestehen können, würde ihre Familie brauchen, so war ihr jetzt klar, dass sie stark genug war, alles zu schaffen, was sie wollte. Natürlich war sie froh, Georg an ihrer Seite zu haben, aber sie wusste genau, dass sie es auch allein schaffen könnte. Dennoch. Sie blickte zu Helga im Kinderwagen, die gerade vergnügt quietschte, weil sie etwas gesehen hatte. Einen Vogel vielleicht oder ein Eichhörnchen in einem der Bäume. Eva spürte, wie das freudige Gluckern der Kleinen ihr das Herz erwärmte. Eigene Kinder, das wäre vielleicht doch was?

Eva schüttelte unwillkürlich den Kopf, um diesen Gedanken zu verscheuchen. Nein, sie hatte doch schon festgestellt, dass die Ehe nichts für sie war. Wie sollten da Kinder ins Bild passen? Und überhaupt. Sie war erst achtundzwanzig. Das war doch noch jung.

Musste sie sich wirklich jetzt schon Gedanken darüber machen? Ja, heutzutage heiratete man jung, bekam jung Kinder. Aber jung sein, das war nicht nur eine Frage des Alters. Es war auch eine Frage der Einstellung, wie man sich selbst fühlte. Und was das anging, fühlte Eva sich immer noch viel zu jung. Sie hatte für alles noch Zeit. Da musste sie nichts überstürzen.

»Warum schüttelst du den Kopf?«, fragte Margot. »Glaubst du mir nicht, dass Ännchen so tüchtig ist?«

Eva sah ihre Freundin überrascht an, sie war so weit in ihrem Gedankengang abgedriftet, dass sie für einen Moment vergessen hatte, worüber sie zuletzt gesprochen hatten. »Nein, nein, das ist es nicht«, antwortete sie daher schnell. »Ich weiß doch, wie groß Ännchen für ihr Alter schon ist.«

»Ja, ohne meine kleine Schwester würde ich ganz schön alt aussehen«, sagte Margot, und Eva konnte nicht ganz genau einordnen, ob ihre Freundin einen Scherz gemacht hatte oder die Wahrheit sprach, daher nickte sie einfach nur.

»Ich hab Hunger«, jammerte Michael und zog an Evas Hand.

»Dann lass uns die Ingeborg und die Käthe im Gemischtwarenladen besuchen, ja?«, sagte Margot zu ihrem Sohn. »Dort kannst du dir eine Kleinigkeit aussuchen.«

Die Augen des Kleinen begannen sofort zu leuchten. »Schokolade!«, rief er und zog jetzt so fest an Evas Hand, dass sie einen Schritt zu ihm hin stolperte.

»Ich glaube, wir haben keine Zeit mehr zu verlieren«, sagte Eva mit einem Lachen.

Und Margot antwortete ernst: »Was Kinder angeht, hat man nie Zeit zu verlieren.«

Eva wusste, dass Margot nicht ahnen konnte, was sie eben gedacht hatte, aber dennoch kam es ihr so vor, als hätte ihre Freundin auf ihren Gedankengang geantwortet. Sie war achtundzwanzig, und mit Kindern hatte man keine Zeit zu verlieren …

EIN BESUCH IN DER KOBLENZER STRASSE

Lustlos streifte Ilse durch die Straßen und Gässchen Andernachs. Früher, da war sie gern hinunter zum Rhein gelaufen. Hatte dabei oft den Werner und den Walter getroffen. Die zwei Jungen, die immerzu Krieg gespielt hatten. Und dann, am Ende, da hatten sie sich freiwillig für die Flak gemeldet. Kurze Zeit später waren sie tot gewesen. Genauso tot wie ihre kleine Schwester Gisela.

Gisela. Irgendwie hing alles mit ihrem Tod zusammen. Mit der Schuld, die Ilse auf sich geladen hatte. Vielleicht war das der Grund, warum sie sich lieber in ihre Tagträume und in Bücher zurückzog. Dort hatte sie Freunde, die sie nie enttäuschen würden. Deren Tod nicht auf ihren Schultern lastete, weil sie zwischen den Buchdeckeln immerfort lebten. Das war tröstlich. Ilse konnte mit den Figuren in den Büchern mitfiebern, ohne Angst haben zu müssen, selbst hineingezogen zu werden.

Der Nachmittag neigte sich schon langsam dem Abend zu, als Ilse wie von selbst hinüber zur Koblenzer Straße lief. Zum Friedhof. Nach dem Krieg war sie oft hierhergekommen, aber mit jedem Jahr war es weniger geworden. Und jedes Mal, wenn Ilse sich selbst dabei ertappte, dass sie wieder einmal vergessen hatte, Gisela zu besuchen, ergriff sie dieses Gefühl der Schuld ganz stark. Übermächtig fast, so, dass es sie beinahe zu ersticken drohte.

Unwillkürlich fasste sich Ilse an den Hals. Als ihre Fingerspitzen den Anhänger berührten, wurde sie etwas ruhiger. Sie atmete tief durch. Die Kette und die Kerzen in der Kirche, das half ihr etwas. Aber nichts davon ersetzte den Besuch auf dem Friedhof.

Als sie das Grab ihrer Schwester erreicht hatte, sank sie auf die Knie. Die Mutter hatte nach dem Krieg das schlichte Holzkreuz durch einen Grabstein ersetzen lassen. Ein kleiner, grob behauener Block aus Basalt. Die Daten hatte man fein säuberlich hineingefräst.

GISELA HERRMANN
* 12. 7. 1940
+2. 3. 1945

Dazu noch eine kleine Taube mit einem Zweig im Schnabel. Natürlich wusste Ilse, dass es die Taube symbolisieren sollte, die nach der großen Sintflut Land gefunden hatte, die ein Zeichen des Friedens war. Aber Gisela hatte Tauben nie gemocht. Jedes Mal, wenn Ilse hier stand, fragte sie sich, was ihre kleine Schwester wohl dazu sagen würde. Und dann musste sie an die vielen Stunden denken, in denen sie zusammen mit Gisela Bücher angeschaut hatte, in denen sie ihre kleine Schwester in den Arm genommen hatte. Bis zu der Nacht, in der die Bombe im Haus eingeschlagen hatte. Mit der rechten Hand fasste sie an ihren Kopf, bis sie die Stelle erreicht hatte, an der sie einen kleinen Wulst fühlte. Dort war sie genäht worden. Mit sechs Stichen. Man hatte sie im Krankenhaus versorgt, während die Schrapnellsplitter in Giselas Bauch zu unstillbaren Blutungen geführt hatten. Blutungen, die ihrer kleinen Schwester das Leben gekostet hatten. Ilse spürte einen dicken Kloß im Hals und weinte still.

Es tat weh, hier an Giselas Grab zu stehen. Dennoch konnte Ilse nicht anders. Sie musste diesen Schmerz fühlen. Musste sich mit ihrer Schuld konfrontieren, sich immer wieder daran erinnern. Sie konnte gar nicht anders. Sie fühlte sich getrieben. Als müsste sie mit dem Schmerz ihre Schuld abbezahlen oder abarbeiten. Sie wusste, dass sie das niemals loslassen würde. Dass sie sich das selbst niemals vergeben konnte.

NOCH HEUTE ABEND

Auf dem Weg nach Hause pfiff Georg das Liedchen von Willy Hagara. Der Ohrwurm *Ein Häuschen mit Garten* ließ ihm einfach keine Ruhe mehr. Und es war nicht nur das Lied, nein, es war der Gedanke, mit Eva eine Familie zu gründen und in ein eigenes Häuschen zu ziehen. Auf der Arbeit hatte er mit einem Mal an nichts anderes mehr denken können, bis ihm plötzlich klar geworden war, dass er nicht mehr länger warten wollte. Das Schicksal war auf seiner Seite, da war er sich jetzt ganz sicher. Er würde heute Abend Eva in der Buchhandlung einen Antrag machen!

Also hatte er kurzerhand Dieter gebeten, ihn im Werk zu vertreten, und früher Feierabend gemacht. Jetzt war er bester Laune, als er mit großen Schritten auf die Pension zueilte. Obwohl er früher als sonst nach Hause kam, stand Fräulein Weber schon an der Tür und wartete auf ihn. Sicherlich hatte sie ihn durch das Fenster erspäht, an dem sie zuweilen ganze Nachmittage lang saß, um zu sehen, was auf der Straße vor sich ging. Beim Gedanken daran, dass sie ihn gleich wie gewohnt nach seinem Tag im Werk fragen würde, musste er lächeln. Er würde ihr erzählen, was er vorhatte. Bestimmt würde die alte Dame ihm vor Freude um den Hals fallen. Sie war schon vom ersten Tag an, an dem Georg bei ihr eingezogen war, geradezu besessen davon gewesen, dass er eine junge Frau fand und heiratete. Nachdem Eva und er ein Paar geworden waren, hatte sie die tägliche Fragerei zwar tatsächlich aufgegeben, aber er wusste, dass sie insgeheim schon lange auf die Hochzeit wartete.

Als er jetzt näher herankam, bemerkte er jedoch, dass die Miene seiner Zimmerwirtin heute seltsam ernst war.

»Ah, Herr Neumann. Gut, dass Sie da sind«, begrüßte sie ihn. »Ich muss dringend mit Ihnen sprechen.«

Georg legte die Stirn in Falten. Sie war so förmlich, als wäre irgendetwas vorgefallen.

»Kommen Sie«, Fräulein Weber dirigierte ihn in den Salon, wie sie das Wohnzimmer der Pension nannte. »Setzen Sie sich.«

Georg nahm an dem ovalen Holztisch mit den kunstvoll geschnitzten Beinen Platz. Fräulein Weber setzte sich ihm gegenüber. Genauso saßen sie am Morgen beim Frühstück zusammen. Seit die beiden Herren Müller und Probst nicht mehr da waren, wohnte nur noch Georg in der Pension. Herr Müller war in dem furchtbaren Hungerwinter nach Kriegsende verstorben. Herr Probst vor zwei Jahren.

Fräulein Weber legte ihre Hände auf die gestärkte Tischdecke. »Wissen Sie, Herr Neumann, ich bin nicht mehr die Jüngste, und ich merke das mit jedem Tag mehr.«

Georg nickte. Er musterte ihre Hände. Die Haut war faltig und von Altersflecken übersät. Starke Sehnen zeichneten sich darunter ab. Die alte Frau saß aufrecht auf ihrem Stuhl. Drückte den Rücken so weit durch, wie es in ihrem Alter möglich war. Georg sah, dass es ihr Schmerzen bereiten musste.

Seine Zimmerwirtin sah ihn einen Moment schweigend an, schien sich zu sammeln, dann sagte sie: »Ich sage es jetzt ohne Umschweife: Ich werde die Pension zum Ende des Jahres schließen. Auch wenn es mir das Herz bricht, Sie auf die Straße setzen zu müssen.« Ihre Miene war gramerfüllt. »Sie dürfen mir das nicht persönlich nehmen, Herr Neumann! Sie sind mir in all den Jahren doch so ans Herz gewachsen.« Ihre Stimme zitterte.

Bevor sie weiterreden konnte, ergriff Georg schnell das Wort: »Fräulein Weber. Es ist alles in Ordnung.«

»Ach, Herr Neumann.« Fräulein Weber beugte sich über den Tisch und tätschelte Georgs Hand. »Sie sind so ein guter Mensch. Dass Sie mich alte Frau jetzt noch beruhigen wollen, obwohl ich Ihnen gerade gesagt habe, dass ich Ihnen die Bleibe nehmen werde.«

»Aber das tun Sie gar nicht!«, rief Georg aus.

»Tue ich nicht?«, fragte seine Zimmerwirtin erstaunt.

Georg grinste. Fräulein Weber konnte ja nicht wissen, was er schon den ganzen Tag über geplant hatte. »Ich werde mir eins von den Bauvereinshäuschen kaufen!«

Es dauerte einen Augenblick, bis Fräulein Weber verarbeitet hatte, was er gesagt hatte, doch dann strahlte sie plötzlich über das ganze Gesicht. »Herr Neumann! Sie werden ein Haus kaufen? Heißt das etwa, was ich denke, dass es heißt? Werden Sie endlich das Fräulein Eva heiraten?«

»Ja, das werde ich. Ich kaufe gleich einen Ring und mache ihr noch heute Abend einen Antrag«, antwortete Georg stolz. Es fühlte sich gut an, es laut auszusprechen. Es nicht nur zu denken.

»Dass ich das auf meine alten Tage noch erleben darf!« Fräulein Weber zog ein Spitzentaschentuch aus der Rocktasche und tupfte sich damit die Augenwinkel ab. »Wissen Sie, Herr Neumann«, sagte sie, nachdem sie sich wieder etwas beruhigt hatte, »ich hab ja schon lange gehofft, Sie würden endlich das Fräulein Eva aus dem Buchladen heiraten. Würden endlich eine Familie gründen! Aber, ehrlich gesagt, hatte ich damit vor Jahren gerechnet. Deshalb wollte ich jetzt … nun ja … ich wollte die Reißleine ziehen. Und ausgerechnet da sagen Sie mir, dass Sie heiraten werden.« Sie lachte und tupfte sich erneut mit dem Tuch über die Augen.

»Dann hätten Sie die Pension schon viel früher verkauft, wenn ich früher beschlossen hätte zu heiraten?«, fragte Georg.

»Genau kann ich das nicht sagen. Vielleicht schon. Aber all die Jahre haben Sie nie ans Heiraten gedacht. Und …« Fräulein Weber bedachte ihn mit einem gütigen Lächeln. »… in vielerlei Hinsicht sind Sie der Sohn, den ich mir immer gewünscht habe. Die eigene Familie setzt man doch nicht so einfach vor die Tür.«

Georg lächelte. »Sie sind für mich auch Familie.«

Wieder nahm Fräulein Weber seine Hand und drückte sie.

»Wo werden Sie wohnen, wenn Sie die Pension verkauft haben?«, fragte Georg.

»Ich werde zu der Tochter meiner verstorbenen Schwester ziehen. Die wohnt drüben im Westerwald, in der Nähe von Hachenburg. Dann habe ich jemanden, der nach mir sehen kann, auch wenn ich Andernach vermissen werde. Das weiß ich jetzt schon.«

Sie hatte eine Schwester gehabt, hatte eine Nichte. Und Georg war immer davon ausgegangen, dass Fräulein Weber allein wäre.

»Tun Sie mir einen Gefallen, Herr Neumann?«, fragte die alte Dame ihn. »Schreiben Sie mir hin und wieder einmal, wenn ich umgezogen bin?«

Georg zuckte unmerklich zusammen. Sprechen, das war für ihn nie ein Problem gewesen. Und mit dem Lesen klappte es immer besser. Auch wenn er nicht alles verstand. Das dicke Buch, was sie im letzten Monat für den Kreis hätten lesen sollen, zum Beispiel, das war ihm zu hoch gewesen. Aber der Krimi von Dürrenmatt, über den sie heute Abend in der Buchhandlung sprechen würden, der hatte ihn gepackt. Natürlich hatte es auch da den einen oder anderen Ausdruck gegeben, den er sich nur im Zusammenhang hatte erschließen können, aber die Geschichte hatte er verstanden. Nur mit dem Schreiben wollte es einfach nicht so klappen. Die Form der Buchstaben, das bereitete ihm Probleme. Im Werk hatte er es immer so drehen können, dass einer der anderen Arbeiter Formulare ausfüllte. Wie sollte er jetzt Fräulein Weber erklären, dass er nicht wirklich in der Lage war, Briefe zu schreiben? Zumindest nicht solche, die sie auch lesen konnte.

»Ich war noch nie der große Briefeschreiber, wissen Sie?« Verlegen kratzte er sich am Hals. »Hat Ihre Nichte vielleicht ein Telefon?«

Fräulein Weber schüttelte den Kopf. »Meine Nichte wohnt in einem sehr kleinen Dorf im Westerwald. Soweit ich weiß, hat dort nur der Bürgermeister ein Telefon. Aber das kann ich natürlich hin und wieder benutzen. Dann … ich würde Sie gelegentlich anrufen, wenn Ihnen das lieber ist.«

Georg nickte langsam. Um vom Thema abzulenken, fragte er: »Haben Sie schon einen Käufer für die Pension?«

Fräulein Weber schüttelte den Kopf. »Aber ich habe schon einmal mit einem Makler gesprochen, um den Wert des Hauses schätzen zu lassen.«

»An wie viel hätten Sie denn dabei gedacht?«, fragte Georg.

»Ich weiß noch nicht genau. Das Haus ist groß. Vierzig- oder fünfzigtausend werde ich wohl dafür bekommen. Damit habe ich dann bis an mein Lebensende ausgesorgt. Warum fragen Sie? Wollen Sie die Pension kaufen?«

»Nein, nein, ich sagte doch, ich werde ein Häuschen kaufen, draußen am Stadtrand«, erklärte Georg. »Wissen Sie, ich habe nicht einmal annähernd so viel Geld. Wie sollte ich Ihnen da die Pension abkaufen?«

»Ich könnte Ihnen auch entgegenkommen. Sagen wir fünfunddreißigtausend? Das würde mir alten Frau auch noch reichen.«

Fünfunddreißigtausend. Georg schüttelte den Kopf und lächelte matt. »Auch so viel habe ich nicht.«

»Dann belassen wir es einfach dabei: Sie kaufen sich eins von den hübschen Häuschen, die haben doch auch alle Garten, oder nicht? Das ist für eine kleine Familie viel besser. Und ich verkaufe zum Ende des Jahres die Pension und genieße dann meinen Ruhestand.«

»So machen wir es«, bestätigte Georg. Er stand auf. »Nehmen Sie es mir nicht übel, Fräulein Weber, aber jetzt muss ich mich wirklich beeilen, ich muss mich schließlich noch umziehen, bevor …«

»Gehen Sie schon, gehen Sie schon«, unterbrach die alte Dame ihn lächelnd.

Als er fertig umgezogen war und sein helles Haar mit einem nassen Kamm vor dem Spiegel frisiert hatte, traf er im Flur wieder auf Fräulein Weber. Auch seine Zimmerwirtin hatte sich zurechtgemacht.

»Nanu?«, sagte Georg verwundert und bemerkte, dass die alte Dame sogar etwas Rouge aufgelegt hatte. Ganz dezent nur, aber es stand ihr gut.

Fräulein Weber drehte sich keck einmal im Kreis. »Da staunen Sie, was, Herr Neumann? Ich gehe heute Abend auch einmal aus. Können Sie sich das vorstellen? Die Frau Schmitt aus der Wollgasse hat mich eingeladen.«

»Dann wünsche ich Ihnen einen schönen Abend«, sagte Georg.

»Ich Ihnen auch, Ihr Abend wird ja vermutlich viel spannender!«, erwiderte Fräulein Weber.

»Wünschen Sie mir besser Glück«, bat Georg, als er zur Tür eilte.

»Das muss ich gar nicht«, rief die Zimmerwirtin ihm hinterher. »Sie haben Ihr Glück mit dem Fräulein Eva doch schon gefunden.«

EINE GROSSE FAMILIE

»Doktor, sind Sie des Teufels?«

Jemand packte Ilse am Oberarm und riss sie heftig zurück. Keine Sekunde zu spät, denn in diesem Augenblick sauste ein Lastwagen um die Ecke und hupte dabei laut. Ilse riss die Augen weit auf, ihr Puls ging mit einem Mal schnell, und sie brauchte einen kurzen Moment, bevor sie neben sich blickte, um zu sehen, wer sie gerade davor bewahrt hatte, überfahren zu werden. Es war eine junge Frau mit buschig braunen Haaren und sanften Augen.

»D-Danke«, brachte Ilse hervor. Das Herz raste immer noch in ihrer Brust. Sie sah sich nach links und rechts um. Aber die Kreuzung vor dem Koblenzer Tor lag wieder beinahe verlassen da. Sie war so in Gedanken gewesen, dass sie gar nicht auf den Verkehr geachtet hatte. Immer nur hatte sie an Gisela denken können, die sie gerade auf dem Friedhof besucht hatte.

Die junge Frau lockerte den Griff um Ilses Oberarm und winkte mit einer Hand ab. »Das ist doch selbstverständlich. Ich bin zwar auf dem Weg zur Arbeit, aber da muss ich ja nicht gleich neue Arbeit mitbringen.« Sie lachte, als hätte sie einen Witz gemacht, aber Ilse verstand ihn nicht. Das sah man ihr anscheinend auch deutlich an, denn die junge Frau erklärte: »Ich bin Schwesternschülerin.« Sie deutete an sich hinab, und jetzt erkannte Ilse, dass sie eine Art Uniform trug. Ein blaues Kleid mit Fischgrätmuster und darüber eine Schürze mit Latz. »Ich arbeite drüben im St. Nikolaus-Stiftshospital. Im Moment bin ich in der Notaufnahme. Und glaub mir, wenn ich dich nicht festgehalten hätte, dann wärste genau da gelandet.«

Ilse nickte. Das ergab Sinn. »Danke«, sagte sie erneut und lächelte jetzt. Ihr Herz beruhigte sich langsam. Ein weiterer Lastwagen und ein paar Autos fuhren vorbei, dann war es wieder ruhig auf der Straße.

»Jetzt können wir rüber«, sagte die junge Frau und ging los.

Ilse brauchte einen kurzen Moment, dann eilte sie ihr hinterher. Kurz vor dem Koblenzer Tor hatte sie sie wieder eingeholt. »Dann magst du also Heinrich Heine? Den les ich auch gern.«

Die junge Frau blieb stehen. »Was für ein Heinrich?«

»Na, der Ausspruch ›Doktor, sind Sie des Teufels?‹ stammt von Heinrich Heine. Es ist der letzte Satz von dem Gedicht *Das Seegespenst.* Der Anfang lautet: ›Ich aber lag am Rande des Schiffes, und schaute, träumenden Auges, hinab in das spiegelklare Wasser.‹« Verträumt blickte Ilse in den Himmel, der heute über Tag so hell gewesen war wie spiegelklares Wasser, sich aber jetzt immer dunkler zeigte.

Die junge Frau lachte wieder. »Mit Gedichten kenn ich mich nicht aus. Das ist nur so ein Satz, den unsere Oberschwester ruft, wenn irgendwas passiert. Ich hab immer gedacht, das hätte was mit richtigen Doktoren zu tun, wo ich doch im Krankenhaus arbeite, weißte?« Sie zuckte mit den Schultern.

Jetzt musste auch Ilse lachen. »Mit Krankenhaus hat das Gedicht wenig zu tun. Da fährt jemand mit einem Schiff und stürzt sich fast in die Meerestiefe, wenn der Kapitän ihn nicht in letzter Sekunde zurückziehen würde.«

»Dann ist es ja gleich noch passender, dass ich das gerufen hab. Ich hab dich schließlich auch in letzter Sekunde festgehalten«, sagte die junge Frau und lachte wieder.

Sie hatte eine herzliche und offene Art, die einfach ansteckend war, und so stimmte Ilse wieder in das Lachen ein. »Das kann man so sagen.«

»Und ich hab dabei sogar noch etwas gelernt. Über den Heinrich …« Sie kniff die Augenbrauen zusammen, schien nach dem Nachnamen zu suchen.

»Heine«, half Ilse weiter.

»Heinrich Heine, das ist mal ein Name. Wie aus einem Film.« Die junge Frau schmunzelte. »Ich bin übrigens die Petra.« Sie hielt Ilse die Hand hin, die einschlug.

»Ilse«, stellte sie sich selbst vor.

»Machste das öfter?«, fragte Petra und setzte ihren Weg durch das Koblenzer Tor fort.

»Was meinst du?«

»Na, nicht auf die Autos und Lastwagen aufpassen und alles über Gedichte wissen?«

»Das mit dem Straßenverkehr ist neu«, antwortete Ilse. Sie grinste Petra von der Seite an, und die grinste zurück.

Ilse fragte sich, wie alt sie sein mochte. Vielleicht ein, zwei Jahre älter als sie selbst? Mehr bestimmt nicht.

»Du kommst mir irgendwie bekannt vor. Kann es sein, dass ich dich schon mal irgendwo gesehen hab?«, fragte Petra.

»Ich geh hin und wieder in die Krankenhauskirche, vielleicht da? Ach, und manchmal besuche ich Schwester Elisabeth, die kenne ich gut.«

»Elisabeth?« Wieder kniff Petra die Augenbrauen zusammen. »Ist das die, die auf der Inneren arbeitet? Die Große mit den Sommersprossen?«

Ilse schüttelte den Kopf. »Nein, sie ist nicht groß, sie ist eher klein. Früher hat sie im Krankenhaus gearbeitet, jetzt wohnt sie nur noch da. Sie ist schon ein … ein älteres Semester.«

»Ein älteres Semester.« Petra lachte. »Du redest ziemlich gestelzt daher, hat dir das schon mal wer gesagt?«

Bei jedem anderen hätte Ilse das als Beleidigung aufgefasst, aber so wie Petra es gesagt hatte, war es einfach nur eine Feststellung. Nicht mehr und nicht weniger.

»Das hat mit den Gedichten zu tun, weißt du?«, antwortete Ilse daher keck.

»Aha!«, rief Petra aus und reckte den Zeigefinger in die Luft. »Daher kommt das also. Und wie kommste zu den Gedichten? Schule?«

»Auch«, sagte Ilse. »Aber das meiste kommt wohl daher, dass ich in einer Buchhandlung aufgewachsen bin.«

»Buchhandlung? Etwa die in der Hochstraße?«

»Genau die. Die Rhein-Buchhandlung. Die gehört meiner Mutter.«

»In 'ner Buchhandlung groß geworden«, sagte Petra anerkennend. »Dann biste bestimmt ein richtiger Bücherwurm?«

Ilse nickte. »Ich lese viel.«

»Ich hab mir nie was aus Büchern gemacht. Zu Hause hatten wir kaum welche. Die Bibel und so ein Gesangbuch, das war's dann auch schon.«

»Kommst du aus Andernach?«, fragte Ilse.

Petra schüttelte den Kopf, und ihre Locken wippten mit. »Nee, ich bin von Burgbrohl. Da gibt's zwar ein Krankenhaus, aber ich wollte in einem richtig großen arbeiten, und ich wollte auch mal raus, da hab ich mich hier beworben. Jetzt bin ich schon seit fast acht Monaten hier und lerne jeden Tag was Neues«, erklärte sie, und Ilse konnte deutlich den Stolz aus ihrer Stimme heraushören.

»Fährst du dann jeden Tag von Burgbrohl hierher? Mit dem Bus?«, fragte sie.

Wieder schüttelte Petra den Kopf. »Nee. Ich wohne im Schwesternwohnheim«, antwortete sie und zeigte zu dem Gebäude neben dem Krankenhaus. »Wie alle Schülerinnen.«

»Dann hast du da ein Zimmer für dich?«, fragte Ilse neugierig. Allein wohnen, das klang so aufregend. Dort zu arbeiten, wo man es gerne wollte. Einfach das zu tun, was man liebte.

»Ich teil mir das Zimmer. Aber das ist schon in Ordnung. Wir sind da alle eine große Familie.«

Eine große Familie. Ilse hielt inne. Sie selbst hatte nur wenig Familie. Die Mutter und ihre Cousine und ihre kleine Schwester am Ende der Koblenzer Straße, das war's dann schon. Sie griff nach dem Denar.

»Was ist?«, fragte Petra. Plötzlich schien sie besorgt. »Hab ich was Falsches gesagt?«

»Nein, nein, alles in Ordnung«, antwortete Ilse automatisch. Dabei war nichts in Ordnung. Sie standen am Anfang der Hochstraße, hinter dem Koblenzer Tor. Hier würden ihre Wege sich trennen. Ilse musste weiter geradeaus zur Buchhandlung und Petra hinüber zum Krankenhaus. »Dann …«, begann Ilse, »… noch einmal Danke für die Rettung.«

»Nichts zu danken, Teufelsdoktor Heinrich.« Mit einem breiten Grinsen salutierte Petra mit zwei Fingern. »Vielleicht sieht man sich ja noch mal.«

»Das wäre schön«, rief Ilse, und sie meinte es so.

Und es war das erste Mal, dass sie von einem Besuch auf dem Friedhof mit einem Lächeln nach Hause ging.

WAS PLÖTZLICH EINFACH IST

Georg fühlte sich, als könnte er die ganze Welt umarmen. Es war, als hätte er jahrelang an einem großen Puzzle mit Tausenden von Teilen gearbeitet und jetzt die letzten entscheidenden Puzzlestücke gefunden, damit er endlich das große Ganze sehen konnte. Alles fügte sich zusammen. Es war genauso, wie es seine Großmutter immer gesagt hatte. Alle guten Vorzeichen und Omen hatten ihm den Weg gewiesen, bis zu diesem Moment, bis hierher.

Seine Großmutter, er vermisste sie so sehr. Sie war in seiner Kindheit der wichtigste Mensch in seinem Leben gewesen. Viel zu früh hatte sie ihn verlassen müssen. Wie gern hätte er ihr Eva vorgestellt.

Die beiden hätten sich gemocht. Das wusste er aus tiefstem Herzen. Und dieser Gedanke freute ihn.

Als er an den Schaufenstern vorbeieilte, sah er sein Spiegelbild. Von allen Scheiben lächelte er sich selbst entgegen. Strahlte, wie er schon lange nicht mehr gestrahlt hatte.

Er fasste in die Jackentasche und spürte dort das Samtkästchen. Es war das erste Mal für ihn gewesen, dass er ein Juweliergeschäft betreten hatte. So viel Schmuck, so viel Gold und Silber. Überall, wo er hingesehen hatte, hatte es geblitzt und gefunkelt. Ein Ring für Eva war schnell ausgesucht gewesen. Nachdem er erst einmal gesagt hatte, was er wollte und was er sich genau vorstellte, hatte die Verkäuferin einen Vitrinenschrank geöffnet und ein mit Samt bezogenes Brett hervorgezogen, in dem mehrere lange Vertiefungen waren, in denen wiederum Ringe steckten. Von schlicht bis extravagant war alles dabei gewesen.

Jetzt gab es nur noch eine Sache, die er erledigen musste: Er wollte mit Evas Tante sprechen. Sie war die einzige Familie, die Eva noch hatte, und ihm war es wichtig, deren Segen einzuholen, bevor er Eva einen Antrag machte.

Als er die Buchhandlung betrat, stand Maria Herrmann hinter dem Kassentresen.

»Hallo, Georg«, begrüßte sie ihn. »Eva ist gerade hinauf in die Stube gegangen, du kannst gern …«

»Nicht nötig, Maria«, unterbrach Georg sie schnell, »ich wollte eh zu dir.«

»Zu mir?« Maria Herrmann zog die Brauen zusammen. »Warum denn das?«

Georg trat rasch auf sie zu und zog das Kästchen hervor. Er brauchte es gar nicht zu öffnen, denn Maria Herrmann verstand sofort, um was es sich da handelte.

»Georg Neumann!«, rief sie erfreut aus. »Ist es so weit? Willst du die Eva endlich fragen?«

Endlich, dachte Georg und nickte. »Wenn ich deinen Segen bekomme, dann ja.«

Maria lachte herzlich. »Aber natürlich hast du den. Den hattest du schon immer. Darauf hättest du nicht warten müssen. Meinen Segen hast du, Georg.« Sie streckte die Hand aus. »Und jetzt zeig mal her.«

Georg öffnete die Schachtel und hielt sie ihr hin.

Vorsichtig nahm Maria die kleine Schatulle und drehte sie so hin und her, dass sie alles sehen konnte. »Schön, wirklich schön«, murmelte sie dabei. Dann klappte sie den Deckel zu und gab Georg die Schachtel zurück. »Wann willst du sie fragen?«

Georg umfasste das Kästchen mit beiden Händen. »Heute Abend.«

»Hier? In der Buchhandlung?«, fragte Maria.

Er nickte.

»Wenn alle dabei sind?«

Er nickte wieder.

»Aber möchtest du das nicht lieber machen, wenn ihr zwei allein seid?«

»Maria, da, wo ich herkomme, macht man das im Rahmen der Familie. Und der Kreis, ihr alle, ihr seid meine Familie.«

Evas Tante sah für einen kurzen Moment erstaunt aus, lächelte ihn aber dann warm an. »Dann wird es heute also ein ganz besonderer Abend.«

»Das kann man wohl sagen.«

GRAU UND KREIS

»So, das war der letzte.« Eva stemmte die Arme in die Seiten und sah sich den Stuhlkreis an, den sie gerade aufgebaut hatten. Normalerweise fand sie es immer sehr anstrengend, die Stühle von oben die Treppe hinunter in den Laden zu tragen, aber heute hatte Georg ihnen geholfen. Er war schon da gewesen, als Eva aus der Stube nach unten gekommen war.

Es dauerte nicht lange, da klopfte es an die Ladentür. Auf der Straße vor dem Laden sah Eva all die bekannten Gesichter, die Menschen, die ihr in Andernach so sehr ans Herz gewachsen waren. Schnell schloss sie die Tür auf. Als Erste trat Fräulein Frings ein, tief über ihren Stock gebeugt. Eva sah, dass sie sich dabei nicht anmerken lassen wollte, wie viel Schmerzen ihr jeder einzelne Schritt bereitete. Friedel Faßbender, der hinter ihr ging, eilte an ihre Seite, bot ihr die Hand, aber die alte Dame schüttelte nur knapp den Kopf. Anna und David Simon kamen hinter ihnen herein. Danach folgten Elli und Josef Breuch und dann Käthe, Ingeborg und zum Schluss Margot und Hans. Ein geschäftiges Geschnatter erfüllte die kleine Buchhandlung. Während die Mitglieder des Kreises sich unterhielten, schloss Eva die Tür wieder ab. Danach gesellte sie sich zu ihnen. Alle waren sie wie immer, nur Georg und Tante Maria verhielten sich merkwürdig. Es war Eva schon zuvor aufgefallen, als sie die Stühle hinuntergetragen hatten. Georg war seltsam angespannt, während Tante Maria in einem fort lächelte. Und jetzt beobachtete Eva die Tante dabei, wie sie Hans Schumacher etwas ins Ohr flüsterte. Die zwei sahen immer wieder zu ihr herüber, und Hans strahlte plötzlich über das ganze Gesicht. Eva beschloss, dass sie die Tante später zur Rede stellen würde, wenn sie wieder allein wären. Sie musste erfahren, was hier vor sich ging.

Endlich nahmen alle Platz, und Tante Maria eröffnete den Abend wie gewohnt: »Ich freue mich sehr, dass wir heute wieder alle zusammengekommen sind. Im letzten Monat haben wir ja auf Anregung von unserem lieben Friedel alle *Der Richter und sein Henker* von Friedrich Dürrenmatt gelesen und wollen uns nun dazu austauschen.«

Eva lächelte. Wie förmlich ihre Tante immer war, wenn es um die Begrüßung ging.

»Friedel«, wandte die Tante sich an den alten Lehrer, »möchtest du vielleicht beginnen und uns ein paar Worte zum Autor erzählen?«

Friedel Faßbender nickte. »Aber gern.« Dann holte er in seiner unnachahmlichen Art und Weise aus und erzählte. Eva war jedes Mal aufs Neue fasziniert davon, wie der alte Lehrer Wissen vermitteln konnte. Dabei wurde einem nie langweilig. Er erzählte, dass Dürrenmatt Schweizer sei und seine Bücher im Schweizer Diogenes Verlag veröffentliche. Als Schüler habe er nicht geglänzt, dennoch sein Abitur – oder besser gesagt die Matura, wie es in der Schweiz genannt wurde – erlangt und im Anschluss ein Studium begonnen. Das Studium habe er dann aber ohne die geplante Dissertation abgebrochen und sei seitdem freier Schriftsteller. Friedel Faßbender lächelte. »Heute kann der gute Dürrenmatt durchaus davon leben, aber in den Anfangsjahren war es schwierig für ihn. Ich habe einmal gelesen, dass das gerade Dürrenmatts Frau sehr belastet hat.«

»Das kann ich mir gut vorstellen!«, rief Tante Maria aus, und alle lachten.

Danach begann Friedel über den Roman zu sprechen, aber Eva hörte nicht mehr zu. Sie war mit einem Mal zu sehr davon abgelenkt, wie Georg, der neben ihr saß, sich verhielt. Seine linke Hand, die, an der ihm drei Finger fehlten, lag wie immer locker auf seinem Bein, aber die andere Hand, mit der fuhr er ständig in seine Tasche, als würde dort etwas stecken, das er umfasste und wieder losließ. Dazu rutschte er immer ein bisschen auf dem Stuhl hin und her, nervös beinahe. So hatte sie ihn noch nie erlebt.

»Was ist los mit dir?«, wisperte sie zu ihm hinüber. Dabei bemerkte sie, dass Tante Maria und Hans sie wieder nicht aus den Augen ließen.

»Später«, flüsterte Georg zurück. Er setzte sich aufrecht hin und saß nun ganz still und abwartend.

Nur auf was er genau wartete, das konnte Eva nicht sagen.

Friedel Faßbender beendete seinen Vortrag, und sofort entspann sich eine angeregte Diskussion. Eva genoss es, sich mit den anderen Kreismitgliedern auszutauschen, die verschiedenen Meinungen und Interpretationen zu hören. Käthe zum Beispiel hatte der Roman gar nicht gefallen, während Ingeborg auch schon *Der Verdacht* gelesen hatte, die Fortsetzung des Romans. Friedel Faßbender philosophierte über die Schuld- und Gewissensfrage, und Elli sagte, sie habe den Roman gleich zweimal hintereinander gelesen, um wirklich alles zu erfassen. Eva diskutierte wild mit. Sie liebte es, so frei über Literatur zu sprechen. Am allerschönsten war dabei, dass sie es nicht mehr heimlich tun mussten, dass der Laden hell erleuchtet war und alle Menschen, die draußen vorbeigingen, sie durch das Schaufenster sehen konnten. Sie benötigten keine Verdunkelung mehr, nicht mehr den Schutz der Nacht. Auch wenn Eva froh war, dass sie durch die damaligen Umstände Georg kennengelernt hatte. Er war der Schreiner gewesen, den

Margot ihr damals empfohlen hatte. Er hatte Gestelle für die Verdunkelung von Schaufenster und Tür gebaut, so waren sie sich nähergekommen.

So viel Zeit war seitdem vergangen. Eva lehnte sich zurück und blickte in die Runde. Die ursprünglichen Kreismitglieder waren in den letzten Jahren alle grau geworden. Grau und greis. Nein! Grau und Kreis, fuhr es Eva durch den Kopf, und sie musste so über ihr eigenes Wortspiel schmunzeln, dass sie zunächst gar nicht bemerkte, dass alle Gespräche zum Verstummen gekommen und alle Augen auf sie gerichtet waren. Auf sie und Georg, der aufgestanden war und jetzt etwas aus seiner Hosentasche zog.

»Eva«, sagte er, und seine Stimme klang merkwürdig rau dabei. Und dann ließ er sich vor ihr auf ein Knie nieder.

Das Blut rauschte Eva mit einem Mal laut in den Ohren. Sie blickte zur Tante hinüber, die über das ganze Gesicht strahlte. Sie sah wieder zu Georg, der nun auf Augenhöhe mit ihr war, weil sie immer noch im Stuhlkreis saß. Und es war gut, dass sie saß, denn sie spürte, wie ihr die Beine weich wurden, und in ihrem Kopf hallte nur noch ein einziger Gedanke wider:

Die Ehe war doch nichts für sie …

OFFENES ENDE

»Ach, verdammt!« Ilse rutschte mit dem Buch im Bett zur Seite, bei dem Versuch, eine angenehmere Leseposition einzunehmen. Erneut huschten ihre Augen über das Papier. Sie hatte den kurzen Absatz nun schon dreimal gelesen, aber war so abgelenkt, dass sie den Inhalt einfach nicht erfassen konnte. Wenn das so weiterging, würde sie nie herausfinden, wer die junge Frau umgebracht hatte, die man in der Bibliothek des Ehepaars Bantry gefunden hatte. Egal wie geschickt sich Miss Marple bei den Ermittlungen anstellte.

Ilse klappte den Krimi zu, rollte sich auf den Rücken und legte Buch und Hände auf ihrem Bauch ab. So starrte sie missmutig an die Zimmerdecke. Sie wusste, was der Grund dafür war, dass sie sich nicht auf den Kriminalroman konzentrieren konnte: Sie musste immerzu an ihre Begegnung mit Petra denken. Hörte deren markante Stimme in ihren Gedanken in einem fort »Doktor, sind Sie des Teufels?« rufen.

Sie schloss ihre Augen und ging alles noch einmal im Kopf durch. Wiederholte jedes Wort, das sie selbst gesagt hatte, und versuchte sich genau daran zu erinnern, was die junge Frau geantwortet hatte. Dabei fragte sie sich, was für einen Eindruck sie wohl hinterlassen hatte. Einen guten, hoffte sie. Immerhin hatte Petra sie am Ende *Teufelsdoktor Heinrich* genannt. Ilse mochte den Klang dieser Wörter. Es hörte sich verwegen an und mutig. Es hörte sich an wie der Name eines Abenteuerhelden. Aber genau da lag das Problem. Ilse war kein Abenteuerheld. Sie war eine einfache Schülerin, die nur noch wenige Tage Ferien hatte und so gar keine Lust auf die Schule. Eine Schülerin, die in ein paar Jahren eine Studentin sein würde, statt sich ins Abenteuer des echten Lebens zu stürzen und ihre Bestimmung zu finden.

Sie sah wieder Petra vor sich. Mit den buschigen Haaren und den sanften Augen. Sie schien ihre Bestimmung gefunden zu haben. Hatte selbst entschieden, wo sie ihre Lehre machen wollte. So, wie es sich bei ihr anhörte, hatte sie alles einfach selbst in die Hand genommen: Hatte sich selbst für eine Lehre als Krankenschwester entschieden und diese dann angetreten. Sie hatte rausgewollt aus ihrem Dorf und es einfach getan. Als wäre weiter nichts dabei.

Ilse kannte Petra kaum und konnte erst recht nicht sagen, wie ihre Eltern waren. Ob sie Petra unterstützt oder ihr im Weg gestanden hatten. Aber wenn sie nur von ihrem kurzen Treffen ausging, von dem Eindruck, den sie von Petra gewonnen hatte, dann schätzte Ilse sie so ein, dass sich ihr nichts und niemand in den Weg stellen konnte, wenn sie sich etwas in den Kopf gesetzt hatte.

Ilse öffnete die Augen wieder und seufzte tief. Wenn sie doch nur selbst so sein könnte. Wenn sie nur wüsste, was sie eigentlich aus ihrem Leben machen wollte. Schwester Elisabeth hatte gesagt, dass einen die Bestimmung aus heiterem Himmel finden würde. Aber bislang hatte Ilse nicht den Eindruck, dass der heitere Himmel ihr in dieser Beziehung so wohlgesonnen war. Sie wusste nur eines: Sie war mit ihrem Leben, wie es jetzt verlief und wie es in Zukunft verlaufen sollte, unzufrieden. Und noch viel unzufriedener machte sie, dass sie keine Ahnung hatte, wie es denn besser verlaufen könnte.

Petra hatte sich für eine Ausbildung zur Krankenschwester entschieden, und so wie die Augen der jungen Frau beim Erzählen geleuchtet hatten, liebte sie alles daran, selbst die Arbeit in der Notaufnahme. Die wiederum stellte Ilse sich sehr anstrengend vor. Nicht nur körperlich, sondern vor allem seelisch. Ihre kleine Schwester Gisela hatte es am Ende auch noch in die Notaufnahme geschafft, aber die anschließende Not-OP hatte sie nicht mehr retten können. Ilse schluckte. Wenn sie nur damals sofort verstanden hätte, dass auch ihre kleine Schwester schwer verletzt worden war. Wenn sie die Anzeichen doch nur richtig gedeutet hätte. Wenn sie doch nur selbst nicht so stark am Kopf geblutet hätte. Gisela würde heute noch leben. Da war Ilse sich sicher. Wenn man sie sofort operiert hätte, dann hätte sie es überlebt. Automatisch wanderte ihre rechte Hand hinauf an ihren Hals und umfasste den Denar. Die Münze war warm von ihrer Haut. Mit ihrem Daumen strich sie sanft darüber. Spürte das geprägte Muster, das sich so vertraut anfühlte. Vertraut und tröstlich zugleich.

Ob Petra wohl in einer solchen Situation sofort gehandelt hätte? Hätte eine Krankenschwester oder eine Schwesternschülerin gleich erkannt, was mit Gisela nicht gestimmt hatte? Bestimmt wäre es so gewesen.

Eine Weile starrte sie wieder an die Zimmerdecke, während ihr Daumen immer und immer wieder über die Münze an ihrem Hals fuhr. Dann griff sie erneut nach dem Krimi, bei einem weiteren Versuch, sich endlich auf Miss Marples Fall zu konzentrieren. Aber auch diesmal kam sie nicht weit. Nur waren es nun nicht ihre abdriftenden Gedanken, die sie störten, sondern ein lautes Gepolter und Stimmengewirr vor der Zimmertür. Ilse legte das Buch zur Seite und ging in den Flur, um zu sehen, was da vor sich ging. Sie stieß auf ihre Mutter und die Kreismitglieder.

»Ah, Ilse, gut, dass du kommst, du kannst mir helfen, ein paar Häppchen zu machen, während ich den Kaffee aufsetze«, sagte ihre Mutter und dirigierte sie in die Stube. »Wir haben doch noch Käse, den kannst du schon einmal würfeln.«

Verdutzt tat Ilse, wie ihr geheißen. Sie wusste, dass heute Abend ein Treffen des Kreises war. Aber noch nie waren die Mitglieder dafür hinauf in die Stube gekommen. Sie selbst hatte hin und wieder auch daran teilgenommen, aber sie hatte schnell gemerkt, dass es ihr nicht so lag. Sie las gern, aber sie mochte es nicht, wenn jemand aus einem Buch einen anderen Schluss zog als sie selbst. Dann fühlte es sich für sie so an, als hätte sie es falsch gelesen. Und das wollte sie nicht.

Während sie den Käse würfelte, nutzte sie die Gelegenheit, einmal über die Menschen zu schauen, die sich jetzt in der Stube drängten. Dabei fiel ihr auf, dass zwei fehlten. »Wo sind denn Eva und Georg?«, fragte sie ihre Mutter.

»Die sind noch unten im Laden.«

»Dann kommen sie gleich nach?«, fragte Ilse.

Ihre Mutter schüttelte den Kopf. »Georg hat der Eva einen Antrag gemacht.«

»Oh! Das sind ja schöne Neuigkeiten!«, rief Ilse aus.

Die Miene ihrer Mutter war mit einem Mal seltsam steinern.

»Was ist passiert?«, fragte Ilse.

»Eva, sie … sie hat nicht geantwortet.«

(K)EIN VERSPRECHEN

Es war wieder still in der Buchhandlung. Georg sah zu Eva hinüber, die immer noch regungslos und stumm auf dem Stuhl saß.

Wenigstens waren sie jetzt allein.

Fräulein Frings war es gewesen, die die Situation gerettet oder es zumindest ein wenig erträglicher für Georg gemacht hatte.

Die alte Hebamme hatte resolut bestimmt, dass sie nun alle Eva und ihn allein lassen sollten. Und dann hatte sie den Stock gehoben und mit Evas Tante zusammen die Kreismitglieder nach oben in die Stube gescheucht.

»Kommt, ich setz uns einen Kaffee auf«, hatte Maria Herrmann verkündet, und der alte Lehrer Friedel Faßbender, der als Letzter durch die Lagertür verschwunden war, hatte gemeint: »Also ich würd auch was Stärkeres nehmen.«

Georg unterdrückte ein Seufzen. Etwas Stärkeres würde er jetzt auch nehmen.

Was hatte er sich nur dabei gedacht, Eva hier vor den ganzen anderen zu fragen? Er wäre die ganze Sache besser mit Bedacht angegangen, statt so überstürzt zu handeln. Aber er hatte keine Zeit mehr verlieren wollen, hatte das starke Gefühl gehabt, dass jede Stunde zählte, jede Minute. Dabei wusste er es doch besser. Er kannte Eva jetzt schon so lange. Sicherlich wäre es besser gewesen, ihr den Antrag allein zu machen. Am besten an einem Ort, der Bedeutung für sie beide hatte, wie dem Alten Krahnen oder dem Krahnenberg.

Er sah Eva an. Die Hand, in der er immer noch das geöffnete Kästchen hielt, begann zu zittern. Es gab jetzt keinen anderen Ausweg als geradeaus und durch. Er hatte die Frage ausgesprochen, jetzt brauchte er eine Antwort. Egal, wie diese lauten mochte.

Er holte Luft, und dann sagte er: »Eva, bitte, sag etwas, sag irgendwas, egal was.«

Draußen war es dunkel geworden, und mit einem Mal erschien ihm das Licht der Ladenbeleuchtung so grell. Es brannte richtig in seinen Augen. Oder war es Evas Schweigen, das brannte?

»Bitte«, versuchte er es erneut. Er hörte selbst, wie verzweifelt er klang.

»Steh auf«, flüsterte Eva.

Georg holte erneut tief Luft. Das waren nicht die Worte, die er hatte hören wollen. Aber sie sprach wieder, sah ihn wieder an. Ihre grauen Augen waren mit einem Mal so intensiv wie bei ihrem ersten Zusammentreffen, damals vor so vielen Jahren im Schnee am Schloss. Er schluckte, klappte das Kästchen mit dem Ring zu und stand auf.

Eva klopfte mit einer Hand auf den Stuhl zu ihrer Linken, um zu zeigen, dass er sich neben sie setzen solle.

Er nahm Platz und wartete ab, ob sie weitersprechen würde. Aber sie schwieg wieder. Auf ihrem Gesicht zeigten sich dabei so viele Emotionen, als würde sie mit sich selbst kämpfen. Warum hatte sie nicht Ja gesagt? Was störte sie an dem Gedanken, ihn zu heiraten? Und dann wurde ihm klar, was es war. Er wusste es doch.

Georg steckte die kleine Schachtel in die Hosentasche zurück, rutschte auf seinem Stuhl zu Eva hinüber und ergriff ihre Hände. »Ist es die Sache mit dem Versprechen? Eva, ich weiß, dass die Ehe ein Versprechen ist. Und ich weiß auch, dass ich dir versprochen habe, dir nie wieder etwas zu versprechen. Aber …«

Sie hatte den Mund schon geöffnet, um ihn zu unterbrechen, aber er hob die Hand.

»Bitte, Eva, ich muss das aussprechen. Danach kannst du alles sagen. Ja?«

Sie nickte, und er fuhr fort: »All die Jahre hab ich mich an mein Versprechen gehalten. Hab dir nicht einmal die kleinste Kleinigkeit versprochen. Ich habe mein Wort nie gebrochen. Das weißt du. Können wir jetzt nicht einfach eine Ausnahme machen, oder zwei?«

»Zwei?«, fragte Eva leise.

»Ich verspreche dir heute, dass unsere Ehe das letzte Versprechen sein wird, dass ich dir geben werde. Damit wäre es eines heute und eines an dem Tag, an dem wir heiraten. Zwei. Und kein einziges mehr. Ich geb dir mein Ehrenwort.«

Ein kleines Lächeln umspielte Evas Lippen. »Das sind dann ja schon drei«, sagte sie. »Mit dem Ehrenwort sind es drei.«

»Gut, dann nehme ich das Ehrenwort wieder zurück«, erwiderte Georg und grinste.

Eva lächelte. »Zwei Versprechen, nicht mehr.« Sie zog ihn mit ihren Händen zu sich heran und gab ihm einen schnellen Kuss.

»Dann machen wir also eine Ausnahme?«, fragte Georg und küsste nun seinerseits Eva.

»Genau«, flüsterte sie gegen seine Lippen. »Wir machen eine Nicht-Versprechen-Pause. Zwei Mal.«

»Gefällt mir. Gefällt mir sogar sehr gut«, flüsterte Georg zurück. Er spürte, dass sich Evas Lippen an seinen wieder zu einem Lächeln verzogen.

»Ob du's glaubst oder nicht: mir auch.« Sie löste sich von ihm und sah ihn aufmerksam an. Schien auf etwas zu warten.

»Was möchtest du?«, fragte Georg.

»Na ja«, sagte sie und zwinkerte ihm zu. »Wenn wir das machen, dann doch richtig, oder?«

Er zog die Brauen zusammen, da er nicht wusste, worauf sie hinauswollte, nickte aber.

»Gut. Dann zeig mir noch einmal die kleine Schachtel«, sagte Eva.

Das ließ Georg sich nicht zweimal sagen. Er nestelte das Kästchen hervor. Seine Finger zitterten vor Aufregung, als er es erneut aufklappte und ihr hinhielt.

»Die Frage, Georg. Nicht die Frage vergessen!« Eva zwinkerte ihm zu.

»Natürlich.« Er räusperte sich. »Eva Liebe, willst du mein Versprechen annehmen, dass unser Versprechen der Ehe das letzte Versprechen sein wird, das ich dir je geben werde?«

Ihr helles Lachen erfüllte mit einem Mal die Rhein-Buchhandlung und sein Herz. »Was glaubst du denn?«

»Dann ist das ein Ja? Ein richtiges Ja? Ein …«

»Natürlich ist das ein Ja, Georg Neumann!«, unterbrach sie ihn und lachte noch mehr. »Aber …« Sie brach ab, und ein merkwürdiger Ausdruck stellte sich in ihrem Gesicht ein. »Unter einer Bedingung.«

»Welche?«

»Du musst mir zusagen, dass du nicht von mir erwartest, nach der Hochzeit nur Hausfrau und Mutter zu sein! Ich will arbeiten, mein Leben so leben, wie ich es mir vorstelle. Wie ich es mir erträume.«

Georg nickte. »Natürlich«, sagte er schnell.

»Und da ist noch etwas.«

»Noch eine Bedingung?«

»Ja, noch eine. Heute ist wohl der Tag der Zwei. Zwei Versprechen und zwei Bedingungen: Ich will niemals in ein Häuschen am Stadtrand ziehen. Ich will in der Stadt wohnen bleiben, ganz nah an der Buchhandlung.«

Eva saß da und fühlte sich, als wäre sie gerade nicht sie selbst und gleichzeitig mehr sie selbst als je zuvor. War das wirklich passiert? Hatte sie tatsächlich gerade zugestimmt, Georg zu heiraten, obwohl sie doch vorher noch gedacht hatte, die Ehe sei nichts für sie?

Georg küsste ihre Halsbeuge und berührte dann ganz sanft ihr rechtes Ohrläppchen mit den Lippen.

»Fräulein Weber ist heute Abend nicht da«, flüsterte er ihr ins Ohr.

Zusammen mit seinem warmen Atem jagten die Worte einen wohligen Schauer durch ihren Körper. Sofort waren alle leisen Zweifel vergessen. Sie hatte Ja gesagt, und es war genau das, was sie wollte. Und wenn Georgs Zimmerwirtin nicht zu Hause war, dann hieß das, dass sie zwei ungestört sein konnten. Dass sie tun und lassen konnten, was sie wollten. Und meist wollten sie dann beide nur eines. Normalerweise begann sie dann, im Kopf die Tage nachzurechnen, aber jetzt fragte sie nur: »Worauf warten wir noch?«

»Sollen wir nicht den anderen Bescheid sagen, wenn wir jetzt gehen?«, fragte Georg.

Eva schüttelte den Kopf. »Die werden die frohe Kunde noch früh genug erfahren. Wenn wir raufgehen, kommen wir hier so schnell nicht wieder weg. Und am Ende ist Fräulein Weber dann doch schon wieder zurück und …« Mehr musste sie nicht sagen. Georg stand auf, nahm sie an der Hand und zog sie durch das Lager zur Hintertür.

Als sie durch die Straßen Andernachs hinüber zur Pension liefen, musste Eva ausgelassen lachen. Die Luft war noch herrlich warm und roch nach Sommer. Mit einem Mal fühlte sie sich leicht und unbeschwert. Irgendwie frei, obwohl sie doch eben zugestimmt hatte, sich fest zu binden. Über diesen Gedanken musste Eva gleich noch mehr lachen. Es war verrückt, und es war schön. Sie liebte Georg. Liebte ihn jetzt, nach dem Ja sogar noch mehr. Dabei hätte sie nicht gedacht, dass das möglich war. Dass ihre Liebe noch größer werden könnte, als sie schon war. Aber genauso war es. Sie fühlte es mit jeder Faser ihres Körpers, mit jedem Herzschlag.

Schnell hatten sie die Pension erreicht. Georg ließ ihre Hand nur kurz los, um die Tür aufzuschließen. Dann umfassten die Finger seiner versehrten linken Hand ihre rechte erneut. Mit einem breiten Grinsen zog er sie hinter sich her ins Haus. In seinen Augen konnte sie die gleiche Begierde und Leidenschaft lesen, die sie selbst in sich aufwallen spürte.

Im Flur machte Georg Halt und küsste sie stürmisch. Schließlich stolperten sie küssend in sein Schlafzimmer. Eva bekam gar nicht mehr mit, ob Georg die Tür schloss. Sie schlang die Arme um seinen breiten Rücken, fühlte durch den Stoff seines Hemdes die kräftigen Muskeln. Immer noch küsste Georg sie stürmisch, aber das war Eva nicht mehr genug. Sie wollte mehr. Sie schob ihre Hände unter Georgs Hemd, wanderte damit nach vorn zum Bund seiner Hose. Mit schnellen Griffen hatte sie den Gürtel geöffnet und dann die Hose selbst. Sie wollte Georg spüren, ganz und gar spüren. Jetzt. Sofort. Unter ihrem Kuss bemerkte Eva, dass Georg lächelte. Er löste sich von ihr, ließ seine Hose hinuntergleiten, zog sich dann rasch das Hemd über den Kopf. Eva beobachtete ihn dabei. Betrachtete das Spiel seiner Muskeln. Er hatte den Körper eines Sportlers. Breite Schultern, muskulöse Arme und Beine. Nur seine linke Hand wollte nicht in das Bild passen. Die Hand, die zeigte, dass er im Krieg gewesen war. Ein Großteil des Handtellers fehlte. Ein Durchschuss, so hatte er ihr einmal erzählt. Manchmal, wenn sie einfach nur so nebeneinandersaßen, nahm Eva seine linke Hand auf ihren Schoß und fuhr die Narben mit ihren Fingern nach. Aber jetzt hielt sie sich damit nicht auf. Jetzt griff sie nach seiner Hand, um ihn wieder zu sich heranzuziehen. Aber Georg war schneller. Er packte sie mit beiden Händen, und ehe sie sichs versah, lag sie in seinem Bett, und Georg war über ihr. Er stützte sich mit einem Ellenbogen neben ihrem Kopf auf und begann mit der freien Hand, nun Eva von ihrer Kleidung zu befreien. Kurze Zeit später lag sie nackt unter ihm. Er wanderte mit seinen Lippen über ihren Körper. Jede neuerliche Berührung verstärkte das Gefühl von Verlangen in ihr.

Sie fuhr mit ihren Händen über seine Haut, glitt herunter, bis sie seine Mitte zu fassen bekam. Georg stöhnte auf und streckte seinen Rücken durch, bevor er seinen Kopf wieder zu ihr herunterbeugte und sie sanft küsste. Eva ließ nicht los, mit beiden Händen rieb sie darüber. Georgs Kuss wurde mit einem Mal gierig, hungrig. Mit einer Hand fuhr er zwischen ihre Schenkel, und nun war es Eva, die ein lautes Stöhnen nicht mehr unterdrücken konnte. Sie ließ mit ihren Händen von Georg ab, und nur kurze Zeit später spürte sie ihn in sich. Spürte seine Hitze, die auf ihre traf. Sie drängte sich noch näher an ihn, drückte ihm ihren Schoß entgegen und genoss jede seiner Bewegungen. Er hielt inne, sah ihr in die Augen, stellte eine stumme Frage. Eva nickte, und da packte er sie an den Armen und zog sie mit sich herum, sodass er nun unten lag und sie oben. Jetzt bestimmte Eva das Tempo und die Bewegungen. Das Gefühl, zerbersten zu müssen, wurde immer intensiver, bis es sie vollkommen übermannte. Bis sie zerbarst, in tausend Stücke zerbrach und gleichzeitig noch nie so ganz gewesen war wie in diesem Augenblick.

Sie sackte auf Georg zusammen und blieb einen kurzen Moment so liegen. Ihr Atem ging stoßweise. Er ließ ihr den Augenblick des Verschnaufens, bevor er sie wieder mit sich drehte. Sie lag unter ihm und sah in sein Gesicht, während er erneut in sie eindrang. Sie beobachtete seine Mimik, sah und fühlte sein Verlangen, bis er sich mit einem letzten, kräftigen Stoß in ihr ergoss und dann seine Stirn gegen ihre lehnte. Sie spürte seinen Atem, der schnell ging.

Er hob den Kopf wieder an und schenkte ihr ein liebevolles Lächeln, küsste sie, zart, atemlos. Er ließ sich neben sie sinken.

Eva bettete ihren Kopf in seine Armbeuge und schob ein Bein über seinen Körper. Sie genoss das Gefühl seiner warmen Haut an ihrer. Hörte sein Herz schlagen, schnell zuerst und dann wieder langsamer, bis es zu einem gleichmäßigen und beruhigenden Takt fand.

Sie hatten schon oft miteinander geschlafen, aber noch nie war es so intensiv gewesen wie heute. Es musste daran liegen, dass sie Ja gesagt hatte. Dass sie sich mit einem Mal Georg so viel näher und verbundener fühlte. Vielleicht war es aber auch die Pause vom Keine-Versprechen-Machen? Das hatte ihr eine Last von den Schultern genommen, von der sie nicht gewusst hatte, dass sie überhaupt da gewesen war. Aber wie sie jetzt hier nackt mit Georg in seinem Bett lag, leicht verschwitzt und glücklich, hatte sie das Gefühl, dass sie von Georg jedes Versprechen der Welt annehmen konnte. Er würde sie nie im Stich lassen. Würde niemals sein Wort brechen.

Sie lächelte über diesen Gedanken. Mit einem Finger fuhr sie über seine Brust, über die hellen Haare, die dort wuchsen. »Georg?«

»Hm?«, brummte er schläfrig.

»Du bist der einzige Mann, der mir Versprechen machen darf.«

Er drehte seinen Kopf und küsste sie auf die Stirn. »Ich liebe dich auch, Eva.«

Wie an jedem Morgen goss Fräulein Weber Georg heißen Kaffee ein. »Was hat sie gesagt? Jetzt spannen Sie doch bitte eine alte Frau wie mich nicht länger auf die Folter!«

Er ließ die Schultern hängen.

»Herr Neumann!«, rief seine Zimmerwirtin. Sie zog die Kaffeekanne abrupt weg und verteilte dabei dunkle Kaffeetropfen auf der hellen Tischdecke im Salon. »Jetzt sagen Sie mir nicht, dass das Fräulein Eva Ihren Antrag abgelehnt hat!«

Georg sah zu den Tropfen. Wie sie langsam vom Stoff der Tischdecke eingesogen und zu unschönen Flecken wurden. »Hat sie nicht. Wir gehen gleich am Montag aufs Amt und bestellen das Aufgebot.«

»Gott sei Dank! Ich hatte schon Sorge.« Fräulein Weber stellte die Kanne ab und ließ sich auf den Stuhl ihm gegenüber sinken. Dabei wirkte sie, als hätte sie gerade einen Hundert-Meter-Lauf absolviert. »Aber …«, begann sie nachdenklich, »… das ist doch ein Grund zur Freude, und Sie sitzen hier und machen ein Gesicht wie sieben Tage Regenwetter. Raus mit der Sprache, wo ist der Haken?«

Georg stellte seine Ellenbogen auf den Tisch und stützte dann sein Gesicht in die Hände. »Sie wissen doch, dass ich ein Häuschen kaufen wollte. Für Eva und mich.«

Fräulein Weber nickte.

»Eva hat nur unter zwei Bedingungen einer Hochzeit zugestimmt.«

»Und die haben etwas mit dem Häuschen zu tun?«, fragte seine Zimmerwirtin.

»Die eine nicht, aber die andere … die schon.« Georg holte Luft. »Sie will niemals in ein Häuschen am Stadtrand ziehen, hat sie gesagt.«

Fräulein Weber sah ihn für einen Moment ungläubig an, dann begann sie, schallend zu lachen. »So ein Paar wie Sie und das

Fräulein Eva gibt es aber auch kein zweites Mal auf der ganzen weiten Welt. Sie sind so unterschiedlich wie Tag und Nacht!«

»Das kann man wohl sagen«, erwiderte Georg und hob den Mundwinkel zu einem halben Lächeln.

»Aber Sie lieben sie, oder nicht?«

»Aus ganzem Herzen.« Jetzt lächelte er richtig.

Fräulein Weber zuckte mit den Schultern. »Gegensätze ziehen sich eben doch an. Und was wollen Sie jetzt machen, wegen dem Häuschen?«

Georg atmete lautstark ein und aus. »Ich weiß es nicht. Ich könnte eine Wohnung für Eva und mich suchen. Aber eigentlich will ich das nicht. Ein Häuschen, das war immer das, was ich wollte.«

Sie schwiegen beide. Georg nahm endlich einen Schluck Kaffee zu sich. Er war nur noch lauwarm, schmeckte aber angenehm stark. Eva war sein Glück. Und er war so unendlich froh darüber, dass sie heiraten würden. Gestern Abend hatten sie noch lange in seinem Bett gelegen. Dicht aneinandergedrängt. Er hatte ihre warme Haut an seiner gespürt, ihrem gleichmäßigen Atem gelauscht. Das alles hatte seine Sorge wegen des Häuschens an den Rand gedrängt. Aber nachdem sie gegangen war und er allein in der Dunkelheit seines Zimmers gelegen hatte, war es alles wieder zurückgekommen.

»Jetzt sagen Sie noch einmal«, holte Fräulein Weber ihn wieder zurück an den Frühstückstisch der Pension, »wie viel Geld haben Sie denn gespart?«

Georg lächelte sie halbherzig an. »Fräulein Weber, darüber haben wir schon gesprochen. Es ist nicht genug für die Pension.«

»Aber schauen Sie doch einmal. Es ist so ein großes Haus. Die Vorstellung, dass Kindergetrappel in diesen Fluren erschallt, allein dabei geht mir schon das Herz auf. Also sagen Sie, wie viel ist es?«

»Zwanzigtausend, gerade so.« Georg sah, dass Fräulein Weber bei der genannten Summe kurz den Mund verzog. Unbewusst vielleicht, ein kurzes Zucken nur, aber er hatte es gesehen. »Für die Pension reicht es nicht«, sagte er daher schnell. »Das ist in Ordnung. Ich finde schon etwas für Eva und mich. Und bis wir Kinder haben, wird ja auch noch etwas Zeit vergehen.«

»Aber ich würde Ihnen so gern die Pension verkaufen. Und zwanzigtausend sind nicht wenig …«

»Aber es ist nicht genug für so ein großes Haus«, erwiderte Georg.

»Was ist denn, wenn wir einen Vertrag machen?«, fragte Fräulein Weber.

»Was soll da ein Vertrag nützen? Mehr Geld habe ich dann immer noch nicht.«

»Aber in einem Vertrag können wir festhalten, dass Sie mir die zwanzigtausend als Anzahlung geben. Und den restlichen Betrag zahlen Sie wie eine Miete oder so etwas ab.«

»Über wie viel reden wir denn da? Und über welchen Zeitraum? Verstehen Sie mich nicht falsch, Fräulein Weber, ich verdiene ganz gut im Sperrholzwerk, aber für die zwanzigtausend habe ich schon sehr lange gespart.«

Die alte Dame machte eine wegwerfende Geste. »Das wird schon alles passen. Ich brauch auf meine alten Tage nicht viel. Und wir können gern auch vereinbaren, dass wir mit der Abbezahlung erst in ein, zwei Jahren beginnen. Dann haben Sie erst einmal Zeit, sich auf Ihre kleine Familie zu konzentrieren, und der Rest wird sich schon finden.«

Georg überlegte. Was Fräulein Weber ihm da anbot, war verlockend. Es war die Lösung für das einzige Problem, das ihm zu seinem Glück mit Eva noch im Weg stand. Aber die Pension war so viel mehr wert. Er wollte die alte Dame nicht um ihren unbeschwerten Ruhestand bringen. Seit er in Andernach angekommen war und bei ihr ein Zimmer bezogen hatte, hatte sie nach ihm gesehen. Nie hatte sie es für ihn an irgendetwas fehlen lassen. Selbst im Krieg, als die Lebensmittel knapp gewesen waren, hatte Fräulein Weber es geschafft, ihm hin und wieder eine kleine Köstlichkeit zu servieren. Und sie war in dieser Zeit so viel mehr für ihn geworden. Er betrachtete sie als Teil seiner Familie. Das konnte und wollte er nicht ausnutzen. Er sah sie an. »Dieses Angebot kann ich unmöglich annehmen.«

»Natürlich können Sie das«, hielt Fräulein Weber dagegen.

»Sie sollen aber nicht nur meinetwegen das Gefühl haben, das tun zu müssen. Das will ich nicht.«

»Herr Neumann!«, sagte Fräulein Weber plötzlich mit strengem Ton. »Ich bestimme, dass wir das so machen. Auch auf die Gefahr hin, mich zu wiederholen: Sie sind für mich der Sohn, den ich niemals hatte, und damit liegt mir Ihre gesicherte Zukunft am Herzen.«

»Fräulein Weber, ich kann das …«

»Ach, papperlapapp!«, unterbrach die alte Dame ihn. »Wir machen es so. Sie heiraten jetzt erst einmal das Fräulein Eva, und dann setzen wir einen ordentlichen Vertrag auf, damit wir auf beiden Seiten sicher sind.«

Georg presste die Lippen zusammen. Es fühlte sich immer noch nicht richtig an.

Fräulein Weber seufzte laut und theatralisch. »Sehen Sie es als ein verfrühtes Hochzeitsgeschenk an. Können Sie es dann annehmen? Oder meinetwegen als den letzten großen Wunsch einer alten Frau, die einem jungen Glück nicht im Weg stehen will.«

»Es ist also das, was Sie gerne wollen?«, vergewisserte Georg sich.

Fräulein Weber nickte.

»Dann ist Ihr Wunsch mir Befehl«, antwortete Georg und salutierte mit den Fingern an der Stirn.

»Geht doch!«, rief Fräulein Weber aus.

»Du siehst zauberhaft aus.«

Eva schob erneut die widerspenstige Haarsträhne hinter ihr Ohr. Ohne Erfolg. Sofort schaute sie wieder hervor. Sie verzog den Mund, und ihr Spiegelbild tat es ihr gleich. »Wohl eher zauberhaft zerzaust.«

Tante Maria trat neben sie. »Egal wie du es drehst und wendest, es bleibt zauberhaft.« Sie griff in ihre Rocktasche und zog zwei Haarklammern hervor. »Aber wenn es dich so stört, dann steck die Haare an der Seite einfach hoch.«

Eva nahm die Klammern mit einem dankbaren Lächeln entgegen. Tante Maria wusste in jeder Situation Rat. Und sie blieb fast immer die Ruhe selbst. Das bewunderte Eva sehr an ihr. Auch die freudige Nachricht von der baldigen Hochzeit hatte sie mit Gelassenheit vernommen, während Eva mit jeder Minute mehr Aufregung verspürte.

Das Wochenende war für sie wie im Rausch vergangen. Noch nie war sie auf so einer Welle aus Liebe und Glück geschwommen. Endlich verstand sie, was man meinte, wenn man sagte, man könne von Luft und Liebe leben.

»Komm, lass mich das machen«, riss die Tante sie aus ihren Gedanken und nahm ihr kurzerhand die Klammern ab. Sie stellte sich vor Eva und steckte ihr links und rechts je eine breite Strähne hoch. Dann trat sie zur Seite.

Eva drehte ihren Kopf im Spiegel hin und her.

»Zauberhaft, sag ich doch.« Tante Maria lächelte. »Zeig mir noch mal den Ring.«

Eva hob die Hand mit dem Ring und hielt sie der Tante hin. Die seufzte. »So schön!« Dann klatschte sie in die Hände. »Und jetzt ab mit dir, Georg wartet doch bestimmt schon unten.«

»Danke, du bist die Beste.«

Als sie die Treppe hinuntereilte, fühlte Eva sich, als könnte sie die ganze Welt umarmen.

Wie die Tante es vermutet hatte, stand Georg vor der Buchhandlung auf der Straße. Mit klopfendem Herzen trat Eva auf ihn zu.

Sie würden jetzt zum Standesamt gehen und das Aufgebot bestellen. Nach allem, was ihr in Berlin mit Alfred widerfahren war, hätte Eva nie gedacht, dass dieser Tag einmal kommen würde. Und noch weniger hatte sie gedacht, dass sie dabei eine solche Freude erfüllen würde. Freude und Aufregung und Liebe und Glück. Alles zusammen.

Ein Blick in Georgs blaue Augen und sie wusste, dass es richtig war, dass alles, was sie fühlte, echt war. Dass Georg echt war.

»Na, Fräulein Liebe«, begrüßte Georg sie, »bereit zum ersten Schritt auf dem Weg vom Fräulein zur Frau?«

»Ich glaube, den hab ich schon mehr als einmal getan«, sagte Eva und zwinkerte ihm zweideutig zu.

Er nahm sie in den Arm, küsste sie. »Definitiv«, raunte er ihr ins Ohr und verursachte ihr damit eine Gänsehaut, obwohl die Sonne hell und warm auf sie herab schien.

Zusammen gingen sie die Hochstraße entlang. Bis zum Rathaus an der Ecke zur Kramgasse war es nicht weit.

Dort angekommen, hatten sie auch das Büro des Standesbeamten schnell gefunden. Nun saßen sie ihm gegenüber an einem breiten Schreibtisch aus dunklem Holz. An der Wand drängten sich Aktenschränke aneinander.

Der Beamte war sehr freundlich, hatte schon den Antrag vor sich liegen und einen ganzen Teil ausgefüllt. Jetzt sah er Eva und Georg an und sagte: »Dann benötige ich nur noch Ihre Ausweise und …«

»Ausweise?«, unterbrach Georg den Standesbeamten.

»Ja, natürlich. Was haben Sie denn gedacht? Es muss alles seine Ordnung haben.«

Eva wandte sich an Georg. »Hast du den Ausweis zu Hause vergessen? Dann kannst du doch schnell laufen und ihn holen.« Sie sah wieder zum Standesbeamten. »So viel Zeit haben wir doch, oder nicht?«

Der Beamte nickte.

Eva sah mit einem Lächeln zu Georg. »Siehst du, wir haben genug Zeit.«

Sie hätte erwartet, dass Georg ihr Lächeln erwidern würde, aber er lächelte nicht. Er sah nervös aus. Wobei, das traf es nicht. Er sah eher so aus, als wäre ihm etwas furchtbar unangenehm oder als hätte er Schmerzen. Oder beides zusammen.

»Ich hab meinen Ausweis nicht vergessen, ich hab keinen«, sagte er schließlich schnell.

»Sie haben keinen Personalausweis?«, rief der Beamte ungläubig.

Georg nickte.

»Aber … aber …«, ereiferte sich der Standesbeamte. »So geht das nicht! Woher soll ich denn wissen, dass Sie sind, wer Sie sind, wenn Sie keinen Ausweis besitzen? Haben Sie vielleicht einen Reisepass?«

Georg schüttelte den Kopf. »Ich … ich habe noch ein …« Er räusperte sich. »Ich meine, ich habe noch *mein* Soldbuch. Zu Hause.«

»Ihren Soldatenausweis? Sie waren an der Front?«

Georg nickte schnell. »Natürlich.« Er hob seine linke Hand, wie er es immer tat, wenn er auf den Krieg angesprochen wurde. Eva hatte sich schon oft gefragt, ob ihm das überhaupt bewusst war oder ob seine Hand in dieser Beziehung ein Eigenleben führte.

»Dann hast du ja ein Ausweispapier, das du jetzt holen kannst«, sagte Eva zu Georg und griff kurz nach seiner Hand, um sie zu drücken, bevor sie sich wieder an den Beamten wandte: »Und dann können wir doch fortfahren mit dem Aufgebot, oder nicht?«

»Nun, Fräulein Liebe«, begann der Beamte, »ohne gültige Ausweispapiere Ihres Verlobten sind mir vorerst die Hände gebunden.« Er wandte sich an Georg: »Herr Neumann, holen Sie Ihr Soldbuch und wenden Sie sich dann an meine Kollegen. Ach, und machen Sie sich schon einmal auf ein Bußgeld gefasst!« Er zog eine Schublade hinter seinem Schreibtisch auf und ließ den halb ausgefüllten Antrag darin verschwinden.

»Ein Bußgeld?«, fragte Georg, und Eva bemerkte, dass seine Stimme leicht kratzig klang.

»Natürlich!«, sagte der Beamte streng. »Schließlich gilt das Personalausweisgesetz seit Januar 1950. Und das besagt, dass jeder Bürger der Bundesrepublik Deutschland mit Vollendung seines sechzehnten Lebensjahres einen Ausweis mit sich zu führen hat.« Er musterte Georg. »Und wenn ich mir Ihr Geburtsdatum ansehe, dann kann ich mit Gewissheit sagen, dass Sie vor fünf Jahren bereits deutlich älter als sechzehn waren!«

ANS LICHT

»Kann ich Ihnen weiterhelfen?«

Eva schüttelte den Kopf. »Nein danke, ich warte nur auf jemanden.«

Der Mann, der sie angesprochen hatte, nickte und eilte weiter den Rathausflur entlang.

Seit Georg vor knapp vierzig Minuten nach Hause gegangen war, um sein Soldbuch zu holen, hatte Eva genau diese Unterhaltung bereits fünfmal geführt. Dabei waren es zwei Damen gewesen und nun insgesamt drei Herren, die sie gefragt hatten. Anscheinend wirkte sie hilflos. Und tatsächlich kam sie sich gerade auch hilflos vor. Hilflos und verlassen. Eigentlich hatte sie Georg begleiten wollen, aber das hatte er rigoros abgelehnt. Überhaupt war er seit ihrem Besuch im Büro des Standesbeamten wie ausgewechselt; und das nicht im guten Sinne. Er war plötzlich fahrig, nervös und nahezu gestresst.

Eva warf einen Blick auf die Uhr, die im Flur an der Wand hing. Weitere Minuten waren vergangen. Wo blieb Georg nur? Mit dem Daumen ihrer linken Hand schob sie den Verlobungsring am Ringfinger hin und her. Eva bemerkte, wie sie selbst anfing, nervös zu werden. So nervös wie Georg. Es musste an der Aufregung liegen, dachte Eva. Sowohl bei ihr als auch bei Georg. Bestimmt ärgerte er sich, dass er nicht von sich aus daran gedacht hatte, für das Aufgebot ein Ausweispapier mitzubringen. Warum er allerdings vor fünf Jahren nicht einen Personalausweis beantragt hatte wie jeder andere auch, konnte sie sich nicht erklären.

Sie hörte Schritte hinter sich und machte sich bereit, ein weiteres Mal ihren Spruch aufzusagen, als sie bemerkte, dass es Georg war. Erleichterung durchflutete sie, und ihr wurde klar, dass ein Teil von ihr anscheinend davon ausgegangen war, dass er sie hier einfach sitzen lassen würde. »Georg!«, rief sie aus. »Endlich, warum …«

Er unterbrach sie mit einem kurzen, aber bestimmten Kopfschütteln und nahm sie bei der Hand. Dabei hatte Eva so viele Fragen an ihn. Warum war er jetzt so verändert, warum hatte er nur sein Soldbuch, warum verspürte sie selbst so ein leichtes Grummeln im Magen? Aber Georg ließ ihr keine Zeit dazu. Er eilte mit verschlossener Miene durch den Flur.

Kurze Zeit später waren sie im Büro des Kollegen, von dem der Standesbeamte gesprochen hatte. Der Mann war weder freundlich noch unfreundlich. Er war so ohne jegliche Gefühlsregung, wie Eva es noch nie bei einem Menschen erlebt hatte. Als würde es sich bei ihm um eine Maschine in Menschenform handeln.

Nachdem Georg ihm geschildert hatte, dass er für das Aufgebot nun einen Personalausweis beantragen müsse, stellte der Mann wortlos einen Bußgeldbescheid aus und zog dann nach einem Blick in das Soldbuch den Telefonapparat zu sich heran und nahm den Hörer ab.

»Ja, Fräulein? Hören Sie mich? Ja, verbinden Sie mich bitte mit dem Rathaus in …« Er fuhr mit dem Zeigefinger der freien Hand über das Soldbuch, bis er den Ortsnamen erreicht hatte. »… in Trier. Ja, genau. Danke, ja, ich warte.«

Während er darauf wartete, dass das Fräulein die Verbindung herstellte, trommelte er mit zwei Fingern der linken Hand leise auf das ungültige Ausweispapier. Er sah nicht zu Eva oder Georg auf.

»Ja? Ja, genau. Schmitz hier am Apparat, Rathaus Andernach. Wir haben hier einen …« Wieder wanderte der Finger auf dem Soldbuch. »… Georg Neumann, der seinen Personalausweis beantragen will.« Kurze Stille. »Fragen Sie nicht, er hat seit Jahr und Tag nur sein Soldbuch.« Wieder Pause. »Ja, genau. Warten Sie.« Der Beamte zog das Soldbuch etwas näher zu sich heran und gab dem Rathaus in Trier Geburtsdatum und weitere Daten durch. »Wir brauchen zudem noch eine Kopie des Stammbuches von Herrn Neumann und dann …« Er brach mitten im Satz ab. Anscheinend war er von seinem Gesprächspartner am anderen Ende der Leitung unterbrochen worden. »Herr Neumann ist hier, um mit seiner Verlobten das Aufgebot zu bestellen.« Erneute Pause. Dann hob Herr Schmitz plötzlich den Blick und sah Georg an. Zum ersten Mal zeigte sich eine Gefühlsregung auf seinem Gesicht. Eine, bei der Eva angst und bange wurde. Sie sah Georg an und bemerkte, dass dieser blass geworden war. Weiß wie die Wand, als hätte er ein Gespenst gesehen, oder Schlimmeres. Eva zog die Stirn in Falten. Sie beugte sich zu Georg hinüber. »Was …«, begann sie zu flüstern, aber da sprach Herr Schmitz schon wieder.

»Ja, verstehe. Ja, ich melde mich noch einmal. Die Kopie des Stammbuches schicken Sie bitte trotzdem. Egal wie es sich mit den anderen Dingen verhält, einen Personalausweis müssen wir ausstellen. So will es schließlich das Gesetz. Ja, danke, auf Wiederhören.« Er legte auf.

Eva sah ihn gespannt an.

Der Beamte räusperte sich. »Herr Neumann, ich glaube wirklich, Sie wollen sich mit uns allen hier einen schlechten Scherz erlauben«, sagte er in einem kalten und strengen Ton.

Georg zuckte zusammen, ein Schweißfilm glänzte auf seiner Stirn, und die Adern an seinem Hals traten deutlich hervor. Er hatte Angst, das sah Eva. Sie wollte seine Hand ergreifen, aber er zog sie weg.

Oft schon hatte Eva sich gefragt, warum Georg sich in Andernach niedergelassen hatte, wenn er doch augenscheinlich woanders herkam. Bislang war es für sie ein Indiz dafür gewesen, dass er in der Vergangenheit in seiner Heimat etwas Schreckliches erlebt haben musste, von dem er nichts erzählen wollte.

Eva blickte zu Georg. Würde sie jetzt etwas von dem erfahren, was er nicht hatte erzählen wollen? Bislang hatte sie nie den Eindruck gehabt, dass Georg etwas vor ihr verbarg, was ihr gemeinsames Leben betraf. Aber jetzt war sie sich da nicht mehr so sicher.

Ihr Herz schlug mit einem Mal laut in ihren eigenen Ohren. Da Georg nicht auf die Frage des Beamten geantwortet hatte, wandte nun sie sich an Herrn Schmitz. »Warum?«, fragte sie. »Warum erlaubt er sich einen schlechten Scherz?«

»Weil Ihr feiner Herr Verlobter über seinen Aufenthalt an der Front scheinbar ganz vergessen hat, dass er bereits verheiratet ist!«, erwiderte der Beamte.

Der Satz war ein Schlag ins Gesicht. Evas Herz setzte für einen Moment aus, um dann umso schneller und wütender loszurasen. Mit allem hatte sie gerechnet, aber damit bestimmt nicht. Georg war verheiratet? War das der Grund, warum er nie einen Personalausweis beantragt hatte? Warum er so nervös und fahrig geworden war, nachdem der Standesbeamte ihn darauf aufmerksam gemacht hatte?

Sie starrte Georg wütend an, der immer noch nichts sagte. Sie hatte gewusst, dass es Seiten von Georg geben musste, die sie nicht kannte, aber niemals hätte sie vermutet, dass eine davon war, dass er nichts anderes war als ein elender Schuft! Ein Eheschwindler, der ihr einen Antrag gemacht hatte, obwohl er in Trier schon eine Ehefrau hatte.

Die Wut brodelte durch ihren Körper, als ihr bewusst wurde, dass sie beinahe auf ihn hereingefallen wäre. Sie hatte ihm vertraut, hatte sich sogar von ihm etwas versprechen lassen. Dabei hätte sie es von Anfang an besser wissen müssen. Wie dumm sie gewesen war!

Doch mit der Wahrheit war es so eine Sache. Am Ende kam sie immer ans Licht! Egal wie sehr so ein Schuft wie Georg sie zu verstecken versucht hatte. Bevor sie noch darüber nachdachte, was sie genau tat, holte sie aus und verpasste Georg eine schallende Ohrfeige. Dann stand sie auf, zog den Ring von ihrem Finger und legte ihn auf den Schreibtisch des Beamten, bevor sie sich von diesem verabschiedete und hocherhobenen Hauptes zur Tür hinausging.

Georg sprang auf. »Eva«, rief er. »Eva, jetzt warte doch mal!«

Aber Eva drehte sich nicht um, sie ließ ihn einfach stehen und lief zur Tür des Rathauses hinaus. Sie würde sich vor Georg nicht die Blöße geben zu weinen. Das tat sie erst, als sie die Hochstraße entlang nach Hause eilte und sich ihre schmerzende Hand rieb, die ganz rot von der Ohrfeige war.

2

Drei Wochen später

Montag, 12. September 1955

OHNE RAST UND RUHE

Maria saß in der Stube, in einer Hand eine Tasse mit starkem Kaffee, und überflog die Meldungen der Tageszeitung. Wie schon in den Tagen zuvor war die Hauptschlagzeile Bundeskanzler Konrad Adenauer gewidmet, der in der letzten Woche nach Moskau gereist war, um Verhandlungen zu führen, die den Frieden stärken sollten. Und um endlich die letzten Kriegsgefangenen, die Russland noch einbehalten hatte, zurückzuholen. Nach Hause, nach Deutschland. Zehntausend sollten es sein. So viele Männer, die ihren Frauen, ihren Kindern, ihren Familien entrissen worden waren. Weil sie in einem Krieg gekämpft hatten, der niemals wirklich ihr eigener gewesen war. So wie ihr August. Aber der kam nicht mehr wieder. August Herrmann war an der Front gestorben, auch wenn sie nie ein offizielles Schreiben darüber erhalten hatte, sie wusste es einfach. Hatte ihn deshalb auch für tot erklären lassen.

Aus der Buchhandlung drang ein Rumpeln zu ihr hinauf. Eva war schon wieder am Werk. Ohne Frühstück, ohne Rast, ohne Ruhe.

Seit Wochen ging das jetzt so. Eben noch waren Eva und Georg glücklich verlobt zum Standesamt gegangen, und als Nächstes war eine verheulte Eva zurückgekommen, hatte sich für einen Tag eingeschlossen und kaum ein Wort gesprochen.

Eigentlich, dachte Maria, hatte es sich schon an dem Abend abgezeichnet, an dem Georg Eva den Antrag gemacht hatte. Als sie zunächst nicht geantwortet hatte. Vielleicht war es für die zwei nicht vorherbestimmt zu heiraten. Aber dann war Eva wieder herausgekommen und hatte ihr alles erzählt, und Maria hatte es nicht glauben wollen: Georg, ein Lügner, ein Betrüger? Vielleicht war dem Amt ein Fehler unterlaufen? Seitdem arbeitete Eva wie eine Besessene. Stand in aller Früh auf, räumte in der Buchhandlung und blieb noch lange nach Ladenschluss dort, um weiter zu räumen, sauber zu machen und neu zu sortieren. Die Bücher hatten alle einen neuen Platz gefunden, und nicht ein einziges Staubkorn war mehr zu finden. So sauber war die Buchhandlung schon lange nicht mehr gewesen. Nein, dachte Maria, sie war noch nie so sauber gewesen. Wo Bücher waren, war immer auch ein bisschen Staub, aber jetzt nicht mehr.

Natürlich hatte Georg in den letzten Wochen versucht, mit Eva zu sprechen, aber diese hatte sich jedes Mal geweigert, ihn anzuhören. Maria konnte das verstehen, aber manchmal erwischte sie sich bei dem Gedanken, dass es vielleicht gar nicht so schlecht wäre, wenn die zwei sich einmal ordentlich aussprechen würden. Wenn sie eines in ihrem Leben gelernt hatte, dann, dass es immer das Beste war, die Wahrheit von allen Seiten zu kennen.

Maria nahm noch einen Schluck von ihrem Kaffee und stellte dann die Tasse auf den Tisch. Ilse kam zur Tür herein. Erneut rumpelte es von unten.

»Eva?«, fragte ihre Tochter nur, während sie zur Anrichte ging, um sich Teller und Tasse zu holen.

Maria nickte. »Weißt du was, ich gehe hinunter und spreche einmal mit deiner Cousine, du kannst so lange das Frühstück fertig machen, ja?«

Als Maria die Buchhandlung durch den Lagerraum betrat, sah sie, warum sie von oben das laute Rumpeln gehört hatte. Eva hatte eines der Regale komplett leer geräumt und zerrte daran. Schweiß stand ihr auf der Stirn, ihre Haare hingen zerzaust um ihr Gesicht. Um ihre Augen zeigten sich dunkle Ringe. Wie auch schon in den letzten Tagen trug sie eine schmal geschnittene Hose. Eine neumodische Manier, an die Maria sich erst noch gewöhnen musste.

»Eva! Was um alles in der Welt machst du denn da?«, fragte Maria.

»Ich verschiebe das Regal, das siehst du doch«, presste Eva hervor. Ihr Gesicht war ganz rot vor Anstrengung. »Oder zumindest versuche ich es.«

»Wann hast du das letzte Mal richtig geschlafen?«, fragte Maria ihre Nichte.

Eva biss die Zähne zusammen und zerrte weiter an dem großen Regal. »Das tut nichts zur Sache.«

Maria ging zu ihr hinüber und legte ihr eine Hand auf den Arm. »Du kannst so nicht weitermachen.«

»Wenn du mir hilfst, geht das mit dem Regal ganz schnell.«

»Ich rede nicht von dem Regal«, antwortete Maria ruhig.

»Aber ich«, gab Eva zurück. Wieder ruckelte sie an dem Regal, trat sogar mit dem Fuß nach, was aber auch nicht viel brachte.

»Eva, bitte. Ich verstehe, dass die … die Ereignisse mit Georg …«, begann Maria.

»Es hat nichts mit Georg zu tun!«, rief Eva bissig.

»Doch, das hat es, und das weißt du ganz genau. Und so viel zu arbeiten, bis du am Ende tot umfällst, ist sicherlich nicht die Lösung.« Maria sah sich in der Buchhandlung um. »Was hast du eigentlich mit dem Regal vor?«

»Ich will die beiden Regale von der Wand schieben und zusammenstellen. So hab ich das in einem Artikel im *Börsenblatt* gesehen.« Eva ließ für einen Moment von dem Regal ab und wischte sich den Schweiß von der Stirn. »Dadurch verändert sich die Kundenführung im Laden und …« Sie brach ab und ließ die Arme hängen. »Eigentlich müssten die Regale dafür etwas niedriger sein, sodass man darüber schauen kann, aber …« Auch diesen

Satz ließ sie unvollendet. Als würde sie selbst nicht genau wissen, was sie eigentlich vorhatte oder wie es am Ende aussehen sollte.

»Pass auf, ich mache dir einen Vorschlag«, sagte Maria. »Du kommst jetzt mit zum Frühstück, und danach räumen wir das Regal wieder ein, es ist schließlich Montagmorgen, und gleich kommen die ersten Kunden, da kann der Laden nicht aussehen wie eine Baustelle.«

»Ich habe keinen Hunger.«

»Eva …«

»Ich werde nichts essen. Und jetzt lass mich bitte! Ich habe hier noch zu tun.« Erneut griff sie mit beiden Händen nach dem Regal und zerrte daran. Es bewegte sich einige Millimeter, aber nicht mehr.

Maria trat wieder einen Schritt auf ihre Nichte zu. »Eva, lass gut sein. Am Wochenende können wir das zusammen angehen, am besten noch mit der Hilfe von Hans und Ilse. Dann sollten wir auch schnell fertig sein. Und bis dahin: keine Räumaktionen mehr am Morgen oder am Abend. Vor allem nicht allein. Du magst ja im Moment nicht nach dir selbst sehen wollen, aber ich tue das! Und so kannst du auf keinen Fall weitermachen. Verstanden?« Ihr Ton war zum Ende hin immer schärfer geworden. So wie früher, wenn sie mit Ilse oder Gisela hatte schimpfen müssen.

»Du bist nicht meine Mutter!«, entgegnete Eva hitzig, der Marias Tonfall natürlich nicht entgangen war.

»Ich weiß, aber ich bin deine Tante, deine Familie, und ich mache mir genauso Sorgen um dich, wie ich es um meine Töch… meine Tochter machen würde.« Dass sie beinahe wie selbstverständlich *Töchter* gesagt hätte, versetzte ihr einen Stich im Herzen. Das würde wohl nie vergehen. Sie schluckte schwer. »Eva, ich habe nur dein Bestes im Sinn«, fügte sie dann leise an.

Und endlich nickte Eva. »Du hast ja recht. Ich schaue, dass ich gleich etwas esse, obwohl mir, ehrlich gesagt, gerade ein wenig übel ist.«

»Kein Wunder, wo du doch schon seit dem Morgengrauen auf den Beinen bist.« Maria verkniff es sich, den Kopf zu schütteln.

»Geh du schon einmal hinauf. Ich komme gleich nach«, sagte ihre Nichte. »Ich räume nur noch die Bücher wieder ein.«

EINMAL EIN FRÄULEIN, IMMER EIN FRÄULEIN

Eva wartete, bis sie die dumpfen Schritte der Tante auf der Treppe nach oben hörte, dann wandte sie sich wieder dem leer geräumten Regal und den Bücherstapeln auf dem Boden zu. Allein in der letzten Woche hatte sie die Zeit in den frühen Morgenstunden genutzt, um die verschiedenen Themenbereiche neu anzuordnen. Jetzt standen die Krimis neben der Reiseliteratur, die Belletristik neben den Kinderbüchern. Tante Maria hatte erstaunt die Augenbrauen gehoben, als sie Evas Werk gesehen hatte, aber weiter nichts dazu gesagt. Eva wusste, dass die Tante ihr gerade ein wenig Narrenfreiheit gewährte, nach der Sache mit Georg, die ihr so sehr den Boden unter den Füßen weggerissen hatte. Aber eigentlich wollte Eva überhaupt keine Narrenfreiheit. Sie wollte ein neues Leben beginnen und alles, was zuvor mit Georg gewesen war, vergessen. Und das mit dem neuen Leben schien zumindest in der Buchhandlung zu funktionieren. Denn Eva hatte schon mit Freude festgestellt, dass sie in der letzten Woche mehr Kinderbücher verkauft hatte, weil Kunden, die eigentlich nur auf der Suche nach einem Roman gewesen waren, einen Blick in das Regal nebenan geworfen hatten. Das bestätigte Eva darin, auf einem guten und richtigen Weg zu sein.

Sie nahm sich den ersten Bücherstapel zur Hand und stellte die Bücher zurück in das Regal. Es ärgerte sie, dass sie allein nicht in der Lage war, das Regal zu verschieben. Dabei konnte es nicht an ihrer Körperkraft liegen. Das tägliche Schleppen der Bücherstapel und -kisten hatte ihre Muskeln gestärkt. Bestimmt war das Regal mit der Wand dahinter verschraubt, anders konnte sie es sich nicht erklären. Sie würde es sich am Wochenende zunächst noch einmal allein ansehen, bevor sie auf die Hilfe der anderen zurückkommen würde. Am Ende müsste sie nur ein, zwei Schrauben oder Nägel lösen, und schon konnte sie das Regal allein verschieben. Schließlich war sie nun genau das: allein. Ein Fräulein, das immer ein Fräulein bleiben würde. Und sie wollte der ganzen Welt zeigen, dass ein Fräulein nicht durch Hochzeit zu einer Frau werden musste, um im Leben etwas zu erreichen. Dass auch ein Fräulein seinen Mann stehen konnte! Nicht umsonst war sie deshalb in der letzten Woche zum Padberg gegangen und hatte sich modische Hosen gekauft. Jeder sollte sehen, dass sie jetzt eine andere war. Mit diesen Gedanken wurde die Wut, die sie schon so deutlich verspürt hatte, als sich das Regal nicht hatte bewegen wollen, wieder größer. Sie griff sich den nächsten Stapel mit Büchern, wurde beim Einräumen immer schneller, stellte die Bücher zum Schluss mit so viel Schwung in das Regal, dass es jedes Mal umso lauter knallte. Es tat gut, die Wut herauszulassen. Sie fühlte sich mit einem Mal richtig wach und tatkräftig. Sie brauchte Georg nicht, und sie war auch nicht mehr länger bereit, seinetwegen zu weinen! In den letzten Tagen und Wochen hatte sie das viel zu oft getan.

Sie ballte ihre Hände zu Fäusten und spürte, wie neues Selbstvertrauen ihre Wut verscheuchte. Mit einem Mal fühlte sie frische Energie, die sie durchflutete, während ihr bewusst wurde, dass nun alles gut werden würde. Mit der neuen Ordnung in der Buchhandlung hatte sie bereits einen Grundstein gelegt, und nun legte auch ihr Herz nach. Ihr Herz, das gebrochen war, als sie die Wahrheit über Georg erfahren hatte. Zersplittert in tausend kleine Teile. Es schlug noch in ihrer Brust. Es zeigte ihr, dass sie stark genug war, alles durchzustehen. Stark genug, ein neues Kapitel in ihrem Leben aufzuschlagen.

So bestärkt griff sie nach dem letzten Stapel mit Büchern, der noch eingeräumt werden musste. Dabei bemerkte sie aus dem Augenwinkel etwas vor dem Schaufenster. Sie sah hinaus, und da stand Georg. Er trug eine Schiebermütze, das war neu, und als Eva ihn ansah, zog er diese hastig vom Kopf und knetete sie zwischen den Fingern.

Sein Anblick brachte alles zum Wanken: Evas neue Zuversicht, ihre Beine und schließlich den Bücherstapel in ihren Armen.

»Verdammt!« Eva versuchte, den Stapel noch festzuhalten, aber es war zu spät. Sie spürte, wie die Bücher nach vorn kippten, und hörte dann die hässlich klatschenden Geräusche, mit denen sie hart auf dem Boden aufschlugen. Nur eines hatte sie festhalten können. Sie blickte hinunter und sah die Bücher, wie sie, zum Teil aufgeschlagen und verknickt, dort lagen, und da spürte sie, wie Tränen wieder in ihr aufsteigen wollten. Ihre Finger verkrallten sich in den Roman, den sie noch in Händen hielt. Georg blickte aufmerksam zu ihr herein. Seine blauen Augen trafen ihre. Sie spürte, wie sich ihre Augen unaufhaltsam füllten. Eva wirbelte auf dem Absatz herum. Er sollte nicht sehen, wie sie weinte. Er hatte sie belogen! Er war verheiratet. Hatte seine Frau im Krieg sitzen gelassen, um sich hier ein neues Leben aufzubauen. Und sie wollte kein Trostpreis sein. Wollte erst recht keine Ehebrecherin sein, obwohl sie das unbewusst schon lange war. Das alles lastete nur noch schwerer auf ihr.

Georg klopfte an die Scheibe. Sie drehte sich nicht zu ihm um. Neben den Tränen stieg nun auch die Wut wieder in ihr hoch. Warum konnte er sie nicht einfach in Ruhe lassen? Warum musste er ihr nur immer mehr und mehr Schmerz zufügen damit, dass er ständig auftauchte, ständig versuchte, mit ihr zu sprechen? Dabei gab es nichts mehr zu besprechen. Es war alles gesagt. Er war bereits verheiratet. Er hatte es Eva verschwiegen. Anscheinend hatte er sogar gedacht, damit durchkommen zu können. Er war ein Schuft. Was gab es da mehr zu sagen?

Erneut klopfte es an die Scheibe, und sie hörte Georgs Stimme dumpf zu sich in den Laden dringen. Er rief ihren Namen.

Hätte sie sich bloß nie darauf eingelassen. Sie hatte doch aus gutem Grund für sich entschieden, nie wieder ein Versprechen anzunehmen. Und nun waren es gleich zwei gewesen, und sie hatte den Schaden. Weil sie so dumm gewesen war. Dumm und unvorsichtig. Weil sie ihrem Herzen gefolgt war, statt auf ihren Verstand zu hören.

Wie hatte sie nur jemals denken können, diesen Mann zu lieben? Aber wenn sie ehrlich zu sich war, dann liebte sie ihn noch immer, trotz allem, und das machte sie nur noch wütender. Sie wollte ihn hassen, aber sie konnte nicht. Liebe war nichts, was man einfach so abstellte.

Und deshalb war alles nur noch schlimmer. Weil sie ihr Herz für das verfluchte, was es fühlte. Weil sie dadurch noch mehr leiden musste. Wenn sie ihn doch nicht mehr lieben würde, dann wäre alles einfacher. Dann würde es nicht so sehr wehtun. Aber sie liebte Georg. Liebte ihn, trotz allem, was sie jetzt über ihn wusste. Er war ein Lügner, ein Eheschwindler. Ein Mann, der eine Frau geheiratet hatte, nur um sie dann sitzen zu lassen. Und Eva wusste nicht, ob das schon alles war. Wer sagte ihr denn, dass Georg nicht noch mehr auf dem Kerbholz hatte? Noch mehr vor ihr verheimlichte?

So viele Gefühle vermischten sich bei diesen Gedanken in ihr. Und jetzt erst bemerkte Eva, dass Liebe, Wut, Schmerz und Enttäuschung gleich starke Gefühle sein konnten und dass sie alle miteinander verwoben waren. Dass das eine Gefühl die anderen nur noch verstärkte. So wie ihre Liebe den Schmerz verstärkte. Wie sie die Wut, die sie auf Georg empfand, verstärkte, und erst recht die Enttäuschung, die jeden Tag an ihr nagte. Die Enttäuschung darüber, sich so sehr in Georg geirrt zu haben.

Sie wirbelte zu Georg herum, der immer noch mit der Kappe in der Hand vor dem Schaufenster stand. »Geh!«, brüllte sie. »Geh und lass dich hier nie wieder blicken!«

Sie wusste nicht, ob er ihre Worte durch die Scheibe verstanden hatte, aber es war egal. Sie wandte sich wieder zurück und lief mit schnellen Schritten ins Lager. Dort knallte sie die Tür zum Laden zu und lehnte sich mit dem Rücken dagegen. Ließ sich daran heruntergleiten, bis sie auf dem Boden zum Sitzen kam. Sie war ein Fräulein, und sie würde ein Fräulein bleiben. Es war besser für sie. Für sie und für ihr Herz. Sie brauchte keinen Mann. Sie brauchte keinen Mann! Sie war stark.

Die Tränen liefen über ihre Wangen und tropften hinunter auf ihre Beine. Sie wischte sie nicht ab. Sie starrte nur ins Dunkel des Lagers. Sie war stark.

ZU SPÄT

Georg wartete. Wartete und wartete. Aber Eva kam nicht wieder aus dem Lager zurück. Dabei hatte sie noch nicht einmal die Bücher aufgehoben, die ihr heruntergefallen waren. Wie sie ihn angebrüllt hatte. Durch die Scheibe war es nur dumpf zu ihm nach draußen gedrungen, aber die Worte hatte er scharf und schneidend in seinem Herzen gespürt. Sie wollte ihn nicht wiedersehen. Und wie sie ihn angeschaut hatte, mit diesem Schmerz in den Augen, den er so deutlich hatte sehen können. Einen Schmerz, den er verursacht hatte, ohne es zu wissen.

Schließlich hatte er nicht gewusst, dass Georg Neumann verheiratet gewesen war. Wie hätte er es auch ahnen können? Natürlich gab es da diese leise Stimme in seinem Kopf, die ihm sagte, dass es naiv von ihm gewesen war, niemals diese Möglichkeit in Betracht gezogen zu haben. Und daneben gab es eine noch lautere

Stimme, die brüllte, dass er schließlich nicht ohne Grund so lange gezögert hatte, irgendjemandem sein Soldbuch zu zeigen oder gar einen Personalausweis zu beantragen. Die leise Stimme war seine Vernunft, die laute seine Angst. Die Angst, die ihn zum Ende des Krieges immer fest in der Hand gehabt hatte. Die er hatte verstummen lassen, weil er sich zu sicher gefühlt hatte, zu frei. Er war nachlässig geworden, hatte die Angst ausgesperrt, die ihn immer wachsam sein lassen hatte.

Er blickte noch einmal zum Schaufenster herein, aber in der Buchhandlung tat sich nichts. Also setzte er seine Kappe wieder auf und ging die Hochstraße zum Schloss hinunter. Die Hände in den Hosentaschen, den Kopf geneigt. Er war zu spät. Nicht für die Arbeit, da würde er noch rechtzeitig kommen, für Eva. Er hätte ihr so viel früher davon erzählen sollen, dass er nicht der war, der er zu sein vorgab. Er schüttelte den Kopf. Wem machte er etwas vor? Er hätte es ihr von Anfang an sagen sollen. Denn nun hatte er Eva verloren. Den wichtigsten Menschen in seinem Leben.

Unbewusst rieb er sich über seine Wange. Obwohl es schon drei Wochen her war, meinte er immer noch, Evas Finger zu spüren, ihre Hand, die ihm eine schallende Ohrfeige verpasst hatte.

Er schluckte. Es war so, wie seine Großmutter es früher oft gesagt hatte: Gute Taten zahlten sich irgendwann aus, schlechte auch. Und die immer doppelt und dreifach. Für ihn fühlte es sich gerade an, als würde es sich hundertfach auszahlen, und es gab einen Teil von ihm, der das gerecht fand, der sagte, dass er viel zu lange viel zu viel Glück gehabt und nun endlich den gerechten Lohn für seine Tat erhalten habe.

Er durchquerte das Koblenzer Tor, konnte das Sperrholzwerk schon sehen, als ihm mit einem Mal schlecht wurde. Er konnte so nicht mehr weitermachen. Wieder zur Arbeit gehen und so tun, als wäre nichts geschehen. Sein ganzes Leben stand kopf. Sein neues Leben, das er nur einem Zufall zu verdanken hatte. Es war aus den Angeln gerissen worden, als er auf dem Rathaus erfahren hatte, dass er schon verheiratet war. Obwohl er nie mit einer Frau vor den Traualtar getreten war. Und die Frau, mit der er das eigentlich hatte tun wollen, wollte nun nichts mehr von ihm wissen.

Er müsste jetzt die Straße überqueren und zum Werk hinübergehen. Wie an jedem Morgen. Aber er konnte nicht. Er fragte sich, warum das so war, und dann wurde ihm bewusst, dass er nicht mehr so weitermachen wollte. Mit gar nichts. Er konnte nicht mehr einfach so in diesem neuen Leben weiterleben, als wäre nichts geschehen. Er ließ die Arme hängen. Dann drehte er sich um, ging durch das Koblenzer Tor zurück und dann geradewegs zur Pension. Dort angekommen, lief er einfach an Fräulein Weber vorbei, die ihn erstaunt fragte, was denn passiert sei und ob er nicht zur Arbeit müsse, ging in sein Zimmer, schloss die Tür hinter sich ab und legte sich ins Bett.

Ohne Eva in seinem Leben hatte nichts mehr einen Sinn.

Mittwoch, 14. September 1955

GEORG NEUMANN, DER FEIND

Es war noch dunkel, als er an diesem Morgen aufwachte. Unruhig wälzte er sich im Bett hin und her. Ihm war kalt, dabei schwitzte er. Er strampelte die Decke von sich herunter. So lag er da, zitterte, als die kalte Zimmerluft auf seinen verschwitzten Körper traf. Seit Montag suchte ihn immer wieder der Albtraum heim, der Albtraum, der keiner war, sondern nichts als die reine Wahrheit. All das, was er nie einer Menschenseele erzählt hatte. Was er in den letzten Jahren tief in sich vergraben hatte, weil er gedacht hatte, dass es so sicherer sei. Es war wieder an die Oberfläche gekommen, mit voller Wucht, und ließ ihn schwach und zitternd zurück.

Er drehte sich zur Seite und nahm einen säuerlichen Geruch wahr. Ein Teller mit kalter Hühnersuppe stand auf dem Nachttisch. Er hatte nicht einen Löffel davon gegessen. Die ehemals kleinen Suppennudeln waren mit der Zeit dick aufgequollen, und nun roch es aus dem Teller sauer. Angewidert drehte Georg sich zur anderen Seite, zur Wand.

Fräulein Weber war es gewesen, die ihm die Suppe gekocht hatte. Sie war es auch gewesen, die ihn auf der Arbeit krankgemeldet hatte. Aber er war nicht krank, sein Herz war es. Es war gebrochen in dem Augenblick, in dem er Evas Blick aufgefangen hatte, nachdem der Beamte erzählt hatte, dass Georg Neumann bereits verheiratet sei. Diesen Blick würde er nie wieder vergessen. Er war schlimmer als alles, was danach geschehen war. Schlimmer als die Ohrfeige. Und dennoch war er erst wie betäubt gewesen.

Hatte einfach mit seinem Leben weitergemacht. War zur Arbeit gegangen und abends wieder zurück. Hatte sich hingelegt, geschlafen und den nächsten Tag so fortgesetzt. Bis ihm klar geworden war, dass es so nicht mehr ging. Und ihn dann der Albtraum und die Wahrheit eingeholt hatten. Die Wahrheit, die so sehr auf ihm lastete. Mehr noch als die Lüge, die er immer vorgeschoben hatte.

Mit der Hand wischte er sich den kalten Schweiß aus der Stirn und zog die Decke wieder über sich. Erneut schloss er die Augen. Sofort sah er die Traumbilder wieder vor sich. Sah die Ebene, übersät von Blut und Toten. Von zerfetzten Leibern, von abgetrennten Körperteilen, von unförmigen Klumpen, die nichts mehr mit einem Menschen gemein hatten. Metallischer Geschmack erfüllte seinen Mund, und auch die Luft roch metallisch. Er wusste, dass es das Blut war. Das viele Blut, das sinnlos in die Erde sickerte. Es war einer seiner letzten Tage an der Front. Er hatte gedacht, er wäre der einzige Überlebende, aber dann fand er ihn. Den zweiten Überlebenden dieses sinnlosen Gemetzels. Er gehörte nicht zu seinen eigenen Reihen, er war sein Feind. Er wusste noch genau, wie er sich gefühlt hatte, als sie sich angeblickt hatten. Im Gesicht des anderen konnte er die gleiche Überraschung ablesen, die er selbst empfand. Es war, als würde er in einen leicht verzerrten Spiegel blicken. Sie hatten beide das gleiche helle Haar, die gleichen blauen Augen. Sie sahen sich so ähnlich, als wären sie Brüder. Zwillinge gar. Für einen Moment sah er sein so gleiches Gegenüber in der feindlichen Uniform erstaunt an. Dann erblickte er die Wunde. Das Blut, das frische, zwischen all dem alten und vertrockneten. Sein Gegenüber war verletzt. Eine große Wunde klaffte in seinem Bauchraum.

»Ich … ich kann …«, begann sein Feind auf Deutsch. »Ich kann … meine Beine nicht mehr spüren.« Tränen standen ihm in den Augen, aber sie liefen nicht über.

Er kniete sich neben den Verletzten. Sah sich die Wunde näher an. Da war nichts mehr zu machen, zu tief war die Verletzung, zu groß die Wunde, zu viel Blut, das heraustrat. Dennoch sagte er: »Es wird alles gut.«

Der Verletzte riss die Augen auf. »Du … du sprichst Deutsch?«

Er nickte.

Sein Feind sah an sich hinunter und dann ganz langsam wieder zu ihm herauf. Sah ihm fest in die Augen. »Sag mir die … die Wahrheit. Es wird hier nichts mehr gut, oder? Ich sehe es, ich … ich fühle es … mir ist so kalt.«

Er biss die Zähne zusammen, ergriff den Arm seines Feindes. Aber bevor er noch etwas sagen konnte, sprach der andere wieder.

»Erschieß mich. Bitte. Ich will nicht mehr leiden. Ich … ich kann nicht mehr. Es soll einfach nur aufhören.«

»Aber ich kann doch nicht …«, sagte er und überlegte. »Vielleicht … wenn ich dich trage, dann …«

Der andere öffnete den Mund, aber anstatt von Worten hustete er zunächst einen Schwall Blut aus, bevor er sagte: »Ich werde so … oder so sterben. Das siehst du doch.«

»Wie heißt du?«, fragte er ihn.

»Georg«, antwortete der Feind. »Georg Neumann.«

»Weißt du was, Georg?«, fragte er. »Ich werde dich nicht erschießen, ich wollte nie in diesen Krieg ziehen, wollte nie eine Waffe führen, da werde ich dich bestimmt nicht erschießen. Aber ich werde etwas anderes tun.«

»Was?«, fragte sein Feind.

Er nahm neben Georg Neumann auf dem Boden Platz. Setzte sich so hin, dass er dessen Kopf auf sein Bein legen konnte, und ergriff dann mit beiden Händen die rechte Hand seines Feindes. »Ich werde hierbleiben, hier bei dir. Du wirst sterben, das weißt du selbst, aber du wirst nicht allein sein. Ich bleibe bei dir. So lange, wie es dauern wird. Ich werde nicht von deiner Seite weichen.«

Jetzt liefen seinem Feind die Tränen über. Suchten sich ihren Weg über das von Blut und Erde verschmierte Gesicht. »Danke«, sagte er leise. Dann schloss er die Augen.

Er wusste nicht, wie lange er so neben seinem Feind gesessen hatte, als er spürte, wie dessen Körper mit einem Mal schlaff wurde. Wie die Finger und die Hand kalt wurden. Er wartete noch eine Weile ab, dann tastete er an der Halsbeuge nach dem Puls. Nichts. Georg Neumann war gestorben.

Er kniete sich neben den Toten und sprach die Gebete, die ihm seine Großmutter beigebracht hatte. Malte ihm mit dem Daumen ein Kreuz auf die Stirn. Dann erst durchsuchte er die Uniform und fand das Soldbuch. Das Soldbuch mit Georgs Namen und einem Bild, das ihm selbst zum Verwechseln ähnlich sah.

So wurde Georg Neumann wiedergeboren. So erhielt er sein neues Leben.

Danach ging alles ganz schnell. Er musste sich beeilen, den Toten auszuziehen, bevor die Leichenstarre einsetzte und er noch gezwungen wäre, seinem Ebenbild die Knochen zu brechen. Da die Erde zu kalt war, um ein Loch zu graben, sammelte er große Steine und bedeckte den Körper damit. Zum Abschluss sprach er ein weiteres Gebet, dann machte er sich auf in Richtung des Feindgebietes, in Feindeskleidung, mit einem feindlichen Soldbuch. Und der Angst im Nacken.

WENN EINE PRINZESSIN HEIRATET

An diesem Morgen war Eva früh auf dem Weg zum Gemischtwarenladen. Die Tante hatte ihr eine lange Liste von Besorgungen ausgehändigt und sie dann fast schon vor die Tür gesetzt. Es sei sehr dringend, dass sie all diese Dinge für sie einkaufen gehe, hatte die Tante behauptet. Aber Eva wusste, dass es nichts anderes war als ein Versuch der Tante, sie endlich wieder unter Leute zu bringen. Eva wusste doch selbst, dass sie sich in den letzten Tagen und Wochen eingeigelt hatte. Dass sie sich nur in die Arbeit gestürzt und alle Treffen mit ihren Freundinnen abgesagt hatte.

Wie sie jetzt durch Andernach ging und die warme Septembersonne auf ihrem Gesicht spürte, freute sie sich, gleich Käthe und Ingeborg zu sehen.

Als die Freundinnen erfahren hatten, was sich auf dem Rathaus abgespielt hatte, waren sie natürlich sofort zu ihr gekommen. Und natürlich hatte Eva dann mit den dreien in der Stube gesessen und alle Stofftaschentücher der Tante vollgeweint, während sie erzählt hatte, dass Georg bereits verheiratet war. Aber das war es dann auch für sie gewesen. Danach wollte sie nicht mehr darüber sprechen. Es reichte doch schon, dass sie sich in den letzten Wochen fast jeden Abend in den Schlaf geweint hatte. Also hatte sie die Freundinnen gemieden, um weiteren Nachfragen aus dem Weg gehen zu können.

Mit schnellem Schritt trat sie aus der Kramgasse auf den Marktplatz und musste dann stehen bleiben, um ein Auto vorbeizulassen. Sonst war auf dem Markt noch nicht viel los. Viele der Parkplätze waren leer. Aber es würde nicht mehr lange dauern, bis auch hier wieder die gewohnte Geschäftigkeit Einzug halten würde. Eva setzte ihren Weg fort. Kurze Zeit später hatte sie den Gemischtwarenladen erreicht. Im Gegensatz zu früher konnte sie nun nicht mehr so nah an das Schaufenster herantreten, da sich davor jetzt große Tische befanden, die mit Obst und Gemüse beladen waren. Eva betrachtete die Orangen und Bananen und Äpfel, die in Kisten neben Kartoffeln, Sellerie und Roter Bete aufgestellt waren. Sie trat näher heran und beugte sich über das Obst, sog tief die Luft ein und freute sich über den süßlichen Geruch, den die Früchte verströmten. Dann richtete sie sich wieder auf und spähte durch das Schaufenster in den Laden. Käthe und Ingeborg waren geschäftig bei der Arbeit. Sie liefen durch den Laden und sammelten aus den Regalen die unterschiedlichsten Lebensmittel, dabei unterhielten sie sich so angeregt, dass sie Eva vor dem Laden gar nicht bemerkten. Eva lächelte, es war schön zu sehen, dass bei den Freundinnen alles beim Alten war. Sie ging zur Tür und trat ein. Endlich blickten die beiden auf.

»Eva!«, rief Ingeborg erfreut. »Wie schön, dich zu sehen. Geht es dir wieder besser?«

Eva setzte ein tapferes Lächeln auf. Hätte Ingeborg ihr diese Frage am Montag gestellt, dann hätte sie verneinen müssen. Aber jetzt nickte sie. »Es wird«, antwortete sie vage. Erst jetzt blickte sie sich im Laden um und bemerkte große Kisten, die sich an der Seite des Verkaufstresens stapelten und in die Käthe nun etwas einräumte. »Was macht ihr denn da?«, fragte Eva erstaunt und deutete auf die Kisten.

Käthe wollte schon antworten, aber Eva entging nicht, dass Ingeborg sie mit einem strengen Blick und einem Kopfschütteln davon abbrachte.

»Ist es ein großes Geheimnis, das ihr nicht verraten dürft?«, fragte Eva verwundert.

»Nein, das ist es nicht. Es ist nur … es …« Ingeborg rang deutlich um Worte.

»Was denn?«, fragte Eva.

»Die Sachen sind für eine Hochzeit«, sagte Käthe schnell.

Eva verkrampfte sich. Eine Hochzeit. Natürlich. Alle Welt musste heiraten, wo es ihr nicht vergönnt war. Wo ihre Hochzeit bereits ins Wasser gefallen war, bevor sie noch das Aufgebot hatten bestellen können. Eva versuchte, eine gleichgültige Miene aufzusetzen. Sie wollte kein Mitleid von ihren Freundinnen.

Anscheinend war sie damit nicht erfolgreich.

»Käthe!«, zischte Ingeborg deutlich hörbar. »Siehst du? Deshalb wollte ich nichts dazu sagen. Wo die Eva doch …«

»Ist schon gut«, unterbrach Eva sie und zwang sich zu lächeln. »Das Leben geht weiter, und irgendwo heiratet immer irgendwer. Ihr müsst mich nicht wie ein rohes Ei behandeln.«

»Siehst du!«, rief Käthe triumphierend und warf Ingeborg einen beleidigten Blick zu. Dann nahm sie wieder etwas aus dem Regal und verstaute es in einer der Kisten.

Eva musterte die Kisten. Es waren so viele. »Das muss aber eine große Hochzeit sein. Wer heiratet denn?«, fragte sie schließlich, obwohl es ihr schwerfiel. Aber sie wollte den Freundinnen zeigen, dass alles in Ordnung war. Wollte sich selbst beweisen, dass alles in Ordnung war.

Käthe sah sie verwundert an: »Hast du es denn nicht gehört? Die Prinzessin Rose Margaretha von Hohenzollern, die vom Schloss Namedy, die heiratet doch morgen. Das wird ein riesiges Fest. Seit Montag reisen da schon die hohen Gäste an, die ganzen Von-und-Zus und Politiker und was weiß ich nicht wer. Einfach alles, was Rang und Namen hat. Da ist sogar die Polizei und passt auf.«

»Für uns ist der Lieferauftrag ein Segen. So viele Waren auf einmal verkaufen wir sonst vielleicht noch kurz vor Weihnachten, wenn überhaupt«, erklärte Ingeborg währenddessen.

Käthe sah konzentriert auf einen Zettel, tippte mit dem Zeigefinger der freien Hand mehrfach darauf, als würde sie einzelne Positionen durchgehen, und sagte schließlich: »Wir haben alles, endlich!« Sie blickte zu den Freundinnen und strahlte über das ganze Gesicht, als wäre das die beste Neuigkeit des Tages.

Eva schluckte. Bevor sie das Thema noch weiter vertiefen konnten, kramte sie aus der Tasche die Einkaufsliste der Tante hervor und gab sie Ingeborg.

Diese überflog sie und hob dann erstaunt die Brauen. »Das hat deine Tante doch schon alles in der letzten Woche gekauft. Bist du sicher, dass das richtig ist?«

Eva nickte. »Ich weiß, wir brauchen eigentlich nichts, aber Tante Maria wollte mich wohl mal wieder unter Leute bringen.«

»Recht hat sie!«, rief Käthe, die gerade dabei war, die Kisten zu verschließen.

Ingeborg ging mit der Liste zum ersten Regal und zog eine Packung Kaffeebohnen hervor, die Eva entgegennahm.

»Kannst du dir das vorstellen? Eine Hochzeit auf Schloss Namedy?«, fing Käthe wieder an. Sie trat zum Tresen und beugte sich so vor, dass sie ihre Ellenbogen daraufstellen und das Gesicht in ihre Hände stützen konnte. »Das wird so traumhaft schön werden morgen!« Sie lächelte selig.

Namedy, oder *Namde*, wie man in Andernach dazu sagte, war ein kleiner Ort vor den Toren Andernachs. Am bekanntesten war dort das Schloss, das ursprünglich eine Wasserburg gewesen war, die im 18. Jahrhundert zu einer barocken Schlossanlage umgebaut worden war. Anfang des 20. Jahrhunderts stand die Anlage zum Verkauf. Der preußische Prinz Karl Anton von Hohenzollern hatte davon erfahren und das Schloss schließlich erworben. Seitdem befand es sich im Besitz der Hohenzollern. Das alles wusste Eva von Friedel Faßbender. Er war es auch gewesen, der ihr erzählt hatte, dass es niemand anderer als der Friseur des Prinzen gewesen sei, der diesem in Berlin von dem zum Verkauf stehenden Schloss erzählt habe. Und weiter hatte Friedel berichtet, dass dieser Friseur auch nur davon gewusst habe, weil er aus Andernach stamme. Das hatte Eva, die selbst aus Berlin kam und nun in Andernach ihr Zuhause gefunden hatte, besonders fasziniert. Die Welt war manchmal so klein.

»Ich weiß noch gar nicht, was ich morgen anziehen soll«, sagte Käthe. »Vielleicht das rote Kleid, das mit dem Rosenmuster, was meint ihr? Oder ist das zu gewagt?«

Eva legte die Stirn in Falten. »Bist du etwa eingeladen?«, fragte sie.

Käthe verzog den Mund, aber Ingeborg schmunzelte nur.

Da keine der beiden etwas sagte, fragte Eva: »Was geht hier vor sich?«

Käthe richtete sich wieder auf. Während sie mit den Händen ihren Rock glatt strich, sagte sie: »Natürlich bin ich nicht eingeladen. Woher denn auch? Oder meinst du etwa, ich kenne die Prinzessin persönlich? Das hätte ich schon längst erzählt, wenn das so wäre.«

Eva nickte, und Ingeborg schien sich ein Kichern zu verkneifen.

Käthe bemerkte es nicht, denn sie fuhr schon fort: »Ich werde morgen natürlich die Waren dorthin ausliefern. So eine Gelegenheit lasse ich mir doch nicht entgehen! Und dann kann ich bestimmt auch einmal einen Blick auf die Prinzessin im Brautkleid erhaschen.« Ihr Gesicht nahm einen verträumten Ausdruck an. »Wie sie wohl aussehen wird? Ob sie einen Schleier trägt? Ich frag mich ja, wie lang ihr Kleid sein wird. In meiner Vorstellung hat es eine lange Schleppe, so muss das doch für eine Prinzessin sein, oder was meint ihr?«

Eva wandte sich zu Ingeborg. »Wirst du morgen auch mit dabei sein?«, fragte sie nüchtern. Dass Käthe so für die Hochzeit der Prinzessin schwärmte, war ihr in ihrer jetzigen Situation doch etwas zu viel.

Ingeborg schüttelte den Kopf. »Ich werde hier im Laden die Stellung halten, mir persönlich reicht es, die Bilder später in der Zeitung zu sehen.« Sie trat zu Käthe und legte ihr eine Hand auf den Arm. »Dann können wir uns auch ausführlich über das Kleid unterhalten, wenn du möchtest.«

Käthe kniff das Gesicht zusammen, und Eva sah, wie Ingeborg unauffällig mit den Augen rollte. Anscheinend war Eva nicht allein damit, dass ihr die ganze Prinzessinnen-Hochzeit etwas zu viel war, oder zumindest Käthes Getue darum.

»Wie willst du denn die ganzen Kisten allein dahin bringen?«, fragte Eva Käthe.

Jetzt grinste Ingeborg wieder, während Käthe sich ganz gewichtig in die Brust warf und sagte: »Mein Karl-Heinz hat sich extra für morgen freigenommen und wird mich dahin fahren.«

»Dann wird also dein Gatte die Waren ausliefern, und du kommst einfach nur mit, weil du alles sehen willst?«, neckte Eva ihre Freundin.

»So kann man es auch sagen«, bestätigte Ingeborg lachend.

Aber Käthe rief: »Natürlich werde ich auch bei der Lieferung helfen, wofür haltet ihr mich denn?« Empört warf sie ihren Kopf zurück.

»Wir ziehen dich doch nur ein bisschen auf«, sagte Ingeborg versöhnlich. »Oder, Eva?« Sie blickte fragend zu ihr hinüber.

Eva nickte. Käthe gehörte neben Margot und Ingeborg schließlich zu ihren besten Freundinnen, da konnte sie ihr nicht anlasten, sich über die Hochzeit der Prinzessin von Namedy zu freuen. »Natürlich«, antwortete sie schnell.

»Da siehst du es«, sagte Ingeborg.

»Gut«, meinte Käthe, »wenn das jetzt geklärt ist …«, sie machte eine wegwerfende Geste mit der Hand, »… dann lasst uns noch mal zu der Hochzeit zurückkommen.«

Eva und Ingeborg warfen sich einen Blick zu, aber schließlich seufzten sie beide still und hörten ihrer Freundin zu, wie sie über den Blumenschmuck orakelte und darüber, wie der Bräutigam wohl aussehen würde und noch mehr sein Anzug.

»Das wird auch endlich Zeit, dass die Prinzessin mal unter die Haube kommt«, sagte Käthe schließlich. »Die ist doch auch schon fünfundzwanzig!«

Eva zuckte zusammen. Sie selbst war schon älter als fünfundzwanzig, und das mit der Haube hatte sich fürs Erste erledigt. Oder gar für immer, dachte Eva grimmig.

»Na und?«, fragte Ingeborg zurück. »Ihr Zukünftiger ist sogar noch mal zehn Jahre älter, wenn ich das richtig gelesen hab. Fünfunddreißig schon.«

»Fünfunddreißig?« Käthe lachte. »Das ist doch kein Alter für einen Mann.«

»Hörst du dir eigentlich selbst zu?«, fragte Ingeborg empört. »Für eine Frau ist fünfundzwanzig viel zu alt und für einen Mann sind noch einmal zehn Jahre mehr völlig in Ordnung? Warum wird da immer so ein Unterschied gemacht?« Sie verzog das Gesicht.

»Aber Ingeborg, du weißt doch, wie das ist. Wir Frauen bleiben nicht immer jung und hübsch, wir müssen schauen, dass wir rechtzeitig heiraten, damit wir für die Zukunft abgesichert sind. Also ich hab mit meinem Karl-Heinz ja einen guten Fang gemacht.«

Ingeborg verdrehte wieder die Augen. »Und ich bin ohne Mann sehr glücklich. Ehrlich, Käthe, wenn du mich fragst, dann sollte dieses alte Denken mal aus den Köpfen der Menschen verschwinden. Oder, Eva? Was sagst du dazu? Du bist auch nicht verheiratet und älter als fünfundzwanzig.«

Eva zuckte zusammen. Es war eine Sache, dass sie das eben selbst gedacht hatte, aber es jetzt aus Ingeborgs Mund zu hören, tat weh.

»Da guck, was du angerichtet hast!«, ermahnte Käthe Ingeborg erbost und deutete auf Eva. »Aber mich eben zurechtweisen wollen, weil ich von der Hochzeit angefangen hab.«

»Wenn du nicht von der Hochzeit angefangen hättest, dann wären wir nie bei diesem Thema gelandet!«, gab Ingeborg hitzig zurück.

Eva wollte etwas erwidern, aber mit einem Mal spürte sie die Tränen wieder. Sie war auf Drängen der Tante hin hierhergekommen, um ihre Freundinnen zu sehen, und nun führte es dazu, dass sie sich stritten und das Thema eine Hochzeit war. Das würde sie wohl ihr ganzes Leben lang verfolgen.

Bevor die Tränen übertreten konnten, wirbelte Eva auf dem Absatz herum und verließ den Laden. Sie hörte noch, wie ihre Freundinnen lauter zu streiten begannen und die eine der anderen noch mehr die Schuld gab. Wie gerne wäre sie zurückgegangen und hätte den zweien gesagt, dass sie keine Schuld hatten, dass sie beide nichts dafür konnten, was ihr mit Georg passiert war. Aber sie konnte nicht. Also lief sie durch die Straßen und Gässchen Andernachs zurück zur Buchhandlung.

Und immerzu hallten Ingeborgs Worte zum Alter der Prinzessin und ihres Zukünftigen in ihrem Kopf nach. Es war ihr bislang noch nie so deutlich geworden, aber es stimmte: Zwischen Männern und Frauen wurden Unterschiede gemacht. Große Unterschiede, die bei näherer Betrachtung überhaupt keinen Sinn ergaben. Warum war es bedenklich, wenn eine Frau schon ein gewisses Alter erreicht hatte, aber für einen Mann war das alles noch völlig in Ordnung? Und wer hatte überhaupt jemals diese Altersgrenze festgelegt, zu der es für eine Frau noch schicklich war zu heiraten, ohne bis in alle Ewigkeit als eine alte Jungfer zu gelten?

DER KUNDE IST KÖNIG

Unschlüssig wanderte Maria an den Regalen entlang. An die neue Ordnung, die Eva in ihrem Arbeitswahn eingeführt hatte, musste sie sich erst noch gewöhnen. Im ersten Moment war sie tatsächlich skeptisch gewesen und hatte ihre Nichte nur machen lassen, weil sie so froh darüber gewesen war, dass die Arbeit sie von dem geplatzten Aufgebot ablenkte, aber mittlerweile hatte sie festgestellt, dass die Kunden doch hier und da ein Buch mehr kauften als zuvor.

Normalerweise boten die meist ruhigen Vormittage in der Buchhandlung die Gelegenheit, alles auf- und nachzuräumen oder gar die lästige Rechnungsablage und Buchführung zu erledigen, aber es gab nichts zu tun. Eva hatte alles erledigt. Ein Grund mehr, warum sie sie zum Einkaufen geschickt hatte, auch wenn sie eigentlich nichts benötigte. Eva musste mal wieder zu ihren Freundinnen. Maria war nämlich nicht entgangen, dass ihre Nichte diese in den letzten Wochen gemieden hatte. Immer mit einer neuen Ausrede, die Arbeit betreffend.

Maria war am Regal mit der Reiseliteratur angekommen und zog einen Bildband über den Wörthersee hervor. Das Titelbild zeigte den See mit azurblauem, fast türkisem Wasser. Boote waren zu sehen und große Hotels und schlossähnliche Häuser nahe dem Ufer. Mit einer Hand fuhr sie über den Buchumschlag. Vor Kurzem hatte sie doch erst überlegt, wie schön es wäre, mit Hans zu verreisen. Der Wörthersee in Österreich wäre das perfekte Reiseziel. Aber bislang hatte sie Hans nichts von ihren Reiseplänen erzählt, immer war etwas dazwischengekommen. Sie blätterte den Bildband auf. Vielleicht würde sie das große Buch nachher mit hinauf in die Stube nehmen, als Erinnerungsstütze, und dann würde sie mit Hans endlich die Reise planen, auf die sie sich doch schon so freute.

In diesem Moment wurde die Tür aufgerissen, und Eva stürzte mit geröteten Augen und Wangen an ihr vorbei ins Lager. Maria klappte das Buch zu. Sie hatte sofort bemerkt, dass Eva keine Einkäufe dabei hatte. Wie es aussah, war ihre Idee, Eva unter Leute zu bringen, gehörig nach hinten losgegangen. Bestimmt hatte Maria nicht im Sinn gehabt, dass eine aufgewühlte und offensichtlich verheulte Eva wieder zurückkam. Maria ging ihr hinterher ins Lager und hörte, wie oben in der Stube eine Tür geschlagen wurde, als sich die Ladentür erneut öffnete und Kundschaft eintrat. Maria blieb abrupt stehen, seufzte einmal still in sich hinein, dann straffte sie ihre Schultern, setzte ein professionelles Lächeln auf und ging wieder nach vorn in den Laden. Den Bildband vom Wörthersee legte sie dabei auf dem Kassentresen ab, bevor sie sagte: »Guten Tag, die Herrschaften, wie kann ich behilflich sein?« Den Gedanken, dass sie eigentlich ihrer Nichte hatte helfen wollen und es nicht geschafft hatte, schob sie nach hinten. Das musste jetzt wohl oder übel warten, der Kunde war schließlich König, oder nicht?

ALLES WIRD GUT

Eva warf sich auf das Bett und schluchzte ins Kissen. Auf dem Weg zum Gemischtwarenladen war sie guter Dinge gewesen. Gott, sogar am Montagmorgen hatte sie zunächst eine neue Zuversicht verspürt, und jedes Mal war sie schneller eines Besseren belehrt worden, als sie sich hatte umschauen können. Sie wollte stark sein und war doch schwach. Und sie war naiv. So naiv zu glauben, dass mit der Zeit alles wieder gut würde, dass sie endlich darüber hinwegkommen würde. Aber wem machte sie hier etwas vor? Drei Wochen waren keine lange Zeit, und das Einzige, was sie jetzt gelernt hatte, war, dass sie schwach und naiv und obendrein nah am Wasser gebaut war. Mit einer Faust hieb sie auf das Bett ein und heulte noch mehr. Es fühlte sich alles so ungerecht an.

Der Besuch im Gemischtwarenladen hatte ihr gezeigt, wie ihre Zukunft ab jetzt aussehen würde. Wie man hinter vorgehaltener Hand über sie reden würde. Die alte Jungfer, die sich auf den Falschen eingelassen hatte, um dann am Ende mit gebrochenem Herzen allein dazustehen und die Fassung über Prinzessinnen-Hochzeiten zu verlieren.

Eva drehte sich auf den Rücken und starrte die Zimmerdecke

an. Durch die tränennassen Augen wirkte alles verzerrt und verschoben. Es war so passend, dachte Eva, die sich selbst seit drei Wochen verzerrt und verschoben fühlte.

Vorher war alles noch in Ordnung gewesen. Vorher hatte sie sich darüber gefreut, dass sie die Buchhandlung von der Tante übernehmen würde, hatte sich sogar darüber gefreut, Georg zu heiraten. Obwohl sie eigentlich immer gedacht hatte, die Ehe wäre nichts für sie. Sie wäre besser bei diesem Gedanken geblieben, denn dann hätte sie sich all das hier ersparen können. Sie hätte ihr schönes Leben einfach so weiterleben können, ohne je zu ahnen, was Georg für ein Schuft war.

Sie schluchzte erneut auf und tastete mit der Hand auf dem Nachttisch nach einem Taschentuch. Da sie dort nichts fand, wischte sie sich schließlich die Nase mit ihrem Ärmel ab, wie sie es früher als Kind getan hatte. Damals, als die Welt noch in Ordnung gewesen war, als sie noch ihre Familie gehabt hatte. Vater, Mutter und Schwester. In Berlin. Als die Worte »Alles wird wieder gut« noch eine magische Wirkung gehabt hatten und sie fest daran geglaubt hatte, dass es wirklich so war, dass alles am Ende wieder gut werden würde. Heute wusste sie, dass das nicht so war. Dass nur kleine Kinder an so etwas glaubten. Und wie ein Kind kam sie sich im Moment vor. Ein verheultes, verrotztes kleines Kind, das darauf hoffte, in den Arm genommen zu werden, das darauf hoffte, die magischen »Alles wird gut«-Worte zu hören, und doch wusste, dass nichts mehr gut werden würde … Denn niemand kam. Sie war jetzt erwachsen und damit auf sich allein gestellt. Bis in alle Ewigkeit.

Freitag, 16. September 1955

KRIEGSVERSEHRT

Ein Schuss peitscht durch die Nacht und lässt ihn auffahren.

Schmerz jagt von seiner linken Hand seinen Arm hinauf und pulsiert durch seinen ganzen Körper. Er reißt die Augen auf, ist plötzlich hellwach. Als er an sich hinunterblickt, sieht er seine Hände. Die linke blutverschmiert, tropfend, zerfetzt. In der rechten hält er die Waffe. Was hat er getan? Er will schreien, aber er hat Angst. Wenn ihn jetzt einer so sieht. Dann ist sein neues Leben schneller vorbei, als es begonnen hat. Also schweigt er. Lässt die Waffe fallen. Beißt die Kiefer zusammen und zieht pfeifend die Luft ein. Die kalte Luft bohrt sich in seine Zähne. Aber der neue Schmerz ist dem alten kaum gewachsen. Er will den Mund doch aufreißen, muss seinem Schmerz mit einem Laut Platz schaffen, aber da merkt er, wie die Ohnmacht kommt. Wie sie an seinen Beinen heraufkriecht. Fast lächelt er. Wenn er jetzt umkippt, dann muss er sich wenigstens keine Gedanken mehr um den Schmerz machen. In letzter Sekunde tritt er mit dem Fuß noch die Waffe weg. Außer Reichweite. Dann wird alles schwarz, und er sackt zusammen. Das Donnern, die Schüsse und die schrecklichen Schreie hört er für einen Augenblick, der übliche Lärm, der um ihn herum ertönt, den er sonst fast schon nicht mehr wahrnimmt.

Dann ist er plötzlich wieder wach, aber er ist nicht mehr da, wo er vorher war. Der Schmerz pulsiert immer noch von der linken Hand seinen Arm herauf. Er nimmt einen intensiven Geruch wahr, aber er kann nicht einordnen, was es ist. Es ist so viel zugleich. Er sieht vermummte Gestalten über sich. Weiße Masken, weiße Umhänge. Oder sind es Kittel? Er weiß es nicht genau. Er hört Wörter in einer fremden Sprache, die er dennoch versteht. *Versehrt. Von der Front entlassen. Heim ins Reich.* Er weiß nicht genau, was es bedeuten soll. Heim, das ist doch zu Hause? Er will nicht nach Hause, da will er nie wieder hin. Er hat Angst. So große Angst. Er möchte etwas tun, um auf sich aufmerksam zu machen. Er hebt den linken Arm, sieht den Verband, der dick um seine Hand gewickelt ist, sieht dunkelrote, fast braune Flecken von getrocknetem Blut. Ihm ist heiß, trotzdem fühlt sich sein Körper so kalt an, dass er zu zittern beginnt. Er will die Finger unter dem Verband bewegen, die Finger, die sich so komisch anfühlen, so falsch. Er sieht, wie sich frisches Blut durch den Verband drückt, und dann durchzuckt ihn der Schmerz erneut, und es wird wieder schwarz um ihn.

Georg schreckte hoch und griff automatisch mit der rechten Hand nach seiner linken. Traf dort auf das vernarbte Loch im Handteller und fühlte dennoch den Schmerz seiner fehlenden Finger. Als wären sie noch dort, dabei konnte das nicht sein. Er wusste es, er sah es, er fühlte es. Dort war nichts mehr als vernarbte Haut. Kein vertrocknetes Blut mehr und erst recht kein frisches. Sein Herz raste. Der Traum war so real gewesen. Alles davon.

Schwitzend setzte er sich auf und schwang die Beine über die Bettkante. Der Teller mit Hühnersuppe war weg. Fräulein Weber musste hier gewesen sein und ihn mitgenommen haben. Er hatte es nicht bemerkt.

Sein Mund und die Zunge fühlten sich trocken an, pelzig. Er brauchte Wasser, musste etwas trinken. Schwankend stand er auf, ging hinaus in den Flur und von dort ins Bad. Von draußen drang dämmrig trübes Licht durch das Fenster. Wie lange hatte er geschlafen? Er drehte den Hahn auf und ließ kaltes Wasser über die Hände laufen, dann formte er einen Trichter, mit dem er das Wasser auffangen konnte, trank gierig aus seinen Händen. Wegen der fehlenden Finger lief ihm das meiste Wasser über das Kinn und über die Arme, aber es war im Moment egal.

Als er fertig getrunken hatte, drehte er den Hahn wieder zu, stützte sich mit beiden Armen am Waschbecken ab und betrachtete sich im Spiegel. Ein nasses Gesicht mit Dreitagebart sah ihm entgegen. Die Augen hinter tiefen Ringen, das helle Haar klebte ihm wirr am Kopf.

Er hob die linke Hand vor sein Gesicht und betrachtete das Narbengewebe, die unregelmäßigen Krater und Hügel. Er wusste genau, warum sich dieser Traum so real angefühlt hatte: Weil es kein Traum gewesen war, sondern eine Erinnerung. Eine Erinnerung, die er vor so langer Zeit tief in sich vergraben hatte. Und die er doch niemals vergessen konnte, weil er mit jedem Handgriff aufs Neue daran erinnert wurde.

Aber dass er davon träumte, war neu. Bislang hatte er immer nur von der Front im Allgemeinen geträumt und davon, wie er Georg Neumann gefunden und seine Identität angenommen hatte. Nie hatte er von der Verletzung seiner Hand geträumt oder gar von der Zeit im Feldlazarett. Er rümpfte die Nase, hatte mit einem Mal das Gefühl, wieder diesen Geruch wahrzunehmen. Diese vielen Gerüche. Jetzt wusste er, was es war. Es roch nach Desinfektionsmittel und Erde, nach Verwesung und Eiter und Blut, alles gemischt mit einer bitteren Note von Morphium. Er ließ seine vernarbte Hand sinken, die bei diesem Gedanken besonders stark schmerzte. Beugte und streckte Daumen und kleinen Finger und begann dann, mit seiner rechten Hand die Überreste des Handtellers zu massieren.

Warum hatte er nie jemandem davon erzählt? Es wäre doch leichter, wenn er all diese Dinge nicht nur in sich hineinfressen müsste, wenn er die Last, die auf ihm lag, mit jemandem teilen könnte. Damals, nach dem Bombenangriff, als die Buchhandlung in Schutt gelegen hatte, war er zu Eva gegangen, da hatte er ihr alles sagen wollen. Aber sie hatte es nicht hören wollen. Und er hatte nie wieder davon angefangen. Weil er der Meinung gewesen war, dass es Schicksal sei, die Wahrheit zu verschweigen. Aber jetzt hatte sich herausgestellt, dass es niemals Schicksal gewesen war. Es war der erste Stein auf dem Weg zu seinem Unglück gewesen.

Jetzt schmerzte sein Herz, sein ganzes Sein, weil er Eva verloren hatte, und gleichzeitig war er erfüllt von der Angst, dass die Behörden nun herausfinden würden, wer er eigentlich war. Was er getan hatte, um von der Front zu entkommen.

Er schüttelte den Kopf und verließ das Bad. Ging zurück in sein Zimmer und legte sich wieder ins Bett.

In diesem Moment klopfte es an die Tür, und obwohl er nichts sagte, öffnete sich selbige, und Fräulein Weber kam herein. »Herr Neumann, jetzt reicht es aber. Die ganze Woche haben Sie nur im Bett gelegen!« Sie durchquerte das Zimmer, trat zum Fenster und zog mit einer energischen Bewegung den Vorhang zur Seite. Dann drehte sie sich zu ihm um und sagte streng: »Stehen Sie auf, ziehen Sie sich ordentlich an und dann kommen Sie zu mir in den Salon und essen endlich wieder etwas Richtiges. Das ist ein Befehl, denn ich werde das keinen weiteren Tag mitansehen!« Sie klatschte zweimal in die Hände. »In fünf Minuten erwarte ich Sie, und keine Sekunde später.« Damit verschwand sie aus dem Zimmer.

Georg setzte sich im Bett auf. Fräulein Weber hatte recht, es war an der Zeit für ihn, wieder zu seinem normalen Leben zurückzukehren. Und dazu musste er seine Angst endlich in ihre Schranken weisen. Soweit es ihm bekannt war, war er nicht der Gegenstand einer laufenden Ermittlung. Er war nur ein Soldat, der bislang eben noch nicht seinen Personalausweis beantragt hatte. Ein Soldat, der scheinbar vergessen hatte, dass er bereits verheiratet war. Was sollte da schon passieren? Viele Behörden hatten über den Krieg Unterlagen verloren. Und eines kam ihm wirklich zugute: Er sah aus wie Georg Neumann, oder zumindest beinahe. Das hatte ihn bislang noch immer gerettet. Warum sollte es jetzt anders sein?

FRISCHER WIND

»Doch, schau, Tante Maria, die Regale sind mit der Wand verschraubt, deshalb hab ich sie kaum bewegen können.« Mit den Fingern fuhr Eva an der Rückwand des Regals entlang und ertastete die kleinen Unebenheiten, wo Schraubenköpfe das Holz durchdrungen hatten. Eva schob die Bücher zurück und stieg von dem Hocker hinunter. »Oben in den Ecken, da stecken Schrauben«, erklärte sie.

Sie sah zu der Tante hinüber, die am Kassentresen stand, den Kopf über ein großes Buch gebeugt, und gar keine Notiz von ihr nahm.

»Tante Maria!«, rief Eva laut. »Hast du gehört, was ich gesagt habe?«

Die Tante blickte auf. »Die Regale sind verschraubt, ja, ja«, antwortete sie und blätterte eine Seite in dem Buch vor ihr um.

Eva nahm den Hocker und stellte ihn zurück an seinen angestammten Platz neben dem Tresen, dabei warf sie einen Blick in das Buch. »Wieder der Wörthersee?«, fragte sie. »Der hat es dir angetan, kann das sein?«

»Lass eine alte Frau träumen«, entgegnete Tante Maria.

»Alte Frau?« Eva lachte. »Du bist doch nicht alt.«

Ihre Tante klappte den Reisebildband zu und richtete sich auf, dabei knackte es leise in ihrem Rücken. »Siehst du, ich bin so alt, dass meine Knochen an allen Ecken und Enden knacken.«

»Ach was«, entgegnete Eva, »Fräulein Frings sagt immer: Was knackt, das lebt!«

»Ja, so etwas kann auch nur Fräulein Frings sagen.« Tante Maria lächelte. Dann deutete sie zu den Regalen hinüber. »Du willst die immer noch von der Wand abrücken und zusammenstellen?«, fragte sie.

Eva nickte. »Hier muss mal frischer Wind rein. Alle gehen mit der Zeit, und das sollten wir auch tun.«

»Dann rücken jetzt alle ihre Regale ab und stellen sie einfach so in den Weg?«, fragte Tante Maria erstaunt, und Eva konnte für einen Moment nicht einschätzen, ob sie die Frage ernst meinte oder sie gerade aufzog.

»Schau doch, wie sehr sich die Zeiten verändern. Immer mehr Menschen haben jetzt einen eigenen Fernseher zu Hause. Vor ein paar Jahren war das noch unvorstellbar, und jetzt geht es auf einmal schnell. Die Geräte werden günstiger, die Menschen spendabler, vielleicht liegt die Wahrheit auch irgendwo dazwischen. Sicher ist aber eines: Wenn das so weitergeht, dann schauen die Menschen bald nur noch fern, statt zu lesen. Vor allen Dingen, wenn hier alles beim Alten bleibt.«

»Hier hat sich schon einiges verändert«, antwortete Tante Maria ruhig. »Du hast doch selbst die Warengruppen in den Regalen neu sortiert.«

»Aber das ist noch nicht genug«, entgegnete Eva. »Die neue Sortierung sehen nur die Kunden, die den Laden auch betreten. Wenn die Regale neu angeordnet sind, dann sieht man das direkt schon von draußen durch das Schaufenster und dann …«

»… dann kommen mehr neugierige Menschen herein?«, beendete Tante Maria ihren Satz, und dieses Mal wirkte sie ernsthaft interessiert an Evas Vorschlag. Sie stieß sich vom Kassentresen ab und ging zu den Regalen hinüber. Dabei umfasste sie mit Daumen und Zeigefinger der einen Hand ihr Kinn, während sie die andere Hand in die Seite stemmte. »Du willst also diese beiden hier abrücken?«, fragte sie.

Eva trat neben ihre Tante. »Ja, die zwei, und dann wollte ich sie mit dem Rücken aneinanderschieben.«

Ihre Tante nickte. »Und was ist dann mit der Wand, die dann frei wird? Hast du dir darüber auch schon Gedanken gemacht?«

Eva stutzte. Darüber hatte sie tatsächlich noch gar nicht nachgedacht. Sie wusste nicht, wie die Wand hinter den Regalen aussah. Als zum Kriegsende hin der Laden zerbombt worden war, hatten sie erst einmal alles provisorisch wiederaufgebaut, und was fertig gewesen war, war nie wieder angefasst worden. Vielleicht wäre es besser, die Regale dort zu belassen, wo sie waren?

»Und hast du mir am Montagmorgen nicht erzählt, dass die zwei Regale eigentlich zu groß dafür sind? Da war doch etwas, oder?«, fragte die Tante.

Eva ließ die Schultern sinken. »Ja«, antwortete sie missmutig. »Weißt du, ich hab die Idee aus dem *Börsenblatt*. Da wurde vorgeschlagen, halbhohe Regale gegeneinander in Laufrichtung zu stellen, damit die Kunden in Schlangenlinien durch den Laden geführt werden. So sollen sie auf ihrem Weg zur Kasse noch mehr Bücher zu sehen bekommen. Ich fand das sehr interessant.«

»Das ist auch interessant, aber es müssen doch nicht diese Regale hier sein, nicht wahr?«, fragte Tante Maria sanft.

Eva dämmerte langsam, dass die Tante ihre Unterhaltung gesteuert hatte. Ganz bewusst hier und da eine Frage gestreut hatte, damit Eva zu dem gleichen Schluss kam: alles beim Alten lassen.

»Dann schieben wir diesen Tisch hier zur Seite und stellen da zwei neue Regale hin«, sagte sie trotzig und hob ihr Kinn.

»Neue Regale? Wer soll die denn zimmern? Der Georg ja wohl nicht«, entgegnete Tante Maria und schlug sich dann mit der Hand auf den Mund. »Entschuldige, ich wollte den … ich wollte ihn nicht erwähnen. Es ist mir einfach so rausgerutscht.«

»Es gibt auf der Welt noch andere Schreiner. Und Möbelhäuser, die gibt's auch. Sogar hier ganz in der Nähe, das weißt du doch wohl selbst!« Eva hatte impulsiver geantwortet, als es ihre Absicht gewesen war. Die Tante hatte sich ja sofort entschuldigt, dennoch hatte die Erwähnung von Georg dazu geführt, dass sie nun einen Kloß im Hals verspürte.

»Du willst doch nicht etwa zu denen in der Rheinstraße gehen?«, fragte Tante Maria.

Eva nickte. »Warum denn nicht? Es liegt auf der Hand, zum nächstgelegenen Möbelhaus zu gehen.«

Tante Maria verzog den Mund.

»Was denn?«, fragte Eva. »Machen die keine guten Möbel? Oder sind die Preise dort höher? Was ist es?«

»Hab ich dir noch gar nicht erzählt, was die zwei Söhne von dem Inhaber sich erst letzte Woche geleistet haben?«, fragte Tante Maria.

Eva schüttelte den Kopf.

»Sie haben morgens auf ihren Motorrädern ein Rennen in der Stadt gefahren. Vom Martinsberg runter. Und weil es geregnet hat, war die Straße nass, und da hat der eine von den beiden in der Bahnhofstraße am Ende die Kurve nicht bekommen und ist mit dem Motorrad beim Padberg ins Schaufenster gerast!«

»In das Bekleidungsgeschäft? Wo ich meine Hosen her hab?«, fragte Eva.

»Genau da. Ganz schöne Rowdys die zwei, wenn du mich fragst.«

»Für mich klingt das zunächst einmal nach einem Missgeschick. Einem Unfall. Und nur weil einer der Söhne des Inhabers einmal aus Versehen sein Motorrad in einem Schaufenster geparkt hat, heißt das noch lange nicht, dass das Möbelhaus schlecht arbeitet. Oder meinst du, sie können deshalb keine ordentlichen Regale schreinern?«

»Das ist ja noch nicht alles«, erwiderte die Tante. »Die Elli hat mir erzählt, dass die zwei sich auch schon mal in der Unterführung hinten zum Kirchberg rauf festgefahren haben. Mit dem Möbelwagen.«

»Tante Maria, ich sehe immer noch nicht, warum das Gründe sein sollten, die gegen das Möbelhaus sprechen. Dann scheinen die Söhne eben Pech mit motorisierten Untersätzen zu haben, das sagt immer noch nichts über die Qualität der Möbel aus. Oder haben sie jetzt keinen Möbelwagen mehr? Aber auch das sollte kein Problem sein, das kurze Stück von der Rheinstraße hier hinauf kann man die Regale zur Not wohl auch zu Fuß tragen.«

»Nein, den Möbelwagen gibt es noch. Elli hat erzählt, dass sie die Luft aus den Reifen gelassen haben und den Wagen so zurückrollen konnten. Damit hat er nicht mehr festgesteckt«, erklärte Tante Maria.

»Daraus schließe ich nur, dass die beiden pfiffig sind. Das ist doch etwas Gutes.«

»Ja, auf den Kopf gefallen sind sie nicht. Aber sie haben trotzdem nur Unsinn da drin, wenn du mich fragst«, erwiderte Tante Maria.

»Für mich zählt nur das Pfiffige. Hier muss frischer Wind rein. Und neue Regale werden der Anfang sein.«

»Frischer Wind. So, so«, murmelte Maria. »Für die Buchhandlung? Bist es nicht eher du, die den frischen Wind braucht?«

»Wie meinst du das?«, fragte Eva.

»Na ja, nach der Sache mit Geor…«, begann die Tante, aber Eva ließ sie nicht aussprechen. Es war ihr zu viel, dass die Tante schon wieder auf Georg anspielte. Sah sie denn nicht, wie sehr Eva damit kämpfte? Mit allem, was mit Georg zu tun hatte? Wie sehr sie jede Erwähnung seines Namens verletzte?

Wütend machte Eva auf dem Absatz kehrt.

»Eva, warte!«

Ihre Nichte blieb tatsächlich stehen und drehte sich wieder zu ihr. Obwohl Maria weiter noch nichts gesagt hatte, presste Eva die Lippen aufeinander. In diesem Moment erinnerte sie Maria an sich selbst, als sie in Evas Alter gewesen war. Ihre Nichte hatte sich etwas in den Kopf gesetzt und war nicht bereit, auch nur einen Millimeter abzurücken. Ihr August hatte sie dann immer stur genannt, aber Maria wusste, dass das nicht stimmte. Sie war nie stur gewesen, sie war stark gewesen. Und Evas Wille war genauso stark. Sie sah es, wusste es doch schon so lange. Ohne Eva wäre die Buchhandlung nach dem Bombenangriff vermutlich einfach verfallen. Da war ihre Nichte stark gewesen. Stark für die Buchhandlung und für Maria mit, die in diesem Moment keine Kraft mehr gehabt hatte, alles zusammenzuhalten.

Maria öffnete den Mund, um etwas zu sagen, aber genau in diesem Moment kam Herr Nachtsheim zur Ladentür herein. Er gehörte schon seit vielen Jahren zur Stammkundschaft der Rhein-Buchhandlung. Für einen Moment blickte Maria zwischen dem Kunden und ihrer Nichte hin und her, wandte sich dann aber Herrn Nachtsheim zu. Auch wenn es sie innerlich ärgerte. Sie hörte noch, wie hinter Eva die Lagertür ins Schloss fiel. Maria seufzte still und strich langsam ihren Rock glatt. Der Kunde ist König, sagte sie sich selbst im Stillen, dann begrüßte sie Herrn Nachtsheim.

Kurze Zeit später hatte sie schon das passende Buch für den Stammkunden gefunden und verabschiedete ihn wieder: »Viel Freude mit der Lektüre, bis zum nächsten Mal, Herr Nachtsheim.« Maria lächelte ihm so lange zum Abschied zu, bis er nach draußen gegangen und endlich außer Sichtweite war, dann sackten ihre Mundwinkel herunter, und sie atmete tief durch. Früher war es ihr definitiv leichter gefallen, die unbesorgte, freundliche und professionelle Miene aufrechtzuerhalten, egal ob etwas in ihrem Inneren gerade aufgewühlt war. Aber mit den Jahren wurde es immer schwerer, oder zumindest fühlte es sich für Maria so an. Vielleicht, weil sie nicht mehr bereit war, immer nur gute Miene zu zeigen. Weil sie auch einmal herauslassen wollte, was in ihr brodelte.

Maria drückte den Rücken durch und schob ihre Schultern zurück. Dann fiel ihr Blick wieder auf den Bildband vom Wörthersee. Sie seufzte bei der Vorstellung, jetzt dort zu sein. Das azurblaue Seewasser zu sehen, die Sonne auf ihrer Haut zu spüren und sich einfach frei zu fühlen, fernab vom Alltagsstress, von allen Diskussionen rund um eine neue Ladeneinrichtung oder gezwungener Freundlichkeit.

Sie wusste nicht, wie lange sie so in die Abbildungen der traumhaften österreichischen Landschaft versunken gewesen war, als sich die Ladentür erneut öffnete. Maria blickte auf und sah Hans hereinkommen. Sie warf einen schnellen Blick zur Uhr. War es denn schon nach Mittag, und sie hatte vergessen, den Laden zu schließen? Aber es war noch nicht so spät.

»Nanu, was machst du denn am späten Vormittag hier?«, fragte sie Hans überrascht. »Musst du nicht noch arbeiten?«

Hans schüttelte den Kopf. »Ich habe mir heute früher freigenommen.«

»Das ist ja schön«, sagte Maria.

Hans durchquerte den Laden mit schnellen Schritten und zog sie zu sich heran. Zog sie fest in seine Arme und hauchte ihr einen Kuss auf das Ohrläppchen. »Das finde ich auch sehr schön.«

Maria spürte, wie ihr mit einem Mal ganz heiß wurde. Sie machte sich wieder von ihm los. »Hans!«, rief sie. »Doch nicht hier im Laden, wo jeder uns sehen kann.«

»Dann lass uns ins Lager gehen«, antwortete Hans mit einem Schulterzucken, dabei grinste er zweideutig.

»Hans Schumacher!«, rief Maria empört, musste aber lächeln.

Hans löste sich von ihr und blickte auf den aufgeschlagenen Bildband. »Das sieht aber traumhaft aus.«

»Nicht wahr? Das ist der Wörthersee in Österreich. Da würd ich schon gern einmal hin«, sagte Maria.

Hans nahm den Bildband zur Hand und blätterte durch die Seiten. »Dann lass uns das einfach tun.«

»Das hab ich auch schon gedacht.«

Hans klappte den Bildband zu. »Dann fahren wir an den Wörthersee. Nur du und ich.« Er gab ihr einen Kuss und begann dann, das Lied *Du bist die Rose vom Wörthersee* zu summen.

»Ja, wir sollten einfach fahren.«

Hans klatschte in die Hände und umarmte Maria stürmisch. »Eine Reise, das tut uns beiden gut. Das gönnen wir uns. Das wird ein Abenteuer.« Und damit zog er Maria eng an sich und küsste sie leidenschaftlich.

»Ein Abenteuer«, sagte Maria leise und lächelte. »Genau das, wir wagen ein Abenteuer!«

Samstag, 17. September 1955

WER EINMAL LÜGT

»Chef … Chef?«

Georg blickte auf und sah jemanden vor sich stehen, aber er hatte den Kopf so schnell gehoben, dass er denjenigen gleich zweimal sah. Er versuchte, den Blick zu fokussieren. Endlich wurde das Bild klarer, und er sah Toni, der ihn mit einem besorgten Gesichtsausdruck musterte.

Als er gestern den Entschluss gefasst hatte, wieder zu seinem normalen Leben zurückzukehren, da hatte sich das gut angefühlt. Aber schon heute Morgen, als er die Werkshalle aufgeschlossen hatte, hatte er bemerkt, dass er sich doch lieber wenigstens noch die Tage über das Wochenende genommen hätte, um am Montag wirklich frisch wieder hier zu sein. Aber sein Sturkopf hatte gesiegt, und er hatte mit der Arbeit begonnen. Obwohl er die letzten Tage nichts Richtiges gegessen hatte, obwohl er sich schwach und wackelig auf den Beinen fühlte.

»Alles in Ordnung mit dir, Chef?«

Am liebsten wäre Georg aufgesprungen und hätte gerufen, dass nichts, aber auch gar nichts in Ordnung sei. Dass er kein Chef sei, sondern nur ein mieser Hochstapler. Dass er überhaupt nicht Georg sei. Und dann hätte er geflucht, in der Sprache, mit der er aufgewachsen war. Die Vorstellung war für einen Moment verlockend, aber dann schüttelte er nur seinen Kopf, um den Gedanken loszuwerden, und log: »Es ist alles in Ordnung.«

»Bist du dir wirklich sicher, Chef?« Toni ließ einfach nicht locker.

»Ja, ja«, antwortete Georg unwirsch. Dabei wusste er doch, dass der Junge es nur gut mit ihm meinte. Es ärgerte ihn, dass Toni so deutlich sehen konnte, dass es anders war. Dass nichts mehr in Ordnung kommen würde, bevor Eva ihm nicht endlich glaubte.

Bislang hatte er sich von ihr abwimmeln lassen, er hatte sich schlecht gefühlt, er hatte wie krank im Bett gelegen. All das hatte ihm nicht geholfen. Nichts davon. Wenn er wirklich wollte, dass es besser wurde, dass alles wieder ins Lot kam, dann musste er sein Leben wieder selbst in die Hand nehmen. Endlich der Mann sein, der er sein wollte. Egal welchen Namen er trug oder welchen Pass er hatte. Er musste Eva die Wahrheit sagen. Die ganze Wahrheit. Auch wenn das bedeutete, dass sie danach erst recht nichts mehr mit ihm zu tun haben wollte.

Dieser Gedanke, auch wenn er erschreckend war, gab ihm neue Kraft. Er richtete sich zu seiner vollen Größe auf. »Geh den Dieter holen«, wies er Toni an.

Der junge Arbeiter nickte und salutierte, als wären sie in einem Manöver und Georg hätte einen Befehl erteilt. Kurze Zeit später war er mit Dieter an seiner Seite zurück. Georg musste gar nichts sagen. Ein Blick von Dieter reichte, und er hatte die Situation erfasst.

»Du gehst heim?«, fragte der alte Arbeiter.

Georg nickte knapp.

»Gut«, antwortete Dieter. »Und da bleibste am besten auch noch die ganze nächste Woche. Am Montag früh gehste zum Arzt. Versprochen?«

Georg nickte erneut, dann ging er in den Gemeinschaftsraum und nahm seine Schiebermütze. Er würde nicht zum Arzt gehen, der konnte ihm sein zerbrochenes Herz auch nicht flicken. Aber er wusste, wo er hingehen würde. Und nicht erst nächste Woche, sondern jetzt direkt: zu Eva.

Kurze Zeit später befand er sich schon auf der Hochstraße. Es war ein warmer, sonniger Tag. Der Himmel war blau, die Vögel zwitscherten, doch Georg hatte keinen Sinn für die Schönheit der Welt um sich herum. Im Gegenteil, es bedrückte ihn nur noch zusätzlich. Als hätte die Welt beschlossen, es ihm besonders schwer zu machen. Er fühlte sich gerade nach Regenwetter, nach Gewitter oder Hagel oder meinetwegen einem Schneesturm. Das alles würde seine Gefühle spiegeln. Nicht dieses sonnige Bilderbuchwetter, das nur nach Fröhlichkeit rief. Nach Paaren, die verliebt am Rhein entlangspazierten. Nach Glückseligkeit und Liebe. Beim letzten Gedanken schmeckte Georg bittere Galle in seinem Mund.

Vor der Buchhandlung blieb er stehen. Damals, zu der Zeit, als er Eva kennengelernt hatte, hatte er oft so vor dem Schaufenster der kleinen Buchhandlung gestanden und nach ihr Ausschau gehalten. Aber heute war es anders. Heute zog sich sein Magen zusammen, als er sie sah. Und erst recht, als sie ihn erblickte und sich ihre Miene sofort verdunkelte. Wenigstens eilte sie nicht wieder aus dem Laden wie am Montagmorgen. Er wusste gar nicht so genau, warum er an dem Morgen überhaupt zur Buchhandlung gegangen war. Vielleicht, weil er das Gefühl gehabt hatte, Eva wenigstens sehen zu müssen.

Georg straffte die Schultern. Es half nichts, jetzt wieder an den Montag oder die Tage mit den Albträumen danach zu denken. Er hatte beschlossen, dass er Eva die Wahrheit sagen würde, komme, was da wolle. Und das konnte nicht länger warten, das hatte er endlich begriffen. Er blickte auf die Uhr. Lange würde die Buchhandlung nicht mehr geöffnet haben, bis sie für die Mittagszeit schließen würde. Im Moment war noch Kundschaft anwesend.

Er betrat den Laden. Während Eva ihm demonstrativ den Rücken zuwandte, nickte Maria ihm knapp zu. Zwar mit leicht verhärteter Miene, aber immerhin. Es war ein erster Schritt und stärkte seine Zuversicht, heute Eva alles zu erzählen.

Maria wandte sich wieder der Kundin zu, der sie am Tresen ein Buch abkassierte, während Eva in ein Gespräch mit einem Herrn vertieft war. Georg trat näher zu Eva heran. Er wollte den Augenblick abpassen, in dem sich der Kunde bei Eva für ein Buch entscheiden und dann zu Maria am Kassentresen hinübergehen würde. Dann wäre sein Moment gekommen. Er würde zu Eva hinübergehen, ganz schnell sprechen, um alles Wichtige zu sagen, und Eva würde die ganze ungeschönte Wahrheit hören. Alles. Über ihn und über das, was er getan hatte!

Während er wartete, zog er wahllos ein Buch aus dem Regal und schlug es auf, ohne wirklich darin zu lesen. Er musste seine Hände und sein aufgeregtes Herz mit dieser Tätigkeit beruhigen. Dabei beobachtete er über das Buch hinweg Eva. Wie angeregt sie mit dem Kunden sprach. Georg liebte es, sie so zu sehen. Wenn sie mit ihrem ganzen Wesen sprach. Mit den Händen und ihrer Mimik. Wenn sie die Begeisterung für die Bücher und das Lesen ausstrahlte. Vor nur wenigen Wochen hatte sie noch mit ihm so gesprochen.

Er hörte, wie Maria die Kundin an der Kasse verabschiedete, und machte sich bereit. Gleich würde der Kunde hinüber zur Kasse gehen, und er hätte einen kurzen Moment mit Eva. Schnell schlug er das Buch zu und stellte es ins Regal zurück. Er holte schon Luft, um wirklich bereit zu sein, aber in diesem Moment wandte sich die Kundin von der Tür zu dem Herrn bei Eva: »Komm, Peter, ich hab alles, wir können gehen.« Und Georg konnte nur noch dabei zusehen, wie die zwei die Buchhandlung verließen und er plötzlich allein mit Eva und ihrer Tante war. Er schloss die Augen. So hatte er sich das nicht vorgestellt. Aber dann dachte er, dass es jetzt sowieso egal war. Dann hörte Maria eben mit. Er musste die Wahrheit endlich aussprechen. Georg öffnete die Augen wieder, bereit, alles zu erzählen, bis sein Blick den von Eva auffing. Und ihm pure Wut daraus entgegenschlug.

»Eva, ich …«, begann er, aber sie schüttelte nur den Kopf, wandte sich zum Lager. »Eva, bitte! Hör mir wenigstens zu. Lass mich dir wenigstens die Wahrheit sagen, danach kannst du mich stehen lassen. Nicht vorher.«

Eva schüttelte lediglich ein weiteres Mal den Kopf und verschwand endgültig im Lager.

Georg ließ die Schultern hängen. Es war zwecklos. Eva würde ihm nie wieder zuhören. Er hatte vor so vielen Jahren seine Chance vertan, ihr die Wahrheit zu sagen, und jetzt war es zu spät. Ein und für alle Mal.

Er wollte sich zum Gehen wenden, als Maria ihn aufhielt. »Warte, Georg. Geh nicht. Geh lieber hinauf zu Eva in die Stube.«

»Aber … sie hat mehr als deutlich …«, begann Georg.

Maria hob die Hand, um ihn zu unterbrechen. »Geh und erzähl ihr alles, was du zu sagen hast. Ich denke, es ist wichtig, wenn du ihr sagst, warum du deine Ehe bislang verschwiegen hast. Aber danach akzeptierst du bitte, wenn sie dich nicht mehr sehen will.«

Georg nickte. Er hätte nicht damit gerechnet, noch eine Chance zu bekommen. »Danke«, sagte er schnell, und dann eilte er hinauf. Dabei meinte er, Maria murmeln zu hören: »Lass mich das bloß nicht bereuen.«

WÖLFE AUF DEM SCHULHOF

Fast drei Wochen waren die Ferien schon wieder vorbei, und das neue Schuljahr hatte nicht besser begonnen, als das alte aufgehört hatte. Nein, eigentlich hatte Ilse sogar den Eindruck, dass die anderen Mädchen immer gemeiner zu ihr wurden. Dass sie

sie ständig ärgerten und piesackten. Dabei war sie eigentlich keine Streberin. Oder zumindest sah sie sich als keine an. Sie las gern, und sie hatte schon immer ein Händchen für Zahlen gehabt. Die Binsenweisheit, dass Mädchen generell schlecht im Schulfach Mathematik seien, hatte sie noch nie geglaubt. Im Gegenteil. Sie glaubte sogar, dass andersherum ein Schuh daraus wurde: Weil Mädchen von Anfang an eingeredet wurde, sie seien nicht für die Mathematik gemacht, waren es viele auch. Wie eine selbsterfüllende Prophezeiung. Dabei war Mathe wirklich einfach. Es war pure Logik. Gerade das gefiel Ilse so gut daran. Eins und eins ergab immer zwei. Egal, wie man es drehte und wendete.

In den Pausen saß Ilse allein am Rand des Schulhofs. Wenn sie den anderen Mädchen zusah, die ausgelassen auf dem Hof spielten, die durcheinanderrannten, Kästchen hüpften oder in kleineren Grüppchen tuschelten, dann stellte sie fest, dass es vielleicht gar nicht an ihnen lag. Sie verhielten sich wie immer. Es war Ilse selbst, deren Wahrnehmung sich geändert hatte. Früher hatte es sie nicht gestört, wie die Mädchen mit ihr umgesprungen waren. Sie hatte keine Freundinnen gewollt. Aber seit der kurzen Begegnung mit der Schwesternschülerin Petra hatte sie angefangen, das zu hinterfragen. Mit Petra wäre sie gern befreundet. Vielleicht, weil sie anders war als die Mädchen in ihrer Klasse. Keines der Mädchen in der Schule war so offen, so unbeschwert und dabei so erfrischend direkt wie Petra. Schade nur, dass sie diese so schnell wohl nicht wiedersehen würde.

Je länger Ilse den wimmelnden Schulhof musterte, desto mehr hatte sie das Gefühl, sich in einem Wolfsgehege zu befinden. Denn die Mädchen, sie verhielten sich wie Wölfe. Es gab ein paar wenige Alphatiere, zu denen all die anderen aufsahen, und der Rest lief nur mit oder kämpfte um die Aufmerksamkeit eines höheren Rudeltiers. Oder sie waren ängstliche Schafe. Die die Wölfe fürchten mussten. Ilse schüttelte den Kopf. Sie war kein Wolf. Und sie wollte auch nie ein Wolf werden. Und ganz bestimmt kein Schaf.

Nach dem letzten Klingeln verließ Ilse das Schulgelände. Mit einer Hand hielt sie den Riemen ihrer Schultasche an der Schulter fest, mit der anderen drückte sie ihre Bücher an sich. Sie hatte nie Eile, wenn die Schule vorbei war. Der Heimweg, das war ihre persönliche Ruhezeit. Da konnte ihr niemand eine Aufgabe für den Haushalt auftragen, konnte niemand von ihr verlangen, irgendwo zu helfen, und auch für die Schule konnte sie in dieser Zeit nichts tun. Auf dem Heimweg war sie frei. Frei von allen Dingen, die der Alltag sonst mit sich brachte. Während sie langsam den Martinsberg hinunterging, dachte sie, dass es ihr mit der Schule eigentlich so erging wie Sisyphos, der dem Steinbrocken hinterherlief. Es war ihr Schicksal, und jetzt, in diesem Moment, war dieses Schicksal ihr Glück. Jetzt konnte sie sich Zeit lassen. Jetzt hatte sie keinen festen Termin, konnte trödeln und den lieben Gott einen guten Mann sein lassen. Oder den Oberstudienrat Schulze einen strengen Lehrer, dachte Ilse und lächelte. Denn in diesem Augenblick war sie ein glücklicher Mensch, und das konnte ihr kein Oberlyzeum, kein Oberstudienrat, keine Wölfe oder Schafe, niemand auf der ganzen Welt nehmen.

Als sie vom Steinweg in die Hochstraße einbog, sah sie einen buschigen Haarschopf vor sich gehen. Einen buschigen Haarschopf und eine Schwesternschülerinnenuniform. Ihre Stimmung hellte sich sofort auf. Eben noch hatte sie gedacht, dass sie Petra wohl nicht noch einmal wiedertreffen würde, und hier war sie.

»Petra!«, rief Ilse und ging schneller, um sie einzuholen. »Petra! Warte doch mal!«

Der Haarschopf fuhr zu ihr herum. Erstaunen wandelte sich in Freude. »Wenn das mal nicht der Teufelsdoktor ist! Und diesmal nicht gedankenlos auf einer Straße mit Lastkraftwagen.« Sie grinste. »Wie geht's dir? Kommst du aus der Schule?«

Ilse nickte. »Frag nicht. Ich bin die Wölfe so leid.«

»Wölfe?«, fragte Petra erstaunt, und daraufhin erklärte ihr Ilse den Vergleich, den sie heute in der Pause gezogen hatte.

Petra quittierte ihre Ausführung mit einem hellen Lachen. »Wölfe auf dem Schulhof. Du bist mir eine! Hast eine wirklich blühende Fantasie!«

»Ja, das hab ich auch schon mal gehört.«

Zusammen gingen sie die Hochstraße entlang. Als sie an der Buchhandlung angekommen waren, blieben sie stehen.

»Dann ... man sieht sich«, sagte Ilse. Dabei wollte sie eigentlich etwas anderes sagen. Wollte gern ein festes Treffen mit Petra ausmachen und nicht wieder auf den Zufall hoffen müssen.

Anscheinend war sie mit diesem Gedanken nicht allein. »Diesmal überlassen wir das aber nicht dem Schicksal, würd ich sagen. Wann hast du Zeit?«

Ilse spürte Freude in sich aufwallen. »Morgen ist doch Sonntag, da vielleicht?«

»Da kann ich nicht«, antwortete Petra, und Ilse spürte, wie ihre Freude verpuffte. Vielleicht war es auch einfach zu voreilig gewesen, gleich den nächsten Tag vorzuschlagen? Sie verzog das Gesicht.

»Jetzt mach nicht so eine Schnute«, sagte Petra lachend. »Sonntag ist eigentlich ein guter Tag, aber morgen hat meine Mutter Geburtstag, und da muss ich natürlich hin. Sollen wir einfach den Sonntag drauf festhalten?«

Ilses Miene hellte sich wieder auf. »So machen wir das.«

»Fein!«, rief Petra und wandte sich zum Gehen. »Dann ist es abgemacht. Übernächsten Sonntag. Wir treffen uns am Eingang vom Schwesternwohnheim. Um drei.«

DEM GLAUBT MAN NICHT

Unschlüssig stand Eva in der Stube. Sie war hier hinaufgelaufen, um Abstand zu Georg zu bekommen. Um nicht seine blauen Augen sehen oder seine dunkle Stimme hören zu müssen. Beides Dinge, die ihr so vertraut waren – zu vertraut für einen verheirateten Mann. Nun wusste sie nicht, was sie tun sollte. Sich einen Kaffee aufsetzen? Oder gar ein Stück von dem Kuchen naschen, der eigentlich für die sonntägliche Kaffeetafel bestimmt war?

Sie griff gerade nach dem Filteraufsatz, als sich jemand hinter ihr räusperte.

»Eva?«, fragte eine wohlbekannte Stimme leise.

Sie zuckte zusammen, obwohl sie es nicht wollte, nur um dann umso wütender herumzufahren und Georg zu sehen. Er stand an der offenen Tür zur Stube, in den Händen die Schiebermütze.

»Du!«, rief sie. »Was machst du hier oben?«

»Deine Tante hat mich geschickt.«

Eva lehnte sich mit dem Rücken an die Spüle und verschränkte die Arme vor der Brust. Tante Maria hatte ihn also heraufgeschickt. Da würde sie später mit ihr ein Hühnchen zu rupfen haben. Bislang hatte Eva gedacht, Tante Maria sei auf ihrer Seite, aber nun war sie sich nicht mehr so sicher. Generell hatte Eva das Gefühl, dass etwas mit der Tante vor sich ging. Diese plötzliche Entscheidung, mit Hans in den Urlaub zu fahren. All die Jahre war sie nie verreist, und jetzt würde sie bald mit Hans an den Wörthersee fahren, und Eva und Ilse sollten allein hier bleiben.

Georg stand immer noch in der offenen Tür der Stube und knetete die Schiebermütze in seinen Fingern. Mittlerweile glaubte Eva, dass er sie sich nur deshalb gekauft hatte, damit er etwas hatte, womit er seine Hände beschäftigen konnte, während er nach Worten rang.

In ihrem Bauch kochte die Wut auf ihre Tante, als ihr mit einem Mal bewusst wurde, dass es doch sein Gutes hatte, dass die Wut ihr half, nicht gleich wieder in Tränen auszubrechen. Lautstark sog sie Luft durch ihre Nase ein und stieß sie wieder aus, bevor sie herausfordernd sagte: »Dann los, erzähl, was du unbedingt erzählen willst.«

Georg trat einen Schritt vor, aber sie gab ihm mit einem Handzeichen zu verstehen, dass er nicht näher kommen sollte. Er nickte unsicher und blieb stehen. »Eva, ich …«, begann er, brach aber sofort wieder ab. Rieb sich mit der rechten Hand über das Gesicht und fing dann erneut an: »Es gibt da ein paar Dinge, die ich dir nie erzählt habe.«

»Ein paar Dinge?« Eva verengte die Augen. »Dinge? Ist eine unterschlagene Ehefrau für dich ein Ding?«

»Ich bin nicht verheiratet«, entgegnete Georg leise.

»Das hat sich auf dem Amt aber ganz anders angehört.«

Georg atmete tief ein, dann sagte er langsam und deutlich: »Georg Neumann ist verheiratet. Aber ich nicht.«

Diese Worte musste Eva erst einmal sacken lassen. Was wollte er ihr damit sagen? Erneut kniff sie ihre Augen zusammen. »Was meinst du damit?«, fragte sie. »Du bist Georg Neumann, und du bist verheiratet.«

Er schüttelte den Kopf. »Ich bin nicht Georg Neumann. War ich nie.«

Das wird ja immer bunter!, dachte Eva. »Und wer bist du dann, bitte schön?«

Georg – oder wer immer er auch sonst sein mochte – öffnete den Mund, um etwas zu sagen, kam aber nicht weit, da plötzlich von der Treppe die Stimme ihrer Cousine Ilse zu hören war: »Ja, Mutter, ich habe dich verstanden. Ich gehe nur in mein Zimmer und mache meine Hausaufgaben. Das wird ja wohl noch erlaubt sein.« Dann eine kurze Pause und schließlich wieder Ilse: »Ich habe gar nicht vor, bei irgendwas zu lauschen. Ich will nur meine Hausaufgaben machen, Herrgott noch mal.«

WITWENRENTE

War es die Aufregung, die Maria verspürte, seit sie gestern mit Hans beschlossen hatte, an den Wörthersee zu reisen? Oder was war in sie gefahren, dass sie Georg zu Eva hinaufgeschickt hatte? Maria konnte es selbst nicht genau sagen. Aber seit Georg oben in der Stube war, lief sie unruhig zwischen dem Lager und dem Laden hin und her und horchte, ob Geschrei von oben zu hören war. Bislang war es ruhig geblieben. Auch wenn Ilse, die eben aus der Schule nach Hause gekommen war, sich nicht von ihr hatte aufhalten lassen hinaufzugehen.

Wie Georg eben da gestanden hatte, mit hängenden Schultern, da war ihr Herz weich geworden. Deshalb hatte sie ihn nach oben geschickt. Weil irgendwo tief in ihr drin eine Romantikerin steckte, die sich ein glückliches Ende für Eva und Georg wünschte. Die in den letzten Jahren gesehen hatte, wie glücklich die beiden miteinander waren. Und die wollte, dass sie wieder glücklich wurden, auch wenn ihre vernünftige, logische Seite wusste, dass das wohl nicht mehr passieren würde.

Maria ging zum Regal mit der Reiseliteratur hinüber und nahm sich den Bildband vom Wörthersee zur Hand. Mittlerweile kannte sie jede Abbildung und jeden Text auswendig, dennoch wurde sie nicht müde, wieder hineinzuschauen. Und sich diesmal immer Hans und sich selbst auf den Bildern vorzustellen. Sie beide am See, sie beide auf einem kleinen Boot, sie beide im Hotel. Gerade beim letzten Gedanken trat die schöne Landschaft mit einem Mal in den Hintergrund. Alles, was sie jetzt noch vor sich sehen konnte, waren Hans und sie in einem Hotelbett. Seine Hände auf ihrer Haut, sein Atem an ihrem Hals. Ein wohliger Schauer fuhr ihr über den Rücken. Als sie hörte, wie sich die Ladentür öffnete, ließ sie vor lauter Schreck fast den Bildband fallen. Ertappt sah sie auf und blickte geradewegs in Hans' sanfte Augen. Sofort wurde

Maria ruhiger. Wie immer, wenn sie mit Hans zusammen war. Dann kam ihr plötzlich nichts mehr so schlimm vor. Alles war besser mit Hans an ihrer Seite. Ihrem Fels in der Brandung, ihrem Bollwerk am Rhein.

Mit schnellen Schritten kam er auf sie zu. »Maria!«, rief er freudig. »Ich hab alles parat. In drei Wochen fahren wir! Und ich hab noch eine Idee, die noch viel besser ist.« Er umarmte sie und zog sie für einen stürmischen Kuss zu sich heran.

Maria erwiderte den Kuss, machte sich dann aber lachend von ihm los. »Was denn?«, fragte sie.

»Wir zwei heiraten, und dann fahren wir nicht in den Urlaub, sondern in die Flitterwochen! Ist das nicht großartig?«

»Aber …«, begann Maria und brach dann ab. Sie hatte den Mund zwar geöffnet, wusste aber gar nicht genau, was sie sagen wollte. Hans hatte sie überrumpelt. Wie er sie jetzt ansah. Hans Schumacher. Der gute Hans. Sie liebte ihn. Er war immer an ihrer Seite gewesen. Sie wusste, dass sie sich jederzeit auf ihn verlassen konnte. Er war eine treue Seele, immer schon gewesen. Selbst zu der Zeit, als er hatte zusehen müssen, wie sie August Herrmann geheiratet und mit ihm zwei Töchter bekommen hatte. Und als August in den Krieg eingezogen worden war und dann klar wurde, dass er von dort nicht mehr zurückkommen würde, hatte er sie nie bedrängt. Er hatte gewartet, bis Maria einen Schritt auf ihn zugemacht hatte. Bis sie ihm signalisiert hatte, dass auch sie Gefühle für ihn hatte, die sie nicht mehr länger unterdrücken konnte.

»Du meinst also … du und ich … dass wir …« Die Gedanken in Marias Kopf überschlugen sich so schnell, dass sie nicht die richtigen Worte fand. Ihr war nie in den Sinn gekommen, noch einmal zu heiraten. Dabei war es doch eigentlich naheliegend.

Hans zog sie wieder zurück in die Umarmung und küsste sie. »Genau das denke ich«, flüsterte er.

Marias Herz schlug mit einem Mal schneller, und sie fühlte, wie sie von einer freudigen Aufregung erfasst wurde. Sie würden sogar noch einmal kirchlich heiraten können! Schließlich war sie nicht geschieden. August war für tot erklärt worden und sie damit Witwe. Kriegerwitwe. Doch dann sackte ihr eine Erkenntnis schwer in den Magen und dämpfte augenblicklich alle Freude. Unbewusst verkrampfte sie sich, was Hans nicht verborgen blieb. »Was ist mit dir?«, fragte er besorgt. So besorgt, wie nur Hans Schumacher sein konnte.

Maria sah ihn mit einem traurigen Lächeln an. »Wir können nicht heiraten.«

»Warum? Was hält uns denn davon ab?«, fragte er.

»Die Witwenrente.«

Hans lachte, als hätte Maria einen Scherz gemacht. Da sie nicht mitlachte, wurde er schnell wieder ernst. »Hast du denn solche Geldsorgen? Die Buchhandlung läuft doch gut. Und wenn wir heiraten, dann können wir zusammenlegen. Ich verdiene nicht schlecht bei der Bahn. Zusammen reicht es für uns, Maria.«

»Hans, der Kredit für die Renovierung der Buchhandlung ist noch lange nicht abbezahlt, und wenn du dein Gehalt bei uns dazutun willst, was ist dann mit deiner Wohnung? Wie willst du die denn dann noch bezahlen?«

»Weißt du«, sagte Hans und gab ihr einen sanften Kuss, »darüber habe ich auch lange nachgedacht. Wenn wir verheiratet wären, müssten wir nicht mehr getrennt leben.«

»Du meinst, ich soll bei dir einziehen und die Wohnung über der Buchhandlung vermieten?«, fragte Maria. Wie das wohl wäre? Wenn sie tatsächlich morgens zur Arbeit gehen würde und nicht mehr einfach nur eine Treppe hinunter? Sondern ein paar Straßen weit durch Andernach?

»Eigentlich dachte ich ja, dass ich bei dir einziehe«, unterbrach Hans ihre Gedanken.

Überrascht sah sie ihn an. Natürlich wusste sie, dass das die einzig logische Überlegung war. Und auch die praktischste. Dennoch störte sie etwas daran. Die Wohnung über der Buchhandlung war immer Augusts Gebiet gewesen. Dort hatte er ein Zimmer mit Maria geteilt, hatte in seiner Stube gesessen. Mit Hans im gleichen Bett zu schlafen … Schon allein der Gedanke kam ihr abwegig vor.

Sie holte vorsichtig Luft. »Darüber … muss ich erst nachdenken, ja? Weil …« Sie überlegte, wie sie es formulieren konnte, ohne Hans zu verletzen. Sie wollte ihm nicht das Gefühl geben, August würde für immer zwischen ihnen stehen. Denn das tat er nicht. August war im Krieg gefallen. »Wir …«, begann sie langsam, »… wir müssen ja auch nach Ilse schauen.« Dann fiel ihr Eva ein. Eva und Georg. »Und auch überlegen, was mit Eva ist«, sagte Maria daher. »Ich weiß nicht, wie Ilse es finden wird, wenn ich wieder heirate. Und Eva erst. Sie wollte den Georg heiraten, und das geht nun nicht, und dann kommen wir einfach daher und heiraten und ziehen zusammen. Sie hat es im Moment eh nicht leicht. Gerade ist Georg bei ihr oben.«

»Georg? Ich dachte, sie hätte ihn in die Wüste geschickt«, fragte Hans erstaunt.

»Das hat sie auch. Aber er kam heute herein und hat darum gebeten, ihr die Wahrheit zu sagen«, erklärte Maria.

»Er ist verheiratet, welche Wahrheit gibt es denn da noch?« Hans zog die Augenbrauen zusammen.

»Das wird Eva wohl jetzt erfahren«, sagte Maria und deutete nach oben.

»Die Witwenrente, das könntest du dir überlegen, auch wo wir später wohnen, aber wegen Eva können wir jetzt nicht heiraten? Ist es das, was du mir sagen willst?«

Maria legte den Kopf zur Seite und verzog die Lippen. »Ja?«, antwortete sie als Frage. Sie wusste es doch selbst nicht.

»Und wenn wir einfach heiraten, ohne es jemandem zu sagen? Es muss doch keiner wissen. Das geht nur uns beide etwas an. Dich und mich. Dann wärst du Maria Schumacher.«

Maria Schumacher. Maria Schumacher, geborene Schmidt, verwitwete Herrmann. Wie das klang. »So oder so, Hans, ich muss darüber nachdenken. Lass mir bitte die Zeit dafür«, bat sie ihn.

Hans gab ihr einen Kuss, dann blickte er ihr fest in die Augen. »Maria, du weißt, wie lange ich auf dich gewartet habe. Wie du dich auch entscheidest. Ich warte immer auf dich.«

UND WENN ER AUCH DIE WAHRHEIT SPRICHT

»Makar Charsejew.«

»Ma… wer?«, fragte Eva, und für einen Augenblick sah sie ihn verwirrt an.

»Du hast mich gefragt, wer ich wirklich bin. Makar Charsejew, das ist der Name, mit dem ich geboren wurde«, sagte Georg. Wie seltsam es doch war, diesen Namen nach so vielen Jahren auszusprechen. Nach einer so langen Zeit, in der er immer nur Georg gewesen war. Georg Neumann. Das klang vertraut, während sich Makar Charsejew fremd anhörte. Er war nicht mehr Makar. Schon lange nicht mehr. Er war Georg.

Da Eva auf seine Enthüllung nicht antwortete, sprach er einfach weiter: »Ich wurde in Sibirien geboren, und …«

Eva lachte plötzlich auf. »Natürlich. Du bist gar nicht Georg Neumann. Das ist die Ausrede, die du dir überlegt hast? Wirklich? Du kommst hierher und willst mir jetzt weismachen, dass du gar nicht Georg Neumann bist, sondern irgendein anderer. Denn das passt dir ja gerade so richtig gut, weil der Georg Neumann, der ist ja schon verheiratet, da muss ein anderer her. Also überlegt sich der schlaue Georg Neumann, der deutscher aussieht als alle deutschen Männer zusammen, eine hübsche Geschichte darüber, dass er eigentlich Ma… wie auch immer heißt und aus Sibirien kommt.« Sie funkelte ihn wütend an. »Denkst du wirklich, dass ich dir so ein Ammenmärchen abnehme?«

Georg presste die Kiefer aufeinander. Früher schon hatte man ihm gesagt, dass er aussehe wie das Bild des deutschen Ariers. So, wie sich Adolf Hitler den echten deutschen Mann vorgestellt hatte: groß, blond, blauäugig, mit markanten Zügen. Und immer hatte es ihn mit Unbehagen erfüllt. Auch damals schon hatte er bei der Erwähnung die Zähne zusammenbeißen müssen, um nicht zu verkünden, dass er gar kein Deutscher war und erst recht kein Arier. Dass er in Wahrheit aus Russland kam, aus einer der ärmsten Regionen Sibiriens.

»Es ist die Wahrheit. Wenn du willst, dann gehe ich das Soldbuch holen. Das Soldbuch von Georg Neumann. Du musst dir nur das Bild von ihm genau ansehen, dann wirst du erkennen, dass ich nicht er bin.«

»Ich muss gar nichts!«, entgegnete Eva spitz.

Verzweifelt fuhr sich Georg mit einer Hand über den Nacken. »Eva, ich will dir doch einfach nur zeigen, dass ich die Wahrheit sage.«

»Das hättest du vor zehn Jahren tun können, als wir uns kennengelernt haben.« Sie funkelte ihn wütend an.

»Das wollte ich auch. Weißt du noch? Der Tag, als du die Schutttrümmer aus dem Laden geräumt hast und ich … also … ich endlich wieder zu dir gekommen bin?«, fragte er.

Sie nickte knapp. »Natürlich erinnere ich mich daran. Nach dem Bombenangriff bist du einfach sang- und klanglos verschwunden und hast mich nicht mehr zu dir gelassen. Wie könnte ich das vergessen?«

Georg überging ihre scharfen Worte. »An dem Tag wollte ich es dir erzählen. Alles.«

»Warum hast du es nicht getan?«

»Du … Du hast mich nicht ausreden lassen. Du hast mich geküsst und …«

Eva schnaubte wütend. »Natürlich. Jetzt bin ich auch noch selbst schuld, dass du mich jahrelang angelogen hast? Das wird ja immer besser!«

»Ja … ich meine, nein … ich meine …«, rang Georg um Worte. Er holte Luft. Wie sollte er ihr sagen, dass er nach diesem einen Versuch, ihr alles zu sagen, nie wieder den Mut dazu gehabt hatte? Dass er die ganze Zeit gedacht hatte, es sei besser so. Für sie und für ihn.

Bevor er erneut ansetzen konnte, sagte Eva: »Spar dir deine Antwort. Das passt alles nicht zusammen! Und ich weiß auch, warum das so ist: Weil du es dir ausgedacht hast. Weil es einfach eine weitere Lüge ist, die davon ablenken soll, dass du schon verheiratet bist!«

»Ich bin nicht verheiratet. Georg Neumann ist es«, wiederholte Georg langsam.

Eva gab ein missbilligendes Schnalzen von sich. »Weil du ja aus Sibirien kommst. Genau. Und woher kannst du so gut Deutsch? Sag mir, wie das zusammenpasst, Georg Neumann.«

»Meine Großmutter war Deutsche. Sie hat mit mir von Kindesbeinen an nur Deutsch gesprochen«, antwortete er.

»Warum sollte ich dir glauben, dass du dein Land, deine Familie, alles hinter dir gelassen hast? Warum soll ich dir das alles glauben, wenn du jetzt erst davon erzählst? Wenn das alles nur wie eine große und noch viel größere Ausrede klingt?«

»Weil es die Wahrheit ist«, antwortete er schlicht.

Eva presste die Lippen zusammen und blickte ihn starr an. Mit diesen wütenden, grauen Augen. Diesem intensiven Blick, der ihm damals bei ihrer allerersten Begegnung im Schnee am Schloss schon aufgefallen war. Dieser Blick bohrte sich durch ihn hindurch und tief in ihn hinein, bis in sein Herz.

Endlich entspannte Eva ihren Mund. Und dann sagte sie, ruhig beinahe: »Geh und erzähl deine Wahrheit jemand anderem. Such dir eine andere dumme Frau, die darauf reinfällt. Aber mit mir brauchst du nicht mehr zu rechnen. Der Zug ist abgefahren.«

Sonntag, 25. September 1955

ECHTE FREUNDSCHAFT?

Obwohl sie in der Nacht kaum geschlafen hatte, war Ilse an diesem Morgen schon früh wach. Die ganze letzte Woche war quälend langsam vergangen. Die Tage in der Schule waren noch langweiliger und ermüdender gewesen als zuvor, und Ilse hatte das Gefühl gehabt, sich nur von einem Tag zum nächsten zu schleppen, den Blick fest auf den Sonntag gerichtet, auf das Treffen mit Petra, worauf sie sich so freute – und vor dem sie gleichzeitig Angst hatte. Das war einer der Gründe gewesen, warum sie in der Nacht kaum geschlafen hatte. Sie war das zufällige Treffen mit Petra noch einmal Wort für Wort durchgegangen und hatte plötzlich den Eindruck gehabt, sich Petra vielleicht aufgedrängt zu haben. Die halbe Nacht hatte sie diese Frage beschäftigt. War sie zu forsch gewesen? Hatte Petra dem Treffen nur zugestimmt, damit sie endlich Ruhe vor ihr hatte?

Ilse setzte sich in ihrem Bett auf, dann stand sie auf und ging mit nackten Füßen über den Flur in die Stube. Dort stellte sie sich an das Fenster und blickte in den dunstigen Morgen. Als Kind war das ihr Ritual am Morgen gewesen. In aller Ruhe einen Blick aus dem Fenster werfen. Damals hatte sie es ihren *magischen Moment* genannt. Heute konnte sie nur darüber schmunzeln. Dennoch sah sie immer noch gern am frühen Morgen aus dem Fenster hinunter auf die Straße. Natürlich hatte das Straßenbild sich seit dem Krieg verändert. Aber einige Fassaden waren gleich geblieben, und diese Beständigkeit mochte Ilse. Sie gab ihr Halt. Wie nicht anders zu erwarten, war so früh an diesem Sonntagmorgen auf der Straße nichts los. Kein Passant, kein Auto, nichts. Ilse wandte sich vom Fenster ab und goss sich ein Glas Milch ein. Während sie in großen Schlucken trank, dachte sie wieder an Petra. Direkt nach ihrem Treffen am letzten Samstag hatte sie das Gefühl gehabt, endlich eine Freundin gefunden zu haben. Jemanden, der sie verstand und der sie so nahm, wie sie war. Sie hatte bei Petra nicht das Gefühl, sich irgendwie verstellen zu müssen. Aber dann hatte sich gestern Abend ihr Gedankenkarussell eingeschaltet, und seitdem wusste Ilse nicht mehr, was sie denken sollte. Sah Petra in ihr eine Freundin, so wie sie eine in ihr sah? Oder machte sie sich da nur selbst etwas vor?

Ilse ließ die Schultern hängen und stellte das mittlerweile leere Milchglas an der Spüle ab. Da hatte sie sich all die Jahre eingeredet, dass sie keine Freunde brauche, dass sie allein besser dran sei, und nun kam sie sich vor wie eine verzweifelt Ertrinkende in einem Meer von Einsamkeit. Dabei war sie nicht völlig allein. Sie hatte ihre Mutter und Eva. Aber die zwei waren Familie, und echte Freundschaft, das war doch etwas anderes.

EINE FRAGE

Maria war froh, als sie nach dem Frühstück das Haus verließ, um zu Hans zu gehen. Die Stimmung am Tisch war heute Morgen seltsam gewesen. Ilse hatte auf jede Frage merkwürdig abwesend geantwortet, als wäre sie in Gedanken ganz woanders. Eva hingegen war erst spät aus den Federn gekommen. In all den Jahren, die Maria ihre Nichte nun kannte, war das noch nicht einmal passiert. Dementsprechend war ihre Nichte recht kurz angebunden gewesen, was nicht zu einer besseren Stimmung beigetragen hatte. Nun lief Maria beinahe durch die Straßen. Sie freute sich darauf, Hans gleich in die Arme schließen zu können. Auch wenn sie ein bisschen Sorge davor hatte, dass er wieder mit dem Heiraten anfangen würde. Dabei konnte sie selbst gar nicht so genau sagen, warum sie sich so dagegen sträubte. Sie liebte Hans, und er liebte sie. Sie war Witwe. Sie konnte jederzeit wieder heiraten.

Während sie um die nächste Straßenecke bog, dachte sie darüber nach, dass Hans gesagt hatte, sie könnten einfach heiraten und niemandem davon erzählen. Früher wäre für sie so ein Vorschlag nicht vorstellbar gewesen. Aber nun kam er ihr mit jedem Tag verlockender vor. Sie und Hans waren doch auch schon so lange ein Paar. Warum es nicht mit einer Ehe besiegeln? Aber was war mit ihrer Tochter? Was war, wenn plötzlich ein Mann im Haus wohnen würde? Ein neuer Vater. Und das Wegfallen der Witwenrente konnten sie mit einer heimlichen Ehe auch nicht umgehen. Sie musste gleich noch einmal mit Hans darüber reden.

Endlich hatte sie das Haus erreicht und klingelte. Nur kurze Zeit später öffnete Hans ihr die Tür. Beim Anblick seines warmen und offenen Lächelns wusste sie mit einem Mal, dass sie zustimmen würde. Und als er sie in seine Arme schloss und sie seinen vertrauten Geruch wahrnahm, da fragte sie sich, warum sie überhaupt gezögert hatte. Auf was sie noch warten wollte? Ilse? Mit der würde sie sprechen, wenn sich ein guter Zeitpunkt ergab. Und die Witwenrente? War sie wirklich so sehr auf sie angewiesen?

Sie traten in die Wohnung, und Hans schloss die Tür hinter ihnen.

»Hans, lass es uns tun«, sagte Maria.

Er zog eine Augenbraue hoch. »Sollen wir dazu nicht erst ins Schlafzimmer gehen?«, fragte er mit einem süffisanten Lächeln auf den Lippen.

Maria gab ihm einen schnellen Kuss. »Das können wir gleich machen, aber ich meinte etwas anderes.«

»Etwas anderes? Was denn?«, fragte Hans.

Maria sammelte sich für einen Augenblick, und dann sah sie ihn fest an und fragte: »Hans Schumacher, willst du mich heiraten?«

KEINE MÄNNER

Eva saß in der Stube und rührte mit dem Löffel gelangweilt in ihrer Kaffeetasse. Das Getränk war schon lange kalt. Sie hatte keine Lust, es zu trinken, hatte aber auch keine Lust, aufzustehen und es wegzuschütten. Sie hatte auf gar nichts Lust. Am liebsten wäre sie wieder hinübergegangen und hätte sich mitsamt ihrer Kleidung ins Bett gelegt. Dabei hatte sie gedacht, dass es langsam wieder aufwärtsgehen würde. Dass sie ihr Leben endlich wieder auf die Reihe bekäme. Ohne Georg. Ohne ständige Gedanken an ihn. Ohne den Schmerz, den er ihrem Herzen zugefügt hatte.

»Eva?« Ilse steckte den Kopf zur Stube herein. »Ach, hier bist du. Ist Mutter schon wieder zurück?«

Eva schüttelte den Kopf.

»Gut«, sagte Ilse und zuckte mit den Schultern. »Ich bin mit einer Freundin verabredet. Zum Abendessen bin ich wieder da, falls Mutter kommt und fragt.«

»In Ordnung«, antwortete Eva. Im Stillen wunderte sie sich, von welcher Freundin Ilse sprach. Bislang war ihr Ilse als Einzelgängerin vorgekommen.

Nachdem ihre Cousine gegangen war, war Eva ganz allein im Haus. Nur sie und der kalte Kaffee. Aus der Ferne hörte sie die Kirchenglocken. Drei Uhr am Nachmittag. Die Sonne schien. Bestimmt waren die meisten Andernacher jetzt unten am Rhein in der Promenade anzutreffen. Beim sonntäglichen Spaziergang. Oder in einem der vielen Cafés bei Kaffee und Kuchen. So wie sie früher mit Georg oder ihren Freundinnen unterwegs gewesen war, oder mit allen zusammen. Aber jetzt saß sie hier, ganz allein, und fühlte sich schrecklich, während alle anderen glücklich waren. Tante Maria war glücklich mit Hans. Ilse war anscheinend glücklich, eine Freundin zu treffen. Margot war glücklich mit ihren Kindern und Johannes. Käthe mit ihrem Karl-Heinz. Alle waren glücklich. Nur sie nicht. Und auch wenn Eva wusste, dass die anderen das nicht mit Absicht taten, so fand sie es in diesem Moment furchtbar ungerecht. Sie war doch auch glücklich gewesen. Aber eben mit dem Falschen. Dem Falschen, der sich so richtig angefühlt hatte.

Eva nahm den Löffel aus der Tasse und legte ihn zur Seite. Dann trank sie doch einen Schluck von dem kalten Kaffee. Er schmeckte bitter.

Kalt und bitter, wie ihr Leben jetzt war, dachte sie. Überaus passend. Und mit diesem Gedanken stand sie endlich vom Tisch auf, nahm Tasse und Löffel und schüttete den restlichen Kaffee in den Abguss. In der Tasse blieb nur der Kaffeesatz zurück. Ein dunkler Klumpen, von Rissen durchzogen. Sie stellte die Tasse zur Seite, und da hörte sie zum ersten Mal den Lärm.

Es dauerte einen Moment, bis ihr klar wurde, dass die Geräusche von unten kamen. Da klopfte jemand an die Hintertür. Hatte Tante Maria ihren Schlüssel vergessen, oder war es Ilse? Aber die war eben erst aufgebrochen, das konnte also nicht sein.

Eva trat aus der Stube und ging die Treppe hinunter, um nachzusehen.

Vor der Tür standen ihre Freundinnen. Margot, Käthe und Ingeborg. Alle drei waren fein zurechtgemacht in Kleidern mit weiten, langen Röcken, dazu trugen sie Strickjacken gegen die kühle Luft, die auch Eva jetzt an den Armen zu spüren bekam.

»Wo wollt ihr denn hin?«, fragte sie überrascht.

»Na, zu dir«, sagte Margot.

»Zu mir? Da hättet ihr euch aber nicht so herausputzen müssen«, entgegnete Eva.

»Zum einen, mein liebes Fräulein Eva, ist heute heiliger Sonntag, da kann man sich ruhig auch einmal ein wenig besser kleiden«, antwortete Käthe und ließ bei den letzten Worten ihre Augen an Evas Aufzug auf- und niederfahren. »Und zum anderen wirst du dich jetzt auch schick machen und dann gehen wir.«

»Wir gehen?«, fragte Eva überrumpelt. »Aber wohin denn?«

»Auf den Krahnenberg«, sagte Margot mit einem breiten Grinsen.

»Zum Tanzen«, fügte Ingeborg hinzu.

Bevor Eva noch protestieren konnte, schoben die Freundinnen sich an ihr vorbei und eilten die Treppe hinauf. »Wo hast du das Kleid mit den Pünktchen, Eva?«, rief Margot von oben. »Das steht dir so gut.«

»Ja!«, rief Ingeborg. »Das musst du anziehen, damit wirst du alle umhauen.«

»Alle? Wer ist denn alle?«, fragte Eva atemlos, als sie den Freundinnen die Treppe hinauf hinterhereilte.

»Wer halt sonst so zum Tanz kommt«, erklärte Käthe und zuckte mit den Schultern.

»Tanzen auf der Krahnenburg?«, sagte Eva, als sie oben angekommen war. »Ich weiß nicht.«

»Aber wir wissen es«, sagte Ingeborg.

»Genau. Das lenkt dich mal was ab«, bestätigte Käthe.

»Außerdem haben wir gedacht …«, begann Margot, verstummte aber, als Eva ihr einen gequälten Blick zuwarf.

Wie die drei jetzt dastanden. Käthe und Ingeborg schauten ganz erwartungsvoll, während Margot sie fast schon entschuldigend ansah.

Eva seufzte. »Was habt ihr gedacht?«, fragte sie.

»Na, dass es vielleicht an der Zeit ist, einen anderen Mann kennenzulernen«, sagte Margot schließlich.

Eva blies die Backen auf und ließ dann lautstark die Luft daraus entweichen. »Ich brauche keinen anderen Mann. Ich brauche überhaupt keinen Mann! Ihr seht doch, dass ich allein gut zurechtkomme. Ich hab die Buchhandlung und ...« Sie brach ab, weil sie spürte, wie sich ihre Augen mit Tränen füllten. Sie presste die Lippen aufeinander und schloss für einen Moment die Augen, um sich zu sammeln. Alles, was sie gerade gesagt hatte, entsprach der Wahrheit. Sie brauchte niemanden. Sie kam auch allein zurecht. Mit allem.

Dennoch schmerzte es. Sie hatte Georg nie gebraucht, um zurechtzukommen. Sie hatte ihn bloß geliebt. Liebte ihn immer noch. Trotz der Tatsache, dass er verheiratet war. Trotz seiner Märchen davon, in Wahrheit ein anderer zu sein. Vermutlich würde sie ihn noch lieben, wenn sie am Ende ihres Lebens stünde und ihr letztes Stündlein schlagen würde.

Margot trat auf sie zu und legte ihr eine Hand auf die Schulter. »Wir können das mit den Männern auch bleiben lassen, aber du musst mal raus. Du kannst dich doch nicht immer nur hier verstecken. Eva, du musst auch mal leben und lachen und überhaupt. Komm schon, du bist nur einmal jung.«

»So, wie die Margot sagt, ist es. Noch sind wir jung. Und das sollten wir ausnutzen. Hast du denn nicht gesehen, wie schön die Sonne draußen scheint?«, bekräftigte Käthe.

»Siehst du«, sagte Margot, »das sind alles gute Gründe, mit uns auszugehen. Zum Tanzen oder auf ein Glas Wein.«

»Oder zwei«, fiel Ingeborg ein.

»Oder alles zusammen«, rief Käthe.

Nacheinander sah Eva in die Gesichter ihrer Freundinnen, und dann musste sie lächeln. »Na gut. Dann lasst uns hinauf zur Krahnenburg gehen. Zum Tanzen und auf einen Schoppen Wein. Aber keine Männer!«

Wie auf Kommando legten ihre drei Freundinnen je die rechte Hand aufs Herz. »Keine Männer«, wiederholten sie feierlich, als wäre es ein Schwur.

EINFACH HELFEN

Ilses Herz klopfte fest in ihrer Brust, als sie auf das Schwesternwohnheim zuging. Sie konnte Petra noch nirgends entdecken. Und mit einem Mal fragte sie sich, ob sie den Treffpunkt richtig verstanden hatte. Petra hatte gesagt, sie würden sich am Eingang treffen. Um drei Uhr. Aber was war, wenn das Schwesternwohnheim mehrere Eingänge hatte und sie jetzt am falschen stand? Was, wenn sie sich die falsche Uhrzeit gemerkt hatte? Und was bedeutete eigentlich »am«? Drinnen oder draußen? Und wenn drinnen gemeint war, durfte sie überhaupt einfach so da hineinspazieren?

Zu ihrer Unsicherheit und Aufregung mischten sich wieder die Gedanken von letzter Nacht, und sie bemerkte, wie ihr Puls höher stieg. Sie begann zu schwitzen. Dann hörte sie Petras Stimme: »Na, haste dich verlaufen?«

Sofort fiel jegliche Anspannung von ihr ab. Mit einem breiten Lächeln drehte Ilse sich zur Seite und sah Petra auf sie zukommen. Heute trug sie nicht ihre Schwesternschülerinnentracht, sondern ein einfaches Hemdblusenkleid und darüber eine kurze Jacke.

Petra kam zu Ilse heran und hakte sich wie selbstverständlich bei ihr unter. »Bereit, ein wenig zu flanieren?«, fragte sie mit gestelzter Stimme.

Ilse kicherte, und dann antwortete sie ebenso gestelzt: »Aber natürlich, meine junge Dame.«

So spazierten sie los. Durch das Koblenzer Tor und den Hindenburgwall hinunter zum Rhein. Dabei unterhielten sie sich angeregt. Ilse war die ganze Zeit kurz davor, in heilloses und glückliches Gelächter auszubrechen. Einfach, weil sich herausstellte, dass all ihre Gedanken der gestrigen Nacht unnötig gewesen waren. Petra war ihre Freundin.

»Ich werde noch ein paar Wochen in der Notaufnahme bleiben, dann wechsle ich wieder«, erzählte Petra, als sie rechts am Bollwerk vorbeigingen, um dann vor dem Bauwerk am Rhein entlang in Richtung des Alten Krahnen zu gehen.

»In welche Abteilung?«, fragte Ilse.

»Das steht noch nicht ganz fest. Aber ich hoffe so sehr, dass ich zum Kreißsaal komme.« Petra sah plötzlich mit einem verträumten Lächeln über den Rhein. »Weißt du, vor den Geburten hab ich schon ein bisschen Angst. Was mir da die anderen von erzählt haben ... Aber die ganzen süßen Babys.« Sie seufzte laut. »Da freu ich mich schon so drauf. Ich meine, was gibt es denn Besseres als so ein süßes kleines Würmchen?«

Ilse nickte stumm. Sie hatte keine Erfahrung mit Babys. Als ihre Schwester Gisela geboren worden war, da war sie selbst erst drei Jahre alt gewesen. Sie hatte kaum noch Erinnerung an diese Zeit. Wie ihre Schwester dann aber ein Jahr später ihre ersten Schritte in der Stube gemacht hatte, ganz wackelig vom Tisch hinüber zur Anrichte, daran erinnerte sich Ilse noch gut. Und am besten war ihr der Tag in Erinnerung, an dem die Kinder in Andernach Karneval gefeiert hatten, obwohl noch Krieg gewesen war. An diesem Tag hatte Ilse die damals vierjährige Gisela auf den Arm genommen und mit ihr zusammen dem bunten Treiben zugesehen. Nun sah Gisela gar nichts mehr.

Sie kann nur noch das Gras von unten wachsen sehen, dachte Ilse bitter.

Sie schluckte einmal schwer und fragte sich, ob Petra ihr wohl an der Miene ansehen konnte, was für düstere Gedanken sie gerade hatte. Ihre Freundin aber sprach schon weiter: »Wobei es da natürlich auch schon mal ein Unglück gibt. Wenn es Komplikationen bei der Geburt gibt oder das Baby krank wird. Das ist nicht schön. Aber dafür sind wir doch ein Krankenhaus. Die ganzen Ärzte und die Schwestern und die Schülerinnen. Wir sind da, um den Menschen zu helfen. Um sie wieder gesund zu machen, wenn wir können. Oder dafür zu sorgen, dass etwas nicht noch schlimmer wird. Deshalb hab ich mich auch für die Lehre entschieden. Ich will den Menschen helfen. Mann oder Frau, jung oder alt. Ich will einfach helfen.« Petra nickte, als wollte sie ihre eigenen Worte damit unterstreichen.

Den Menschen helfen, dachte Ilse. Wie gern hätte sie damals ihrer kleinen Schwester geholfen. Doch sie hatte es nicht gekonnt. Sie hatte Giselas Schmerzen gesehen und gehört, aber sie hatte selbst so unter Schock gestanden und so sehr geblutet, dass die Mutter mit ihr statt mit Gisela ins Krankenhaus gelaufen war. Deshalb war *dat Klein* jetzt tot. Weil sie damals noch ein Kind gewesen war und es nicht besser gewusst hatte. Weil sie nicht darauf bestanden hatte, dass die Mutter auch nach Gisela sah. Ilse hob die Hand und umfasste den Denar an der Kette. Aber das war jetzt anders. Sie war kein Kind mehr, sie war immerhin schon fast achtzehn Jahre alt. Andere Mädchen in ihrem Alter arbeiteten bereits, machten eine Lehre, so wie Petra. Petra, die als Schwesternschülerin im Krankenhaus anderen Menschen half. Das könnte Ilse doch auch tun. Sie könnte Menschen helfen. Sie könnte als Krankenschwester ihren Teil dazu beitragen, dass nicht noch mehr Menschen ihre Schwestern verloren. Oder ihre Brüder, Mütter, Väter, Tanten und Onkel. Aber nein, sie ging ja noch zur Schule. Arbeitete auf ihr Abitur hin, um später einmal zu studieren. Ganz so, wie ihre Mutter es sich für sie vorstellte. Dabei wusste Ilse doch schon lange, dass sie das nicht wollte. Das war nicht ihr Lebensweg, nicht ihre Bestimmung. Und dann fiel ihr wieder ein, was Schwester Elisabeth gesagt hatte: Die Bestimmung, die trifft einen aus heiterem Himmel. Ilse blickte auf. Blickte in den sonnigen und wolkenlos heiteren Septemberhimmel, und mit einem Mal wusste sie, was ihre Bestimmung war. Sie wusste endlich, was sie mit ihrem Leben anfangen wollte: Sie wollte es Petra gleichtun, sie wollte Krankenschwester werden! Und das am liebsten direkt. Worauf sollte sie denn noch warten? Sie war schon alt genug, um eine Lehre zu beginnen. Sie brauchte kein Abitur und bestimmt kein Studium, wenn sie doch jetzt schon als Krankenschwester arbeiten konnte.

Ilse blieb abrupt stehen. Sie fühlte, wie das Glück durch ihre Adern rauschte, wie es sie von Kopf bis Fuß erfüllte. Sie hatte ihre Bestimmung gefunden! Bei einem Spaziergang mit ihrer neuen Freundin. Ein breites Lächeln schob sich auf ihr Gesicht.

»Was ist los?«, fragte Petra überrascht.

»Du!«, rief Ilse. »Du bist passiert und hast mir gezeigt, was ich mit meinem Leben anfangen will.«

»Und was soll das sein?«, fragte Petra.

»Na, ich werde auch eine Lehre im Krankenhaus machen.« Ilse grinste noch breiter. »So bald wie möglich.«

Petra sah sie verdutzt an. »Du gehst doch noch zur Schule. Die für die höheren Töchter und so. Das … das Oberlü …«

»Oberlyzeum, ja, ja«, fiel Ilse ihr aufgeregt ins Wort. »Aber ich mag gar nicht mehr da hingehen. Das mag ich schon ganz lange nicht mehr. Ich wusste nur noch nicht, was ich wirklich will.«

»Und jetzt weißt du, dass du Krankenschwester werden willst, so wie ich?«, fragte Petra.

»Genau so ist es!«, rief Ilse freudig aus.

Für einen Moment sah Petra sie überrascht an, aber dann gewann sie ihre Fassung wieder. »Ja … dann … in dem Fall: Ich freu mich! Dann würden wir uns ja jeden Tag sehen!«

»Das, meine liebe Petra, ist das Allerbeste daran!«

Montag, 3. Oktober 1955

EIN BESSERES LEBEN

Maria stand in der Stube und sah aus dem Fenster. Sah den Regentropfen zu, die am Fenster hinunterliefen. Mehr konnte sie an diesem nebligen Morgen auch nicht sehen. Die Tropfen liefen und rutschten an der Scheibe hinab. Manchmal trafen sich zwei, wurden zu einem größeren und rutschten dann nur noch schneller. Ab und an fanden auch mehr als zwei zusammen. Drei, vier. In langen Schlieren tropften und sausten sie hinunter.

Eine gute Woche war es her, seit sie und Hans beschlossen hatten zu heiraten. Eine gute Woche, die Maria in einem Wechselbad der Gefühle verbracht hatte. Auf der einen Seite schwebte sie auf einer Wolke der Freude und Liebe, und auf der anderen Seite war sie traurig, dass sie bislang noch niemanden daran hatte teilhaben lassen. Dabei würden sie schon heute Mittag das Aufgebot bestellen. Und immer noch hatte Maria keinen passenden Zeitpunkt gefunden, mit ihrer Tochter darüber zu sprechen. Jetzt erst, während sie den Regentropfen am Fenster zusah, die sie an Tränen erinnerten, wurde ihr bewusst, dass sie nur deshalb noch nicht mit Ilse gesprochen hatte, weil sie Angst hatte. Was sollte sie denn tun, wenn ihre Tochter gegen die Hochzeit war?

Sie wusste, dass viele andere Frauen sich in dieser Situation nicht darum scherten, was die Kinder sagten. Schließlich waren sie Kinder und hatten kein Mitspracherecht. Aber Maria hatte es mit Ilse noch nie so gehandhabt, und viele Jahre würden sowieso nicht mehr ins Land gehen, bis Ilse auch für die Gesellschaft als eine erwachsene Frau galt. Mit einundzwanzig war es doch für sie schon so weit.

Dieser Gedanke half Maria. Er bekräftigte sie darin, dass sie endlich mit Ilse sprechen musste. Schließlich hatten Hans und sie vor, nach dem heutigen Aufgebot gleich am nächsten Montagmorgen zu heiraten, bevor es in den nächsten Zug Richtung Österreich ging, wo sie für drei Wochen ihre Flitterwochen am Wörthersee verbringen würden. Da wollte sie sich bis dahin nicht wie eine Verräterin vorkommen, die der eigenen Tochter so eine wichtige Sache unterschlug. Nur Eva würde sie – zumindest jetzt noch – nicht in Kenntnis setzen. Zu sehr fürchtete Maria Evas Reaktion. Für ihre Nichte musste es sich doch anfühlen, als würde Maria mit der Nachricht, dass sie nun wieder heiraten würde, das Messer in der Wunde noch einmal herumdrehen. Und damit würde Marias Traum von der Hochzeit und den Flitterwochen einfach so zerplatzen wie eine Seifenblase. Eine Seifenblase, die wunderschön schillerte, solange man sie in Ruhe ließ, solange man sie nicht anfasste. Aber wehe, man versuchte, sie zu berühren. Dann gab es ein leises *Pitsch,* und die Seifenblase war Geschichte. Es war also besser, Eva gegenüber noch zu schweigen.

Im Flur hörte sie Rumoren. Das musste ihre Tochter sein. »Ilse?«, rief Maria. »Bist du das?«

»Ja, Mutter«, kam es zurück.

Nervös strich Maria sich eine Locke aus der Stirn. »Kommst du bitte einmal?«

Einen Moment später erschien Ilse an der Tür der Stube. »Was gibt es denn?«, fragte sie und trat herein.

Maria zögerte. Was sollte sie sagen? *Ich werde wieder heiraten? Der Hans und ich, wir werden heiraten?* Sie seufzte. Nie hätte sie gedacht, je einmal eine solche Unterhaltung führen zu müssen. Wie schwierig es war, diese überhaupt zu beginnen. »Ilse, komm doch her und setz dich«, sagte sie daher schnell. »Ich muss mit dir reden.«

Ihre Tochter verengte die Augen, nickte dann aber und nahm auf der Küchenbank Platz.

Maria blieb stehen. Stützte die Hände auf der Lehne eines Stuhls ab. »Das Leben besteht ja immer aus Veränderung«, begann sie. »Du wirst zum Beispiel bald dein Abitur machen und …«

»Mama, ich habe nicht mehr vor, Abitur zu machen«, unterbrach Ilse sie.

»Wie bitte?«, fragte Maria verwirrt.

»Ich werde eine Lehre zur Krankenschwester machen«, sagte Ilse stolz.

»Kind, willst du mich auf den Arm nehmen?« Maria zog die Augenbrauen zusammen.

»Nein, Mutter, es ist mein völliger Ernst! Ich will im Krankenhaus arbeiten.«

Maria ließ sich auf den Stuhl sacken. »Aber du bist doch so gut in der Schule. Hast du Sorge, dass du es nicht schaffst, oder …«

»Damit hat es nichts zu tun«, unterbrach Ilse sie erneut. »Ich will einfach kein Abitur machen. Wofür denn auch? Als Krankenschwester brauche ich es nicht.«

»Aber Ilse!« Maria beugte sich vor und ergriff über den Tisch hinweg die Hände ihrer Tochter. »Mit einem Abitur kannst du so viel mehr erreichen. Du kannst studieren gehen. Was hätte ich dafür gegeben, studieren zu können? Aber zu meiner Zeit war das für Frauen nur selten möglich.«

Ilse drückte ihre Hände. »Und das wird jetzt immer mehr. Mama, immer mehr Frauen studieren. Und das ist großartig. Aber ich sehe nicht, warum ich unbedingt eine von ihnen sein muss.«

»Du willst einfach deine Zukunft wegwerfen?«, fragte Maria und zog ihre Hände zurück.

»Genau das Gegenteil will ich tun!«, erwiderte Ilse bestimmt. »Ich will meine Zukunft selbst in die Hand nehmen. Will das tun, was ich mir von Herzen wünsche.«

»Und das ist, Krankenschwester zu sein?« Maria sah ihre Tochter fragend an. »Woher kommt dieser plötzliche Einfall? Wer hat dir diese Flausen in den Kopf gesetzt? Und warum erzählst du mir jetzt zum ersten Mal davon?«

»Das liegt daran, dass wir in diesem Haushalt so gut wie nie über dat Klein sprechen«, antwortete Ilse.

Diese Worte trafen Maria wie ein Schlag ins Gesicht. Ja, sie sprachen selten über Gisela. Es schmerzte auch nach all den Jahren noch zu sehr.

»Weißt du, Mutter«, flüsterte Ilse. »Wenn ich damals darauf bestanden hätte, dass wir Gisela mit ins Krankenhaus nehmen. Wenn ich dir davon erzählt hätte, dass sie solche Bauchschmerzen hatte … Wenn ich nur bloß nicht so am Kopf geblutet hätte … Sie wäre jetzt noch bei uns.«

»Du … du gibst dir die Schuld an ihrem Tod?«, fragte Maria genauso leise zurück.

Ilse presste die Lippen fest aufeinander und nickte. Maria sah, dass sich Tränen in ihren Augen sammelten, und auch sie selbst spürte einen Kloß in ihrem Hals. Sie lehnte sich auf dem Stuhl zurück. Nie wäre sie auf die Idee gekommen, dass ihre große Tochter sich die Schuld am Tod der kleinen Schwester gab.

Maria stand auf und setzte sich neben Ilse auf die Ecke der Sitzbank. Dann legte sie einen Arm um ihre Tochter. »Du bist nicht schuld daran. Niemand von uns ist das. Es war Krieg. Die Bombe …« Maria schluckte hart, als sie an die Nacht des Bombenangriffs zurückdachte. An die Tage danach. Sie drückte Ilse an sich. »Niemand kann sagen, ob Gisela überlebt hätte, wenn sie sofort ins Krankenhaus gebracht worden wäre. Ich weiß nicht, ob die Operation dann erfolgreich gewesen wäre.«

»Siehst du, du weißt es nicht!«, rief Ilse wütend. Sie schob Marias Arm impulsiv zurück und rutschte auf der Küchenbank von ihr weg. »Wenn ich Krankenschwester werde, dann kann ich dafür sorgen, dass so etwas nie wieder passiert.«

»Aber Ilse, wir haben keinen Krieg mehr, und …«, begann Maria.

»Ich will nie wieder jemanden verlieren, nur weil ich es nicht besser gewusst hab, weil ich nicht gesehen hab, wie schwer jemand verletzt war.« Jetzt begann Ilse zu weinen. »Das will ich nicht«, murmelte sie durch ihre Tränen.

Maria rutschte zu ihr hinüber und strich ihr mit der Hand sanft über den Kopf. »Wenn es unbedingt dein Wunsch ist, in einem Krankenhaus zu arbeiten und Menschen zu helfen, dann kannst du doch Medizin studieren. Ilse, mit deinen guten Noten steht dir die Welt offen. Du kannst studieren und Ärztin werden, du kannst so viel mehr erreichen, als nur Krankenschwester zu lernen.«

Ilse wischte sich mit dem Handrücken die Tränen aus den Augen und sah sie dann an. »Du verstehst es nicht«, sagte sie und klang dabei beinahe enttäuscht. »Du verstehst es wirklich nicht. Ich will nicht mehr warten. Ich hab schon viel zu lange gewartet. Warum muss ich studieren, nur weil ich gute Noten schreibe? Warum sollte ich Ärztin werden, wenn ich Krankenschwester werden kann? Warum ist Krankenschwester sein nicht genug? Willst du etwa sagen, dass die ganzen Schwestern, die drüben im Krankenhaus arbeiten, nicht gut genug für dich sind, weil sie nicht studiert haben? Ist es das? Zählt ihre Arbeit nichts?«

»So hab ich das nicht gemeint«, entgegnete Maria.

»So hast du es aber gesagt.« Ilse funkelte sie wütend an.

Maria schüttelte verzweifelt ihren Kopf. »Mein Kind, ich habe mir für dich einfach immer ein besseres Leben vorgestellt.«

»Mama, ich habe ein besseres Leben, dafür brauche ich kein Abitur, kein Studium. Wenn ich das machen kann, was ich mir aus vollem Herzen wünsche, dann ist es perfekt.«

Maria holte Luft. Ein Teil von ihr konnte Ilses Wunsch verstehen, aber der größere Teil von ihr wusste, dass ihre Tochter gerade dabei war, einen großen Fehler zu machen, wenn sie jetzt einfach dieser Laune nachging und alles, was sie sich mit ihrer schulischen Laufbahn aufgebaut hatte, wegwarf. Sie wusste, dass sie mit sanften Worten im Moment nicht mehr weiterkommen würde, und so sehr sie es auch hasste, wusste sie genau, dass es jetzt wieder an der Zeit war, die strenge Mutter hervorzuholen. Die Mutter, die sie in all den Kriegsjahren hatte sein müssen, um alles zusammenzuhalten, um durchzuhalten. »Ilse, ich bin deine Mutter. Und so sehr ich auch verstehe, warum du diese Lehre machen möchtest, kann ich nicht dabei zusehen, wie du all die Chancen, die du im Leben hast, wenn du dein Abitur machst, einfach so wegwirfst. Ich weiß, dass du das jetzt nicht hören willst, aber du bist noch nicht erwachsen, und solange ich nicht meine Zustimmung gebe, kannst du keine Lehre anfangen. Du wirst weiter zur Schule gehen.«

Ilse stieß einen wütenden Schrei aus, dann rutschte sie um die Ecke bis zum anderen Ende der Küchenbank, sprang auf und verließ laut stampfend das Zimmer.

Maria sackte auf der Bank zusammen. Da hatte sie ihrer Tochter davon erzählen wollen, dass sie wieder heiraten würde. Hatte darauf gehofft, dass Ilse sich für sie freuen würde. Stattdessen war sie mit ihr in einen Streit geraten. Was sollte sie jetzt tun? Einen neuen Moment abpassen, um mit ihrer Tochter über ihre Pläne zu sprechen? Viel Zeit blieb ihr nicht mehr. Nur noch eine Woche. Und sie hatte den leisen Verdacht, dass jedes neue Gespräch sich sofort wieder um Ilse und ihre schulische wie berufliche Zukunft drehen würde. Vielleicht war es ein Zeichen des Schicksals. Vielleicht hieß das, dass sie Stillschweigen bewahren sollte. Dass sie einmal nach ihrem eigenen Glück schauen musste, statt immer nur das von allen anderen im Kopf zu haben.

SELBST IST DIE FRAU

Eva klappte den Zollstock wieder ein und notierte den gerade gemessenen Abstand auf einem Blatt Papier. Die Ereignisse der letzten zwei Wochen hatten sie beinahe vergessen lassen, dass sie es sich in den Kopf gesetzt hatte, die Einrichtung der Buchhandlung zu modernisieren. Nicht einfach nur die bereits bestehenden Regale zu nutzen, sondern den Kundenfluss aktiv zu steuern und so mehr Buchverkäufe zu generieren. Aber das Gespräch mit Georg hatte sie zunächst zurückgeworfen. Diese neue Lüge, die er ihr aufgetischt hatte, er sei in Wahrheit aus Sibirien. Eva schüttelte den Kopf. Sie hatte alles, was mit Georg zu tun hatte, so satt. Und dennoch konnte sie nicht aufhören, an ihn zu denken.

Einzig der Ausflug mit ihren Freundinnen auf die Krahnenburg war eine Ausnahme gewesen. Auch wenn sie zunächst überhaupt keine große Lust gehabt hatte, sich wieder ein Kleid anzuziehen und zum Tanzen zu gehen, hatte sie am Ende feststellen müssen, dass ihre Freundinnen einfach die beste Idee gehabt hatten. Eva wusste gar nicht mehr, wann sie sich das letzte Mal so ausgelassen gefühlt hatte. Allein schon die Aussicht von dort oben. Man konnte weit über Andernach und den Rhein blicken. Eva hätte stundenlang da oben stehen und schauen können.

Und der Ausflug hatte ihr auch in anderer Hinsicht die Augen geöffnet: Sie wollte nicht mehr traurig oder wütend sein. Sie wollte sich endlich wieder gut und glücklich fühlen. Dafür brauchte sie keinen Mann. Mit den zweien, die ihr bisher einen Antrag gemacht hatten, hatte sie nur Pech gehabt. Alfred hatte sein Versprechen nicht halten können, und Georg war ein Lügner.

Sie hatte ihre Freundinnen, hatte ihre Familie. Sie hatte die Buchhandlung, hatte die Bücher. Mehr brauchte sie nicht im Leben, um glücklich zu sein.

Und wenn es ums Tanzen ging, dann konnte man das auch allein oder mit einer Freundin, das hatte Eva auf der Krahnenburg gesehen. Natürlich hatten ein paar junge Männer vor ihr gestanden und sie auffordern wollen, aber Eva hatte jeden der Herren abgelehnt und war sich dabei großartig vorgekommen. Es hatte sich so gut angefühlt, eine unabhängige Frau zu sein.

Eva kontrollierte noch einmal, dass sie alle Messdaten korrekt notiert hatte. Damit würde sie gleich eine Skizze vom Laden anfertigen, mit der sie zum Möbelhaus gehen konnte, wenn Tante Maria im Laden war und sie ablöste.

Eva lächelte breit. Sie würde den Kopf nicht mehr in den Sand stecken. Wenn Georg das nächste Mal hier vorbeikam, würde er staunen, wie fröhlich und glücklich sie war! So fröhlich und glücklich, dass auch sein Anblick nichts mehr daran ändern würde. Und eine weitere seiner Lügen würde sie sich bestimmt nicht mehr von ihm anhören.

Sie ging hinüber zum Tresen, legte den Zollstock zur Seite und nahm sich ein neues Blatt Papier und ein Lineal zur Hand. Dann skizzierte sie den Grundriss des Ladens mit all seinen Regalen und Tischen. Eva war gerade damit fertig, als sie Tante Maria hinter sich hörte: »Was hast du denn da gezeichnet?«

Eva hielt das Blatt in die Höhe. »Darf ich vorstellen: die Rhein-Buchhandlung in der Hochstraße«, sagte sie feierlich. »Damit gehe ich jetzt rüber in die Rheinstraße. Und keine Sorge. Ich passe auf Motorräder und Möbelwägen auf.« Sie zwinkerte ihrer Tante zu, und bevor diese noch etwas dagegen sagen konnte, eilte Eva an ihr vorbei durch das Lager, nahm sich im Flur ihren Mantel vom Haken und verließ das Haus durch den Hintereingang.

Nieselregen und Wind begleiteten sie, als sie die Hochstraße hinauflief und an der nächsten Straßenecke die Rheinstraße hinunter abbog. Dabei fühlte sie sich so lebendig und voller Energie wie schon lange nicht mehr. Kurze Zeit später hatte sie das Möbelhaus erreicht. Eine junge Frau begrüßte sie freundlich, als Eva eintrat.

»Können Sie mir helfen?«, fragte Eva. »Ich möchte Regale bei Ihnen in Auftrag geben.«

Die junge Frau lächelte, schüttelte aber den Kopf. Dunkle Locken wippten lustig um ihr Gesicht. »Ich arbeite hier nur im Büro als Schreibkraft«, antwortete sie. »Aber wenn Sie einen Augenblick warten wollen, dann hole ich gern den Chef.«

Sie ging nach hinten und verschwand durch eine Tür. Kurze Zeit später kam ein Mann aus genau dieser Tür auf Eva zu.

»Guten Tag, die Dame«, grüßte er freundlich. »Die Lieselotte hat mir gesagt, dass Sie neue Regale brauchen?«

Lieselotte, dachte Eva und lächelte. Der Name passte zu der jungen Frau und den dunklen Locken. Eva schenkte dem Mann ein Lächeln. »Genau. Ich habe alles ausgemessen und damit diese Skizze hier erstellt. Da können Sie sehen, wie ich mir das vorstelle.« Sie zog das Blatt hervor.

Der Mann nahm ihr das Papier ab und studierte die Zeichnung einen Augenblick aufmerksam.

»Die Regale hier«, sagte Eva und deutete auf das Blatt, »sollen nur halb hoch sein, damit man darüber hinwegsehen kann und trotzdem obenauf noch Bücher präsentiert werden können.«

»Ja«, murmelte er, »ja, das könnte gehen.«

»Ist es möglich, dass die Regale beweglich werden?«, fragte Eva.

»Beweglich?« Der Mann hob erstaunt die Brauen.

»Mit Rollen oder etwas Ähnlichem darunter, dachte ich? Damit wir sie verschieben können, wenn wir mehr Platz benötigen«, erklärte Eva.

»Rollen«, murmelte der Mann wieder. »Ja, ja, das ginge bestimmt.«

Eva zog ein weiteres Blatt Papier hervor. »Hier habe ich die Maße noch einmal genau aufgeschrieben.«

Der Mann nahm auch dieses entgegen. »Sehr gut, sehr gut«, sagte er. »Kann ich die beiden Zettel behalten?«

Eva nickte. »Natürlich.«

»Gut, das ist schon einmal ein Anfang. Dennoch muss ich den Laden selbst in Augenschein nehmen, bevor wir mit der Anfertigung der Regale beginnen würden. Wissen Sie, mein Vater sagt immer: Lieber zweimal messen und einmal sägen. Und überhaupt würden wir Ihnen dann erst einmal ein Angebot darüber machen, bevor wir loslegen.«

»So hatte ich das auch erwartet«, gab Eva zurück.

Der Mann nickte und lächelte ihr freundlich zu. »Dann verbleiben wir so. Ich kann im Laufe der nächsten Woche bei Ihnen im Laden vorbeikommen und alles ausmessen, danach schicke ich die Lieselotte mit dem Angebot zu Ihnen.«

»Das müssen Sie nicht«, sagte Eva schnell. »Ich komme das Angebot einfach selbst abholen, dann können wir gleich darüber sprechen.«

Der Mann hob überrascht eine Augenbraue. »Aber will denn Ihr Mann oder Ihr Chef das Angebot nicht zuerst sehen?«

»Ich habe keinen Mann und auch keinen Chef. Und wissen Sie, was ich immer sage?«

Der Mann schüttelte den Kopf.

»Selbst ist die Frau!«

EINE VORSTELLUNG

Den ganzen Vormittag in der Schule hatte Ilse an den Streit mit der Mutter denken müssen. Sie war immer noch so wütend darüber, dass die Mutter nicht sah, wie wichtig ihr das war. Dass die Mutter weiterhin darauf bestand, sie solle ihr Abitur machen, solle studieren gehen. Warum konnte sie nicht akzeptieren, dass Ilse alt genug war und selbst wusste, was gut für sie war? Sie war kein kleines Kind mehr, das man bevormunden musste.

Als sie am Morgen nach dem Streit mit der Schultasche unter dem Arm auf die Straße getreten war, da war sie zunächst nicht zur Schule gegangen. Sie war geradewegs zum Krankenhaus marschiert. Und hatte dort gefragt, mit wem sie sprechen müsse, um eine Lehre beginnen zu können. Der freundliche Herr am Empfang hatte kurz telefoniert, dann hatte er Ilse gesagt, dass sie am Mittag wiederkommen solle und dann mit der Oberschwester würde reden können. Danach war Ilse in Windeseile zur Schule gelaufen und natürlich trotzdem zu spät gekommen, was ihr einen Eintrag ins Klassenbuch eingebracht hatte, aber das war ihr egal. Sie hatte den ersten Schritt auf dem Weg in ihre Zukunft gemacht, und nur das war es, was für sie im Moment zählte. Wenn sie erst einmal mit der Oberschwester gesprochen hätte, dann könnte sie zur Mutter gehen und diese vor vollendete Tatsachen stellen. Ilse hob das Kinn und lächelte grimmig. Das war ein guter Plan! Dann hätte die Mutter überhaupt keine andere Chance, als einfach zuzustimmen.

Von diesem Gedanken war Ilse auch noch erfüllt, als sie mit beschwingten Schritten nach der Schule den Martinsberg hinunterging und Andernach auf ihrem Weg zum Krankenhaus durchquerte. Als sie jedoch endlich vor dem Zimmer der Oberschwester stand und darauf wartete, zum Gespräch eingelassen zu werden, da sah das Ganze schon etwas anders aus. Mit einem Mal ergriff die Nervosität Besitz von Ilse, und sie konnte nicht anders, als unruhig von einem Fuß auf den anderen zu hibbeln. Ihr Plan war gut, aber was war, wenn das Krankenhaus keine Lehrstelle mehr frei hätte? Oder wenn man sie aus einem anderen Grund ablehnen würde? Das durfte nicht passieren! Warum war sie nur nicht auf die Idee gekommen, Petra danach zu fragen? Ihre Freundin hätte ihr doch schon einmal Auskunft zu diesem Thema geben können. Aber als sie sich mit Petra getroffen hatte, war ihr Plan noch nicht so weit ausgereift gewesen, und nun musste sie einfach auf das Beste hoffen.

Die Tür öffnete sich, und eine Ordensschwester erschien im Flur. Sie sah nach links und nach rechts, dann erfasste ihr Blick Ilse. »Sind Sie die junge Dame, die eine Lehrstelle sucht?«, fragte sie streng.

Ilse nickte.

»Gut, dann kommen Sie mal herein.« Die Schwester wartete nicht ab, ob Ilse ihrer Einladung Folge leistete, sondern war schon wieder im Zimmer verschwunden.

Ilse eilte ihr hinterher. Das Büro war schlicht eingerichtet. Ein Schreibtisch aus dunklem Holz, davor zwei Stühle. An der Wand ein Aktenschrank, neben der Tür ein Kreuz.

»Setzen Sie sich doch bitte«, sagte die Schwester. Und auch wenn sie *Bitte* gesagt hatte, klang es wie ein Befehl.

Ilse nahm Platz. Ihre Schultasche lehnte sie gegen die Stuhlbeine, dann richtete sie sich ganz gerade auf, drückte ihren Rücken durch.

Auch die Ordensschwester hatte Platz genommen. Ein kleines Schildchen auf dem Schreibtisch wies sie als *Sr. Katharina, Oberschwester* aus.

»Dann erzählen Sie mal, Fräulein …«

»Herrmann, Ilse Herrmann.«

»Fräulein Herrmann, gut. Dann erzählen Sie mal, warum Sie jetzt erst eine Lehrstelle suchen. Normalerweise vergeben wir unsere Stellen zu August oder September, je nachdem, wie die Schulferien liegen. Wieso kommen Sie erst im Oktober?« Schwester Katharina verengte ihre Augen und musterte Ilse aufmerksam.

Ilse rutschte unbehaglich ein Stückchen auf dem Stuhl nach vorn, bevor sie antwortete: »Die Wege des Herrn sind unergründlich, und …« Sie räusperte sich, weil Schwester Katharina bei ihren Worten kurz das Gesicht verzogen hatte. »Ich habe es vorher einfach noch nicht gewusst«, entschied sie sich für die Wahrheit.

»Was haben Sie noch nicht gewusst?«, hakte die Oberschwester nach.

»Dass es mein Wunsch ist, Krankenschwester zu werden«, antwortete Ilse ehrlich.

»Und das hat sich geändert, nehme ich an?« Schwester Katharina faltete ihre Hände wie zum Gebet vor sich auf dem Tisch.

Ilse nickte schnell. »Ich habe eine Schwesternschülerin kennengelernt, und sie hat mir so viel über die Lehre und ihre Arbeit hier im Krankenhaus erzählt, da ist mir bewusst geworden, dass ich das auch machen möchte.«

»Darf ich fragen, um welche Schülerin es sich handelt?«, fragte die Schwester streng.

»Sie heißt Petra …«, antwortete Ilse, und erst als sie diesen Satz sagte, fiel ihr auf, dass sie gar nicht wusste, wie Petra mit Nachnamen hieß.

»Petra«, wiederholte Schwester Katharina. »Mittelgroß, buschige Haare, vorlaut?«

Erneut nickte Ilse. »Wobei ich sie nicht als vorlaut empfinde«, verteidigte sie ihre Freundin.

Schwester Katharina schwieg einen Moment und durchbohrte Ilse mit einem starren Blick. Dann entspannte sich ihr Mund, und sie sagte: »Das kann ich mir vorstellen. Sie scheinen selbst ein wenig vorlaut zu sein.«

Ilse zuckte zusammen. War sie zu forsch gewesen? Hatte sie sich gerade selbst einen Stein in den Weg gelegt?

»Machen Sie sich keine Sorgen«, sagte die Ordensschwester mit einem Mal sanft. »In gewissem Maße ist es gut, wenn unsere Schülerinnen auch einmal für sich einstehen können. Es sollte nur nicht überhandnehmen.« Den letzten Satz hatte sie wieder mit Strenge gesprochen.

»Natürlich«, antwortete Ilse schnell. Sie verstand, warum man Schwester Katharina zur Oberschwester benannt hatte. Die Ordensfrau strahlte eine Autorität aus, die jeden in ihrem direkten Umfeld gerader stehen ließ. Ilse wollte sich nicht ausmalen, wie es wohl wäre, die Oberschwester einmal wütend zu erleben.

»Gut, dann wäre das geklärt«, sagte Schwester Katharina. »Ich benötige noch Ihre Personalien, damit wir den Lehrvertrag aufsetzen können, dann können Sie ...« Die Oberschwester brach ab, griff nach einem Kalender, der auf dem Schreibtisch lag, und blätterte darin. »Sie können am nächsten Montag anfangen. Passt das?«

Ilse nickte.

»Sie werden ein Zimmer im Schwesternwohnheim beziehen, das sie sich mit einer anderen Schülerin teilen werden. Wenn Sie am Abend ausgehen wollen, dann müssen Sie sich einen Ausgehschein ausstellen lassen. Lassen Sie sich aber direkt eines gesagt sein: Die gibt es nicht allzu oft. Sie werden zum Lernen und Arbeiten im Krankenhaus sein. Nicht, um sich zu vergnügen. Verstanden?«

»N-Natürlich«, erwiderte Ilse. Jetzt doch ein wenig eingeschüchtert. »Wäre es denn nicht möglich, dass ich zu Hause wohnen bleibe, wo ich doch wirklich nur einen Katzensprung entfernt wohne?«

Die Oberschwester kniff den Mund zusammen.

»Als Ausnahme, meine ich«, sagte Ilse. »Meine Mutter, sie hat nur noch mich. Mein Vater ist im Krieg geblieben und meine Schwester …«

»Ich verstehe, was Sie mir sagen wollen«, erwiderte die Oberschwester, »aber da können wir keine Ausnahme machen. Alle Schwesternschülerinnen wohnen im Schwesternwohnheim. Egal, ob sie aus Andernach kommen oder sonst woher. Vielleicht sollten Sie es sich noch einmal überlegen, ob Sie wirklich eine Lehre bei uns antreten wollen?« Sie bedachte Ilse mit einem herausfordernden Blick.

»Das … ich … in Ordnung. Das wird schon in Ordnung gehen«, antwortete Ilse schließlich matt.

»Sehr schön, Fräulein Herrmann. Wir brauchen dann noch ein Schulzeugnis von Ihnen und die Einverständniserklärung Ihrer Mutter, dann können Sie am nächsten Montag Ihre Lehrstelle antreten.«

Die Oberschwester schenkte ihr ein warmes Lächeln, und Ilse bemühte sich, es zu erwidern, aber in ihrem Inneren tobte alles. Sie benötigte das Einverständnis ihrer Mutter. Wie sollte sie die Mutter dazu bringen, ihr das zu erlauben? Bislang war ihr Plan gewesen, die Mutter vor vollendete Tatsachen zu stellen. Das war jetzt nicht mehr möglich. Denn ohne eine Unterschrift der Mutter gab es keine vollendeten Tatsachen.

»Gibt es da ein Problem?«, fragte die Oberschwester.

Anscheinend hatte Ilse ihr Gesicht doch nicht so gut im Griff, wie sie gedacht hatte. Sie schüttelte schnell den Kopf. »Nein, nein. Alles in Ordnung«, erwiderte sie hastig. »Ich bringe Ihnen nächste Woche das Zeugnis … und alles andere.«

»Wunderbar«, sagte die Oberschwester. »Und wenn Sie Sorge haben, dass es viel zu lernen ist: Sie werden sehen, dass Sie ganz schnell alles lernen. Machen Sie sich darum keine Sorgen.«

»Natürlich nicht«, entgegnete Ilse schnell. Meine Sorge liegt wo ganz anders, fügte sie in Gedanken hinzu.

RHEINLEBEN IN DER RHEIN-BUCHHANDLUNG

»Ich wünsche Ihnen viel Freude mit dem Roman. Beehren Sie uns bald wieder.« Mit dem Schlüssel in der Hand winkte Eva der Kundin hinterher, begleitet von einem leisen metallischen Klimpern. Dann schloss sie die Tür für die Mittagszeit ab, ging mit einem Seufzen zum Kassentresen, verstaute den Ladenschlüssel in der Schublade, nahm sich das *Börsenblatt,* in dem sie schon am Vormittag ein wenig geblättert hatte, wenn gerade keine Kundschaft im Laden gewesen war, und ging hinauf in die Stube. Der Duft nach Kohlrouladen erfüllte das Treppenhaus.

»Kann ich dir helfen? Soll ich schon einmal den Tisch decken?«, fragte Eva ihre Tante, als sie die Stube betrat.

Tante Maria schüttelte den Kopf. »Mit den Kartoffeln bin ich gleich fertig, aber die Rouladen brauchen noch ihre Zeit. Den Tisch kann Ilse gleich decken, wenn sie von der Schule nach Hause kommt. Eigentlich müsste sie jeden Moment hier sein.«

Eva goss sich ein Glas Wasser ein und setzte sich mit dem *Börsenblatt* an den Tisch. Während die Tante mit den Kartoffeln hantierte, schlug Eva das Magazin auf. Sie liebte es, in Ruhe in der Fachzeitschrift des Deutschen Buchhandels zu lesen. Die ersten Seiten überflog sie nur, bis ihr Blick an einer Werbeannonce hängen blieb. Der neue Roman ihrer Lieblingsschriftstellerin Anna Densing wurde darin avisiert. Wie schon sein Vorgänger beinhaltete der Titel den Rhein: *Rheinleben* hieß der neue Roman, der in der nächsten Woche erscheinen sollte. Evas Herz schlug höher. Im letzten Jahr hatte sie den Debütroman der Schriftstellerin gelesen. *Rheinwärts* war ein feinsinniges Buch, das sich mit dem Leben am und im Wasser befasste. Es zeigte, wie unterschiedlich es auf der jeweils anderen Seite ein und desselben Flusses sein konnte. Gleichzeitig war dieser Roman ein Spiegel der menschlichen Seele. Zeigte all ihre Schattierungen, gute wie schlechte, und die Abgründe, die sich hinter manch einer Fassade auftun konnten. Nach der Lektüre war Eva besonders beeindruckt davon gewesen, dass Anna Densing nur wenige Jahre älter war als sie selbst.

Sie überflog den Anzeigentext. Der neue Roman spielte kurz nach dem Krieg hier am Rhein. Eva war sehr gespannt zu erfahren, ob sich ihre eigenen Erfahrungen aus dieser Zeit mit denen von Anna Densing deckten, oder ob sie die Geschehnisse anders erlebt hatte. Und am meisten war Eva darauf gespannt, wie die Schriftstellerin dies mit ihrer erstaunlichen Beobachtungsgabe und ihren poetischen Worten ausdrücken würde.

»Schau mal, Tante Maria«, sagte Eva und hob die Zeitschrift an. »Bald gibt es Nachschub von der Densing.«

»Anna Densing? An der du so einen Narren gefressen hast?«, fragte die Tante und kam näher, um die Anzeige zu betrachten. In der Hand hielt sie ein Küchentuch.

»Jetzt sag mir nicht, dir hätte der Roman nicht auch gefallen«, entgegnete Eva fast schon ein wenig empört.

Ihre Tante lächelte und zwinkerte ihr zu. »Natürlich hat er mir gefallen, das weißt du doch. Aber im Gegensatz zu dir habe ich ihn nicht dreimal gelesen.«

»Da hast du eindeutig etwas verpasst!«, entgegnete Eva grinsend.

Tante Maria wandte sich wieder den Kartoffeln zu, deren Wasser nun kochte, und Eva las noch einmal den Klappentext für den neuen Roman. Sie wusste, dass die Autorin in der Nähe von Koblenz lebte, und wie so oft stellte sie sich die Frage, ob sie irgendwann einmal die Möglichkeit haben würde, sich mit ihr zu treffen. Es gab so viel, was sie Anna Densing fragen wollte. Zu ihrem Roman, zu ihrem Leben, dazu, wie sie zum Schreiben gekommen war. Ja, ein Treffen wäre wirklich schön. Aber dazu würde es wohl nicht kommen. Wie sollte sie auch die Adresse der Schriftstellerin herausfinden? Den Verlag anschreiben?

Und dann kam ihr ein neuer Gedanke. Aufgeregt klatschte sie in die Hände, sodass Tante Maria fast einen kleinen Hüpfer machte.

»Mein Gott, Eva, was ist denn los?«, rief die Tante erschrocken.

»Wir werden eine Lesung machen!« Eva lächelte.

Tante Maria legte die Stirn in Falten. »Eine Lesung?«

»Ja, wir werden Anna Densing mit ihrem neuen Roman einladen und …«

»Aber wer soll denn die ganze Organisation machen und …«

»Ich natürlich, Tante Maria.«

»Bist du dir da sicher?«, fragte die Tante nach.

»Wir müssen den Leuten etwas bieten, außerdem haben wir dann einen Zusatzverdienst, wenn wir im Anschluss die Bücher von Frau Densing verkaufen.«

»Ah, meine liebe Nichte, jetzt verstehe ich endlich«, sagte Tante Maria und lächelte. »Du willst deine neue Lieblingsautorin persönlich kennenlernen, und die Lesung ist nur ein Vorwand dafür.«

»Und wenn es wirklich so wäre, wäre das dann verwerflich?«, fragte Eva und konnte sich nun ihrerseits ein Lächeln kaum verkneifen.

Tante Maria schüttelte den Kopf, aber es war keine verneinende Geste. »Mein liebes Fräulein Liebe, du bist mir eine.«

»Ich werde über den Verlag in Kontakt mit der Schriftstellerin treten, dann lassen wir ein paar Plakate drucken und geben unseren Kunden Handzettel mit und dann …«

»Willst du Eintritt nehmen?«, unterbrach Tante Maria sie.

»Ja, natürlich.«

»Und du glaubst wirklich, dass da jemand Geld für bezahlt?«

»Tante Maria, was meinst du, was die anderen Buchhandlungen machen, vor allem die großen, die in Koblenz und …«

»Die haben ja auch ganz andere Kapazitäten«, meinte die Tante.

»Wir haben alle Kapazitäten, die wir brauchen. Wir werden eine Lesung mit Anna Densing machen. Nein, ich werde das machen. Denn du fährst in den Urlaub. So!« Eva nickte einmal und sehr bestimmt.

Tante Maria brach plötzlich in Gelächter aus. »Mein liebes Fräulein Liebe …« Sie sah Eva ungläubig an, lachte aber immer noch. »Ich hatte ganz vergessen, wie es ist, wenn du dir etwas in den Kopf gesetzt hast. Also gut. Dann wirst du eine Lesung machen. Eine Lesung mit allem Drum und Dran, wie die großen Buchhandlungen das auch machen. Und ich …«

»… und du verreist«, fiel ihr diesmal Eva ins Wort und dann lachte sie mit der Tante.

Samstag, 8. Oktober 1955

NOTLÜGEN

»Du willst was machen?« Eva ließ das Messer sinken, mit dem sie gerade mit spitzen Fingern den Speck geschnitten hatte. Seit ein paar Tagen war es ihr zuwider, rohes Fleisch anzufassen. Aber heute sollte es dicke Bohnen mit Speck geben, da blieb ihr nichts anderes übrig.

Ilse stand neben ihr und reckte das Kinn. »Du hast mich schon verstanden. Ich werde die Schule abbrechen und eine Lehre zur Krankenschwester beginnen. Drüben im St. Nikolaus.«

Als Ilse eben zur Tür hereingekommen war und gesagt hatte, dass sie etwas Wichtiges mit ihr zu besprechen habe, war Eva noch davon ausgegangen, es wäre der geplanten Reise ihrer Mutter wegen. Schließlich waren sie beide ab Montag für drei Wochen allein. Das musste doch komisch für Ilse sein. Aber damit, dass die Cousine ihr eröffnen würde, sie werde ab Montag eine Lehre beginnen und im Schwesternwohnheim einziehen, hatte Eva bestimmt nicht gerechnet.

»Du kannst den Mund wieder zumachen«, sagte Ilse und lehnte sich mit der Hüfte gegen die Anrichte.

Eva wollte etwas erwidern, aber der Topf mit den Bohnen kochte in diesem Moment über. Ohne lange darüber nachzudenken, griff sie sich ein Küchentuch, schob den Topf zur Seite und nahm den heißen Deckel herunter. Dann wandte sie sich seufzend wieder zu Ilse. »Was sagt deine Mutter dazu?«

Ilse verzog das Gesicht, das war Eva Antwort genug. »Sie weiß nichts davon?«, mutmaßte sie.

»Ja, nein. Nicht wirklich«, gab ihre Cousine gequält zurück.

»Was denn nun, ja oder nein?«, fragte Eva und widmete sich wieder dem Speck. Schließlich würde Tante Maria gleich die Buchhandlung schließen und zum Mittagessen hinaufkommen, da wollte sie mit allem fertig sein.

»Ich habe ihr letzte Woche davon erzählt«, antwortete Ilse.

An der Art, wie sie es sagte, konnte Eva deutlich erkennen, dass das nur die halbe Wahrheit war. »Lass mich raten«, sagte sie und deutete mit dem Messer in der Hand auf Ilse, »sie ist nicht begeistert davon.«

Ilse zuckte zusammen. All die Entschlossenheit, die sie eben noch ausgestrahlt hatte, war mit einem Mal verschwunden. Eva ließ das Messer wieder sinken, legte es schließlich auf der Anrichte ab und nahm ihre Cousine in den Arm. »So schlimm?«, fragte sie.

Einen Moment verharrten sie in der Umarmung, aber schließlich löste Ilse sich, zog geräuschvoll die Nase hoch und sagte dann mit einem schiefen Lächeln. »Mama wünscht sich, dass ich studieren gehe. Aber das will ich nicht, habe ich nie gewollt. Wenn ich erst einmal meine Lehre begonnen habe, dann wird sie schon zustimmen.«

»Wie hast du dir das denn alles vorgestellt?«, fragte Eva.

Ilse zuckte mit den Schultern. »Sehr einfach, um ehrlich zu sein. Erst mal geht es nur um die ersten drei Wochen. Wenn die geschafft sind, wird sich der Rest schon fügen.«

»Was meinst du damit?«

»Na, schau mal: Das Schicksal ist gerade auf meiner Seite. Mama wird am Montag in den Urlaub fahren. Genau dann, wenn mein erster Tag im Krankenhaus ist. Das trifft sich gut, weil die Schwesternschülerinnen nicht zu Hause wohnen dürfen. Die ersten drei Wochen fällt das also nicht auf.«

»Und was ist mit der Schule?«, fragte Eva.

»Kinderspiel. Da wirst du mich krankmelden. Windpocken oder Masern oder weiß Gott was sonst so drei Wochen oder länger dauert.«

Wie leicht ihre Cousine das dahinsagte. »Du willst also, dass ich für dich lüge?«, fragte sie zurück.

»Ist ja nur eine Notlüge. Das ist schon in Ordnung.«

»Eine Lüge bleibt eine Lüge, Ilse«, mahnte Eva.

»Dann werde ich mich eben selbst krankmelden, wenn du es nicht tun willst. Aber kannst du mir wenigstens versprechen, Mama nichts zu sagen?«

Eva verzog den Mund. Versprechen mochte sie noch viel weniger als Lügen. Aber anscheinend war das alles, was die Menschen um sie herum taten. Lügen und versprechen. Georg hatte auch beides getan und sie damit so sehr verletzt.

»Bitte, Eva! Wenn du nichts zu Mama sagst, dann ist es nur schweigen, es ist nicht lügen. Bitte. Ich muss das machen, es ist mein größter Wunsch, Krankenschwester zu werden.« Ilse sah sie flehentlich an.

Eva presste die Lippen zusammen. So einfach, wie Ilse sich das vorstellte, war es bestimmt nicht. »Was willst du machen, wenn deine Mutter wieder zurück ist? Und du weiterhin im Krankenhaus arbeiten willst? Was ist dann?«

»Das wird sich schon finden. Zunächst geht es mir nur um die ersten drei Wochen. Und wenn Mama wieder zurück ist, dann wird sie bestimmt einsehen, dass ich meine eigenen Entscheidungen für meine Zukunft treffen kann. Und dann kann sie mich von der Schule abmelden und alles wird gut.«

Eva schüttelte den Kopf. »Also ich weiß nicht, Ilse. Ich weiß nicht, ob das wirklich alles so glatt läuft, wie du dir das vorstellst.« Und leise, nur zu sich selbst, fügte sie hinzu: »Ich weiß nicht, ob das alles ein gutes Ende nehmen wird.« Dann sah sie Ilse wieder an und sagte lauter: »Wenn deine Mutter das erfährt, dann sind wir beide dran.«

»Hast du etwa Angst vor ihr?« Ilses Mundwinkel zuckten leicht, als würde sie ein Grinsen unterdrücken wollen.

»Darum geht es hier nicht«, erwiderte Eva. Sie war hin- und hergerissen. Zum einen, weil sie es schrecklich fand, dass Ilse sie zur Mitwisserin machte und sie sich mit ihrem Schweigen gegen die Tante stellte. Zum anderen, weil sie noch zu genau in Erinnerung hatte, wie lange es damals gedauert hatte, bis sie das Vertrauen ihrer Cousine für sich gewonnen hatte. Und sie wollte dieses Vertrauen genauso wenig wie die Tante enttäuschen. Eine Zwickmühle.

»Dann bleiben wir dabei«, sagte Ilse. »Ich melde mich selbst krank, und du verpfeifst mich nicht.«

»Aber Ilse, meinst du wirklich, dass das eine gute Idee ist?«, fragte Eva, zunehmend verzweifelt.

»Sieh es doch einmal so: Wenn es mir in drei Wochen zu viel ist mit der Lehre, dann breche ich ab und gehe wieder zur Schule und niemand hat was gemerkt. Und wenn ich weiterhin im Krankenhaus arbeiten will, dann werde ich das schon mit meiner Mutter klären.«

»Gut.«

EIN KOFFER VOLLER GLÜCK

Maria summte *Du bist die Rose vom Wörthersee*, als sie den Koffer packte. Auf dem Bett hatte sie ihre Kleidung bereits in ordentlichen Stapeln zurechtgelegt. Zwei lange Röcke, zwei Kleider, die Hose, die sie letztes Jahr mit Hans in Koblenz gekauft hatte und mit der sie sich ganz jugendlich vorkam, mehrere Blusen und drei Strickjäckchen. Sie überlegte, ob sie vielleicht auch etwas von der langen Unterwäsche einpacken sollte, vielleicht sogar die Wolljacke, die sie im Winter so gern trug. Wenn sie nur wüsste, wie das

Wetter am Wörthersee sein würde? In ihrer Vorstellung gab es dort immer nur warmen Sonnenschein. Aber das konnte eigentlich nicht sein. Es war schließlich schon Oktober, und der brachte doch kühlere Luft mit sich. Das war in Österreich mit Sicherheit nicht anders als hier am Rhein. Maria ging zum Kleiderschrank, um zumindest die Wolljacke herauszunehmen. Dann begann sie, alles in den Koffer zu packen, den sie von Elli geliehen hatte. Sie selbst hatte keinen mehr. Was hatte ihre Freundin sie angestrahlt, als Maria ihr erzählt hatte, warum sie das Gepäckstück brauchte. »Ach Maria, ich freu mich so für dich!«, hatte sie ausgerufen. »Der Hans tut dir einfach gut.« Natürlich hatte sie Elli nur die halbe Wahrheit erzählt, nur von der Reise, nicht davon, dass es gleichzeitig auch Flitterwochen sein würden. Aber Elli hatte recht: Hans tat ihr gut. Früher, da hatte ihre Freundin schon einmal zu ihr gesagt: »Weißt du, das Glück mit dem Hans, das hättest du auch schon viel früher haben können.« Aber Maria wusste, dass das nicht stimmte. In all der Zeit, in der sie noch darauf gehofft hatte, dass August aus dem Krieg wiederkehren würde, war es nicht möglich gewesen.

Sie hatte alles in den Koffer gepackt, als ihr auffiel, dass sie etwas Wichtiges vergessen hatte: die Strümpfe! Sie ging zur Kommode und zog die mittlere Schublade auf. Dann nahm sie ihre besten Seidenstrümpfe heraus und auch noch ein paar wollene, zur Sicherheit. Gerade die Seidenstrümpfe trug sie gern. Damit kam sie sich vor wie eine feine Dame von Welt. Und wenn Hans ihr dann mit den Händen über die Beine fuhr, über die hauchdünnen Strümpfe, dann fühlte sich das verboten gut an. Ein Gefühl, das das Feuer in ihrem Schoß anfachte und sie nur noch davon träumen ließ, mit Hans allein in einem Zimmer zu sein. Mit leicht geröteten Wangen verstaute sie die Strümpfe. Dann klappte sie den Koffer zu und schloss die schweren Schnallen, mit denen er zusammengehalten wurde.

Sie hoffte, dass Ilse und Eva zurechtkommen würden. Immer noch lastete es auf ihr, dass sie Ilse nicht in ihre Hochzeitspläne eingeweiht hatte, und sie fragte sich, ob es in Ordnung war, die zwei Mädchen alleinzulassen. Dabei wusste sie, dass die beiden keine kleinen Mädchen mehr waren. Im Gegenteil. Eva war eine erwachsene Frau, und Ilse mit ihren achtzehn Jahren war vernünftiger als jedes andere Mädchen, das Maria kannte. Weiß Gott, viel vernünftiger, als sie selbst mit achtzehn gewesen war. Bis auf diese neue Flause, sie wolle Krankenschwester werden. Da sie aber nach ihrem Streit am Montagmorgen nichts mehr dazu gesagt hatte, ging Maria davon aus, dass sich diese Flause schon wieder in Luft aufgelöst hatte. Sie wusste doch, wie Mädchen in diesem Alter sein konnten, wie sie von einem Moment auf den anderen neue Ideen hatten. Luftschlösser bauten, die sich genauso schnell wieder in das auflösen konnten, aus dem sie gemacht waren: Luft.

Maria setzte sich neben den Koffer auf das Bett. Mit einer Hand fuhr sie über das glatte Leder des nun prall gefüllten Gepäckstücks. Sie konnte es immer noch nicht so recht glauben, dass sie übermorgen wirklich heiraten und dann verreisen würde. In die Flitterwochen. Bei dem Gedanken spürte Maria, wie Aufregung und Glück in ihrem Körper durcheinandertanzten. Es war ein schönes Gefühl. Es führte dazu, dass sie sich ganz leicht fühlte. Leicht und frei.

Sie ließ ihre Hand auf dem Koffer ruhen. Langsam wurde das Leder unter ihrer Hand warm. Maria lächelte. Noch zweimal schlafen, dann würde sie heiraten. Würde verreisen und ihr Glück mit Hans leben. Nichts und niemand würde daran etwas ändern können.

Montag, 10. Oktober 1955

FRAU SCHUMACHER

In den freien Händen trugen sie ihre Koffer, während sie Hand in Hand zum Standesamt gingen. Was für ein Bild sie wohl abgeben mussten? Maria trug einen hellen Rock, der ihr bis zur Wade reichte, dazu eine kurzärmlige Bluse und ein Strickjäckchen. Und als hätten sie sich abgesprochen, trug Hans einen hellen Leinenanzug, der zwar farblich perfekt zu Marias Kleidung passte, aber sicherlich noch einmal hätte gebügelt werden können. Doch das war egal. Sie würde Hans auch heiraten, wenn er ein Nachthemd tragen würde. Sie mussten niemanden beeindrucken. Es waren nur sie zwei. Maria und Hans, die aussahen, als würden sie auf Reisen gehen. Was sie auch heute tun würden, aber erst, wenn sie das Ehepaar Schumacher waren. Hans und Maria Schumacher.

Der Abschied von Ilse und Eva heute Morgen war kurz ausgefallen. Ilse hatte es besonders eilig gehabt, zur Schule zu kommen. Eva hingegen war so mit der Planung der neuen Regale und der Lesung beschäftigt, dass sie Maria nur kurz eine gute Reise gewünscht hatte und dann im Laden verschwunden war.

Eigentlich war es Maria nur recht, dass sie nicht mehr Zeit gehabt hatten. Sie war so freudig aufgeregt, dass sie sich am Ende doch noch verplappert und den beiden von der Hochzeit erzählt hätte.

Die Zeremonie selbst war erstaunlich kurz und nüchtern. Als Trauzeugen hatten sie kurzerhand einen weiteren Beamten aus dem Nachbarzimmer hinzugeholt, damit war dieser Punkt auch erledigt gewesen. So hatte Maria das von ihrer Hochzeit mit August gar nicht mehr in Erinnerung. Aber damals hatte sie sich auch nur auf die kirchliche Hochzeit konzentriert. Und die war natürlich etwas ganz anderes gewesen.

Kirchlich heiraten, dachte Maria, das könnten Hans und sie nachholen. Schließlich war sie verwitwet, und als Witwe durfte man noch einmal in der Kirche heiraten. Und dann könnten sie auch richtige Trauzeugen bestimmen. Elli und Josef Breuch vielleicht.

Vom Standesamt liefen sie lachend zum Bahnhof. Mit einem Mal kam Maria der Koffer gar nicht mehr so schwer vor. Sie war wieder verheiratet. War nun Frau Maria Schumacher, und außer Hans und dem Standesbeamten wusste niemand davon. Nicht einmal ihre Familie. Kurz spürte Maria einen leichten Stich im Herzen. Vor allem bei dem Gedanken an Ilse. Aber das schob sie schnell zur Seite. Nun würde sie erst einmal mit Hans in die Flitterwochen fahren, und wenn sie wieder zurück in Andernach wären, wäre immer noch genug Zeit, allen von der Hochzeit zu erzählen.

Marias Herz klopfte aufgeregt in ihrer Brust, als der Zug einfuhr. Und noch mehr klopfte es, als Hans zu ihr sagte: »Bitte nehmen Sie doch Platz, Frau Schumacher«, und auf den Sitz am Fenster wies.

Maria gab ihm einen schnellen Kuss auf den Mund und setzte sich dann mit einem Lächeln auf den Lippen. Wann war sie das letzte Mal mit der Bahn gefahren? Es war ewig her. Damals war sie mit August nach Koblenz gefahren. Das war in einem anderen Leben gewesen. Als sie noch nicht verwitwet und wiederverheiratet gewesen war. Noch nicht einmal Kinder hatte sie da gehabt.

Als der Zug losfuhr und sie den Bahnhof von Andernach hinter sich ließen, da hatte Maria mit einem Mal das Gefühl zu träumen. Einen wunderbaren Traum von ihrem neuen Leben.

»Guten Tag, heute ist mein erster Tag. Also, ich beginne heute meine Lehre zur Krankenschwester bei Ihnen, meine ich.« Ilse versuchte, sich gerade hinzustellen, aufrechter, um größer und selbstbewusster zu wirken.

Die Frau ihr gegenüber blickte vom Schreibtisch auf und runzelte die Stirn. »Name?«, fragte sie dann.

»Ilse Herrmann«, antwortete Ilse und stellte ihre Schultasche ab, die sie natürlich hatte mitnehmen müssen, damit die Mutter keinen Verdacht schöpfte, als sie das Haus verlassen hatte.

Die Frau nickte knapp und nahm sich einen Stapel mit Papieren zur Hand. Sie blätterte, bis sie schließlich gefunden hatte, was sie suchte. »Ah, da haben wir es ja. Herrmann, Ilse. Wohnhaft in der Hochstraße in Andernach.« Sie kniff die Augen zusammen und überflog das Papier. Dann ließ sie es sinken und sah Ilse scharf an. »Hier steht, dass uns der von Ihren Eltern unterschriebene Lehrvertrag noch fehlt. So geht das aber nicht.«

Ilse sah der Frau fest in die Augen. Sie hatte sich schon darauf vorbereitet, dass dies zur Sprache kommen würde. Also sagte sie: »Es gibt nur noch meine Mutter, und die ist gerade verreist. Sie hat vor der Abreise ganz vergessen, den Vertrag zu unterschreiben, aber das wird sie nachholen, sobald sie wieder zurück ist. Versprochen.«

»Das geht ja so nicht«, wiederholte die Frau. »Wie lange ist Ihre Frau Mutter verreist?«

»Drei Wochen«, antwortete Ilse, und obwohl sie es nicht wollte, begann ihr Herz, fest und schnell in ihrer Brust zu schlagen.

»Drei Wochen. So, so. Seit wann ist sie denn schon fort?«

»Sie ist eben gefahren«, antwortete Ilse wahrheitsgemäß.

»Eben erst? Und davor war keine Zeit für den Vertrag? Wer sagt mir, dass Sie mir nicht einen Bären aufbinden wollen, junges

Fräulein?« Die Frau sah sie mit strengem Blick über den Schreibtisch hinweg an. »So etwas können wir uns hier nicht erlauben. Wir sind ein respektables Krankenhaus, da kann nicht jeder machen, was er will. Und zu Beginn einer Lehre steht erst einmal der Lehrvertrag. Unterschrieben, versteht sich!«

»Natürlich«, beeilte sich Ilse zu sagen.

»Gut. Dann sehen Sie ein, dass Sie unter diesen Umständen Ihre Lehre heute nicht beginnen können.«

Ilses Herz setzte einen Schlag aus. So hatte sie sich das nicht vorgestellt. Das hier lief gerade ganz falsch. »Aber … aber …«, stotterte sie los, unfähig, einen klaren Satz herauszubringen.

»Fräulein Herrmann, wenn Sie mir jetzt persönlich bekannt wären, dann könnte ich vielleicht eine Ausnahme machen, aber so …« Sie ließ den Rest des Satzes in der Luft hängen.

»Meine Mutter führt die Buchhandlung in der Hochstraße, die müssen Sie doch kennen«, versuchte Ilse es.

»Natürlich kenne ich die Frau Herrmann, junge Dame, aber Sie, Sie kenne ich nicht. Wer sagt mir denn, dass Sie wirklich die Tochter von der Frau Herrmann sind? Herrmanns gibt es hier in der Region schließlich viele.«

Ilse überlegte fieberhaft. Es ging hier anscheinend nicht nur darum, ihre Identität zu bestätigen, sondern auch ihre Vertrauenswürdigkeit. Wen konnte sie dazu zurate ziehen? Petra? Aber die war selbst noch eine Schwesternschülerin. Und dann hatte Ilse endlich die rettende Idee: »Fragen Sie Schwester Elisabeth.«

»Schwester Elisabeth? Aber die arbeitet gar nicht mehr.«

»Ich weiß«, antwortete Ilse. »Aber Schwester Elisabeth kennt mich. Sie kann Ihnen bestätigen, dass ich die Tochter von Maria Herrmann aus der Hochstraße bin.«

Die Frau kniff den Mund zusammen, aber dann sagte sie doch: »Na gut, dann will ich mal sehen, ob ich Schwester Elisabeth herrufen kann. Sie warten so lange vor der Tür.« Mit dem ausgestreckten Zeigefinger wies sie Ilse den Weg.

Im Flur nahm Ilse auf einem der Stühle, die an der Wand standen, Platz. Unruhig wippte sie mit ihren Beinen auf und ab. Sie schaffte es nicht, Ruhe zu halten. Die Zeit verging. Langsam. Viel zu langsam. Mit jeder Minute mehr hatte Ilse Angst, dass Schwester Elisabeth nicht zu erreichen war, dass die Frau vielleicht sogar gar keine Anstrengungen unternehmen würde, die Schwester überhaupt zu suchen. Dabei hatte Ilse ganz genau gesehen, wie die Dame zum Telefon gegriffen hatte, das auf ihrem Schreibtisch stand. Hatte gehört, wie sie den Hörer abgenommen und gesagt hatte: »Schwester Barbara? Ja? Ich bin auf der Suche nach …« Und da hatte Ilse die Tür geschlossen und den Rest nicht mehr gehört.

Ilse lauschte dem Krankenhausalltag. Sie vernahm Schritte auf den Fluren. Türen, die geöffnet und geschlossen wurden, und Türen, die mit einem Knall ins Schloss fielen. Sie hörte Stimmengemurmel und zwischendurch auch schon einmal Weinen und Wehklagen, das aber nur leise, als wäre es weit entfernt. Gerade diese Schmerzenstöne machten ihr Angst. Sie verstärkten ihre eigene Angst. Die Angst, ihre Lehre heute nicht beginnen zu können. Und die noch viel größere Angst, dass sie gerade ihre einzige Chance auf eine Lehre im Krankenhaus vertat. Denn wenn die Mutter wieder da war, und Ilse hätte hier noch keinen Tag gearbeitet, dann würde sie sicherlich nicht zustimmen. Und am meisten Angst hatte sie paradoxerweise davor, dass es doch noch alles klappte. Dass sie eben doch heute anfangen könnte und direkt mit Menschen konfrontiert würde, die große Schmerzen hatten. Und sie würde dann noch nicht helfen können, denn wie sollte sie am ersten Tag helfen, wenn sie neu war und noch nichts wusste?

Sie wollte gerade aufstehen und nach Hause gehen, als Schwester Elisabeth um die Ecke gebogen kam. Die alte Nonne stützte sich auf ihren Stock, und Ilse musste feststellen, dass sie so sehr in ihren Angst-Gedanken versunken gewesen war, dass sie das *Klack, Klack, Klack* des Stocks gar nicht wahrgenommen hatte.

»Ilse! Wie schön, dich zu sehen. Was hat die Frau Schmidt da erzählt, du fängst eine Lehre bei uns an?«

Ilse stand auf und nickte. »Wenn Sie bestätigen, dass ich bin, wer ich bin, dann hoffentlich ja.«

Schwester Elisabeth kam zu ihr heran. Blieb vor Ilse stehen und musterte sie von Kopf bis Fuß. Einen Augenblick lang blieb ihr Blick auf Ilses Schultasche ruhen, dann fragte sie streng: »Ist das deine Bestimmung?«

Ilse nahm Haltung an. »Ja, das ist es«, sagte sie mit fester Stimme.

Da zwinkerte die alte Ordensschwester ihr zu. »Dann komm, mein Kind, so eine Bestimmung sollte man nicht warten lassen.«

Zusammen betraten sie wieder das Zimmer von Frau Schmidt. Schwester Elisabeth ließ sich von Ilse und der Frau alles erklären und sagte schließlich: »Wenn das so ist, dann verbürge ich mich für das Fräulein Herrmann. Die Formalie mit der Unterschrift kann ja nachgeholt werden.«

Gebannt schaute Ilse zu Frau Schmidt.

»Nun gut«, sagte diese nach einer kurzen Pause, »dann will ich mal nicht so sein. Aber sobald Ihre Mutter wieder zurück ist, erwarte ich, dass Sie mit dem unterschriebenen Vertrag bei mir stehen. Verstanden?«

Ilse nickte hastig. »N-Natürlich«, antwortete sie.

»Gut. Dann gehen Sie jetzt hinüber zum Schwesterntrakt. Dort wird man Sie einkleiden und Ihnen erklären, was Sie zu tun haben, Fräulein Herrmann.«

»Danke!«, rief Ilse erfreut. Am liebsten hätte sie Schwester Elisabeth stürmisch umarmt, aber sie wusste nicht, ob sich das schickte. Also blieb sie einfach stehen und lächelte.

»Worauf wartest du noch?«, fragte die alte Ordensschwester. »Los, ab mit dir. Deine Bestimmung ruft.« Und damit deutete sie mit ihrem Gehstock zur Tür.

Das ließ Ilse sich nicht zweimal sagen. Sie eilte hinaus. Wie hatte sie diesen Moment gefürchtet. Aber jetzt war alles gut. Und was in drei Wochen war, wenn die Mutter wiederkam, darüber wollte sie sich nun noch keine Gedanken machen. Es würde sich schon alles fügen. Während sie über die langen Flure des Krankenhauses ging, kam es ihr wieder so vor, als wäre sie der glückliche Mensch, von dem Albert Camus geschrieben hatte. Für drei Wochen war sie frei, dann kam die Mutter wieder und damit der Felsbrocken, den sie den Berg hinaufrollen musste. Zumindest im schlimmsten Fall. Denn im besten Fall würde die Mutter einsehen, dass es Ilses Bestimmung war, Krankenschwester zu sein, und würde dem zustimmen, und dann wäre der lästige Felsbrocken Geschichte.

GEDÄCHTNISLÜCKEN

»Ach, Herr Neumann, es ist auch Post für Sie gekommen«, rief Fräulein Weber ihm hinterher, als Georg von der Arbeit nach Hause kam.

Er blieb stehen. »Post?«, fragte er erstaunt und ging zurück zur Eingangstür. Auf der kleinen Kommode daneben lag tatsächlich ein Brief, der an ihn adressiert war. Ein Brief vom Amt. Georgs Herz begann, schneller zu schlagen, als die Angst ihm den Rücken hinaufkroch und sich ungemütlich in seinem Nacken breitmachte. Warum bekam er Post vom Amt? War jetzt aufgeflogen, dass er nicht Georg Neumann war? War es jetzt so weit? Oder war es etwas anderes? Hatte Eva ihn angezeigt? Sie wusste doch jetzt die Wahrheit, auch wenn sie gesagt hatte, sie würde ihm nicht glauben.

Er ergriff den Brief mit zitternden Händen und ging rasch in sein Zimmer. Er wollte nicht, dass Fräulein Weber sah, was der Brief in ihm auslöste. Und erst recht wollte er nicht, dass sie ihm über die Schulter blickte, wenn er ihn öffnete, wenn er die Zeilen las, vor denen er solche Angst hatte.

Eine Weile saß er einfach nur auf der Bettkante, den Brief in Händen. Als würde es etwas am Inhalt ändern, wenn er zögerte, ihn zu öffnen. Mehrfach drehte er ihn hin und her, dann fasste er sich endlich ein Herz und riss den Brief auf. Er zog einen gefalteten Bogen heraus und hätte beinahe geweint, als er feststellte, dass es sich lediglich um eine Benachrichtigung handelte. In bestem Amtsdeutsch, das umständlich formuliert war und Georg Mühe beim Lesen bereitete, stand dort, dass er bitte seinen Personalausweis abholen kommen solle. Zudem war eine Mahnung über die Strafgebühr, die er zu entrichten habe, mit dabei. Er hatte den Bußgeldbescheid noch immer nicht beglichen.

Georg fiel ein Stein vom Herzen. Da hatte er solche Angst vor diesem lächerlichen Brief gehabt. Er warf einen schnellen Blick auf die Uhr. Wenn er sich beeilte, schaffte er es noch aufs Amt, bevor die Türen für den heutigen Tag geschlossen wurden.

Kurze Zeit später war er schon dort. Er musste wieder zu Herrn Schmitz, dem gleichen Beamten, der sie vor ein paar Wochen darüber informiert hatte, dass Georg Neumann bereits verheiratet sei.

»Ah, der Herr Neumann«, begrüßte der Mann ihn auch prompt. »Aus dem Aufgebot ist ja nichts geworden, aber Ihren Ausweis haben wir ausgestellt.«

Georg nickte. Er nahm den Pass entgegen. Es fühlte sich komisch an, seine falsche Identität plötzlich offiziell bestätigt zu bekommen. Damit kam er sich noch mehr wie ein Betrüger vor.

Denn nun war es sein Bild in dem Personalausweis. Sein Bild, aber nicht sein Name.

Er räusperte sich. »Ich … ich habe da noch eine Frage.«

Der Beamte nickte nur.

»Wurde … wurde Georgs …, ich meine: wurde … meine Frau über … also … wurde sie in Kenntnis gesetzt?«

»Darüber, dass Sie sich hier am Rhein niedergelassen haben, statt zu ihr zurückzugehen, meinen Sie?« Der Beamte musterte ihn aus kalten Augen. »Nein, Ihre Frau wurde nicht informiert. Was glauben Sie eigentlich, was wir auf den Ämtern so tun? Da haben wir gar keine Zeit für.«

Georg atmete erleichtert auf. Eine Sorge weniger.

Der Beamte schüttelte missbilligend den Kopf.

»Ich hab noch eine Frage«, sagte Georg.

»Was denn noch?«, fragte Herr Schmitz unwirsch.

»Können Sie mir sagen, wie sie heißt?«

»Wer? Von wem sprechen Sie?« Der Beamte sah ihn aus zusammengekniffenen Augen an.

»Von Georgs … ich meine, von meiner Frau.«

»Sie wollen mich auf den Arm nehmen?«

Georg schüttelte den Kopf. »Nein. Können Sie mir den Namen sagen? Und die Adresse vielleicht auch?«

»Sie erlauben sich wohl einen Scherz mit mir!«, rief der Beamte wütend.

Erneut schüttelte Georg den Kopf.

»Ihre Frau hat weder den Namen geändert noch ist sie jemals umgezogen. Sie wohnt immer noch in derselben Straße wie damals.«

Georg rieb sich verlegen die Hände im Schoß. »Können Sie mir Name und Adresse trotzdem noch einmal sagen?«

»Jetzt erzählen Sie mir nicht, dass Sie nicht nur vergessen haben, dass Sie überhaupt verheiratet sind, sondern obendrein noch, mit wem und wo Sie früher gewohnt haben?«, rief der Beamte ungehalten aus.

»Gewissermaßen schon …«

»Na, da haben Sie aber ganz schöne Gedächtnislücken«, brummte der Mann.

Mittwoch, 12. Oktober 1955

WER DIE WAHRHEIT KENNT

Irmgard Neumann. So hieß sie, die Frau von Georg. Irmgard Neumann aus Trier. Irmgard Neumann, die von nichts wusste.

Zum ersten Mal seit Wochen fiel es Georg nicht mehr so schwer, aus dem Bett zu kommen und zur Arbeit zu gehen. Dass niemand die Frau von Georg Neumann informiert hatte, erleichterte ihn mehr, als es sollte. Er wusste, dass es eigentlich ein schäbiger Gedanke war, aber er war unglaublich froh, dass zu dem ganzen Heirats-und-Verheiratet-Chaos nicht noch mehr dazugekommen war.

Das Frühstück mit Fräulein Weber war beinahe schweigend verlaufen. Die alte Dame freute sich zwar darüber, dass es ihm besser ging, aber sie trug ihm immer noch nach, dass er ihr nicht persönlich davon erzählt hatte, dass es keine Hochzeit mit Eva geben würde. Das hatte seine Zimmerwirtin erst vorletzte Woche von einer Nachbarin auf der Straße erfahren. Georg fand das bemerkenswert. Bei seiner Großmutter wäre er nicht so leicht durchgekommen. Die hätte sich so lange mit ihm hingesetzt und ihn mit diesem Blick, der scheinbar alles erkennen konnte, angesehen, bis er geredet hätte. Bis er jede noch so kleinste Kleinigkeit erzählt hätte. Zum ersten Mal war er froh, dass Fräulein Weber nur seine Zimmerwirtin war und nicht seine Großmutter.

Als er auf die Straße trat, wurde ihm wieder schwer ums Herz. All die Erleichterung darüber, dass Irmgard Neumann nichts ahnte und das Fräulein Weber nichts fragte, zeigte ihm doch nur eines sehr deutlich: Er war ein Feigling. Ein ängstlicher Junge, der sich am liebsten unter einer Bettdecke verstecken wollte. Die Zeiten waren doch nicht mehr so kritisch wie während des Krieges. Er hatte jetzt einen offiziellen Personalausweis der Bundesrepublik Deutschland. Dennoch war da immer noch die Angst, jederzeit verurteilt zu werden. Oder schlimmer noch: abgeschoben zu werden. In seiner Heimat würde man auch heute kein Verständnis für seine Taten haben. Da wäre ein Gefängnisaufenthalt vermutlich das kleinere Übel.

Und dann war da noch sein eigenes Gewissen. Er hatte die Identität eines anderen angenommen. Eines Mannes, der ihm zufällig ähnlich gesehen hatte und dem er Beistand gespendet hatte, als er seinen letzten Atemzug getan hatte. Georg Neumann war nicht durch seine Hand gestorben, aber andere Männer sicherlich. Er war Soldat gewesen, genau wie Georg Neumann einer gewesen war. Im gleichen Krieg. Nur die Seite, auf der sie gekämpft hatten, war eine andere gewesen.

Er dachte wieder an den Beamten im Rathaus. An den abfälligen Blick, mit dem er Georg bedacht hatte. Und dann musste er wieder an Irmgard Neumann denken. Die Frau des echten Georg. So froh er auch war, dass sie von nichts wusste, so sehr tat sie ihm auch leid. Sie hatte Georg Neumann geheiratet und dann nie wiedergesehen. Sie wusste nicht, wie ihr Mann gestorben war, wo er gestorben war. Dass er in seinen letzten Lebensminuten nicht allein hatte sein müssen. Und sie wusste anscheinend auch nicht, dass ihr Mann – oder jemand, der sich als ihr Mann ausgab – noch am Leben war. Darüber war Georg froh. Denn er hätte nicht gewusst, was er hätte tun sollen, wenn sie am Ende noch hierher nach Andernach gekommen wäre, um dann festzustellen, dass er nicht Georg war. Dass er ein elender Betrüger war.

Und dann kam ihm ein neuer Gedanke: Irmgard Neumann. Sie war der Schlüssel! Sie würde sofort erkennen, dass er nicht Georg war. Sie würde Eva sagen können, dass er nicht mit ihr verheiratet war. Dass er überhaupt nicht verheiratet war.

Eine Idee formte sich. Was wäre, wenn er nach Trier zu Irmgard fahren würde? Wenn er mit ihr sprechen und sie um die Scheidung bitten würde? Damit er wieder ein freier Mann war und Eva heiraten konnte. Nur dass Eva das ja gar nicht mehr wollte. Sie hielt ihn für einen Lügner. Aber was wäre, wenn er Eva mitnehmen würde? Mit nach Trier zu Irmgard Neumann?

Er würde sich von jemandem ein Auto leihen, da würde sich schon etwas ergeben, das wäre das kleinere Problem. Das größere war: Wie sollte er Eva dazu bringen, mit ihm eine Fahrt nach Trier zu unternehmen? Sie wollte gar nicht mehr mit ihm reden, wie würde sie da jemals freiwillig zu ihm in ein Auto steigen?

Er würde sich etwas überlegen müssen, so viel war klar. Etwas Gutes, um Eva dazu zu bringen, mit ihm zu fahren, und dann würde er sich auch noch darüber informieren müssen, wie man sich überhaupt scheiden ließ. Ging das so einfach? Ob es ihm passte oder nicht, er würde wohl noch einmal zu dem Beamten gehen und diesen danach fragen müssen. Denn das war seine letzte Chance, Eva zurückzugewinnen. Wenn Eva erst einmal erfuhr, dass er zumindest in einem Punkt die Wahrheit gesagt hatte, dann würde sie vielleicht wieder mit ihm reden und endlich seine Entschuldigung annehmen. Seine Entschuldigung dafür, dass er ihr in all den Jahren nie davon erzählt hatte, wie es ihn nach Deutschland verschlagen hatte. Wie er die Identität eines anderen angenommen hatte, um dem Krieg zu entfliehen. Wie er den Sprung in eine bessere Zukunft gewagt und dabei die Liebe seines Lebens gefunden hatte.

Eva zerknüllte das Papier und rieb sich mit den Handballen über die Augen. Dann seufzte sie, nahm ein neues Blatt und zeichnete den Grundriss des Ladenraumes ein weiteres Mal auf. Dabei fiel ihr auf, dass der Mann vom Möbelhaus noch gar nicht gekommen war, wie er es gesagt hatte. Vielleicht würde sie da noch einmal nachfragen müssen. Sie betrachtete die Zeichnung. Sie musste einen Weg finden, wie sie die Tische so verschoben bekam, dass genug Platz für das Publikum entstand. Wenn sie sich mit dem Kreis trafen, dann reichte es aus, die Tische nur ein wenig zusammenzuschieben. Aber für die Lesung mussten viel mehr Menschen Platz finden. Und das mit möglichst wenig Aufwand. Und in diesem Moment wurde ihr bewusst, wie allein sie war. Früher war immer Georg an ihrer Seite gewesen, um ihr zu helfen. Und wenn er nicht da gewesen war, dann hatte Maria ihr geholfen. Aber jetzt, wo ihre Tante verreist war und Georg sich als ein großer Schuft herausgestellt hatte? Jetzt war sie allein. Sie stöhnte laut auf, griff sich das zerknüllte Papier und warf es auf den Boden, wo es sich zu vier anderen gesellte, die Eva in der letzten Stunde dorthin verfrachtet hatte. Es war zum Haareraufen! Allein würde sie die Lesung nicht hinbekommen. Und es war doch ihre Feuerprobe. Sie wollte der Tante und vor allem sich selbst beweisen, dass sie alles schaffen konnte. Dass sie niemanden an ihrer Seite brauchte. Dass sie in der Lage war, die Buchhandlung und alles, was dazugehörte, zu führen.

Sie stützte sich mit den Ellenbogen auf dem Tisch auf und starrte auf den Grundriss. Beinahe kam es ihr wie ein Puzzle vor, ein Puzzle, bei dem einige Teile fehlten und von dem sie das Bild nicht kannte und so nicht wusste, wie die vorhandenen Teile aneinander gehörten. Eva starrte so fest auf ihre Zeichnung, dass die Linien vor ihren Augen verschwammen, und schreckte dann hoch, als sie Schritte auf der Treppe hörte. Schritte, dabei war sie doch allein im Haus.

»Wer ist da?«, rief sie laut.

Nur kurze Zeit später steckte Ilse ihren Kopf zur Tür herein.

»Ach, du bist's«, sagte Eva erleichtert.

»Wen hast du denn sonst erwartet?«, fragte Ilse erstaunt zurück.

Eva lächelte. »Keinen, deshalb hast du mich ganz schön erschreckt. Was machst du überhaupt hier? Müsstest du nicht im Krankenhaus sein?«

»Ich will nur ein paar frische Sachen holen«, erklärte Ilse.

»Und? Wie ist das Leben im Wohnheim?«, fragte Eva.

»Interessant. Und weniger ruhig, als ich dachte.« Ihre Cousine lachte. Dann sah sie zu Boden und entdeckte die Papierkugeln. »Nanu, was ist denn hier los?« Ilse bückte sich und hob eines der zerknüllten Papiere auf. Vorsichtig entfaltete sie es und strich es mit den Händen glatt. »Ist das der Laden?«, fragte sie dann.

Eva schnaubte, nickte aber.

»Was hast du vor?«, fragte Ilse und setzte sich mit dem Papier in Händen auf die Eckbank.

»Ich muss einen Weg finden, wie ich alles so zur Seite schieben kann, dass genug Platz für die Lesung ist«, fasste Eva zusammen. »Und ich muss es irgendwie allein bewerkstelligen«, fügte sie noch hinzu.

»Aber wieso denn allein?«, fragte Ilse.

»Deine Mutter ist ja schließlich verreist und Ge…« Eva brach ab und schluckte schnell, bevor sie fortfuhr: »… und sonst hab ich niemanden mehr.«

Ilse sah sie vorwurfsvoll an. »Niemanden? Bin ich etwa niemand?«

»Du musst doch bestimmt arbeiten.«

Ihre Cousine machte eine wegwerfende Handbewegung. »Aber auch nicht rund um die Uhr. Die Lesung ist doch diesen Freitag, oder? Ich spreche einfach mit der Oberschwester, ob ich mir da ab nachmittags freinehmen und gleich auch über Nacht hierbleiben kann, schließlich sind das ja besondere Umstände, und dann helfe ich dir.«

»Das würdest du tun?«, fragte Eva.

Ihre Cousine nickte. »Für meine Familie? Natürlich! Du stellst Fragen.«

Eva seufzte erleichtert auf. »Ilse, du bist ein Schatz.«

»Ich weiß.«

Freitag, 14. Oktober 1955

EIN MENSCH WIE DU UND ICH

Unruhig lief Eva durch den Laden. Der Tag war bisher nicht wie geplant verlaufen. Es hatte schon damit begonnen, dass Eva sich direkt nach dem Aufstehen hatte übergeben müssen. Die Aufregung wegen der Lesung saß wirklich tief. Sie sah zur Uhr. Ilse hatte ihr versprochen, rechtzeitig da zu sein, damit sie genug Zeit für alles hatten, aber nun war der Laden schon seit zwanzig Minuten geschlossen, und von ihrer Cousine war weit und breit noch nichts zu sehen. Den ersten Tisch hatte Eva bereits abgeräumt und die Bücher auf dem langen Arbeitstisch im Lager verstaut, als Ilse endlich zur Hintertür hereinkam.

Erleichterung machte sich in Eva breit, und ihr wurde bewusst, dass ein Teil von ihr befürchtet hatte, Ilse würde doch nicht kommen, weil die Oberschwester vielleicht Nein gesagt hatte.

Ihre Cousine wartete nicht lange auf Anweisungen, sondern ging direkt im Laden ans Werk. Wie sie so Hand in Hand arbeiteten, konnte Eva sich gar nicht vorstellen, dass es einmal anders zwischen ihnen gewesen war. Dabei war es so. Damals, als Eva aus Berlin nach Andernach gekommen war, hatte Ilse Eva gar nicht gemocht. Sie hatte sogar zwei Jungs angestiftet, Eva in den eiskalten Rhein zu stoßen. Alles nur in dem Versuch, Eva zu vergraulen, wie sie es damals genannt hatte. Ilse war noch ein Kind gewesen. Gerade einmal sieben Jahre alt. Aber jetzt war sie kein Kind mehr. Sie war eine junge Frau, die einen Sturkopf hatte und genau wusste, was sie mit ihrem Leben anfangen wollte. Eva verstand ihre Cousine gut. Sie kannte den Wunsch, selbst entscheiden zu dürfen, was man machen wollte. Kannte das Gefühl, endlich eine Bestimmung gefunden zu haben. Für Eva waren es die Buchhandlung und die Literatur. Und für ihre Cousine war es die Arbeit im Krankenhaus.

»Ich geh schon mal die ersten Stühle holen«, sagte Ilse, als sie alles soweit freigeräumt hatten, und verschwand durch den Lagerraum.

Eva stand währenddessen im Laden und blickte sich um. Der Verkaufsraum wirkte mit einem Mal riesig, ganz ungewohnt. Jetzt erst wurde ihr so richtig bewusst, was für einen Einfluss die Ladeneinrichtung haben konnte. Und dieser Gedanke bestätigte sie einmal mehr in ihrem Plan, mit neuen Regalen einen modernen Wind in die Buchhandlung zu bringen.

Aber erst einmal konzentrierte sie sich auf die Lesung heute Abend. Sie blickte auf die Uhr und stellte fest, dass die Zeit schneller vergangen war, als sie angenommen hatte. Als Ilse mit den ersten zwei Stühlen durch die Lagertür in den Verkaufsraum trat, sagte Eva zu ihr: »Kann ich dich damit allein lassen? Frau Densing wird gleich am Bahnhof eintreffen, und ich hole sie da ab.«

Ilse lachte. »Worauf wartest du noch, geh! Ich hab mir nicht freigenommen, um hier herumzustehen und einfach nur in die Gegend zu schauen. Ich bin hier, weil ich dir helfen möchte. Und das tue ich jetzt. Wenn du gleich mit der Schriftstellerin zurückkommst, wird hier schon alles parat stehen, ja? Und jetzt ab mit dir. Mach, dass du zum Bahnhof kommst.«

Eva trat auf ihre Cousine zu und umarmte sie schnell. »Danke! Du bist die Beste!«, rief sie und lief zur Hintertür hinaus.

In Windeseile lief Eva los. Von der Hochstraße in die Läufstraße und dann über die Wallstraße weiter in die Bahnhofstraße. Sie hatte gerade das wegen Bauarbeiten eingerüstete Bahnhofsgebäude durchquert und war die Treppen zum Bahnsteig hinaufgelaufen, als ein lautes Knacken eine Ansage ankündigte.

»Achtung auf Gleis 2, ein Zug fährt ein. Bitte treten Sie von der Bahnsteigkante zurück.« Die Stimme des Bahnhofsvorstehers hallte laut und weithin hörbar über alle Gleise des Andernacher Bahnhofs.

Eva trat ungeduldig von einem Bein auf das andere, während ihr Herz schnell in der Brust schlug. Zum einen, weil sie gerannt war, und zum anderen, weil sie so aufgeregt war wie schon lange nicht mehr. Wie ein Kind am Weihnachtsmorgen oder wie vor ein paar Jahren, als sie endlich die Ergebnisse ihrer Prüfung zur Buchhändlerin erhalten hatte und klar gewesen war, dass sie bestanden hatte – mit Bravour!

Eva musterte den Strom der Menschen, die aus dem Zug ausstiegen, und endlich sah sie das Gesicht, auf das sie gewartet hatte. Schnell trat sie auf die Schriftstellerin zu. »Frau Densing?«, fragte sie, und als die Frau nickte, fügte sie hinzu: »Eva Liebe von der Rhein-Buchhandlung. Es freut mich, Sie begrüßen zu dürfen.«

»Das freut mich auch. Aber sagen Sie ruhig Anna zu mir. Frau Densing, das ist meine Mutter.«

Eva nickte. »Gut, … ähm, Anna. Ich bin die Eva.« Sie streckte ihre Hand aus, und Anna Densing erwiderte den Gruß mit einem festen Händedruck.

»Soll ich Ihnen … ich meine, soll ich dir das Gepäck abnehmen?«, fragte Eva unsicher und deutete auf die Tasche, die Anna Densing in der anderen Hand trug.

Aber Anna Densing lachte nur hell und warm und sagte: »Mein Gepäck kann ich selbst tragen. Aber danke.«

Unruhig strich Eva sich eine Haarsträhne aus dem Gesicht. Was sollte sie jetzt sagen? Sollte sie einfach schweigend neben der Schriftstellerin hergehen? Es gab so viel, was sie Anna Densing fragen wollte. Aber sie wusste nicht, wie sie es anstellen sollte. Noch nie hatte sie so eine klare Sprache wie die von Anna Densing gelesen. Alles, was sie jetzt sagen wollte, was sie formulieren wollte, kam ihr dagegen profan vor. Also schwieg Eva, als sie den Bahnsteig und kurze Zeit später den Andernacher Bahnhof verließen.

Es war Anna Densing, die dann das Gespräch suchte. Die von der Bahnfahrt erzählte und davon, dass sie beinahe den Zug verpasst hätte, weil sie unterschätzt hatte, wie weit der Weg zum Bahnhof eigentlich war. Mit jedem Satz mehr wurde auch Eva wieder lockerer. Anna Densing erzählte von solch normalen und alltäglichen Dingen, das war faszinierend. Also fasste Eva sich ein Herz und fragte: »Wie ist das mit dem Schreiben?«

»Weißt du, Eva«, sagte Anna Densing leise, und mit einem Mal verdüsterte sich ihre zuvor so heitere Miene ein wenig. »Manchmal komme ich mir wie eine Hochstaplerin vor. Dann sitze ich zu Hause an meinem Schreibtisch und denke: Jetzt ist es so weit! Jetzt werden alle Menschen, die mein Buch lesen, dahinterkommen, dass ich das gar nicht kann. Dass ich nichts davon kann. Alle werden sagen: Die Anna Densing, die bildet sich ein, eine Schriftstellerin zu sein, aber das ist alles nur gelogen!«

»Wie kannst du das denn denken? Du schreibst so wunderbar. Dein letztes Buch habe ich mehrfach gelesen, und nicht ein einziges Mal wäre mir da so ein Gedanke gekommen. Eher im Gegenteil. Ich war heute so aufgeregt, dich zu treffen. Überhaupt mit dir zu sprechen. Weil ich dachte, dass jemand, der so gut formulieren kann, der so feine Texte schreibt …«

»… auch nur ein Mensch ist. Einer, der vermutlich mehr zweifelt als alle anderen zusammen«, fiel Anna Densing ihr ins Wort.

Eva lachte. »Ja, den Eindruck habe ich jetzt auch.«

»Und bei jedem neuen Buch sitze ich zu Beginn da und habe das Gefühl, alles wieder vergessen zu haben, alles verlernt zu haben.«

»Das kann ich mir gar nicht vorstellen«, erwiderte Eva.

»Aber so ist es. Jedes Mal aufs Neue. Schrecklich«, sagte Anna Densing, aber sie lachte dabei wieder. »Und dennoch liebe ich das Schreiben. Auch wenn ich manchmal kaum davon leben kann, kann ich nicht ohne es leben.«

»Du kannst nicht davon leben?«

»Für ein neues Buch gibt es natürlich einen Vorschuss, aber der fällt nicht so hoch aus wie bei meinen männlichen Kollegen, das kann ich dir sagen. Und bis es Tantiemen gibt, das dauert. Da muss ich mir schon manchmal überlegen, ob es nicht Brot und Wasser tun.« Sie lächelte leicht gequält, aber dann wies sie mit ihrer freien Hand an sich herunter und sagte: »Wenigstens hilft es mit der Figur.«

VERTRAG(EN) UND VERTRAUEN

»Fräulein Weber? Sie haben doch sicherlich den Vertrag schon aufsetzen lassen?«, fragte Georg, als er an diesem Abend von der Arbeit nach Hause kam. Seit er am Mittwoch den Gedanken gefasst hatte, Eva durch einen Besuch bei Irmgard Neumann von der Wahrheit zu überzeugen, hatte er weitere Pläne geschmiedet. Er wollte nichts mehr dem Zufall überlassen. Wollte nun alles ganz genau planen. Dazu zählte zunächst einmal, Eva zu zeigen, dass er wirklich nicht verheiratet war. Dann wollte er mit Fräulein Weber alles in trockenen Tüchern haben, damit die Zukunft für ihn – hoffentlich wieder mit Eva an seiner Seite – gesichert war.

»Ja, natürlich«, antwortete die alte Dame. »Aber jetzt brauchen wir ihn ja nicht mehr. Jetzt, wo Sie und Fräulein Eva …«

»Ich will die Pension trotzdem kaufen«, erwiderte Georg mit Selbstbewusstsein. »Geben Sie mir den Vertrag, und ich werde ihn unterschreiben.«

»Aber … wollen Sie denn ganz allein hier wohnen bleiben? Oder haben Sie sich doch wieder mit dem Fräulein Eva vertragen?«

»Noch nicht, aber was nicht ist, das kann noch werden«, rief Georg freudig aus.

»Das muss ich jetzt nicht verstehen, oder?«, fragte Fräulein Weber.

Georg schüttelte den Kopf. »Sie müssen nur eines wissen: Es wird alles gut. Sie werden schon sehen, Fräulein Weber. Haben Sie nur Vertrauen!«

Fräulein Weber beugte sich vor und ergriff mit beiden Händen seine unversehrte Hand. »Ich weiß nicht, woher Sie diesen plötzlichen Mut und diese neue Zuversicht nehmen, Herr Neumann, aber es tut Ihnen gut. Und mir tut es auch gut.«

Die alte Dame ging zu dem hölzernen Sekretär, der in der Ecke des Salons an der Wand stand. Kurze Zeit später kam sie mit dem Schriftstück und einem Füller zurück.

»Sie müssen eigentlich nur dort unterzeichnen«, sagte sie, legte die Unterlagen auf den Tisch und setzte sich dann. Sie befeuchtete ihren Zeigefinger und versuchte, den Vertrag aufzublättern, aber ihre leicht gekrümmten Finger bereiteten ihr Mühe dabei.

Georg nahm ihr gegenüber am Tisch Platz und wartete geduldig. Solange die alte Frau ihn nicht um Hilfe bat, würde er ihr nicht das Schriftstück abnehmen. Und endlich hatte seine Zimmerwirtin die richtige Seite gefunden. Sie klappte die anderen Seiten nach hinten und wies mit dem Füller auf das Unterschriftenfeld. Sie selbst hatte bereits unterzeichnet.

Georg nahm den Füller entgegen, schraubte sorgsam den Deckel ab und machte sich dann mit zitternden Fingern daran zu unterschreiben. Er hoffte, dass es der alten Dame nicht auffiel, wie viel Mühe ihm das Schreiben machte. Wie sehr er sich bei jedem einzelnen Buchstaben konzentrieren musste. Allzu oft hatte er den Namen Georg Neumann noch nicht geschrieben, und sein eigentlicher Name, der wurde in gänzlich anderen Buchstaben verfasst.

Seinen Arbeitsvertrag damals im Sperrholzwerk hatte er mit Handschlag geschlossen. Er wünschte, er könnte jeden Vertrag so schließen. Seine Finger verkrampften, als er den letzten Buchstaben schrieb. Mit klopfendem Herzen schraubte er den Füller wieder zu und schob Vertrag und Stift zu der alten Dame hinüber.

Die nickte mit einem freudigen Lächeln. »Herr Neumann, ich bin so froh, dass Sie das Haus übernehmen. Und ich hoffe sehr, dass Sie das Fräulein Eva wieder für sich gewinnen können. Sie beide, Sie gehören doch zusammen. Nie habe ich Sie glücklicher gesehen als mit Fräulein Eva an Ihrer Seite.«

Ich war auch nie glücklicher als mit Eva, dachte Georg traurig. Aber dann setzte er wieder ein Lächeln auf und sagte, mehr zu sich selbst: »Es wird alles gut werden. Da bin ich mir sicher.«

GLÜCKSMOMENT

Ilse hatte ganze Arbeit geleistet. Als Eva mit Anna Densing die Rhein-Buchhandlung betrat, war alles parat, wie es die Cousine versprochen hatte. Die kleine Buchhandlung sah mit einem Mal anders aus. Durch die vielen Stühle, die nach vorn zu einem kleinen Tisch ausgerichtet waren, hatte der Ladenraum nun die Anmutung eines Klassenzimmers. Aber es war ein sehr gemütliches Klassenzimmer mit vielen Büchern. Eva lächelte, als Anna Densing ausrief, wie entzückend sie doch alles hier finde.

»Das ist meine Cousine Ilse«, stellte Eva diese der Schriftstellerin vor.

Anna Densing trat sofort auf Ilse zu und streckte ihre Hand aus. »Du kannst ruhig Anna zu mir sagen«, meinte sie.

Die zwei schüttelten sich die Hände.

»Dann arbeitest du auch hier? Machst du eine Lehre zur Buchhändlerin?«, fragte Anna Densing Ilse.

Diese schüttelte den Kopf und lachte. »Nein, ich bin Schwesternschülerin im Krankenhaus.«

»Und am Wochenende hilfst du hier aus?«, fragte Anna Densing und machte eine ausholende Geste mit dem Arm, die die ganze Buchhandlung beinhaltete.

»Eigentlich auch nicht. Was den Buchhandel angeht, bin ich zwar passionierte Leserin, aber das war es dann auch schon. Aber wenn die große Cousine Hilfe braucht, bin ich natürlich da.« Den letzten Satz fügte sie mit einem Zwinkern an.

Eva lächelte ihr zu. Bevor sie aber etwas erwidern konnte, öffnete sich die Ladentür, und Friedel Faßbender kam herein. »Guten Abend, die Damen«, grüßte er. »Darf man schon eintreten, oder ist es noch zu früh?«

»Auch wenn die Lesung erst in einer guten Stunde beginnt, darfst du jederzeit hereinkommen, mein lieber Friedel, das weißt du doch«, sagte Eva. »Und wo du schon hier bist, kann ich dir gleich unseren Ehrengast des Abends vorstellen: Friedel, das ist Anna Densing.«

Friedel Faßbender durchmaß den Raum mit großen und respektvollen Schritten. Dabei hielt er sich so aufrecht, wie Eva es von ihm kannte. Während Friedel und die Schriftstellerin in ein Gespräch versanken, trat Eva zu Ilse.

»Danke, ohne dich hätte ich nicht gewusst, wie ich das alles hätte hinbekommen sollen.«

Ilse ergriff ihren Arm und lehnte ihren Kopf kurz gegen Evas Schulter. »Das ist doch selbstverständlich, Cousinchen.«

»Cousinchen?«, fragte Eva mit einem Lachen zurück. »Das Cousinchen bist ja wohl eher du. Ich bin schon eine große Cousine«, neckte sie Ilse.

Die grinste. »Ob *chen* oder *ne*, darauf kommt es doch gar nicht so an. Aber auf das *Cousi* schon.«

»Cousi, wie das klingt.« Eva schüttelte amüsiert den Kopf. Dann blickte sie sich noch einmal im Laden um. Alles war soweit an seinem Platz, bis ihr etwas Wichtiges auffiel: Die Sonderlieferung mit den Romanen von Anna Densing, die hatte sie noch nicht ausgepackt. Im Regal neben dem Tresen standen nur vier Exemplare von *Rheinliebe,* zu wenig für einen Lesungsabend.

»Kannst du bitte für Anna noch eine Flasche Wasser und ein Glas holen gehen?«, bat sie ihre Cousine, dann ging sie selbst ins Lager und wuchtete den vollen Bücherkarton auf den Arbeitstisch. Als sie die *Rheinliebe* auspackte und Stapel für Stapel nach vorn in den Laden brachte und dabei Anna Densing im angeregten Gespräch mit Friedel Faßbender sah, fühlte Eva mit einem Mal, wie das Glück in ihr aufstieg. Wie das warme und wohlige Gefühl sich in ihrem Körper ausbreitete und sie völlig erfüllte und zum ersten Mal alles überstrahlte, was in den letzten Tagen und Wochen geschehen war. Selbst ihr gebrochenes Herz. Und das war der Moment, in dem Eva erkannte, dass doch alles gut werden würde. Dass sie auch ohne Georg glücklich sein würde. Weil sie so wunderbare Menschen in ihrem Leben hatte; und wunderbare Bücher; und die Rhein-Buchhandlung.

3

Samstag, 15. Oktober 1955

AM NÄCHSTEN TAG IN EINEM NEUEN LEBEN

»Nein! Du gehst auch. Ich wüsste nicht, was du hier zu suchen hast! Das hier ist nicht deine Buchhandlung!«

Die Worte ihres totgeglaubten Onkels schienen von überallher widerzuhallen. Dazu sah sie sein Gesicht. Es war zu einer merkwürdigen Fratze verzerrt. Die Augen lagen so tief, dass es nur noch schwarze Höhlen waren. Jetzt kam er auf sie zu. Die Arme bedrohlich erhoben. Reichte es denn nicht, dass er die Lesung mit Anna Densing gesprengt und alle hinausgeworfen hatte, bis auf seine Tochter? Wo sollte Eva denn hin? Der Onkel kam näher und näher. Er ließ einen Arm auf sie niedersausen. Eva erwartete einen harten Schmerz, aber es fühlte sich beinahe sanft an. Erneut hob der Onkel die Hand, und dazu sagte er etwas. Nur klang seine Stimme nicht mehr tief und drohend, sie klang hell und jung. Eva öffnete die Augen und sah Michael vor sich. Der Junge hob gerade wieder die Hand, um erneut nach Evas Gesicht zu tasten. Gerade noch rechtzeitig konnte Eva die kleine Kinderhand zu fassen bekommen, bevor diese sie wieder traf. Sie schüttelte sich, um die Bilder des Albtraums zu vertreiben. Sie war nicht mehr in der Buchhandlung wie gestern Abend, sie war in Margots Küche. Lag dort auf dem Sofa.

»Du, Eva«, fragte der Kleine, dabei zog er den letzten Buchstaben ihres Namens lang, »sagst du mir endlich, was du hier machst?«

Eva streckte sich und gähnte. Dann richtete sie sich auf, sodass sie nun auf dem Sofa in der Küche saß, auf dem sie die Nacht verbracht hatte. Es war so schmal, dass sie sich kaum herumdrehen konnte, ohne Gefahr zu laufen herunterzufallen. Sie streckte ihren Arm aus und stupste Michael mit einem Finger auf die Nasenspitze. »Ich habe bei euch übernachtet.« Weil ich einfach so auf die Straße gesetzt worden bin, fügte sie in Gedanken hinzu.

Michael kommentierte ihre Antwort nicht, sondern streckte nun selbst ein Ärmchen aus bei dem Versuch, Eva mit dem Finger auf die Nase zu tippen. Eva beugte sich dem Jungen ein wenig entgegen, damit er sie auch wirklich erreichen konnte, und in dem Moment, wo der kleine Finger ihre Nasenspitze traf, rief sie laut: »Pieeep!« Was dazu führte, dass Michael quiekend und glucksend aus der Küche rannte.

Nur kurze Zeit später kam er an der Hand von Margot wieder zurück. Auf dem freien Arm trug ihre Freundin die kleine Helga. Ein Blick in Margots Gesicht zeigte Eva, dass ihre Freundin noch müder war, als sie selbst sich fühlte.

»Du bist wach, gut«, sagte Margot und wandte sich der Anrichte zu. »Ich brühe uns einen Kaffee auf. Mit den Kindern habe ich schon gefrühstückt, und Johannes ist schon auf der Arbeit. Er hat Früh.«

»Hab ich so lange geschlafen?«, fragte Eva, während sie sich die Augen rieb.

»Das hast du«, erwiderte ihre Freundin. »Und das hat dir hoffentlich auch gutgetan.«

Eva streckte ihre Arme über dem Kopf und bewegte ihren leicht schmerzenden Rücken ein wenig hin und her, dennoch nickte sie und sagte dann: »Ich kann mich um Helga und Michael kümmern, während du uns Kaffee machst.«

Margot setzte ihr die Kleine auf den Schoß. Michael kletterte flink auf das Sofa und setzte sich neben Eva unter die Decke. Während Eva Helga sanft auf ihren Beinen wiegte, griff sie nach dem Bilderbuch, das in einem Zeitschriftenständer neben dem Sofa steckte. Es war *Hanselmann hat große Pläne* von James Krüss.

Sie las den beiden Kindern das Buch vor. Darin ging es um Hansel, der für seine Zukunft große Pläne hatte. Er wollte alles werden, was man nur werden konnte: Förster, Bauer, Lokführer oder Schutzmann, Rennfahrer oder gleich Zirkusdirektor, Kaufmann, Maler. Zu jedem der Berufe gab es ein fröhlich buntes Bild und einen passenden Reim. Während Helga nur freudige Laute ob der vielen bunten Bilder von sich gab und hier und da mit ihren Fingerchen ins Buch patschte, weil sie sich über das Bild einer Kuh oder eines Elefanten freute, vervollständigte Michael immer wieder die letzten Wörter der gereimten Sätze.

Eva hatte das Bilderbuch fertig vorgelesen, da stellte Margot den aufgebrühten Kaffee auf den Küchentisch. Eva rutschte zur Seite, setzte Helga neben Michael auf das Sofa und breitete auch über ihr die Wolldecke aus, bevor sie sich selbst erhob. Dann gab sie Michael das Buch in die Hand. »Das kannst du jetzt mit deiner Schwester noch einmal anschauen«, sagte sie. »Aber Vorsicht beim Umblättern der Seiten.«

»Natürlich, Eva«, gab der kleine Junge sofort von sich, dann las er das Buch vor. Oder mehr: Er tat so, als würde er lesen, denn das konnte er mit seinen vier Jahren natürlich noch nicht.

Eva setzte sich an den Küchentisch, Margot gegenüber. Der heiße Kaffee in der Tasse dampfte. Nachdem der Onkel sie gestern einfach so vor die Tür gesetzt hatte, hatte sie sich zunächst um Anna Densing gekümmert. Sie hatte nicht zugelassen, dass sie der ganze Vorfall verunsicherte, sondern alle Kraft, die sie hatte aufbringen können, um sich selbst zusammenzuhalten, genutzt und gute Miene zum bösen Spiel gemacht. Selbst die Hilfe von Friedel Faßbender, der plötzlich neben ihr gestanden und Vermittlung mit dem Onkel angeboten hatte, hatte sie ausgeschlagen. Sie wollte gegenüber der Schriftstellerin stark auftreten. Also begleitete sie diese wieder zurück zum Bahnhof und tat so, als wäre das Ganze nur ein kleiner Aufruhr, eine harmlose Episode, nichts, was man nicht mit ein paar Worten wieder geraderücken könnte. Aber nachdem sie Anna Densing am Bahnhof verabschiedet hatte, war sie nicht wieder zur Buchhandlung zurückgegangen. Sie war geradewegs in den Steinweg gelaufen, zu ihrer besten Freundin Margot. Und als diese ihr die Tür geöffnet hatte, war alle Haltung aus Eva gewichen. Sie hatte zu weinen begonnen. Und Margot hatte sie hineingeleitet und ihr ein Nachtlager auf dem Sofa in der Küche gerichtet. Sie war eine gute Freundin. Hatte keinen Ton dazu gesagt, dass es doch schon so spät sei, oder darüber geschimpft, dass Eva mit dem Klingeln auch die beiden Kleinen aufgeweckt hatte.

»Und? Wie geht es jetzt weiter?«, fragte Margot nun und nahm einen Schluck von ihrem Kaffee.

Eva seufzte. »Ich weiß es doch auch nicht. Wenn nur Tante Maria da wäre, dann wäre alles einfacher.«

»Meinst du?«, fragte Margot.

»Du nicht?« Eva zog die Brauen zusammen.

Margot wiegte den Kopf hin und her. »Nun ja, du darfst nicht vergessen, dass deine Tante jetzt mit Hans Schumacher liiert ist und …« Sie ließ das Ende des Satzes in der Luft hängen, aber Eva wusste genau, worauf sie hinauswollte.

»Du meinst also, dass mit meiner Tante und mit Hans und mit meinem Onkel die Probleme erst richtig losgehen?«, fragte sie.

Margot nickte. »Was glaubst du, wie dein Onkel dreinschauen wird, wenn er herausfindet, dass seine Frau jetzt einen Hausfreund hat?«

Eva rieb sich mit einer Hand über das Gesicht. »Was soll ich denn bloß tun?« Sie gähnte.

»Als Erstes trinkst du mal einen kräftigen Schluck Kaffee«, erwiderte ihre Freundin. »Und dann wartest du ab. Du kannst bei uns wohnen, solange du willst. Es mag zwar eng hier sein, aber für eine gute Freundin rücken wir jederzeit zusammen.«

Eva schenkte ihr ein warmes Lächeln. »Ich danke dir, Margot. Was würde ich nur ohne dich tun?«

»Ach was«, erwiderte ihre Freundin schlicht und führte die Tasse erneut zum Mund.

Auch Eva griff endlich nach ihrem Kaffee. Verzog dann aber das Gesicht, als sie den Kaffeeduft in die Nase bekam. »Der riecht aber streng«, sagte sie, nahm dann aber einen kleinen Schluck. Sofort verzog sie wieder das Gesicht und sah Margot an. »Was ist das für eine Sorte? Der schmeckt ... nimm mir das jetzt nicht übel, aber der schmeckt so unglaublich bitter. So bitteren Kaffee habe ich noch nie getrunken.«

Margot sah sie aufmerksam an, nahm dann selbst einen Schluck von ihrem Kaffee und musterte Eva noch ein wenig aufmerksamer.

»Was ist?«, fragte Eva.

Margot schüttelte den Kopf. »Ach, nichts, nichts.« Sie stand vom Tisch auf, ging zur Anrichte und kam mit einem Kännchen zurück. »Nimm doch einfach ein wenig Sahne dazu, dann schmeckt es nicht mehr so bitter.«

Eva nahm das Kännchen entgegen und schüttete sich etwas von der Sahne in den Kaffee. Dann rührte sie alles mit einem Löffelchen um. Der Kaffee hatte nun eine helle, fast goldene Farbe angenommen. Erneut nahm sie einen Schluck; und machte eine Grimasse.

»Nicht besser?«, fragte Margot und schaute wieder so merkwürdig.

Eva schüttelte den Kopf. Dann nahm sie die Tasse und leerte sie auf einen Zug, bevor sie sagte: »Aber es nützt nichts, ich muss richtig wach werden, damit ich nachdenken kann, und da hilft Kaffee immer noch am besten, egal wie er schmeckt.«

Eine Weile saßen sie schweigend am Tisch. Eva musterte die Reste, die in ihrer Tasse verblieben waren, während Margot in kleinen Abständen an ihrem Kaffee nippte. Vom Sofa her hörten sie die Kinder. Michael, der Helga seinen Fantasietext erzählte, zum Teil mit Worten, die es gar nicht gab, und Helga, die ausgelassen kicherte.

»Ob sie nun mit Hans liiert ist, hin oder her«, nahm Eva schließlich den Faden wieder auf. »Meine Tante muss doch erfahren, dass ihr Mann zurück ist, oder etwa nicht?« Sie blickte auf und sah ihre Freundin an, aber die wirkte so gar nicht überzeugt. »So oder so sollte Tante Maria aus dem Urlaub zurückkommen. Schon allein wegen Ilse.« Bei diesem Gedanken wurde ihr ganz schlecht. Ilse! Wie mochte es ihr wohl gestern Abend noch ergangen sein? So allein mit dem Mann, der zwar ihr Vater war, den sie aber kaum kannte.

Eva richtete sich auf und klopfte mit der flachen Hand auf den Tisch. »Es hilft nichts, ich werde meiner Tante ein Telegramm schicken und ihr mitteilen, dass ihr Mann noch am Leben ist.«

DER FREMDE VATER

In der Nacht hatte sie kaum geschlafen. Nachdem der Vater alle inklusive Eva aus der Buchhandlung gejagt hatte, war Ilse auf ihr Zimmer gelaufen und hatte sich wie früher, als sie noch ein kleines Kind gewesen war, in ihrem Bett unter der Bettdecke versteckt.

Auch heute Morgen war es ihr schwergefallen, sich wieder aus dem scheinbaren Schutz der Decke zu wagen und in die Stube zu gehen. Sie musste gleich ihren Dienst im Krankenhaus antreten, da konnte sie nicht fehlen.

Nervös strich sie über ihre Schwesterntracht. Ihr erster Impuls war es, einfach ohne ein Frühstück zu gehen. Zurück ins Krankenhaus. Zu dem Ort ohne ihren Vater. In die Sicherheit des Schwesternwohnheims. In diesem Moment kam es ihr noch mehr als ihre Bestimmung vor denn vorher. Die Entscheidung gegen die Schule und für die Lehre als Krankenschwester war goldrichtig gewesen! Denn sonst würde sie noch Tage und Nächte hier allein mit dem Vater verbringen müssen.

Aber sie musste etwas essen. Für das Frühstück im Wohnheim war sie schon zu spät. Also fasste sie Mut und ging in die Stube. Deckte den Tisch, schmierte sich ein Brot, trank einen Tee.

Sie dachte schon, dass sie trotz des Frühstücks Glück hatte und ihrem Vater nicht begegnen musste, da er anscheinend lange schlief, als sie hörte, wie jemand hustete. Dann vernahm sie, wie sich die Tür vom Elternschlafzimmer öffnete und schwere Schritte näher kamen.

Der Mann, der ihr Vater war, trat zur Tür herein. Er machte ihr Angst. Sie kannte ihn doch nicht. Schweigend saß Ilse am Tisch. Kaute mechanisch ihr Brot. Es schmeckte nach nichts. Sie hielt dabei den Blick stur auf ihren Teller gerichtet. Der Vater nahm gegenüber Platz. Ihr fremder Vater, der nun allein mit ihr in der Stube war und frühstückte.

Verstohlen blickte Ilse auf. Musterte das Gesicht des Mannes ihr gegenüber. Konnte sie da eine Ähnlichkeit zu sich selbst feststellen? Bestimmt musste es da etwas geben, aber sie sah es nicht. Sie sah nur das Fremde.

»Ilse«, sagte der Vater plötzlich, »mach mir einen Kaffee, und dann erzählst du mir alles.«

Er hatte es nicht wirklich unfreundlich gesagt, auch nicht vorwurfsvoll oder fordernd, eher so, als wäre es das Normalste der Welt, dass Ilse für den Kaffee zuständig war. Dennoch lief ihr ein kalter Schauer den Rücken hinunter. Wie mechanisch stand sie auf und begann, Kaffee aufzubrühen. Was war es, was sie ihm gleich erzählen sollte? Das machte ihr zusätzlich Angst.

Als der Kaffee so weit durchgelaufen war, füllte Ilse etwas davon in eine Tasse und stellte diese vor dem Vater ab. Dann ging sie schnell zurück, holte die kleine Zuckerdose und das Milchkännchen und stellte beides mit auf den Tisch, bevor sie sich wieder auf ihren Platz setzte.

»Dann erzähl mal, wo ist deine Mutter?«, fragte der Vater und häufte sich gleich zwei Löffel Zucker in seinen Kaffee.

Alles in Ilse krampfte sich zusammen. Wie sollte sie das erklären?

»Mutter ist verreist, sie kommt in zwei Wochen zurück.«

»Und Gisela ist mit ihr gefahren? Was ist denn mit der Schule? Sie ist doch jetzt …« Er brach ab und begann, mit den Fingern der einen Hand Finger der anderen abzuzählen. »… dreizehn, vierzehn?«

Ilse fasste sich an den Hals, bekam den Denar zu fassen und schüttelte dann nur wortlos den Kopf.

»Wo ist dat Klein denn? Hat eure Mutter sie auf ein Internat getan?«, fragte der Vater.

Ilse drehte den Denar in ihren Fingern. Seit gestern Abend hatte sie das hier gefürchtet. Die Frage nach ihrer Schwester. Es gab keine schonende Antwort darauf, also entschied sich Ilse für die nackte, kalte Wahrheit: »Sie ist tot.«

Der Vater brummte etwas und nickte. Ilse sah genau, wie ihm eine Träne über die Wange lief. Eine einzelne Träne, ganz allein.

»Wie ist sie gestorben?«, fragte er leise.

Ilse schluckte schwer.

»Wie?«, fragte ihr Vater, nun schon lauter.

Durch meine Schuld, dachte Ilse. Aber sie konnte es nicht aussprechen. Sie hatte es bislang nur Schwester Elisabeth erzählt.

»War es … Hat man sie erschossen?«, fragte ihr Vater, und seine Stimme schwankte zwischen Wut und noch etwas anderem. War es Angst?

Ilse schüttelte den Kopf.

»Was dann? Was?«, rief er laut, und Ilse meinte, Verzweiflung zu hören.

Sie schluckte, und dann erzählte sie. Die Worte kamen plötzlich wie von selbst aus ihrem Mund. Sie erzählte von der Nacht, als die Bombe auf die Buchhandlung gefallen war. Als das halbe Haus weggesprengt worden war. Erzählte von dem riesigen Loch, das im Kinderzimmer geklafft hatte. Von den Fenstern, die nicht mehr dagewesen waren, und vom Schutt, von der Zerstörung. Dann erzählte sie von ihrer Kopfwunde. Davon, dass die Mutter mit ihr ins Krankenhaus gelaufen war, dass man sie dort genäht hatte.

Dabei fasste sie sich an ihren Kopf. Dort konnte sie die Narbe noch fühlen. Eine kleine Stelle, an der keine Haare mehr wuchsen. Und dann begann Ilse zu weinen. Heiße Tränen liefen ihr über die Wangen, als sie ihre Erzählung schloss: »Und am nächsten Tag, da kam Mutter mich abholen und … Gisela war schon tot. Sie haben noch versucht, sie zu operieren, aber es war zu spät. Es war alles zu spät.« Meinetwegen, fügte sie in Gedanken an. Nur wegen mir. Sie umfasste wieder die Münze an ihrer Kette. Giselas Schatz, Ilses Mahnmal.

Der Vater sackte auf seinem Stuhl zurück. Sein eingefallenes Gesicht war ganz grau.

»Was war es genau?«, fragte er mit matter Stimme.

»Schrapnellsplitter«, erklärte Ilse knapp.

Er nickte nur, als wäre damit alles gesagt.

Ilse wischte sich die Tränen vom Gesicht, dann schlang sie den letzten Bissen ihres Brotes herunter und stand hastig auf. Sie hatte mit einem Mal das Gefühl, weg zu müssen. Raus aus der Stube, aus der Wohnung, aus diesem Albtraum mit dem fremden Vater. Schnell stellte sie ihr benutztes Geschirr auf die Anrichte. Als sie die Stube verlassen wollte, stand auch der Vater auf. Stellte sich so zwischen sie und die Tür, dass sie stehen bleiben musste. Dann griff er mit beiden Händen nach ihrem Gesicht. »Jetzt lass mich dich mal richtig begucken«, sagte er, und Ilse biss die Zähne zusammen.

Sie mochte es nicht, wenn man ihren Kopf so festhielt, und sie mochte die Nähe zu ihrem Vater nicht, zu diesem Mann, den sie überhaupt nicht kannte.

»Du siehst aus wie Maria, und dann wieder nicht«, brummte der Vater und ließ endlich von ihr ab.

Ilse erwiderte nichts.

Der Vater ließ sich wieder auf den Küchenstuhl fallen. »Was ist das für Kleidung, die du da trägst? Haben sie etwa Schuluniformen eingeführt? Du gehst doch noch zur Schule, oder?«

Ilse wurde es heiß und kalt gleichzeitig. Vorsichtig schüttelte sie den Kopf. »Nein, nein, mit der Schule bin ich … fertig.« Es war eine Notlüge, und dennoch war es nicht gelogen. Sie war mit der Schule fertig, wenn auch nicht in dem Sinne, in dem es ihr Vater verstand.

»Und was ist das dann?«, fragte er und machte eine allumfassende Handbewegung zu Ilses Kleidung.

Sie schluckte. »Das ist meine Schwesterntracht.«

»Schwesterntracht?« Er kniff die Augen zusammen.

»Ja, ich lerne drüben im Krankenhaus«, sagte Ilse. »Krankenschwester«, fügte sie noch erklärend hinzu.

»Krankenschwester?« Eine tiefe Falte zeigte sich auf der Stirn des Vaters. »Aber was ist denn mit der Buchhandlung? Du solltest Buchhändlerin lernen, wie willst du denn sonst den Laden übernehmen?«

»Gar nicht«, antwortete Ilse. »Eva macht das. Mutter hat das mit ihr schon abgemacht, dass sie …«

»Wie bitte?« Die Falte auf dem Gesicht des Vaters vertiefte sich, und die Haut färbte sich rot und röter.

»Eva hat ja ihre Ausbildung zur Buchhändlerin schon lange abgeschlossen, und sie brennt für den Laden, und ich …«

»Du bist meine Tochter, nicht diese dahergelaufene Frau, die sich als meine Nichte ausgibt. Was ist denn nur in deine Mutter gefahren, dass sie alles über Bord wirft und unsere Buchhandlung einfach an irgend so eine Betrügerin geben will statt an ihr eigenes Kind? Ach was, *meine* Buchhandlung! Nie im Leben hätte ich mir das ausdenken können. Was das für Sitten hier sind!«

»Aber …«, begann Ilse, »… ich will die Buchhandlung gar ni…«

Der Vater sprang wieder auf und hob die Hand. »Was wagst du dich? Das ist nicht deine Entscheidung! Ich habe den Laden von meinen Eltern übernommen, und du wirst ihn von mir übernehmen. Du wirst einen Mann heiraten, und er wird den Laden dann mit dir zusammen führen, so wie ich mit deiner Mutter. Wie konnte sie nur jemals zulassen, dass du eine Lehre zur Krankenschwester anfängst? Was soll das alles nur?«

Ilse sah ihn mit schreckgeweiteten Augen an. Das Herz klopfte ihr fest im Hals. So fest, dass sie Angst hatte, es würde gleich herausspringen und dabei zerplatzen. Ihr Blick flackerte vom wutverzerrten Gesicht ihres Vaters zu der erhobenen Hand. Sie zuckte zurück. Erwartete den Schlag, schloss die Augen vor Angst. Aber nichts geschah.

Als sie die Augen vorsichtig wieder öffnete, sah sie den Vater, der wieder auf den Stuhl zurückgesackt war und aus tief liegenden und leeren Augen an ihr vorbeistarrte.

»Vater?«, fragte sie leise.

Er hob nicht den Blick, fragte aber: »Zwei Wochen dauert es also noch, bis deine Mutter wiederkommt?« Er räusperte sich, hustete rasselnd. »Wo ist sie denn überhaupt hin? Wie konnte sie dich nur allein hier lassen?«

»Ich bin ja gar nicht allein, Eva ist doch hier, und außerdem bin ich schon achtzehn«, erwiderte Ilse.

»Achtzehn. Pah.« Der Vater lachte heiser auf, und jetzt sah er sie wieder an. »Mit achtzehn bist du immer noch ein Kind, das man nicht allein lassen sollte.« Wieder hustete er.

»Aber Eva …«

»Aber Eva, aber Eva«, äffte ihr Vater sie nach. »Diese Person hat bei uns nichts zu suchen.«

»Sie gehört zur Familie«, sagte Ilse mit fester Stimme.

»Du gehörst zur Familie. Maria gehört zur Familie. Deine Schwester gehört …« Erneut schüttelte ihn ein Husten. »Sie gehörte zur Familie. Aber dieses Frauenzimmer bestimmt nicht. Deine Mutter und du, ihr seid einer Betrügerin aufgesessen!«

»Das ist nicht wahr!«, rief Ilse. »Woher willst du das überhaupt wissen? Du hast sie gerade mal ein paar Minuten gesehen, bevor du sie vor die Tür gesetzt hast.«

Ein lauter und scheppernder Knall ließ Ilse auffahren. Der Vater hatte mit der Faust auf den Tisch geschlagen. Die Tassen wackelten noch kurz. »Wie redest du eigentlich mit mir?«, brüllte er ihr entgegen. »Ich bin dein Vater, und ich bin hier der Herr im Haus!«

»Aber …«, versuchte Ilse es erneut.

»Nein!«, unterbrach der Vater sie sofort. »Ich will jetzt nichts mehr davon hören. Bei deiner Mutter scheinst du ja gelernt zu haben, wie man de Molli macht, aber bei mir gibt es das nicht, das kannst du dir gleich hinter die Ohren schreiben!«

WENN DER KAFFEE NICHT MEHR MUNDET

Eva gähnte. Da war sie nach dem Mittagessen doch tatsächlich wieder bei Margot auf dem Sofa eingeschlafen, obwohl die zwei Kleinen gelärmt hatten. Sie war so müde gewesen, so erschlagen von ihrem kurzen Ausflug zum Postamt, wo sie das Telegramm an Tante Maria aufgesetzt hatte, dass sie die Augen einfach nicht mehr hatte offen halten können. Als sie aufgewacht war, hatte sie sich gefühlt, als hätte ihr jemand Wackersteine an Arme und Beine gebunden. Schwere, große Steine, die sie ständig hinunterzogen und jede Bewegung fast unmöglich machten.

Müde rieb sie sich die Augen. Es war ungewohnt still in der kleinen Wohnung im Steinweg. Ob Margot mit den Kindern nach draußen gegangen war? Ächzend setzte sie sich auf. Stemmte die Ellenbogen auf ihre Beine und stützte ihren Kopf darin ab. Dann sah sie mit starrem Blick auf den Boden. Ihr war flau im Magen, und sie fühlte sich elend. Elend und allein. Da hatte sie sich in den letzten Jahren hier in Andernach ein Leben aufgebaut. Ein schönes Leben. Und dann waren zwei Männer gekommen und hatten es kaputt gemacht. Georg damit, dass er schon verheiratet war, und Onkel August damit, dass er ihr aus dem Nichts ihre Zukunft genommen hatte. Ihre Buchhandlung! Die die Tante ihr versprochen hatte. Eva spürte, wie sich Tränen in ihr hochdrängten. Tränen der Verzweiflung. Was sollte sie tun? Ihr war alles genommen worden. Und so saß Eva dort, in der Küche auf dem Sofa, und weinte dicke Tränen.

Sie war so versunken in ihrem eigenen Leid, dass sie zunächst gar nicht wahrnahm, dass jemand die Wohnung betrat. Aber dann kam Michael lachend in die Küche gelaufen und sprang zu Eva auf das Sofa. Er schlang seine Ärmchen um Eva und zauberte ihr damit sofort ein Lächeln auf die Lippen. Verstohlen wischte sie sich über Augen und Nase, bevor sie fragte: »Wart ihr draußen?«

»Am Rhein!«, verkündete der Junge. »Enten füttern.«

In diesem Moment kam Margot in die Küche. »Komm, Michael, Helga schläft schon, du kannst dich auch hinlegen.«

»Schlafen?«, sagte der kleine Junge und schob die Unterlippe vor.

Margot lachte. »Du kannst auch etwas spielen, wenn du magst, aber leise! Nicht dass mir die Kleine aufwacht.«

Michael nickte artig und lief aus der Küche.

Margot nahm den Wasserkessel. »Willst du auch einen Kaffee?«, fragte sie Eva.

Eva nickte. Ein frischer Kaffee würde ihr jetzt guttun. Eva lehnte sich auf dem Sofa zurück und sah ihrer Freundin zu, wie sie schon zum zweiten Mal an diesem Tag Kaffee aufbrühte. Als Margot mit Bedacht den ersten Schwung kochendes Wasser über das Pulver goss, wehte ein herber Duft zu Eva herüber. Mit einem Mal drehte sich ihr der Magen um und sie musste schlucken. »Margot, ist das ein anderer Kaffee?«, fragte sie ihre Freundin. »Der riecht ja … noch schlimmer als …«

Margot drehte sich zu ihr um und legte die Stirn in Falten. »Das ist ganz normaler Kaffee. Der gleiche wie heute Morgen.«

»Der war heute Morgen schon so bitter. Sei mir nicht bös, aber schon wenn ich den nur rieche …« Sie verzog das Gesicht, während sich auch ihr Magen verzog.

Margots Miene bekam plötzlich einen merkwürdigen Ausdruck. Sie sah Eva aufmerksam an.

»Ist dir in der Früh übel? Und dann manchmal mitten am Tag? Oder hast du plötzlich Ekel vor Lebensmitteln, die du früher gern gegessen hast?«

»Ich weiß nicht. Ein wenig. Eigentlich mag ich alles noch essen. Aber rohes Fleisch, das mag ich nicht mehr anfassen. Wenn's nachher gekocht oder gebraten ist, dann mag ich es. Das ist in Ordnung. Ah! Und warte: Gestern Morgen, da hab ich mich übergeben müssen, aber das war nur die Aufregung wegen der Lesung, danach war wieder alles gut.«

Margot sah sie mit einem merkwürdigen Ausdruck an.

»Was ist denn?«, fragte Eva.

»Ich hatte heute Morgen schon so einen Verdacht, aber jetzt bin ich mir sicher«, sagte Margot.

»Sicher? Damit, dass du den falschen Kaffee gekauft hast?«

Margot schüttelte den Kopf. »Sieh mal, Eva, dir schmeckt plötzlich der Kaffee nicht mehr, und dir ist übel. Zudem bist du sehr müde und …«

»Natürlich bin ich müde nach alldem, was in der letzten Zeit passiert ist«, sagte Eva.

»Nein, Eva, das ist es nicht.« Margot legte ihren Kopf schräg. »Wann hattest du das letzte Mal … na ja, deine Zeit im Monat?«

Eva lachte. »Meine Zeit im Monat? Du glaubst doch nicht …« Sie brach ab und sah Margot ungläubig an. »Du denkst, dass ich schwanger sein könnte, oder?«

Immer noch hatte Margot diesen Ausdruck auf dem Gesicht. »Ja, genau das denke ich. Bei mir war es damals in der ersten Schwangerschaft auch so. Von einem auf den anderen Tag konnte ich keinen Kaffee mehr trinken, dabei war ich immer so müde und hätte gern welchen getrunken.«

»Aber ich kann nicht schwanger sein, ich habe immer die Tage gezählt, wie Fräulein Frings es uns beigebracht hat, und bislang war da nie etwas«, sagte sie. Sie dachte zurück, versuchte, sich daran zu erinnern, wann sie das letzte Mal ihre Menstruation gehabt hatte. Und dann fiel es ihr wieder ein. Der Tag, an dem Georg ihr den Antrag gemacht hatte. Da hatte sie alle Vorsicht vergessen. Konnte das passen? Sie rechnete. Das war jetzt gute acht Wochen her. Ihre Periode hätte sie eigentlich in der Zeit sogar schon zweimal bekommen müssen. Einmal vor sechs Wochen und dann noch einmal vor knapp zwei Wochen. Sie hätte zwei Mal ihre Periode haben müssen! Durch ihre Wut und ihren Ärger auf Georg hatte sie die Tage, hatte sie ihren Körper völlig aus dem Blick verloren. Die Erkenntnis sackte ihr schwer in den Magen, und ihr wurde erneut übel, stärker jetzt als eben von dem Kaffeeduft. Sie schnappte panisch nach Luft.

Margot sprang sofort auf und legte ihr eine Hand auf den Rücken. »Langsam atmen, langsam und gleichmäßig, das geht gleich wieder vorbei. Ganz ruhig.«

Ungläubig legte Eva ihre Hände auf ihren Bauch. War es wirklich so? Wuchs dort gerade ein neues Leben? Müsste sie das nicht fühlen? Sie presste die Hände fester auf ihren Bauch und horchte in sich hinein. Nichts. »Ich kann nicht schwanger sein, Margot. Ich fühle nichts.«

Margot sah sie mit einem ernsten Blick an. »Bis du die ersten Kindsbewegungen spüren kannst, wird auch noch etwas Zeit vergehen. Aber die Übelkeit, die spricht schon Bände.«

»Und wenn ich mir nur den Magen verdorben habe?«, fragte Eva, dabei wusste sie doch schon, dass sie gerade nur verzweifelt versuchte, sich an einen Grashalm zu klammern. Sie war schwanger. Anders konnte es nicht sein. »Aber … aber … wie soll es denn jetzt weitergehen? Georg und ich, das ist vorbei. Und jetzt? Nicht einmal eine Bleibe habe ich mehr.« Eva schlug die Hände vor dem Gesicht zusammen. »Was werden die Leute sagen?«

»Lass die Leute reden. Sie reden immer über irgendetwas. Sieh mich an.« Margots Miene nahm einen harten Zug an. »Ich bin damit aufgewachsen, dass die Leute über mich geredet haben.«

Eva begann zu weinen. »Ich will das alles nicht. Nichts davon. Ich will … ich weiß gar nicht mehr, was ich will. Mein Leben ist zu Ende.« Evas Stimme war mit jedem Wort bitterer geworden. Und mit jedem Wort war ihr mehr und mehr die Aussichtslosigkeit ihrer Situation bewusst geworden. Hatte sie noch gedacht, sie sei stark? Hatte sie gedacht, sie würde alles auch ohne einen Mann schaffen? Und dass alles gut werden würde? Sie fasste mit beiden Händen an ihren Bauch. Wollte sie überhaupt ein Kind? Wollte sie dieses Kind, von dem sie noch nichts spürte, außer der Übelkeit?

Margot legte einen Arm um sie. »Geh zu Fräulein Frings. Sie wird dir helfen, dir beistehen. Sie hat mir in den zwei Schwangerschaften auch so oft geholfen. Sie weiß genau, was sie sagen muss. Sie wird dir deine Sorgen nehmen. Glaub mir.«

»Aber ich bin ganz allein mit dem Kind«, schluchzte Eva.

»Du bist nicht allein. Du hast deine Tante und deine Cousine, und dann hast du noch uns. Mich, die Käthe, die Ingeborg, Fräulein Frings. Wir sind alle bei dir. Darauf kannst du dich verlassen.« Margot drückte Eva. Und Eva ließ sich in die Umarmung von Margot fallen und weinte. Mit jeder Träne mehr wurde ihr bewusst, dass sie an einem Wendepunkt in ihrem Leben stand. Sie musste sich jetzt entscheiden, wie es weitergehen sollte. Musste alles, woran sie bisher geglaubt hatte, auf den Prüfstand stellen und jede Kleinigkeit noch einmal neu bestimmen. Der Traum von ihrem Leben, den sie vor Kurzem noch so genau vor sich gehabt hatte, war vorbei.

IM BRUCHTEIL EINER SEKUNDE

Das Telegramm erreichte sie nach dem Mittagessen. Später dachte Maria, wie merkwürdig es doch war, dass ein kleiner Bogen Papier, ein Schriftstück mit nur so wenigen Worten, dazu in der Lage war, die ganze Welt auf den Kopf zu stellen. Wie so wenig so viel bewirken konnte. Wie sich im Bruchteil einer Sekunde alles ändern konnte.

Ein lauer Wind wehte über den Wörthersee und streifte Maria und Hans, die auf der Terrasse des Hotels im Schatten eines Sonnenschirms Platz genommen hatten. Ein Kellner servierte ihnen Kaffee und Kuchen zum Nachtisch. Maria nahm das Gäbelchen zur Hand und kostete ein Stück. Danach lehnte sie sich mit einem wohligen Seufzen zurück. Der Kuchen schmeckte so gut wie noch nie etwas anderes zuvor. Dabei hatten sie jeden Tag hier im Hotel einen Imbiss eingenommen. Es war das Glück, das sie empfand. Die tiefe Liebe und Verbundenheit zu Hans. Sie beugte sich wieder nach vorn, legte ihren Arm über den Tisch und ergriff Hans' Hand. Drückte sie. Die Hand ihres Mannes! Obwohl sie schon eine Woche verheiratet waren, musste Maria sich das immer wieder selbst sagen. Und jedes Mal fühlte es sich genauso gut an wie beim ersten Mal. Hans schenkte ihr ein warmes Lächeln.

»Weißt du«, begann Maria, »das hier ist alles so wunderbar. Mit dir ist alles so wunderbar. So wunderbar, dass ich mich frage, warum wir das nicht schon früher gemacht haben.«

»In den Urlaub fahren?«, fragte Hans.

»Heiraten, verreisen, alles. Wir haben viel zu lange mit allem gewartet.«

Hans ließ ihre Hand los, stand auf und stellte seinen Stuhl neben Marias. Nun saßen sie sich nicht mehr gegenüber. Er legte einen Arm um Maria und zog sie zu sich heran. »Wenn es um uns beide geht, ist es nie zu spät«, flüsterte er und gab ihr einen sanften Kuss.

Maria lehnte ihren Kopf an seinen. »Ach, Hans. Was würde ich nur ohne dich machen?«

»Du würdest genauso zurechtkommen wie jetzt auch. Maria, du bist die stärkste Frau, die ich kenne. Weißt du, ich sehe es immer so, dass ich mich glücklich schätzen kann, einen Platz in deinem Leben haben zu dürfen. An deiner Seite.«

Maria lächelte. »Du stützt mich mehr, als du denkst. Ohne dich hätte ich die letzten Kriegstage nicht ausgehalten.«

»Das hättest du auch geschafft. Wie du bisher alles geschafft hast, was du dir in den Kopf gesetzt hast«, erwiderte Hans.

»Du hast es leichter gemacht«, flüsterte Maria.

»Darauf können wir uns einigen. Auch wenn ich …«, begann Hans. Aber da küsste Maria ihn, bevor er seinen Satz noch zu Ende bringen konnte.

Und in diesem Augenblick erschien der Kellner auf der Terrasse. In der Hand hielt er ein Silbertablett. »Telegramm für Maria Herrmann!«, rief er laut. »Maria Herrmann? Gibt es hier eine Frau Herrmann?«

Maria löste sich erschrocken von Hans und hob die Hand. »Hier«, sagte sie.

Der Kellner trat heran. »Frau Schumacher?«, fragte er erstaunt.

»Wir haben vor Kurzem erst geheiratet«, erklärte Maria. »Letzte Woche hieß ich noch Herrmann.«

Der Keller nickte und hielt ihr das Silbertablett hin. Maria nahm das zusammengefaltete Telegramm entgegen. Ihr Herz klopfte mit einem Mal fest in ihrer Brust. Ein Telegramm für sie? Das konnte nur von Ilse oder Eva sein. Sie hatte noch nie ein Telegramm erhalten. Wofür auch? War den Mädchen etwas passiert?

Sie faltete den Zettel auseinander, dann klappte ihr der Mund auf, als sie die kurzen Zeilen las: *August als Spätheimkehrer zurück. Stopp. Komm schnell nach Hause. Stopp. Grüße, Eva. Stopp.*

Das Blut rauschte ihr mit einem Mal laut in den Ohren. August war zurück? Er lebte? Wie konnte das sein? All die Jahre, die er an der Front gewesen war, all die Jahre im Krieg hatte Maria sich an die Hoffnung geklammert, ihr August würde noch leben. Obwohl sie nichts mehr von ihm gehört hatte, keine Briefe mehr gekommen waren, nichts. Und dann? Dann hatte sie sich damit abgefunden, dass er gefallen war. Im Kriegsdienst verstorben, wie Tausende anderer Soldaten. Sie hatte ihn offiziell für tot erklären lassen. Hatte doch eben erst Hans geheiratet. Und nun lebte August noch?

Mit aufgerissenen Augen sah sie zu Hans hinüber.

»Maria? Was steht da?«, fragte er.

Maria schlug die Hand mit dem Telegramm vor den Mund. Wie sollte sie ihm das sagen? Was hieß das überhaupt für sie? Was hieß es für Hans?

»August lebt«, brachte sie schließlich hervor. »August lebt, und er ist wieder in Andernach.« Und dann bemerkte sie, wie ihr schummrig wurde, wie ihr das Telegramm aus den Fingern glitt, wie sie im Stuhl zur Seite rutschte. Nur noch halb nahm sie wahr, dass Hans aufsprang und an ihre Seite eilte, danach wurde es dunkel um sie herum.

ZAHLENDE KUNDSCHAFT

Eva saß am Küchentisch und wippte unruhig mit ihren Beinen. Margot saß ihr gegenüber und stopfte mit angestrengter und konzentrierter Miene dicke Wollsocken, die beiden Kleinen krabbelten währenddessen unter dem Tisch hin und her und spielten mit Holzklötzen.

Eva seufzte leise. Das Telegramm an Tante Maria war verschickt, jetzt blieb ihr nichts anderes, als abzuwarten. Aber genau das setzte ihr zu, das Abwarten. Sie wollte nicht warten. Nicht einfach tatenlos zusehen und darauf hoffen, dass jemand anderes alles für sie regeln würde. Sie war schließlich eine erwachsene Frau, bald sogar eine Mutter, da musste sie doch ihr Leben selbst in die Hand nehmen! Schließlich ging es hier um ihre Buchhandlung, ihre Zukunft, ihren großen Traum!

Sie warf einen kurzen Blick auf die Uhr. An einem Samstag war die Buchhandlung zwar nicht bis zum Abend geöffnet, aber noch war es eine halbe Stunde bis Ladenschluss. Zeit genug, den Onkel zur Rede zu stellen. Denn den Besuch der Buchhandlung während der Öffnungszeiten würde er ihr nicht ohne Weiteres verwehren können. Außerdem waren doch noch all ihre Sachen dort. Am Freitagabend hatte sie keine Möglichkeit mehr gehabt, diese mitzunehmen.

Sie sah ihre Freundin an. »Margot, ich muss noch einmal zur Buchhandlung. Wenigstens ein paar meiner Anziehsachen holen.«

»Du kannst dir auch jederzeit meine Kleidung ausleihen, das weißt du, oder?«, fragte Margot.

Eva nickte. »Ja, das weiß ich. Aber ich hätte trotzdem gern ein paar meiner eigenen Sachen. Ich werde auch nicht alles holen, denn ich gebe mich noch nicht geschlagen, was die Buchhandlung angeht.«

»Soll ich mitkommen?«, fragte Margot.

Eva schüttelte den Kopf. »Das ist eine Sache zwischen mir und meinem Onkel.« Damit stand sie auf und verließ die kleine Wohnung im Steinweg.

Mit energischen Schritten stapfte sie über die Hochstraße auf die Rhein-Buchhandlung zu. Mit jedem Schritt wuchs ihre Entschlossenheit. Als sie dort angekommen war, öffnete sie die Ladentür mit so viel Schwung, dass sie krachend gegen den Türstopper stieß, der im Boden vor der Wand eingelassen war. Eva zuckte nur kurz zusammen, dann hatte sie sich wieder gesammelt und trat vollends in den Laden hinein. »Guten Tag, Onkel«, begrüßte sie August Herrmann mit fester und herausfordernder Stimme.

Der Onkel stand vor einem Regal, was er bereits zur Hälfte ausgeräumt hatte. »Was willst du hier? War ich gestern nicht deutlich genug?«, fragte er, ohne sich die Mühe zu machen, sich zu Eva umzudrehen.

»Überdeutlich, Onkel«, entgegnete Eva spitz.

Nun drehte der Onkel sich doch um. »Dann frage ich noch einmal: Was willst du hier?«

»Zunächst einmal will ich reden«, entgegnete Eva. Diesmal in einem normaleren Tonfall, da der Onkel ihr jetzt seine Aufmerksamkeit schenkte.

»Worüber sollen wir denn reden? Hier gibt es nichts zu reden«, brummte August Herrmann und wandte sich wieder dem Regal zu.

»Da bin ich anderer Meinung. Schließlich hat Tante Maria mir zugesagt, dass ich die Buchhandlung eines Tages übernehmen werde. Und ich bin nicht bereit, meine Zukunft einfach so aufzugeben.« Eva sah dem Onkel fest in die Augen.

»Maria hat dir das versprochen? Dass ich nicht lache. Sie kann dir doch gar nichts geben. Es ist meine Buchhandlung. Hörst du? Meine! Und sie wird natürlich in Familienhand bleiben.«

»Ich gehöre zur Familie«, beharrte Eva.

»Oh, bitte entschuldige!« Der Onkel lachte bitter auf. »Ich meinte natürlich die Familie Herrmann damit.«

Eva ballte ihre Hände zu Fäusten. »Meine Mutter war eine geborene Herrmann. Sie war schließlich deine Schwester, das darfst du hier nicht vergessen, Onkel.« Das *Onkel* hatte sie besonders scharf betont.

»Das kann ja jeder behaupten! Die Maria hast du um den Finger wickeln können. Weibsvolk! Aber mich nicht, nein! Mich nicht!« Seine Stimme war mit jedem Wort dunkler geworden, drohend. »Du kannst es drehen und wenden, wie du willst, es kommt immer aufs Gleiche raus: Es ist meine Buchhandlung. Draußen auf dem Schild über der Tür steht es schwarz auf weiß. *Rhein-Buchhandlung, Inhaber: August Herrmann.* Das bin ich. Nicht du. Niemals du.«

Eva spürte, wie ihr vor Wut Tränen in die Augen stiegen, und kämpfte mit aller Macht dagegen an. Sie würde dem Onkel nicht die Genugtuung verschaffen, jetzt zu weinen. Er sollte nicht sehen, wie sehr seine Worte sie verletzten. Dabei kam es ihr wieder so vor, als wäre sie in der gleichen Situation wie vor zehn Jahren, als sie nach Andernach gekommen war. Wieder musste sie jemanden der Familie Herrmann von sich überzeugen. Damals war es die Tante gewesen, jetzt der Onkel. Sie wusste, dass sie es schaffen würde, aber es fühlte sich so ungerecht an. Sie hatte gedacht, dass ihr so etwas nie wieder passieren würde. Hatte gedacht, endlich angekommen zu sein. Aber da hatte sie sich wohl getäuscht. Genauso, wie sie sich darin getäuscht hatte, die geplatzte Hochzeit mit Georg wäre ihre größte Sorge. Jetzt hatte sie ganz andere Sorgen. Viel größere. Obwohl sie das nicht für möglich gehalten hätte.

»Onkel August«, versuchte sie es ein letztes Mal. »Kann ich wenigstens ein paar von meinen Sachen holen?«

Der Onkel maß sie einen Augenblick. Dann trat er zur Seite, sodass der Weg zum Lager frei wurde. »Natürlich, geh hinauf, hol deine Sachen. Da will ich mal nicht so sein. Aber sonst hast du hier in diesem Haus und in dieser Buchhandlung nichts mehr zu suchen. Es sei denn …«

»Es sei denn?«, fragte Eva hoffnungsfroh.

Der Onkel verzog den Mund zu etwas, das wohl ein hämisches Lächeln sein sollte. »Es sei denn, du willst ein Buch kaufen. Zahlende Kundschaft ist hier natürlich immer willkommen.«

Sonntag, 16. Oktober 1955

IN DIE WELT HINAUSSCHREIEN

»Nein, Margot, das ist mein letztes Wort!«, sagte Eva. »Du wirst jetzt deinen Mantel und deinen Mann holen, und dann macht ihr zwei euch einen schönen Abend.«

»Aber die Kleinen …«

»Die lass mal meine Sorge sein. Ich komme schon mit denen zurecht. Schließlich hatte ich selbst eine kleine Schwester. Als ich sechs war, hab ich meiner Mutter bei allem geholfen, was mit der Kleinen zu tun hatte. Deine Kinder sind in guten Händen bei mir, Margot. Außerdem muss ich so langsam in Übung kommen.« Beim letzten Satz deutete sie auf ihren Bauch.

Margot kräuselte die Lippen. »Na gut«, sagte sie schließlich. »Aber vergiss nicht, in der Küche habe ich schon große Möhrenstücke geschält im Eisschrank liegen, die kannst du der Helga geben. Sie zahnt doch gerade so stark, da braucht sie etwas Kühles, auf dem sie beißen kann. Fräulein Frings hat mir das …«

»Das hast du mir eben schon alles erzählt«, unterbrach Eva ihre Freundin. »Und jetzt ab mit dir. Wer weiß, wie lange ich noch bei euch wohne, wenn meine Tante bald wiederkommt. Nutze die Gelegenheit und genieß den Abend mit deinem Mann.«

»Du hast deine Freundin gehört«, ertönte die Stimme von Johannes in dem engen Flur. Lachend kam er aus dem Schlafzimmer und zog den zweiten Ärmel der Herren-Strickjacke über sein Hemd. »Also ich bin so weit.« Er trat neben Margot, legte einen Arm um sie und gab ihr einen Kuss auf die Wange. Margot lächelte selig. Wer die beiden zum ersten Mal traf, dachte, es würde sich um frisch Verliebte handeln, dabei waren sie doch schon seit fünf Jahren verheiratet.

»Gut, dann lass uns gehen.« Margot nahm ihren Mantel vom Haken der Garderobe.

»Dann ab mit euch«, rief Eva lachend und schob ihre Freundin und deren Mann zur Wohnungstür hinaus.

»Wir sind in spätestens zwei Stunden wieder zurück«, sagte Margot.

Und Eva, die die Tür zuschob, antwortete: »Ihr bleibt mindestens drei Stunden weg und keine weniger, das ist mein letztes Wort. Ich kann die Kinder auch allein zu Bett bringen.«

Margot wollte anscheinend noch etwas erwidern, wurde aber von Johannes übertönt, der laut sagte: »Du hast sie gehört.«

Eva drückte die Tür ins Schloss und ging zurück in die Küche. Nun war sie allein mit den zwei Kindern.

Michael spielte lautstark mit ein paar Holzklötzen und Holztieren. Die kleine Helga saß an die Küchenfront gelehnt auf dem Boden, hatte sich ihre Schühchen ausgezogen und kaute auf einem der beiden herum. Rasch ging Eva zu ihr.

»Nein, Helga, die Schuhe sind nicht zum Essen da.« Sie nahm ihr den Schuh aus der Hand und las den zweiten vom Boden auf. Genau in diesem Moment begann Helga zu weinen. Eva legte die Schuhe zur Seite und hob die Kleine hoch, wiegte sie auf ihrem Arm.

»Tun die Zähne weh?« Sie drehte sich zum Eisschrank und versuchte, ihn mit dem Kind auf dem Arm zu öffnen. Gar kein so leichtes Unterfangen. Helga weinte lauter. Eva setzte sie kurz ab, öffnete den Schrank und nahm eine der Möhren heraus.

»Mamaaaaa«, brüllte Helga unterdessen. »Wille Mamaaaaa.«

Eva beugte sich zu ihr hinunter, hielt ihr die Möhre hin, aber die Kleine schlug ihr diese aus der Hand. Brüllte lauter nach der Mutter. Tränen hatten ihre Augen gefüllt, und so weinte und brüllte das Mädchen in einem fort.

Eva biss die Zähne zusammen. Sie nahm Helga wieder hoch. »Schhhhhhh, schhhhhhhhh, schhhhhhh«, versuchte sie, sie zu beruhigen, und als das auch nicht half, begann sie, ein Lied zu summen. Daraufhin wurde das Schluchzen der Kleinen zumindest etwas leiser, aber es hörte nicht auf.

Eva suchte derweil mit den Augen den Fußboden ab, um die Möhre wiederzufinden, dabei stellte sie fest, dass Michael gar nicht mehr im Zimmer war. Ein Schrecken fuhr ihr in die Glieder, und sie lief mit Helga auf dem Arm aus der Küche, rief nach dem Jungen. Im Flur sah sie, dass die Wohnungstür offen stand. Der Magen drehte sich ihr um, kalte Angst saß ihr plötzlich im Nacken. Da war sie gerade einmal ein paar Minuten mit den beiden Kindern allein, und schon war eins am Weinen und das zweite weggelaufen. Und bald würde sie mit ihrem eigenen Baby dastehen. Würde es im Arm halten, während es weinte. Und dann würde sie selbst auch weinen, weil sie allein war. Weil der Mann, den sie liebte, ein Schuft war. Weil das Kind für immer ein Teil von ihm sein würde und sie ihn so niemals vergessen würde. Wobei sie schon wusste, dass es auch ohne ein Kind so sein würde. Niemals würde sie Georg vergessen können. Nichts von ihm und nichts von ihren Gefühlen für ihn. So sehr sie es sich auch wünschte. Georg war ein Teil ihres Lebens und würde es für immer bleiben.

Sie schluckte und lief in den Hausflur hinaus. Auf dem Treppenabsatz sah sie Michael. Er hatte zwei Holzpferdchen dabei, die er von der Treppenstufe auf den Absatz und wieder zurück hüpfen ließ. »Michael!«, rief Eva aus. »Was machst du denn hier, komm bitte wieder zurück in die Wohnung.«

Der Junge krabbelte gebückt die Treppe wieder herauf. Die zwei Pferdchen ließ er dabei auf jede Stufe hüpfen. »Die haben 'n Ausflug gemacht«, erklärte er, als er oben angekommen war. Er hielt Eva die Holzpferde hin.

Eva nahm einen bewussten Atemzug, dann setzte sie ein Lächeln auf und sagte: »Gut, aber jetzt müssen die Pferdchen wieder auf ihre Weide, und die ist in der Küche, ja?«

Der Junge nickte und rannte an ihr vorbei in die Wohnung. Eva trug Helga hinterher. In der Küche angekommen, setzte sie das Mädchen auf dem Sofa ab. Die Möhre war nirgends zu finden, also nahm Eva eine neue aus dem Eisschrank und gab sie der Kleinen, die diese jetzt annahm und sofort darauf kaute. Damit verstummte auch endlich ihr Weinen. Michael hatte mit Holzklötzen einen Zaun gebaut und ließ die Pferdchen in der Weide laufen.

Eva ging in den Flur. Die Tür zur Küche schloss sie hinter sich. Dann lehnte sie sich an die Wand und kämpfte gegen die Tränen an. Auch wenn die zwei Kinder jetzt wieder ruhig waren, kam sie sich hilflos vor. Dass Michael einfach so die Wohnung verlassen hatte, da hätte Gott weiß was passieren können. Und in diesem Moment begann Helga in der Küche wieder so laut und durchdringend zu weinen wie zuvor. Eva wusste, dass sie aufstehen und nach der Kleinen sehen musste, aber sie konnte es nicht. Stattdessen liefen ihr die Tränen, und sie weinte still. Warum war sie nur auf die Schnapsidee gekommen, allein auf die Kinder aufzupassen? Dabei wusste sie, warum sie Margot und Johannes vorgeschlagen hatte auszugehen. Sie wollte sich revanchieren. Dafür, dass die beiden sie ohne Widerspruch aufgenommen hatten. Dass sie sogar bereit waren, sie für lange Zeit bei sich wohnen zu lassen. Obwohl es in der kleinen Wohnung kaum Platz gab. Und sie hatte es vorgeschlagen, weil sie sich selbst beweisen wollte, dass sie das hinbekommen würde. Das mit dem Kind in ihrem Bauch. Sie wollte es schaffen, sie musste!

Die Tränen liefen ihr über die Wangen, und einige davon sammelten sich salzig in ihrem Mundwinkel. Wie sollte sie ihr Leben allein mit Kind auf die Reihe bekommen, wenn sie schon bei der ersten winzigen Situation zusammenbrach? Wenn sie jetzt nur hier sitzen konnte, statt nach Helga zu schauen? Wie sollte es werden? Und wie sollte es weitergehen? Sie wusste es nicht. Am liebsten hätte sie genauso laut losgebrüllt wie Helga. Als kleines Kind war es einfacher. Da konnte man einfach alles, was einen störte, in die Welt hinausschreien. Was würde Eva in diesem Moment dafür geben, auch einmal alles hinauszubrüllen. All die Wut, die Trauer, die Enttäuschung. Sie hätte es gern laut hinausgeschrien, damit ihr Herz endlich wieder Platz hätte zu heilen und nicht von all den Gefühlen und dem Kind in ihr drin erdrückt wurde. Mit diesem Gedanken schaffte sie es wieder auf die Beine. Zurück in die Küche zu der weinenden Kleinen.

Schließlich saß Eva mit Helga auf dem Schoß auf dem Sofa. Und beide weinten sie.

Montag, 17. Oktober 1955

EIN WAGEN MUSS HER

Er hatte einen Plan.

Er hatte den Vertrag mit Fräulein Weber.

Nun fehlte nur noch ein Auto. Und Eva, die hoffentlich bereit war einzusteigen. Zuerst aber das Auto.

Werner Seul hatte einen Wagen, das wusste er. Und der ehemalige Vorarbeiter war ihm so zugetan, dass er ihm das Auto sicherlich auch leihen würde. Es gab nur ein Problem: Der alte Seul war in der letzten Woche nicht im Werk gewesen. Dabei kam er doch sonst fast jeden Tag vorbei. Georg hoffte sehr, dass ihm nichts passiert war, und er hoffte noch mehr, dass er heute wieder zu seinem üblichen Rundgang kam. Und tatsächlich, in diesem Moment öffnete sich die Tür zur Werkshalle und Werner Seul kam, über seinen Gehstock gebeugt, herein.

Georg eilte zu ihm. »Herr Seul, wo waren Sie denn die letzten Tage? Geht es Ihnen gut?«

»Ja, ja, Jung, alles gut«, erwiderte Werner Seul. »Mich hats nur in de Knochen jejuckt. Die sin nicht mehr de jüngste. Aber jetzt bin ich ja widder auf de Bään.« Mit dem Stock klopfte er gegen seine Beine.

»Das freut mich. Ich hatte mir schon Sorgen gemacht.«

»Jung, du weißt doch, wie me sagt: Unkraut verjeht net.« Der alte Mann lachte rau.

Zusammen drehten sie ihre übliche Runde durch die Werkshalle. Georg fiel dabei auf, dass Seul langsamer ging als sonst, dass er leicht hinkte. Als sie am Eingang zum Gemeinschaftsraum ankamen, lud Georg den alten Mann kurzerhand auf eine Tasse Kaffee ein. Das ließ dieser sich nicht zweimal sagen.

»Un wenn de noch en Tröpje von dem jute Stoff dazu däts, dann isset noch besser.«

Georg nickte.

Schließlich saßen sie zusammen an dem großen Tisch. Jeder eine Tasse mit dampfendem Kaffee vor sich. Dem ehemaligen Vorarbeiter hatte Georg einen guten Schuss vom Hochprozentigen hineingegossen, der für besondere Anlässe im Spind stand.

»Hören Sie, Herr Seul, Sie haben doch ein Auto, nicht wahr?«, stellte Georg endlich die Frage, die er doch schon die ganze Zeit hatte stellen wollen.

»Ja, ja, e'ne VW Käfer. Obwohl ich ja selbst kaum noch damit fahre. De Bään, Jung, de Bään.« Seul nahm einen großen Schluck von seinem Kaffee mit Schuss.

»Würden Sie mir den Käfer ausleihen?«

Der alte Mann umfasste die Tasse mit beiden Händen und sah Georg an. »En Auto brauchste, ja, Jung? Kannste denn fahren?«

Georg nickte.

»Un wann brauchste den?«, fragte der alte Mann.

»So schnell wie möglich. Am liebsten direkt«, antwortete Georg.

»Un wofür?«, fragte Seul.

Georg massierte mit den Fingern der rechten Hand das verwachsene Narbengewebe an seiner linken. »Ich sage es mal so: Meine Zukunft hängt davon ab.«

Werner Seul musterte ihn aufmerksam aus seinen kleinen Augen. Er mochte alt sein, doch sein Blick war wach und klar. »Weißte, Jung, ich vertrau dir. Du musst mir net sagen, wo de mit dem Auto hinwillst. Aber de musst mir verspreche, dat de de Käfer wieder zurückbringst. Und zwar in einem Stück.«

»Natürlich. Darauf gebe ich Ihnen mein Ehrenwort«, antwortete Georg schnell.

»Jut, jut«, sagte der alte Mann. »De Wagen kannste haben, aber erst am Donnerstag. De nächste zwei Tage braucht meine Schwager den.«

»Donnerstag. Gut.« Georg nickte.

»Dann is et abjemacht.«

»Danke, Herr Seul. Danke!« Georg strahlte ihn an.

Der alte Mann winkte mit einer Hand ab. »Ach wat, Jung. Ich brauch das olle Ding doch sowieso kaum.«

Georg grinste. »De Bään?«, fragte er, und Seul antwortete: »Du hast et erfasst.«

AUFERSTANDEN VON DEN TOTEN

»Nein, Hans, das muss ich allein tun.«

»Aber Maria ...«

Sie holte tief Luft und schüttelte den Kopf. »Wir haben uns jetzt schon die ganze Zugfahrt darüber unterhalten.« Sie hob die Hand, um Hans am erneuten Widerspruch zu hindern. Im Hintergrund hörte sie, wie ein weiterer Zug in den Andernacher Bahnhof einfuhr. »Ich weiß, dass du mir nur helfen willst. Aber glaub mir, das hier muss ich wirklich allein machen.«

Hans trat auf sie zu und küsste sie. Mit seinen sanften Lippen. »Gut«, sagte er. »Ich verstehe es. Auch wenn es mir anders lieber wäre.«

»Mir wäre auch alles anders lieber. Hiermit ... damit habe ich nicht gerechnet.«

»Dann ... bis heute Abend?« Hans trat unsicher einen Schritt zurück.

Maria nahm ihren Koffer in die Hand. »Bis heute Abend«, sagte sie, dann drehte sie sich um und ging die Straße entlang. Weg vom Bahnhof und hin zur Hochstraße, wo ihr verstorben geglaubter Mann war.

Die ganze Rückreise vom Wörthersee war schrecklich gewesen. Hans hatte zwar versucht, sie mit harmlosen Gesprächen über das Wetter und die schöne Aussicht aus dem Fenster abzulenken, aber Maria war nicht danach gewesen. Mit der Botschaft, dass ihr Mann, den sie tot geglaubt hatte, den sie sogar für tot hatte erklären lassen, nun doch am Leben war, waren alle Leichtigkeit und Unbeschwertheit verschwunden. Nun war alles nur noch schwer. Ihr Herz, ihre Gedanken, selbst ihre Füße, die kaum einen Schritt vor den anderen setzen konnten. Vor einer Woche hatte sie Hans geheiratet, war glücklich gewesen. Nie hätte sie sich ausmalen können, dass sie ihren Urlaub vorzeitig würde abbrechen müssen, dass sie nun mit zwei Männern gleichzeitig verheiratet war.

Als sie die Rhein-Buchhandlung sehen konnte, blieb sie stehen. Setzte den Koffer neben sich ab und atmete tief durch. So viele Jahre lang hatte sie sich vorgestellt, wie es wohl sein würde, wenn sie ihren August endlich wiedertraf. Nie war es so wie jetzt gewesen. Nie hätte sie sich vorstellen können, dass er von den Toten wiederauferstehen würde. Maria wusste nicht, was sie machen sollte. Sie hatte Angst davor, ihn wiederzusehen, und auf der anderen Seite wollte sie nichts anderes.

Sie nahm ihren Koffer wieder hoch und ging weiter. Trat näher an die Buchhandlung heran, bis sie schließlich direkt davorstand. Durch das Schaufenster sah sie ihn. Ihren August. Wie früher stand er in der Buchhandlung. Und dann war es doch ganz anders. Denn der Mann, der dort hinter dem Kassentresen stand, hatte kaum noch etwas mit dem Mann aus ihrer Erinnerung gemein. Er sah alt aus, krank.

Sie ging die wenigen Stufen zur Tür hinauf und trat ein. August blickte auf, blickte ihr ins Gesicht. Seine Augen lagen tief, sein ganzes Gesicht war eingefallen und das Haar schütter. Dennoch sah sie auch noch etwas von dem Mann, den sie vor so vielen Jahren geheiratet hatte, der der Vater ihrer Kinder war. Der Ilses Vater war. Maria öffnete den Mund, aber es kam kein Ton heraus. Sie fand keine Worte. August kam auf sie zu. Sie hatte nicht gewusst, was sie in diesem Moment tun würde, hatte die letzte Nacht wach gelegen und alle Szenarien durchgespielt. Aber in keiner ihrer Überlegungen hatte sie getan, was sie nun tat: Sie ließ ihren Koffer fallen und warf sich August in die Arme. Wie dürr er war, kein Vergleich zu früher. Er war nie besonders muskulös gewesen, aber jetzt hatte sie das Gefühl, ein Gerippe zu umarmen. Nur Haut und Knochen. Kein Wunder, dass die Kleidung an ihm schlackerte. So viele Gefühle wirbelten durch Maria. Freude und Leid, Erleichterung und Scham. Es war eine Achterbahnfahrt, und Maria wusste nicht, ob sie dafür gemacht war. Es fühlte sich alles so unwirklich an. Und dann küsste August sie.

Die Umarmung, das war eine Sache gewesen. Aber der Kuss? Maria versteifte sich automatisch. Wie konnte sie August küssen? Wie konnte sie ihn küssen, wo sie mit einem anderen Mann glücklich war, das Bett teilte und diesen geheiratet hatte?

August ließ von ihr ab. Sein Gesicht war grau. »Maria, es tut mir leid … ich … ich wollte nicht so stürmisch sein.« Er ließ die Arme hängen. »Es ist alles ganz anders, als ich mir das vorgestellt habe.«

»So ist es auch für mich«, antwortete Maria.

»Vielleicht gehen wir erst einmal rauf, und du bringst den Koffer weg, während ich uns einen Kaffee koche, und dann reden wir? Die Buchhandlung kann ich so lange abschließen.«

Maria nickte.

August schloss die Tür ab, nahm ihren Koffer und ging hinauf. Während Maria hinter ihm herging, dachte sie, dass dieser Mann nicht mehr ihr August war. Er war August Herrmann, Soldat, Kriegsgefangener, Spätheimkehrer. Ein Mann, den sie überhaupt nicht kannte. Sie kannte nur August Herrmann, den Buchhändler, den Mann, der sie zum Traualtar geführt hatte und der der Vater ihrer Kinder war.

Kurze Zeit später saßen sie zusammen in der Stube, jeder eine Tasse Kaffee vor sich, und schwiegen. Eigentlich hatte Maria vorgehabt, ihm alles zu erzählen. Davon, dass er offiziell als tot galt, und von Hans. Sie hatte sich vorgenommen, direkt reinen Tisch zu machen und mit offenen Karten zu spielen. Aber wie August jetzt dasaß, zusammengesunken wie ein Häuflein Elend, da konnte sie es nicht. Sie brachte es nicht übers Herz. So viele Jahre hatte er in Kriegsgefangenschaft verbracht. Hatte so viele Jahre gelitten. Wie konnte sie ihm da kurze Zeit nach seiner Heimkehr schon das Herz brechen? Wie hätte sie es auch formulieren sollen? *Ich hab übrigens wieder geheiratet? Du, August, du kennst doch den Hans Schumacher? Der ist jetzt mein Mann? Ich hab dich für tot erklären lassen und bin jetzt wieder neu verheiratet?* Sie schüttelte innerlich ihren Kopf. Nichts davon klang gut.

Maria trank einen Schluck Kaffee, und dann fiel ihr etwas auf. Etwas, das ihr hätte direkt auffallen müssen. Ilse, die war zu dieser Zeit in der Schule, aber Eva, die hätte doch da sein müssen. Warum war August ganz allein hier? Sie sah ihren Mann an: »Wo ist Eva?«

Und mit dieser kurzen Frage kam wieder Leben in August Herrmann. »Du meinst diese Betrügerin, der du aufgesessen bist? Die hab ich vor die Tür gesetzt. Dahin, wo sie hingehört.«

Mit klopfendem Herzen betätigte Eva die Klingel an der Wohnungstür. Es dauerte etwas, bis sie aus dem Inneren Geräusche hörte, und endlich öffnete Fräulein Frings die Tür. Wie immer hatte sie das weiße Haar zu einem strengen Knoten frisiert.

»Eva?«, fragte sie überrascht. »Was führt dich denn zu mir?«

Eva blickte sich nervös im Treppenhaus um, und als sie hörte, dass sich im Stockwerk über ihnen eine Tür öffnete, fragte sie schnell: »Können wir das vielleicht drin besprechen?«

»Dann immer rein in die gute Stube.« Die alte Hebamme ging zur Seite und ließ Eva eintreten.

Kurze Zeit später saß Eva auf einem der zwei Sessel im Wohnzimmer der alten Dame. Der kleine Raum war gemütlich eingerichtet. Dicke Teppiche lagen auf dem Boden, das kleine Sofa an der Wand verschwand unter einer Vielzahl von Kissen in verschiedenen Größen und Mustern, an den Wänden befanden sich Regale und Kommoden, alles über und über mit Figürchen und Fingerhüten aus Porzellan, bunten Schnapsgläschen und weiterem Nippes bestückt. Es war überall so viel, dass Eva sich fragte, wie lange es wohl dauern mochte, in diesem Raum Staub zu wischen.

»Die Leute haben mir bei jedem Kind, dem ich auf die Welt geholfen habe, was geschenkt. Manchmal haben sie mir auch einfach nur so etwas geschenkt«, sagte die alte Dame nun und stellte ein Glas Wasser vor Eva auf dem niedrigen Wohnzimmertisch ab. »Da kommt einiges zusammen, das siehste ja.«

Eva nickte.

Fräulein Frings ließ sich derweil ächzend auf dem zweiten Sessel nieder. Sie lehnte ihren Stock an der Seite an und faltete ihre Hände im Schoß. Dann musterte sie Eva aufmerksam, bevor sie fragte: »Wie weit bist du?«

Eva, die gerade das Glas an den Mund gesetzt hatte, verschluckte sich beinahe. »Woher …« Sie hustete und stellte das Getränk rasch wieder auf den Tisch zurück.

Die alte Dame kicherte. »Ich könnte jetzt sagen, es sei der Hebammenblick, aber tatsächlich habe ich nur eins und eins zusammengezählt. Du kommst mich aus dem Nichts besuchen, obwohl du noch nie hier warst, und dann willst du etwas mit mir besprechen, aber nicht auf dem Flur, wo jemand es hören könnte. Da war die Sache klar. Reine Logik. Das hab ich mir von Sir Arthur Conan Doyle abgeguckt.« Sie zwinkerte.

Nun musste auch Eva kichern. »Aha! Sie haben Sherlock Holmes gelesen.«

»Sehr gut kombiniert, Miss Watson.« Die alte Dame lächelte. »Und jetzt erzähl mir doch erst einmal alles, ja?«

Genau das tat Eva dann auch. Sie erzählte von der Nacht der Verlobung und vom Tag des Aufgebots. Erzählte davon, dass sie sich beinahe schon manisch in die Arbeit gestürzt hatte und wie ihr dann mit einem Mal am Morgen übel geworden war. Und dann erzählte sie vom Onkel und davon, dass sie nun bei Margot auf dem Sofa in der Küche schlief.

Als sie geendet hatte, sagte die alte Hebamme nur: »Ach, mein Kind, da ist aber auch wirklich alles zusammengekommen.«

Eva nickte matt. Sie fühlte sich müde und seltsam leer. Dennoch hatte es gutgetan, einmal alles zu erzählen. Fräulein Frings war eine gute Zuhörerin.

»Mach dir keine Sorgen, Eva«, sagte die alte Dame. »Ich kenne viele Frauen, die ein uneheliches Kind zur Welt gebracht haben. Manchmal sogar mehr als eins. Es wird alles werden, auch wenn es jetzt vielleicht hoffnungslos aussieht. Es wird alles gut. Und bis dahin bin ich für dich da. Du kannst jederzeit zu mir kommen, wenn dich etwas bedrückt oder wenn du Fragen wegen der Schwangerschaft hast. Wenn ich das richtig aus dem, was du mir erzählt hast, zusammengerechnet hab, dann bist du jetzt fast in der zehnten Woche, also noch ganz früh.«

»Wann … wann wird das Kind kommen?«, fragte Eva.

Die Hebamme dachte einen kurzen Moment nach, dann sagte sie: »Im Mai nächsten Jahres. Mitte, vielleicht auch Ende. Jedes Kind braucht seine eigene Zeit. Aber den Mai kannst du dir schon einmal merken.«

»Mai«, sagte Eva leise.

»So, und jetzt kannst du dich erst mal obenrum frei machen und gleich auch noch untenrum«, bestimmte die alte Hebamme resolut.

Eva sah sie erstaunt an. »Warum?«

»Weil ich dich untersuchen werde. Deine Brüste spannen bestimmt, und wenn du so weit bist, wie ich denke, dann wird deine Vulva schon dunkler sein.«

»In Ordnung«, murmelte Eva und begann, ihre Bluse aufzuknöpfen, auch wenn es sich ein wenig komisch anfühlte, sich hier im Wohnzimmer der alten Dame auszukleiden.

Fräulein Frings erhob sich aus ihrem Sessel und kam auf Eva zu. »Mach dir keine Sorgen, es wird alles gut werden. Ehe du dichs versiehst, ist schon Mai, und du hältst dein Kind auf dem Arm.«

Mai, dachte Eva. Der Mai war ein schöner Monat. Sie legte ihre Hand auf ihren nun entblößten Bauch, obwohl sie von dem Kind immer noch nichts spüren konnte. Und da meldeten sich die Tränen wieder. Aber diesmal waren es Freudentränen, denn zum ersten Mal empfand Eva Freude darüber, dass sie ein Kind bekommen würde, dass es im Mai kommen würde und dass Fräulein Frings sie auf dem Weg begleiten würde. Sherlock Frings und Eva Watson.

»Er hat Eva vor die Tür gesetzt! Kannst du dir das vorstellen? Einfach rausgeworfen.« Maria ballte ihre Fäuste vor Wut.

»Komm her.« Hans zog sie in eine Umarmung, wie schon so viele Male zuvor. Aber jetzt fühlte es sich falsch an. So falsch wie der Kuss von August zuvor. Hans wollte sie küssen, aber sie schüttelte nur stumm den Kopf, und Hans – der gute Hans! – er verstand es sofort. Er löste sich von ihr. Ließ ihr den Raum. So war er, Hans Schumacher. So war er schon immer gewesen. Verständnisvoll, abwartend.

Nach einem Moment der Stille fragte Hans: »Wie geht es August?«

»Schwer zu sagen. Er ist anders. Überhaupt nicht mehr der Mann, den ich früher gekannt habe.«

Hans nickte, als wäre damit alles gesagt. Dabei gab es so viel, was Maria nicht sagen konnte, was sie nicht in Worte zu fassen vermochte.

»Hast du ihm gesagt … hast du …« Hans brach ab und deutete mit der Hand zwischen ihnen beiden hin und her.

Maria schüttelte den Kopf. »Ich wollte es ihm sagen. Wirklich, Hans. Das war das Erste, was ich ihm sagen wollte, dass wir zwei geheiratet haben, dass wir ein Paar sind. Ich wollte mit offenen Karten spielen. Aber dann … Ich hab ihm gesagt, dass ich heute bei einer Freundin übernachte. Du weißt nicht, wie es war, ihn plötzlich wiederzusehen.«

»Nein, das weiß ich nicht. Denn ich war nicht dabei, obwohl ich es gern wollte«, erwiderte Hans, und zum ersten Mal hörte Maria eine Bitterkeit in seiner Stimme, die sie so nicht von ihm kannte. Die nicht zu dem sanften Hans passen wollte. Oder war es gar keine Bitterkeit? War es am Ende Traurigkeit?

Sie trat auf ihn zu und legte ihm eine Hand auf die Schulter. »Hans …«, sagte sie nur.

Er legte seine Hand auf ihre, drückte sie kurz. »Ich weiß. Ich weiß es doch, Maria. Du musstest es allein tun.«

Maria löste ihre Hand und setzte sich an den Küchentisch in Hans' kleiner Wohnung. »Was soll ich denn jetzt nur machen?«

Auch Hans setzte sich, faltete die Hände im Schoß und richtete den Blick starr auf seine Fingerspitzen. »Das ist doch sonnenklar. Du gehst zurück zu deinem Mann. Ich habe an deiner Seite nichts mehr zu suchen. Gegen einen toten Ehemann konnte ich ankommen, aber gegen einen lebenden?« Maria räusperte sich, um etwas zu sagen, aber Hans sah plötzlich auf. Sah sie mit einem für ihn erstaunlich harten Blick an und sagte dann: »Es ist nur das Richtige. Du gehst zu deinem Mann zurück. Zu deiner Familie. Ilse braucht doch Mutter und Vater. Ich … ich würde da nur stören. Es war etwas anderes, als wir noch dachten, August wäre gefallen.«

»Aber wir zwei sind verheiratet. Wir haben uns das Ja-Wort gegeben. Hast du das schon vergessen?«

»August hast du das Ja-Wort schon weitaus früher gegeben. Mit ihm bist du länger verheiratet. Für mich ist das alles sonnenklar.«

»Dann willst du dich wieder scheiden lassen?«, fragte Maria ihn ungläubig.

»Weißt du, was das Seltsamste daran ist?«, fragte er, und Maria schüttelte den Kopf. »Ich freu mich für den August. Früher sind wir gut miteinander ausgekommen. Wir waren fast so etwas wie Freunde. Ich freu mich, dass er am Leben ist, dass er in seine Familie zurückkehren kann. Auch wenn ich dadurch die Liebe meines Lebens verliere.« Er hob die Hand und ergriff Marias. Streichelte mit dem Daumen über ihren Handrücken. »Immerhin waren mir ein paar glückliche Jahre mit dir vergönnt. Das ist mehr, als ich mir je erträumen hätte können. Ich hatte mein Glück. Das ist in Ordnung. Hol du dir jetzt deinen Mann zurück.

Deine Familie. Und was unsere Ehe angeht … Die können wir vermutlich auflösen lassen in Anbetracht der Umstände.«

Er hatte den letzten Satz so nüchtern vorgetragen, dass es Maria schwer ums Herz wurde. Sie sah Hans an. Fühlte seine warme Hand in ihrer. Dachte an all die Momente, in der diese Hand, diese Finger, sie an Stellen berührt hatten, an denen sie zuvor nie berührt worden war. Sie war hin- und hergerissen. Sie liebte Hans. Aber sie liebte auch August. Wenn auch eher die frühere Version von August. Den Mann, den sie vor so vielen Jahren geheiratet hatte. Es war ein Dilemma.

»Was ist, wenn ich das gar nicht will?«, fragte sie leise. »Was ist, wenn mein Herz nur dir gehört? Ganz und gar dir.«

»Ach, Maria«, erwiderte Hans, und jetzt war da ein trauriges Lächeln auf seinen Lippen. »Jetzt ist alles anders. Damit, dass August am Leben ist, ist es anders. Du gehörst zu seinem Leben. Ich nicht.«

Maria zog schlagartig ihre Hand zurück. »Willst du nicht einmal kämpfen? Du kannst es dir jetzt doch nicht so einfach machen, Hans Schumacher! Für mich ist es schließlich auch nicht einfach!«, rief sie hitzig.

Hans sah sie mit einem gequälten Ausdruck in den Augen an. »Ich mache es mir nicht einfach. Nichts hieran ist einfach, gar nichts.«

Maria seufzte und ließ die Schultern hängen. »Du hast ja recht.«

»Dann gehst du zurück zu August?«, fragte Hans leise.

»Nein. Mein Platz ist an deiner Seite. Ich meinte nur, dass du recht damit hast, dass es nicht einfach ist. Da müssen wir durch.«

»Wir?«, fragte Hans, und Hoffnung trug seine Stimme.

»Ja, wir. Du und ich. Hans und Maria Schumacher.«

Dienstag, 18. Oktober 1955

HINTER DEM RÜCKEN

Maria war an diesem Morgen besonders früh aufgestanden. Sie wollte in der Buchhandlung sein, bevor Ilse zur Schule aufbrach. Sie musste doch endlich mit ihrer Tochter sprechen, gestern hatte sie sie schließlich verpasst. Nun eilte sie im Dunkeln durch die Straßen Andernachs. Es war dunstig und kalt an diesem Morgen. Hier und da konnte sie sogar etwas Raureif auf den Dächern entdecken.

Sie war völlig außer Atem, als sie die Rhein-Buchhandlung erreichte und zum Hintereingang ging. Wann war sie das letzte Mal so gerannt? Wieder einmal bemerkte sie, dass sie nicht jünger wurde. Vor ein paar Jahren noch hatte ihr das nicht so sehr zugesetzt. Keuchend blieb sie vor der Hintertür stehen und versuchte, wieder zu Atem zu kommen. Als sie sich genug gesammelt hatte, betrat sie das Haus. Es fühlte sich merkwürdig an, als wäre sie nun eine Fremde hier.

Als sie die Stube betrat, fand sie August allein am Küchentisch vor. Erstaunt sah sie auf die Uhr. Es war gerade einmal kurz nach sieben. »Ist Ilse heute schon so früh zur Schule los?«, fragte sie.

August runzelte die Stirn. »Zur Schule?«

»Ja, natürlich zur Schule. Wohin denn sonst?«

August runzelte die Stirn noch mehr. Damit sah sein Gesicht alt und faltig aus. »Maria, willst du mich auf den Arm nehmen? Ilse macht doch eine Lehre im Krankenhaus. Da wollte ich sowieso noch ein Wörtchen mit dir drüber reden. Dass du ihr das einfach erlaubst! Was soll denn aus der Buchhandlung werden?« Fordernd sah er sie an.

Maria spürte, wie plötzlich Wut in ihr aufwallte. Sie konnte nicht genau sagen, ob es an dem lag, was August ihr gerade mitgeteilt hatte, oder an dem Vorwurf, der so laut darin mitschwang.

»Ich hab was?«, entgegnete sie daher scharf. »Mit Sicherheit habe ich das nicht getan!«

»Wie kommt es dann, dass deine Tochter in Schwesterntracht hier herumgelaufen ist und nun wieder zurück im Schwesternwohnheim ist, wo sie auch wohnt?«, fragte August aufgebracht.

Maria schüttelte den Kopf. »Nein, das kann nicht sein. Wir hatten darüber gesprochen, und ich habe ihr klipp und klar gesagt, dass sie ihr Abitur macht.«

»Tja, dann hat sie ihr Abitur wohl scheinbar in der letzten Woche gemacht, als du auf Reisen warst. Mir hat sie nämlich erzählt, dass sie mit der Schule fertig wäre. Wie konntest du das Kind nur allein lassen?«

»Ich konnte doch nicht ahnen, dass …«

»Konntest du nicht?«, unterbrach August sie. »Ich glaube sehr wohl, dass du konntest! Denn anscheinend hast du ja davon gewusst, dass sie eine Lehre im Krankenhaus anfangen will.« Er sah sie fest an. »Sag es mir, Maria. Hast du es gewusst oder nicht?«

»Sie hat mir vor ein paar Wochen gesagt, dass sie Krankenschwester werden will, aber ich hab dem nicht viel beigemessen. Sie ist doch noch ein Kind. Da hat man schon mal Flausen im Kopf. So was kommt und geht von einem auf den anderen Tag.«

»Dann geh rüber ins Krankenhaus und erzähl das deiner Tochter. Denn diese Flausen sind nicht verschwunden.«

Maria trat zu einem der Küchenstühle und ließ sich darauf sinken, als ihr endlich das ganze Ausmaß klar wurde. Ilse hatte ihre Abwesenheit genutzt und eine Lehre im Krankenhaus angefangen. Sie hatte die Schule abgebrochen! Hinter Marias Rücken einfach ihre glänzende Zukunft, ihr Studium, alles fortgeworfen. Maria schlug sich eine Hand vor den Mund.

August nickte nur. »Genau, Maria, genau. Unsere Buchhandlung wird den Bach runtergehen, weil wir nun keine Nachfolge haben. Weil du unsere Tochter im Stich gelassen hast. Alles, was ich mühsam aufgebaut habe, war vergebens.«

»Alles, was du mühsam aufgebaut hast? Weißt du eigentlich, wer die Buchhandlung wiederaufgebaut hat, nachdem hier alles in Trümmern gelegen hat? Das war Eva, deine Nichte Eva! Die Frau, die du verjagt hast, die die Nachfolge hätte antreten sollen. Für Ilse war das nie vorgesehen.«

»Du meinst, *du* hast es für Ilse nicht vorgesehen! Wenn du mich gefragt hättest, dann wäre von Anfang an klar gewesen, dass eine unserer Töchter die Buchhandlung übernimmt. Damit sie in Familienhand bleibt.«

»Eva gehört genauso zu unserer Familie.«

August schüttelte nur stumm den Kopf.

Maria sprang auf. Die Wut jagte jetzt durch ihren ganzen Körper, schoss heiß durch ihre Adern. Wie konnte August ihr all das vorwerfen? Gestern, da hatte sie ihn noch schonen wollen, aber jetzt war das anders! Sollte er doch die Wahrheit erfahren. Die ganze! »Weißt du, ich bin heute Morgen hierhergekommen, weil ich nach meiner Tochter sehen wollte, und weil ich danach in der Buchhandlung arbeiten wollte, wie ich es an jedem Tag tue. Bestimmt bin ich nicht gekommen, um mit dir zu streiten. Aber wo wir jetzt sowieso dabei sind, dann lass dir eins gesagt sein, August, ich habe nicht bei einer Freundin übernachtet. Ich habe bei meinem neuen Ehemann übernachtet.«

August starrte sie nur aus aufgerissenen Augen an. »Wie … du …? Du hast wieder geheiratet? Ich war doch … ich war doch …«

»Du bist nicht wiedergekommen, und wir haben nichts mehr von dir gehört, da …«, begann Maria.

»Da hast du mich für tot erklären lassen?«, beendete August ihren Satz als Frage.

Maria presste die Lippen aufeinander und nickte. »Ganz genau, und dann habe ich wieder geheiratet. Ich wollte es dir ja eigentlich schonend beibringen, aber schonend scheint bei dir nicht an der Tagesordnung zu sein.« Wütend warf sie die Hände in die Luft.

August saß einen Moment regungslos da, dann schluckte er und fragte leise: »Wer? Wer ist es? Kenne ich ihn?«

Maria erwiderte seinen Blick und sagte: »Hans Schumacher.«

EINE GUTE MUTTER

»Fräulein Frings hat gesagt, sie begleitet mich auf dem Weg bis zur Geburt. Aber was wird danach werden?« Eva legte ihre Hände im Schoß zusammen und knetete ihre Finger, während sie zu ihrer Freundin sah, die gegenüber am Küchentisch saß. Auf dem Tisch lag eine aufgeblätterte Zeitschrift. Eva hatte darin gelesen, während sie auf ihre Freundin gewartet hatte, die mit den beiden Kleinen beim Friseur gewesen war.

»Wenn das Kind erst mal da ist, fügt sich schon alles«, sagte Margot sanft.

»Aber ich hab solche Angst davor. Bisher hatte ich nur Angst vor der Schwangerschaft, da konnte Fräulein Frings mich beruhigen. Aber nun … Es ist, als hätte ich erst einmal gebraucht, um zu realisieren, was es heißt, schwanger zu sein. Zu begreifen, dass da am Ende ein Kind sein wird. Ein echtes, lebendiges kleines Kind. Mein Kind.« Sie sah ihre Freundin an. »Margot, ich hab solche Angst.«

»Das ist ganz normal«, erwiderte diese.

»Du weißt ja nicht, wie es am Sonntag war, als du mit Johannes unterwegs warst. Keine fünf Minuten hat es gedauert, da war Helga am Weinen, und Michael ist getürmt. Ich hab so einen Schrecken bekommen. Und Helga … die hat einfach nicht aufgehört zu weinen. Irgendwann, da konnte ich nicht mehr. Ich habe heulend im Flur gesessen, weil ich nicht mehr konnte.«

»Warum hast du denn am Sonntagabend nichts mehr gesagt?«, fragte Margot.

»Weil ich mich geschämt hab. Weil ich Angst hab, eine schlechte Mutter zu sein. Wie soll es denn werden, wenn mein Kind da ist? Wenn ich immer und immer nur allein mit ihm bin?«

Margot stand auf, ging zu ihr und nahm sie in den Arm. »Du wirst eine gute Mutter sein, vertrau mir.«

»Meinst du?«, fragte Eva.

Margot nickte. »Aber ja. Mit dem eigenen Kind ist es ganz anders als mit fremden Kindern.« Sie setzte sich wieder auf ihren Stuhl.

»Aber … dann hast du nie geweint, weil dir alles zu viel war?«

»Was? Natürlich hab ich das. Manchmal auch heute noch. Ich glaube, das hört erst auf, wenn die Kinder aus dem Haus sind.« Sie lachte.

Eva zog die Augenbrauen zusammen. »Wie kannst du das so leichthin sagen und auch noch dabei lachen?«

»Eva, die perfekte Mutter gibt es nicht. Glaub mir, keine Mutter ist perfekt. Außer denen in der Werbung vielleicht.«

»Mal abgesehen von der in der Frauengold-Werbung, die sieht arg leidend aus.« Eva deutete auf die aufgeschlagene Zeitschrift. An der Seite war eine Annonce für das Tonikum abgedruckt. Eine erschöpfte Frau, die sich mit einer Hand den Kopf stützte, war darauf zu sehen.

Jetzt lachte Margot noch mehr. »Von dem Frauengold hat mir meine Mutter einmal eine Flasche geschenkt. Das Zeug ist ja so teuer, und dann hat es fast nur nach Alkohol geschmeckt, kein Wunder, dass die Frau so guckt.« Margot ahmte die Werbepose nach.

Und da musste endlich auch Eva lachen. Sie musste keine perfekte Mutter werden, aber so eine wie Margot, so eine, die immer noch über alles lachen konnte, so eine wollte sie sein.

IM KRANKENHAUS

»Schwester Ilse? Kommen Sie doch bitte einmal her.«

Ilse, die gerade mit dem Putzen der Zimmer fertig geworden war, rückte ihr Häubchen zurecht und trat zu Schwester Katharina.

Diese musterte Ilse streng. »Da ist ein Fleck«, sagte Schwester Katharina schließlich und deutete auf Ilses Haube. »Haben Sie Kreide?«, fragte sie dann.

Ilse nickte schnell. Schon an ihrem ersten Tag hatte ihre Zimmernachbarin Helene ihr ein Stückchen Kreide zugesteckt.

»Gut«, sagte die Oberschwester. »Dann kümmern Sie sich gleich um den Fleck, und danach gehen Sie bitte hinunter in die Küche und sagen, dass wir für die neue Patientin von Zimmer 208 eine besondere Kost benötigen. Keine Milchprodukte! Wenn es abends Milchsuppe für die anderen Patienten gibt, soll sie eine Brühe bekommen.«

»Verstanden.« Erneut nickte Ilse.

»Dann ab mit Ihnen, worauf warten Sie noch? Und nicht die Haube vergessen!«

»Ja, natürlich.« Ilse machte auf dem Absatz kehrt und eilte zum Schwesternzimmer hinüber. Dort löste sie die Haarnadeln und nahm das Häubchen ab. Es war aus gestärktem Leinenstoff. Der Fleck, den die Oberschwester bemängelt hatte, war sehr klein, ihr entging wirklich nichts. Ilse zog das Kreidestück aus der Rocktasche hervor und weißte den Fleck damit. Dann setzte sie die Haube wieder auf und steckte sie fest, bevor sie das Schwesternzimmer verließ und sich auf den Weg zum Treppenhaus und hinunter in die Küche machte. An die vielen Treppenstufen, die sie täglich hinauf- und hinuntergehen musste, hatte sie sich zuerst gewöhnen müssen. Generell war sie hier im Krankenhaus viel mehr auf den Beinen. Was für ein Unterschied zur Schule, wo sie die meiste Zeit doch nur hatte stillsitzen müssen. Und auch wenn ihr am Abend die Muskeln schmerzten und die Füße geschwollen waren, so liebte sie alles daran. Auch wenn sie täglich den Putzlappen schwingen musste, wenn sie Bettpfannen wechseln und manchmal die leidenden Schreie – oder schlimmer noch: das Wimmern! – von den Patienten hören musste. Hier im Krankenhaus hatte sie zum ersten Mal in ihrem Leben das Gefühl, etwas beitragen zu können. Wirklich helfen zu können. Einen Unterschied zu machen. Und das erfüllte sie. Mehr als alles Wissen, das sie in der Schule gelernt hatte. Mehr als alles, was sie bisher in ihrem Leben getan hatte.

Ilse hatte daher ein breites Lächeln auf dem Gesicht, als sie im Erdgeschoss den Eingangsbereich durchquerte, doch dieses gefror ihr plötzlich auf dem Gesicht. Der Vater – ihr fremder Vater –, er kam genau in diesem Moment zur Tür des Krankenhauses herein. Was tat er hier? War er gekommen, um Ilse zur Rede zu stellen? Hatte er erfahren, dass sie die Schule ganz und gar nicht beendet, sondern sich dort nur krankgemeldet hatte? War es das? Da er den Blick suchend durch die Eingangshalle schweifen ließ und Ilse anscheinend noch nicht entdeckt hatte, versuchte diese, sich schnell in den nächsten Gang zu flüchten, aber es war schon zu spät.

»Ilse? Bist du das?«

Ilse seufzte still in sich hinein und ging dann auf den Vater zu. »Vater.« Sie zwang sich zu lächeln. »Wie schön, dich zu sehen. Bist du gekommen, um …«

»Darüber, dass du das hier so schnell wie möglich wieder bleiben lässt und dann wieder zur Schule gehst oder bei uns im Laden eine Lehre machst, sprechen wir später. Du hast mir und deiner Mutter einiges zu erklären, junges Fräulein.«

»Mutter?«, fragte Ilse erstaunt. »Aber sie ist doch verreist.«

Ihr Vater schüttelte den Kopf. »Deine Mutter ist seit gestern wieder in Andernach und …«

Er sprach noch weiter, aber Ilse hörte nicht mehr zu. Die Gedanken rasten zu sehr durch ihren Kopf, mischten sich mit ihrer Angst und schrien dabei wild durcheinander. Wenn ihre Mutter wieder zurück war, war es aus mit ihrer Lehre. Aus, noch bevor es richtig angefangen hatte. Ihr ganzer Plan war auf die ersten drei Wochen ausgelegt gewesen. Das war ihre sichere Zeit gewesen, in der sie sich etwas im Krankenhaus hatte erarbeiten wollen. Um der Mutter zu zeigen, wie wichtig ihr das hier war. Aber jetzt? Jetzt war sie gerade einmal acht Tage hier. Eine gute Woche. Eine von drei. Mit diesem Gedanken wurde ihr endlich bewusst, dass die ganze Sache von Anfang an naiv von ihr gewesen war. Sie hatte sich selbst etwas vorgegaukelt. Denn ob eine Woche oder drei, es hatte nie einen Unterschied gemacht. Sie hatte sich selbst ein wackeliges Traumgerüst errichtet, das jetzt im Begriff war einzustürzen.

Ilse erschrak, als jemand sie an der Schulter berührte. Der Vater. Natürlich.

»Hörst du, Ilse?«, sagte er und ließ die Hand wieder sinken. »Ich sagte, dass ich jetzt keine Zeit mehr habe, ich muss zu Doktor …« Der Name des betreffenden Arztes ging in einem Hustenschwall unter.

Ilse zuckte zurück. Der Vater hatte schon an dem Abend, als er zurückgekommen war, so schlimm gehustet, aber jetzt war es noch schlimmer. Bellender, rasselnder.

Der Vater zog hastig ein großes Stofftaschentuch aus der Tasche und hielt es sich vor den Mund. Dumpf hustete er weiter.

Ilse trat wieder zu ihm heran. Nun sah sie die dunklen Flecken in dem Tuch. Rote und braune Flecken. Es musste Blut sein. »Vater!«, rief sie aufgeregt. »Du hustest Blut! Komm, ich bringe dich zu Doktor Degen, das ist der Lungenfacharzt hier.« Sie fasste ihn am Arm und zog ihn mit sich. Der Vater folgte ohne Widerstand.

Ilse wollte gerade an die Tür von Doktor Degen klopfen, als sich diese von selbst öffnete und der Arzt vor ihr stand.

»Herr Herrmann! Da sind Sie ja endlich. Ich wollte gerade am Empfang nachhören, ob Sie schon eingetroffen sind. Es war doch in der letzten Woche nicht Ihre Art, zu spät zu kommen.« Dann wandte er sich an Ilse: »Danke, Schwester, ich übernehme jetzt. Gehen Sie wieder zurück an die Arbeit.«

Dr. Degen führte den Vater zur Tür herein und schloss diese dann vor der verblüfften Ilse. Einen Moment blieb Ilse einfach dort stehen, weil sie nicht fassen konnte, was gerade geschehen war. Ihr Vater war nicht ihretwegen ins Krankenhaus gekommen, ganz offensichtlich hatte er einen Termin bei Dr. Degen, und wenn Ilse das, was der Doktor zu ihrem Vater gesagt hatte, richtig deutete, dann war ihr Vater heute nicht zum ersten Mal hier. Er war schon in der letzten Woche hierhergekommen. Das beunruhigte Ilse. Und es beunruhigte sie auch, was der Vater zuvor zu ihr gesagt hatte, dass er von ihr verlangte, ihre Lehre hier aufzugeben.

Wie in Trance ging Ilse zurück zur Treppe und hinauf zur Station. Ihre Mutter war wieder aus dem Urlaub zurück. Und sie wusste, was Ilse getan hatte. Wie sollte es jetzt weitergehen? Gab es noch eine Möglichkeit, ihre Lehre im Krankenhaus zu retten? Würden ihre Eltern den Vertrag unterschreiben?

Ilse war gerade in den Flur der Station eingebogen, da stand Oberschwester Katharina vor ihr: »Und? Was sagen sie in der Küche? Ist vermerkt, dass die Patientin von 208 keine Milch zu sich nehmen darf?«

Ilse sah Schwester Katharina an, als wäre sie ein Geist. »Milch?«, fragte sie abwesend, denn sie sah nur eines vor sich: den Vater, der Blut hustete, und die Mutter, die niemals ihren Vertrag unterschreiben würde.

MAN MUSS MIT DER ZEIT GEHEN

Maria zog die Holzkästen unter der Ladentheke hervor. Dabei wanderte ihr Blick zur Uhr, und sie fragte sich, wann und ob August heute noch einmal zurückkommen würde. Er war einfach ohne ein Wort verschwunden und hatte sie hier im Laden allein gelassen. Dabei wollte sie doch gleich noch hinüber ins Krankenhaus gehen, um ihre Tochter zur Rede zu stellen.

Maria nahm gerade den ersten Stapel der Papierzettel aus dem Kästchen, als August endlich wieder zur Tür des Ladens hereinkam.

»Was soll das alles hier?« Er deutete auf die Holzkästchen.

»Wir arbeiten jetzt mit Laufkarten«, erklärte sie und legte den Stapel auf die Theke.

»Ich weiß, was das ist. Aber so etwas habe ich früher nie gebraucht. Ein guter Buchhändler weiß, was er im Regal und im Lager stehen hat. Da braucht es keine bunten Zettelchen. Die halten nur auf. Allein die Zeit, die man damit vertut, die auszufüllen!«

»Ich arbeite gern damit«, antwortete Maria ruhig. »Und ich weiß trotzdem auch so, welche Bücher wir vorrätig haben.«

»Dann frage ich dich: warum? Warum die Zettelchen, wenn du es eh weißt?«, brummte August.

»Weil wir mit den Laufkarten einen viel besseren Überblick haben. Weil wir damit ganz genau sehen können, wie sich ein Titel abverkauft. Wie lange er im Regal gestanden hat, wann wir ihn das letzte Mal eingekauft haben. So können wir viel besser nachbestellen und das Sortiment führen.«

»Wir?«, fragte August, und Argwohn klang in seiner Stimme mit.

»Eva und ich«, sagte Maria leichthin.

August schnaubte. »Eva und ich«, wiederholte er und schüttelte den Kopf. »Wenn man jeden Tag im Laden ist, die Regale jeden Tag ordentlich nachrückt und nachräumt, dann weiß ein guter Buchhändler das alles auch so, da braucht es keine Zettelchen für.«

»August Herrmann!«, rief Maria. »Wir werden bei den Laufkarten bleiben. Das System hat sich in den letzten Jahren bewährt.«

»Das hier ist mein Laden!«, entgegnete August wütend.

»Und es ist auch meiner«, hielt Maria dagegen.

»Rein rechtlich gesehen …«, begann August.

»Es ist auch meiner«, unterbrach Maria ihn mit Grabesstimme. »Wer hat die Buchhandlung all die Jahre allein geführt? Wer hat die Buchhandlung durch den Krieg gebracht? Wer? Das war ich! Und wer hat die Buchhandlung nach dem Bombeneinschlag wiederaufgebaut? Das war vor allem Eva. Weil ich es in dem Moment nicht konnte. Ohne uns zwei Frauen würde es *deinen* Laden gar nicht mehr geben! Also dürfen wir sehr wohl mitreden!« Zum Ende hin war Maria immer lauter und bestimmter geworden.

August wich einen Schritt vor ihr zurück. »Früher hättest du nie so mit mir geredet«, sagte er matt.

Maria hob ihr Kinn. »Ich bin nicht mehr die Frau von früher.«

August machte einen weiteren Schritt zurück. »Das merke ich«, murmelte er. Und mit einem Mal war alle Strenge, alle Sturheit aus ihm gewichen, zurück blieb nur ein alter Mann.

Maria bereute ihre Worte sofort, aber nun hatte sie sie gesagt. Und sie hatte sie auch so gemeint. Sie hatte ihn nur nicht so sehr damit verletzen wollen. Daher trat sie zu ihm, legte ihm eine

Hand an den Arm und sagte sanft: »August. Der Krieg und alles danach hat uns beide verändert. Du warst früher immer so fröhlich, immer zu einem Scherz aufgelegt.«

Er seufzte. »Es ist nur … ihr alle habt nach dem Krieg ein gutes Leben gehabt. Bei euch ist es aufwärts und aufwärts und aufwärts gegangen. Bei euch war ab '45 alles gut. Und bei mir? Ich hab noch Jahre danach Hunger gelitten. Ich hab gedacht, ich seh euch alle nicht mehr wieder.« Er schluckte fest.

»Das Leben war auch hier nicht sofort wieder gut. Vor allem die ersten zwei Jahre nach dem Krieg waren hart. Als der Krieg hier zu Ende war, habe ich vor dem Nichts gestanden. Die Buchhandlung war zerbombt, Gisela tot, mein Mann vermisst«, sagte Maria.

»Aber dann wurde es besser. Viel besser. So gut, dass du sogar wieder geheiratet hast!«, erwiderte August bitter.

»Was erwartest du von mir? Muss ich mich jetzt wirklich vor dir rechtfertigen, dass ich nicht in Kriegsgefangenschaft geraten bin? Hätte ich mich den Amerikanern oder später den Franzosen vor die Füße werfen und rufen sollen: Nehmt mich fest, nehmt mich in Gefangenschaft, damit mein Mann mir später nicht vorwerfen kann, ich hätte es besser gehabt?« Maria zog ihre Hand zurück.

»Maria, so meine ich das nicht.«

»Doch, so hast du es gesagt.« Sie stemmte ihre Hände in die Seiten. »August«, sagte sie dann milder, »ich hätte mir doch auch gewünscht, dass unser Leben ganz anders verläuft. Aber mit dem Krieg hatten wir keinen Einfluss darauf. Du wurdest eingezogen und musstest an die Front, und damit wurde unser Leben entzweit. Jeder von uns hat sich auf seine Weise verändert.«

»Und jetzt gehören wir nicht einmal mehr zusammen.«

»August. Wir gehören immer zusammen, auch wenn ich Hans geheiratet habe. Wir haben ein Kind zusammen, haben die Buchhandlung. Das wird immer so bleiben.«

August trat näher an sie heran. Hob seine Hand und legte sie an ihre Wange. Seine Hand war faltig und kalt, zitterte leicht.

Maria neigte ihren Kopf zur Seite, schmiegte sich damit in seine Hand. Diese Geste, das war etwas, das der alte August getan hatte, und es brachte ihr Herz in Aufruhr. Schnell löste sie sich von ihm. Und auch August ließ seine Hand wieder sinken. Betreten sahen sie sich an. Diese Geste war intim gewesen. Und auch, wenn sie in manchen Dingen noch zusammengehörten, waren sie kein Paar mehr. Maria hatte sich für Hans entschieden. Und es war das Richtige. Aber in ihrem Herzen, da gab es ein Eckchen, das immer noch August gehörte, das sich nach Berührungen wie dieser sehnte. Das wollte, dass alles wieder so wurde wie vorher.

Maria schüttelte den Kopf. So wie früher würde es nie mehr werden. Sie räusperte sich, dann sagte sie: »Ich … ich muss jetzt wirklich gehen. Es hat nichts … hiermit zu tun.« Sie deutete mit ihrer Hand zwischen sich und August hin und her. »Ich muss mit Ilse sprechen, das ist es.«

August nickte. »Natürlich«, antwortete er. Aber seine Stimme war dabei so brüchig, wie Maria sich gerade fühlte.

MEIN GLÜCK, DEIN GLÜCK

»Ilse Herrmann. Herrmann mit zwei R und zwei N.«

»Herrmann, Herrmann.« Der Mann am Empfangstresen hatte ein Buch aufgeschlagen und fuhr nun suchend mit einem Finger über die Seiten. »Herrmann«, murmelte er noch einmal. »Ah, ja, da haben wir sie ja!« Er blickte auf. »Da müssen Sie hinauf in den zweiten Stock. Das Treppenhaus befindet sich dort.« Er deutete mit ausgestrecktem Arm an Maria vorbei.

Maria nickte ihm zum Dank zu und ging hinauf in den zweiten Stock. Dabei nahm sie die Stufen so hurtig, dass sie außer

Atem war, als sie oben ankam. Auf dem Absatz versuchte sie, wieder zur Ruhe zu kommen. Zwei Krankenschwestern gingen an ihr vorüber, grüßten höflich. Maria hielt den Atem an. Erst als die beiden verschwunden waren, wurde ihr bewusst, dass sie erleichtert war, Ilse nicht unter ihnen gesehen zu haben. Als sie eben aus der Buchhandlung gestürmt war, hatte sie vor allem August entkommen wollen. Oder eher den Gefühlen für August, die anscheinend immer noch da waren. Versteckt zwar, aber dennoch da. Es hatte sie mehr erschreckt, als sie zugeben wollte. Nicht die beste Situation, um ein ernstes Gespräch mit der Tochter führen zu wollen.

Sie schob sich mit der Hand die Haare aus der Stirn und straffte dann ihre Schultern. Sie war hierhergekommen, um mit Ilse zu sprechen, da würde sie nicht unverrichteter Dinge wieder gehen. So gestärkt trat sie auf den Flur der Station und stieß mit einer weiteren Krankenschwester zusammen. »Oh, entschuldigen Sie bitte«, sagte Maria automatisch.

»Entschuldigung«, sagte die Schwester zeitgleich.

Und da bemerkte Maria, mit wem sie da zusammengestoßen war. »Ilse!«, rief sie.

Ihre Tochter stand in der Schwesterntracht vor ihr. Die Augen weit aufgerissen. Blanker Schrecken war darin zu lesen. War es ihretwegen? Oder war etwas anderes hier im Krankenhaus vorgefallen?

»Aber Ilse, mein Kind, was ist denn los?«, fragte Maria.

»Kommst du mich holen? Ist es jetzt aus und vorbei?«

Mit wie viel Wut und Enttäuschung Ilse diese Worte hervorgebracht hatte. Das traf Maria. Sie presste die Lippen aufeinander und sagte dann: »Zunächst einmal will ich mit dir reden.«

Wenig später spazierten sie zusammen vor dem Krankenhaus über die Wiese. Über die breite Mauer konnte Maria den Rhein sehen. Seit sie hier draußen waren, war ihre Tochter still.

»Dann erzähl mir doch einmal, wie ist es hierzu gekommen?«, fragte Maria.

Nach einem tiefen Seufzer berichtete Ilse ihr alles. Angefangen bei ihrem Gespräch mit der alten Ordensschwester über die Bestimmung im Leben, über ihre Erkenntnis, dass es für sie die Lehre zur Krankenschwester war, bis hin zu dem Tag, an dem sie den Plan gefasst hatte, die Lehre in Abwesenheit der Mutter zu beginnen.

»Und dann?«, fragte Maria.

Ilse schluchzte plötzlich. »Dann warst du weg, und Vater war plötzlich da, und ich hab mich in der Schule einfach krankgemeldet, und Vater wird mir die Lehre verbieten«, sprudelte es aus ihr heraus. »Und meinen Lehrvertrag wirst du nun sicherlich auch nicht mehr unterschreiben.«

»Warum hast du dich nicht an unsere Abmachung gehalten?«, fragte Maria.

»Welche Abmachung?«

»Dass du erst einmal die Schule zu Ende machst, dein Abitur machst«, erklärte Maria.

»Das war keine Abmachung. Du hast einfach bestimmt, dass ich das tun soll! Aber das ist nicht mein Weg. Ich habe es schon vorher gewusst, aber jetzt, wo ich im Krankenhaus arbeite, da weiß ich es ganz genau. Ich will Krankenschwester sein, das ist alles, was ich mir wünsche. Hier kann ich den Menschen helfen. Ich kann einen Unterschied machen. Kann dafür Sorge tragen, dass Kranke wieder gesund werden. Dass die Menschen wieder zu ihren Familien zurückkehren können. Väter und Mütter und … und Schwestern.« Die letzten beiden Worte hatte sie leise angefügt.

Maria schluckte schwer. Sie wusste, wen ihre Tochter damit meinte. Wusste, dass sie bei den Worten an *dat Klein* dachte, so wie sie auch selbst gerade.

Ilse suchte ihren Blick. »Verstehst du das denn nicht?«

»Du hättest Gisela damals nicht helfen können«, flüsterte Maria.

Ilse blieb stehen. Auf ihren Wangen bildeten sich mit einem Mal rote Flecken. War es Wut? »Das weißt du nicht!«, rief sie. »Und darum geht es hier nicht. Ich kann jetzt helfen! Mit meiner Arbeit hier kann ich einen Unterschied machen. Und das ist es, was ich will. Versteh das doch bitte!«

Maria bedachte ihre Tochter mit einem prüfenden Blick. Ihre Kiefer mahlten, und ihr Blick war intensiv, stechend beinahe. Das hier war keine Flause, es war ihrer Tochter ernst. Es war das, was sie erfüllte, was sie glücklich machte. »Ich verstehe es«, antwortete Maria daher.

Ilse kniff die Augen zusammen. »Dann wirst du meinen Lehrvertrag unterschreiben?«, fragte sie zweifelnd.

Maria nickte. »Weißt du, ich war so fixiert auf deine glänzende Zukunft, dein Studium, dass ich dabei ein wichtiges Detail vergessen habe.«

Ilse sah sie fragend an.

»Dein Glück, mein Kind. Dein Glück«, sagte Maria, und damit breitete sie die Arme aus und umarmte Ilse. Umarmte ihre Tochter, das einzige Kind, das ihr noch geblieben war. Ihr Glück.

Mittwoch, 19. Oktober 1955

JEDER HAT SEIN PÄCKCHEN ZU TRAGEN

Seit Eva am Samstag ihren Onkel zur Rede gestellt hatte, war sie nicht noch einmal zur Buchhandlung gegangen. Dabei vermisste sie es so sehr, sich in dem kleinen Laden aufzuhalten. Der Geruch der Bücher fehlte ihr, das Rascheln der Seiten, die ganze Atmosphäre. Es hatte sie immer glücklich gemacht, von so viel Literatur umgeben zu sein. Und nun hatte sie nichts mehr davon. Das hatte Onkel August ihr sehr deutlich zu verstehen gegeben.

Sie legte eine Hand auf ihren Bauch. Wenn sie nicht schwanger gewesen wäre, dann hätte sie ihr Glück in Koblenz versucht. Sich dort bei einer der großen Buchhandlungen als Buchhändlerin beworben und sich ein möbliertes Zimmer gesucht. Was hielt sie denn noch hier in Andernach? Aber als Schwangere würde sie nur so lange arbeiten können, bis das Kind kam. Und dann? Dann wäre sie aufgeschmissen. Allein mit Kind, ohne Arbeit, ohne Geld und vermutlich kurz danach auch ohne Bleibe. Da war es doch besser, wenn sie erst einmal in Andernach blieb. Wenn sie weiter um die Rhein-Buchhandlung kämpfte. Sie musste wieder dorthin gehen. Musste nachschauen, ob ihre Tante schon aus dem Urlaub zurückgekommen war. Schließlich waren jetzt schon ein paar Tage vergangen, seit sie das Telegramm an den Wörthersee gesendet hatte.

An diesem Morgen war ihr wieder so furchtbar schlecht gewesen, und sie hatte sich erneut übergeben. Eva schluckte bei der Erinnerung daran. Als sie ein Kind gewesen war, da hatte sie sich eine Schwangerschaft so wunderbar vorgestellt. Aber die Realität zeigte ihr, dass es gänzlich anders war. Im Moment empfand sie es nur als belastend. Sowohl für ihren Körper als auch für ihre Seele. Bei diesem Gedanken spürte sie den Stich eines schlechten Gewissens, denn das Kind, das sie unter ihrem Herzen trug, es konnte nichts für all das. Es war aus einem Akt der Liebe heraus gezeugt worden. Es hatte solche Gedanken nicht verdient.

Endlich hatte sie die Hochstraße erreicht. Und als sie das weithin sichtbare Schild mit der Aufschrift *Rhein-Buchhandlung, Inhaber: August Herrmann* sah, wurde ihr kurz wieder schlecht. Dann aber beschleunigte sie ihre Schritte. Sie musste mit Tante Maria sprechen. Es war ihr einziger Weg zurück in ihr Leben, zurück in die Buchhandlung. Zurück in ihr Bücherleben.

Kurz vor dem Laden blieb sie stehen. Näherte sich dann mit langsamen Schritten und spähte durch das Schaufenster hinein. Onkel August war im Laden, zum Glück war er an einem Regal beschäftigt und hatte ihr den Rücken zugewandt. Und gerade in diesem Augenblick trat auch Tante Maria aus dem Lagerraum in die Buchhandlung. Sie sah Eva sofort, warf dann einen schnellen Blick zu ihrem Mann und wieder zu Eva. Mit einem knappen Handzeichen bedeutete sie ihr, zur Hintertür zu kommen. Eva nickte und eilte um das Haus herum.

Die Tante öffnete ihr die Tür und legte einen Finger an den Mund, dann nickte sie mit dem Kopf die Treppe hinauf. Leise stiegen sie zur Stube hinauf. Erst als sie in der Wohnküche angekommen waren und Tante Maria die Tür sorgfältig verschlossen hatte, fielen sie sich in die Arme. In der warmen und weichen Umarmung der Tante bemerkte Eva erst, wie sehr diese ihr gefehlt hatte. Wie wichtig sie in ihrem Leben geworden war. Sie und Ilse, das war ihre Familie. Mit diesem Gedanken verstärkte Eva noch einmal ihre Umarmung, und schließlich lösten sie sich voneinander.

»Onkel August hat mich einfach …«

Tante Maria nickte. »Ich weiß, er hat es mir erzählt.«
»Und da gibt es noch etwas«, sagte Eva.
»Noch etwas?«
Eva holte Luft. Was hatte Margot gesagt? Es gab keinen passenden Zeitpunkt, einfach sagen, geradeheraus. »Ich bin schwanger.«
»Schwanger? Von Georg?«, fragte die Tante.
»Natürlich von Georg.«
Tante Maria schlug sich überrascht die Hand vor den Mund und ließ sich auf den Küchenstuhl sinken. »Aber ihr zwei seid doch nicht mehr …«
Eva nickte.
»Und du bist dir sicher, dass …« Ihre Tante deutete mit einer kreisenden Bewegung auf Evas Bauch.
Wieder nickte Eva.
»Ach, du je … Weiß Georg davon?«
Diesmal schüttelte Eva den Kopf. Sie setzte sich auf die Küchenbank.
»Wo wohnst du im Moment?«, fragte Tante Maria.
»Bei Margot.«
»Bei Margot? Im Steinweg? Du hast mir doch erzählt, dass die Wohnung so winzig ist, dass …«
Eva nickte. »Ich schlafe in der Küche auf dem Sofa.«
Die Tante schüttelte den Kopf. »So kann das nicht weitergehen. Du wohnst natürlich hier!«
»Aber Onkel August …«
»Um August kümmere ich mich.« Tante Maria atmete lautstark ein und aus, dann sagte sie: »Es hilft ja nichts, wir müssen einen kühlen Kopf bewahren. Wir machen jetzt eins nach dem anderen. Erst einmal klären wir, dass du hier wohnst. Obwohl …« Sie verzog das Gesicht.
»Obwohl was?«, fragte Eva nach.
Die Tante, die zuvor so einen entschlossenen Eindruck ge-

macht hatte, sah nun beinahe verlegen drein. Oder war es Schuld, die sich auf ihrem Gesicht spiegelte? »Vielleicht ziehst du erst einmal zu Hans und mir«, sagte die Tante dann.

»Zu Hans und dir? Wohnst du etwa nicht mehr hier?«

Maria schüttelte den Kopf. »Dann müsste ich mir mit August ein Bett teilen und … das geht nicht mehr.«

Das verstand Eva, dennoch hatte sie den Eindruck, dass da noch mehr war. Dass es da noch etwas gab, was die Tante ihr verheimlichte.

»Die Wohnung von Hans ist auch nicht besonders groß, eigentlich würde ich schon lieber hier wohnen wollen«, sagte Eva schließlich.

»Dann wärst du aber allein mit August, denn Ilse … du weißt ja sicherlich, wo Ilse ist?« Die Tante maß sie mit einem strengen Blick. So wie damals, als Eva noch neu in Andernach gewesen war.

Eva schluckte, nickte aber. Leugnen hatte keinen Zweck.

Die Tante gab ein Schnalzen von sich, sagte dann aber nur: »So hab ich mir das gedacht.«

Stille trat in der Stube ein. Sowohl Eva als auch die Tante hingen kurz ihren Gedanken nach, bevor Eva erneut das Wort ergriff: »Dann wirst du nie wieder hier einziehen? Du überlässt Onkel August alles?« Tante Maria nickte. »Aber in der Buchhandlung arbeitest du noch, oder?«

»Ja, das schon. Aber alles andere … Mein Platz ist jetzt bei Hans. Wenn Ilse hier wohnen würde, wäre es vielleicht noch anders, aber so …«

»Verstehe«, erwiderte Eva leise. Sie legte eine Hand auf ihren Bauch. Obwohl sie das neue Leben darin noch nicht spüren konnte, wusste sie, dass es ihre Zukunft war. Dabei hatte sie sich die ganz anders vorgestellt. »Tante Maria, ich muss hierbleiben. Wo soll ich denn sonst hin? Margot sagt zwar, dass ich so lange bei ihnen wohnen kann, wie ich will, aber das geht nun wirklich nicht.«

Tante Maria presste die Lippen aufeinander. »Gut, ich rede mit August. Aber versprechen kann ich dir nichts.« Damit rauschte sie durch die Tür und die Treppe hinunter.

Eva sah ihr stumm hinterher. *Versprechen kann ich dir nichts.* Sie wollte keine Versprechen. Hatte sie noch nie gewollt. Der Moment, in dem sie davon eine Ausnahme gemacht hatte, hatte sie hierhergeführt. Schwanger, auf sich allein gestellt, mit gebrochenem Herzen.

Ihre Tante war jetzt unten und sprach mit ihrem Onkel. Wie das wohl für sie sein musste? Eva konnte es sich gar nicht vorstellen, in ihrer Situation zu sein. Ihre Tante hatte es gerade nicht leicht.

Jeder habe sein Päckchen zu tragen, hatte Fräulein Frings einmal zu ihr gesagt, aber man wisse nicht, wie groß oder wie schwer die Päckchen der anderen seien, man kenne ja nur sein eigenes. Und oftmals sei es gut, dass man das der anderen nicht einmal erahnen könne.

EIN BISSCHEN VERTRAUEN

»August? Wir müssen reden!« Maria wollte sich keine Zeit mehr lassen, wollte es nicht ruhig angehen. Eva brauchte wieder eine richtige Bleibe. Das arme Mädchen konnte doch nicht länger auf einem Sofa in einer winzigen Küche schlafen!

August fuhr erstaunt herum. »Worüber?«, fragte er.

»Eva«, antwortete Maria knapp. Natürlich würde sie auch wegen Ilse mit ihm sprechen müssen, aber das hatte noch etwas Zeit.

»Nicht schon wieder dieses Thema. Ich wüsste nicht, was es da noch zu reden gäbe. Du bist einer Betrügerin aufgesessen. Einer

Betrügerin, die bloß behauptet, mit uns verwandt zu sein. Du hast sie in unser Haus, unseren Betrieb gelassen und warst sogar drauf und dran, ihr alles zu vermachen! Weißt du, wie man das nennt? Erbschaftsschwindel!« Er hustete.

»Was redest du denn?«, fuhr Maria ihn unwirsch an. »Sie ist unsere Nichte. Eva Liebe aus Berlin. Die Tochter deiner Schwester. Das musst du doch gesehen haben! Sie gleicht der Anneliese und dem Egon so sehr. Wirklich, August, du kannst mir nicht erzählen, dass dir das nicht aufgefallen ist.«

»Ja … da ist vielleicht ein wenig Ähnlichkeit.«

»Nicht nur ein wenig! Sie ist, wer sie sagt, dass sie ist. Und damit gehört sie zur Familie. Basta!«

Nun war es August, der beinahe den Kopf einzog. »Gut, gut«, sagte er und hob beide Hände zu einer beschwichtigenden Geste.

»Nun, wo das geklärt ist«, sagte Maria, »zieht Eva wieder hier ein. Sie ist schon oben in der Stube, und ich sage ihr, dass sie bleiben kann.«

»Bleibst du denn dann auch hier?«, fragte August. Zum ersten Mal war so etwas wie ein Funke Hoffnung in seinen tief liegenden Augen zu sehen.

Maria schüttelte vehement den Kopf. »Du weißt, dass das nicht geht.«

»Natürlich, du hast ja unbedingt den Hans heiraten müssen und gehst jetzt immer schön zu dem hin. Weißt du eigentlich, dass der Hans schon immer so um dich herumscharwenzelt ist? Es wundert mich nicht, dass er dich endlich weich bekommen hat.«

»August Herrmann!«, rief Maria. »Himmel noch eins! Darum geht es hier nicht. Es geht jetzt einzig und allein um Eva, und das Mädchen ist schwanger!«

»Schwanger? Sie ist doch gar nicht verheiratet, oder doch?«, fragte August.

»Sie ist nicht verheiratet.«

»Zustände sind das hier!« August Herrmann schüttelte den Kopf. »Sodom und Gomorrha!« Erneut hustete er.

»Es gibt Dinge, die wir uns alle nicht ausgesucht haben. Und was Eva betrifft, sie hätte eigentlich längst verheiratet sein sollen.«

»Dann ist ihr Zukünftiger verstorben? Hat einen Unfall oder so etwas gehabt?«, schlussfolgerte August.

»Was?«, entfuhr es Maria. »Mein Gott, natürlich nicht!«

»Maria, dann verstehe ich das nicht. Oder hat man sie … du weißt schon …« Er senkte die Stimme und flüsterte: »… gegen ihren Willen? So was hört man ja auch oft.«

»Nein, so war es nicht!«, rief Maria erschrocken aus. »Georg ist der Vater.«

»Und dieser Georg … das ist derjenige, den sie hätte heiraten sollen?«, fragte August nach.

Maria nickte. »Aber die zwei haben sich getrennt.«

»Warum? Warum trennt man sich denn, wenn man eigentlich heiraten will, wenn doch die Frau schon schwanger ist?« August sah Maria hilflos an. »Ich versteh die Welt nicht mehr.«

»Das geht nur die beiden etwas an«, antwortete Maria ausweichend. »Aber ich sage einmal so viel: Es war unerfreulich.«

»Das sollte man meinen. Also früher hätte es so etwas nicht gegeben. Diese modernen Zustände jetzt … Ich weiß nicht, ob ich auf die Dauer damit zurechtkomme. Alles ist so anders als vorher. Nichts ist mehr so, wie ich es in Erinnerung habe.«

Maria trat zu ihm. »Weißt du, was du früher immer zu mir gesagt hast?«

August sah sie aus seinen hellen Augen abwartend an.

»Du hast immer gesagt: Hab doch mal ein bisschen Vertrauen! Und nun sage ich das zu dir: August, hab Vertrauen. Auch früher haben sich Dinge geändert. Alles ändert sich, ständig und immerzu. Das Leben ist immer im Fluss. Es kommt dir jetzt nur so viel auf einmal vor, weil du so lange weg warst. Aber das sollte kein

Grund dafür sein, ein Familienmitglied auf die Straße zu setzen. Eva gehört zu uns, gehört zur Rhein-Buchhandlung.« Maria bedachte August mit einem festen Blick, der ihm hoffentlich zeigte, dass es ihr damit ernst war und dass sie in dieser Sache keinen Widerspruch duldete. Dass sie selbst ihre Nichte Eva damals vor die Tür gesetzt hatte, als sie sie kennengelernt hatte, ignorierte sie dabei. Da waren die Zeiten anders gewesen. Sie hatte Eva nicht gekannt. Und außerdem hatte sie sie schließlich doch aufgenommen. Am selben Tag sogar noch.

Sie sah, wie Augusts Körperspannung nachließ, wie er regelrecht unter ihren Worten einknickte. »Dann sei es so«, sagte er schließlich. Dabei wirkte er wieder so alt. Alt und müde. Maria gab ihm einen Kuss auf die Wange. »Danke«, wisperte sie und fügte dann lauter hinzu: »Es ist die einzig richtige Entscheidung. Und tagsüber werde ich hier sein. Hier, mit euch beiden. Nur nachts … August, das geht nicht.«

»Ich weiß es doch, Maria. Ich weiß es doch. Aber es ist nicht das, was ich mir vorgestellt habe, und ich weiß nicht, wie ich es schaffen soll.«

»Was meinst du genau?«

»Das Leben. Einfach nur das Leben«, erwiderte August, und dann begann er zu weinen.

Maria kannte ihn nun schon so lange, dennoch hatte sie ihn noch nie weinen sehen. Er schien nicht zu wissen, wie er mit dem Leben, wie es jetzt war, zurechtkommen sollte, und Maria wusste nicht, wie sie mit dem August, wie er jetzt war, zurechtkommen sollte. Diesem Mann, der ihr so fremd war.

Aber sie musste es versuchen. Um der Buchhandlung willen und um Evas willen. Nicht nur August müsste ein bisschen Vertrauen haben, sie auch. Und mehr als ein bisschen. Viel mehr.

Donnerstag, 20. Oktober 1955

MANGEL DER GESCHÄFTS- UND URTEILSFÄHIGKEIT

»Sie schon wieder?«, fragte Herr Schmitz, als er das Büro betrat.

Georg seufzte innerlich, ließ sich aber weiter nichts anmerken. Er hatte selbst ein paar Tage gebraucht, bis er endlich den Mut hatte aufbringen können, noch einmal aufs Amt zu gehen. Aber er musste die Sache mit der Scheidung klären, wenn er nicht komplett unvorbereitet nach Trier fahren wollte. Deshalb war er heute Morgen kurzerhand zum Rathaus aufgebrochen, und er würde sich nun nicht von dem unfreundlichen Beamten davon abhalten lassen. Also lüpfte er die Schiebermütze zum Gruß und nahm vor dem Schreibtisch Platz.

»Wie kann ich Ihnen denn heute helfen?«, fragte der Beamte mit einem sarkastischen Unterton in der Stimme. »Haben sich weitere Gedächtnislücken aufgetan, oder ist es diesmal etwas ganz anderes?«

»Ich möchte mich informieren«, erwiderte Georg schlicht.

»So, so, informieren. Und worüber?«, fragte Herr Schmitz lauernd.

»Darüber, wie eine Scheidung genau abläuft.«

»Aha, da liegt also der Hase im Pfeffer!«, rief der Beamte triumphierend. »Jetzt ist Ihnen also aufgegangen, dass Sie sich von Ihrer Frau in Trier scheiden lassen wollen?«

Georg nickte. »Wenn Sie mir sagen, wie das möglich ist, ja.«

»Nun, da muss natürlich zunächst einmal der Grund bestimmt werden, aus dem die Ehe geschieden werden soll.«

»Gibt es denn da verschiedene?«, fragte Georg.

Der Beamte lachte. »Haben Sie eine Ahnung. Scheidungsgrund Nummer eins ist natürlich der Ehebruch. Wenn Sie die junge Dame hier in Andernach heiraten wollten, liegt dieser Fall bei Ihnen vermutlich vor?«

Georg spürte, wie seine Wangen heiß wurden. »Nicht mit Absicht«, verteidigte er sich matt.

»Dennoch haben Sie nach dem Recht Ihrer Frau in Trier gegenüber Ehebruch begangen.« Wichtigtuerisch hob der Beamte den Zeigefinger.

»Gibt es denn keine andere Möglichkeit, meine Ehe … ich weiß nicht … irgendwie rückgängig zu machen? Ich kenne die Frau in Trier doch gar nicht.«

»Sie meinen, Sie können sich nicht mehr an sie erinnern?«, fragte Herr Schmitz.

»Meinetwegen auch so. Die Frau in Trier ist eine Fremde für mich«, ereiferte sich Georg hitzig. »Schließlich lebe ich jetzt schon seit zehn Jahren hier am Rhein und …«

»Warten Sie, warten Sie.« Der Beamte hob beschwichtigend die Arme. »Sie haben Ihre Frau also seit zehn Jahren nicht gesehen?«

Georg nickte wieder. »Eigentlich sogar länger als zehn Jahre, ich war ja noch an der Front, bevor ich nach Andernach gekommen bin.« Er sah sein Gegenüber an. Ob er wohl an dessen Menschlichkeit appellieren konnte? »Hören Sie, ich bin kein schlechter Mensch, wenn Sie das meinen. Glauben Sie wirklich, ich hätte Eva – meine … meine ehemalige Verlobte – heiraten wollen, wenn ich gewu… also wenn mir bewusst gewesen wäre, dass ich schon verheiratet bin?«

Herr Schmitz maß ihn mit einem prüfenden Blick, dann brummte er bestätigend und zog schließlich ein dickes Buch aus dem Regal hinter sich hervor. Bevor er erneut sprach, blätterte er das Buch auf, fuhr mit dem Finger durch die Seiten, bis er gefunden hatte, was er zu suchen schien. »Ah ja, genau. Wie ich es mir gedacht hatte.« Er hob den Kopf und sah Georg an. »Erinnern Sie sich noch an Ihre Eheschließung?«

»Ich erinnere mich nicht daran, jemals eine Ehe geschlossen zu haben«, antwortete Georg ehrlich, froh darüber, dass der Beamte ihm nun anscheinend helfen wollte.

»In diesem Fall können Sie Ihre Ehe auch als nichtig erklären lassen. Das geht etwas schneller als eine Scheidung. Moment, ich schaue gerade. Genau. Hier steht es, § 22 des Ehegesetzes: Mangel der Geschäfts- und Urteilsfähigkeit«, las er vor. »Eine Ehe ist nichtig, wenn einer der Ehegatten zur Zeit der Eheschließung geschäftsunfähig war oder sich im Zustand der Bewusstlosigkeit oder vorübergehenden Störung der Geistestätigkeit befand.« Wieder musterte er Georg, und dieser fühlte sich dabei plötzlich unwohl. Hilfe war das hier anscheinend doch nicht. »Das trifft wohl auf Sie zu, würden Sie nicht sagen?« Der Beamte verzog den Mund zu einem hämischen Lächeln. »Bei Ihren Gedächtnislücken.«

WIE VIEL ZEIT NOCH BLEIBT

»Kannst du nicht wenigstens vorübergehend hier übernachten?«

»Nein, August, ich bleibe dabei!« Maria stemmte die Arme in die Seiten und bedachte August mit einem strengen Blick.

»Aber … es war so komisch gestern Nacht, mit einer Fremden allein in der Wohnung zu sein.«

»Eva ist keine Fremde, wie oft denn noch? Sie gehört zur Familie.«

»Du doch eigentlich auch«, gab er zurück.

»Ich gehöre zu meinem Mann.«

»Ja, ja, zum guten Hans Schumacher! Der dich mit seinen Hundeaugen so lange angeschaut hat, bis du weich geworden bist.«

»Ich bin nicht weich geworden. Und der Hans hat weitaus mehr getan, als nur zu gucken. Er hat hier angepackt, hat mir zur Seite gestanden. Ohne ihn hätte ich das alles nicht durchstehen können.«

»Angepackt, ja?« August hustete einmal. »Das glaub ich sofort, dass er dich angepackt hat.«

»August!«, rief Maria empört.

Er wollte zu einer neuerlichen Antwort ansetzen, stattdessen hustete er. Hustete und hustete, verschluckte sich und hustete noch mehr. Er schlug sich die Hände vor den Mund, dann fuhr er herum und eilte ins Lager. Kurze Zeit später hörte Maria, wie er die Treppe hinaufging. Sicherlich würde er in die Stube gehen, einen Schluck Wasser zu sich nehmen. Bei dem Husten war das auch besser so.

Maria machte sich daran, die neuen Bücher, die sie eben geliefert bekommen hatten, in die Regale zu räumen. Als sie damit fertig war, war August immer noch nicht von oben zurückgekommen. Vielleicht sollte sie nach ihm schauen gehen? Aber da öffnete sich die Ladentür, und ein Kunde trat herein. Es war einer der Ärzte aus dem Krankenhaus.

»Ach, Herr Doktor Degen, wie schön, Sie zu sehen. Wie kann ich Ihnen helfen? Suchen Sie ein bestimmtes Buch?«

Der Arzt nickte. »Ein Buch für meine Frau. Es soll ein Geburtstagsgeschenk sein.«

»Da hab ich genau das Richtige. Ihre Frau liest doch so gern die Krimis von der Agatha Christie. Kommen Sie mit.« Maria ging voraus zum Regal mit der Kriminalliteratur, und der Arzt folgte ihr.

Das erste Buch, das sie ihm zeigte, nahm er sofort. Als sie wieder an der Kasse standen und Maria das Buch in Geschenkpapier verpackte, fragte Dr. Degen: »Wie hat Ihr Mann die schlechten Neuigkeiten denn aufgenommen? Hält er sich wacker?«

Maria legte die Stirn in Falten. »Schlechte Neuigkeiten?«, fragte sie zurück.

»Hat Ihr Mann es Ihnen denn nicht erzählt?« Der Arzt hob erstaunt die Brauen.

»Was soll er mir erzählt haben?«, fragte Maria nach.

Der Doktor schob mit der linken Hand die Brille auf seiner Nase zurecht. Eine dunkle Hornbrille, wie es gerade Mode war. »Wenn er es Ihnen nicht erzählt hat … dann sollte ich …« Er brach ab und griff nach dem Buch, welches Maria fertig eingepackt und auf den Tresen gelegt hatte.

»Herr Doktor!«, sagte Maria mit leichtem Vorwurf in der Stimme. »Sie können doch jetzt nicht damit anfangen und mir dann nichts weiter dazu sagen.«

Doktor Degen presste die Lippen zusammen, dann sagte er: »Na gut, es handelt sich hier ja schließlich um Ihren Mann.« Er trat näher, senkte den Kopf ein wenig zu Maria und sagte dann leise: »Er hat nicht mehr lange. Es ist seine Lunge, da ist es nur noch eine Frage der Zeit, bis es mit ihm zu Ende geht. Eigentlich wollte ich ihn gleich im Krankenhaus behalten. Aber Ihr Mann ist ein Sturkopf. Er hat darauf bestanden zu gehen. Deshalb bin ich heute auch hier, weil ich einmal nach ihm sehen wollte. Und natürlich des Buches wegen.« Mit der freien Hand klopfte er auf das eingepackte Buch.

»Wie viel Zeit?«, fragte Maria leise. Sie dachte daran, wie August eben gehustet hatte, wie er nach oben gegangen und immer noch nicht wieder zurückgekommen war. Ihre Stirn schob sich zu einer Sorgenfalte zusammen. »Wie viel Zeit bleibt ihm noch?«

»Das ist schwer zu sagen«, antwortete der Arzt ausweichend. »Ein paar Wochen vielleicht, wenn er Glück hat. Länger bestimmt nicht.«

Maria fühlte sich mit einem Mal schlecht und musste sich mit den Händen auf der Ladentheke abstützen.

»Frau Herrmann! Wenn ich geahnt hätte, dass Sie nichts davon wissen, ich hätte es nicht angesprochen. Geht es Ihnen gut? Wollen Sie sich vielleicht setzen?«

»Nein, nein, es geht schon wieder«, wiegelte sie ab.

Der Doktor nickte. »Gut, dann … Wo ist Ihr Mann denn?«

»Oben in der Stube. Einmal dort hindurch und dann die Treppe hinauf.« Maria deutete zum Lager.

»Sie gestatten?«, fragte der Arzt und ging zum Lager hinüber.

»Aber natürlich.« Als er an ihr vorbeigehen wollte, hielt Maria ihn auf. »Herr Doktor, gibt es etwas, was ich tun kann? Kann ich August irgendwie helfen?«

Der Arzt schüttelte mit ernster Miene den Kopf. »Wichtig ist jetzt nur, dass er sich nicht aufregt. Die Aufregung, wissen Sie, die führt den nächsten Anfall herbei, und das könnte dann der letzte gewesen sein.«

»Hustet er dann schlimm?«, fragte Maria und spürte mit einem Mal die Schuld so fest auf ihren Schultern sitzen.

Dr. Degen nickte.

»Dann beeilen Sie sich, Herr Doktor. Ich … ich wusste ja von nichts … und eben, da hab ich mit August gestritten.«

Der Arzt riss die Augen auf, dann eilte er nach oben, und Maria eilte hinterher, ohne daran zu denken, die Ladentür abzuschließen oder ein Schild hinauszuhängen. Wenn es um Leben und Tod ging, war für so etwas keine Zeit.

KEINE AUFREGUNG!

»Du hättest es mir sagen müssen.« Maria sah August an. War es wirklich erst eine halbe Stunde her, dass sie hinter Dr. Degen in die Stube geeilt war, nur um August am Küchentisch sitzend vorzufinden, vor sich eine Tasse Tee und ein Buch? Friedlich lesend, als wäre nie etwas geschehen? Als hätte er sich nicht zuvor so aufgeregt, dass er einen schlimmen Hustenanfall bekommen hatte? Der Doktor hatte nur kurz mit August gesprochen und war dann mit dem Buch für seine Gattin wieder gegangen. Natürlich hatte er August gesagt, dass dieser sich schonen solle. Keine Arbeit und vor allem: keine Aufregung! Aber August wollte nichts davon wissen und stand nun wieder im Laden. Zusammen mit Eva und ihr.

»Hätte ich?«, fragte August ebenso ruhig zurück. »Du hast einen anderen geheiratet, Maria. Ich muss dir gar nichts mehr sagen.«

Maria wollte etwas erwidern, aber nun schaltete sich ihre Nichte in das Gespräch ein. »Du hast wieder geheiratet?«, fragte sie und sah Maria fassungslos an.

»Ach, was denn?«, rief August. »Haste das deiner lieben Nichte gar nicht erzählt?« Er wandte sich zu Eva. »Deine Tante hat den Hans Schumacher geheiratet. Deshalb wohnt sie auch nicht mehr hier.«

Ihrer Nichte war der Mund aufgeklappt. »Du hast … wann?«

Maria atmete einmal durch und sagte dann schnell: »Letzten Montag.«

»Letzten Montag? Da seid ihr doch in den Urlaub gefahren. Dann seid ihr deshalb weggefahren, um am Wörthersee zu heiraten?«, fragte Eva verblüfft.

»Eine Heirat am Wörthersee?«, rief August. »Das wird ja immer besser!« Er schüttelte den Kopf.

»Wir haben in Andernach geheiratet, am Morgen, bevor wir gefahren sind«, erklärte Maria sachlich.

»Hier?«, fragten August und ihre Nichte gleichzeitig.

Sie nickte knapp.

»Aber … warum hast du uns denn nichts gesagt?«, wollte Eva wissen.

Maria verzog den Mund. »Nach der Sache mit dir und … du weißt schon. Ich dachte, es würde dich nur traurig machen, weil du ja nicht heiraten ko… also …«

»Ich verstehe«, sagte Eva leise. »Dann weiß Ilse davon?«

Maria schüttelte den Kopf. In Gedanken sah sie den Tag vor sich, an dem sie ihrer Tochter davon hatte erzählen wollen. Der Tag, an dem Ilse ihr verkündet hatte, sie würde die Schule abbrechen wollen, was sie nun auch getan hatte. »Ilse hat ihre ganz eigenen Geheimnisse«, antwortete sie.

»Du hast es nicht einmal unserer Tochter gesagt?«, rief August. Nun wirkte er aufgebracht. Er hustete.

»August!«, rief Maria. »Du sollst dich doch nicht aufregen.«

»Ich soll mich nicht aufregen?« Erneut hustete er. »Ich rege mich auf, wann immer ich möchte!«

»Warum soll er sich nicht aufregen?«, fragte ihre Nichte.

»Weil es ihm nur schadet. Er hat es auf der Lunge. Der Doktor war heute hier und hat gesagt, dass dein Onkel eigentlich in ein Krankenhaus gehört«, erklärte Maria.

Die Augen ihrer Nichte waren groß geworden, während sie zu August sah, der sich jetzt vor Husten krümmte und dann ein blutbeflecktes Tuch aus der Tasche hervorzog, um es sich vor den Mund zu halten.

»Onkel August, wenn doch der Doktor gesagt hat, dass …«

August fuhr zu Eva herum. »Von dir lass ich mir schon dreimal nichts sagen!« Wieder hustete er.

»August Herrmann!«, sagte Maria streng. »Eva macht sich nur Sorgen um dich, genauso wie ich. Auch wenn ich wieder geheiratet habe, so sind wir immer noch eine Familie. Wir alle. Und da können wir dir durchaus sagen, dass wir finden, du solltest besser auf den Doktor hören.«

»Ach, der Doktor, der Doktor. Der kann mir jetzt auch nicht mehr helfen. Das kann niemand mehr. Ich bin doch schon verloren. Aber eines werde ich mit Sicherheit nicht tun: den Kopf in den Sand stecken. Und deshalb lasst mich arbeiten, solange ich es noch kann. Das ist es, was ich will.«

VOM KOBLENZER TOR NACH TRIER

Den Käfer von Werner Seul hatte er vor dem Koblenzer Tor geparkt, dann lief er die Straße hinauf. Natürlich hätte er auch direkt bis vor die Buchhandlung fahren und dort halten können, aber er wollte nicht so viel Aufsehen erregen. Was war denn, wenn Eva wieder nicht mit ihm sprechen wollte, wenn sie gar nicht in das Auto einsteigen würde?

Er war schnell losgelaufen, aber je näher er der Rhein-Buchhandlung kam, desto langsamer wurden seine Schritte. Er wusste, dass es wieder nur seine Angst war, die ihn zurückhielt. Die Angst, dass Eva nicht mit ihm sprechen wollte. Die Angst, dass sie in ihm nur einen Heiratsschwindler sah.

Durch das Schaufenster erblickte er Eva und ihre Tante und einen alten Mann, den er nicht kannte. Die drei sahen aus, als würden sie streiten. Georg trat ein wenig näher heran, um besser sehen zu können. Was machte der Mann? Er hielt sich seltsam gekrümmt. Aber Georg kam nicht mehr dazu, weiter darüber nachzudenken, denn in diesem Augenblick wandte Eva den Kopf, und ihre Blicke trafen sich.

Georg hätte vermutet, dass Eva nun wieder den Laden verlassen würde, ihm wieder aus dem Weg gehen würde, stattdessen tat sie genau das Gegenteil: Sie kam zu ihm nach draußen. »Georg, was willst du?«, fragte sie. Sie drehte sich zum Schaufenster um, sah zur Buchhandlung hinein. Dabei wirkte sie nervös, fahrig beinahe. Schließlich wandte sie sich wieder zu ihm, berührte mit einer Hand seinen Oberarm und führte ihn ein paar Schritte von der Buchhandlung weg.

Georg warf einen Blick über die Schulter, aber er konnte nicht mehr in den Laden hineinblicken. War es der ältere Mann, der Eva so verunsicherte? Was ging da nur vor sich? Aber er hatte im Moment keine Zeit, sich damit zu befassen. Er musste Eva überzeugen, mit ihm zu kommen. Jetzt. Direkt. Also sagte er schnell: »Eva, ich weiß, du glaubst mir nicht. Aber wenn du jetzt mit mir kommst, dann kann ich dir beweisen, dass ich nicht verheiratet bin, ohne dass ich noch viel dazu sagen muss.«

»Und wie soll das gehen?«, fragte sie, während sie sich erneut umdrehte und einen weiteren Blick zum Laden zurück warf.

»Du kommst mit mir, und ich zeige es dir.« Mit einer Hand deutete Georg zum Koblenzer Tor.

Eva zuckte mit den Schultern. »Gut, dann lass uns gehen.«

Georg sah sie erstaunt an. Er hatte mit Widerstand gerechnet, mit Ablehnung. Hatte sich darauf eingestellt, sie erst überzeugen zu müssen. Was hatte er sich nicht alles zurechtgelegt … und nun drehte Eva sich um und stapfte zum Koblenzer Tor hinüber. Georg schüttelte den Kopf. Manchmal wurde er aus Eva einfach nicht schlau.

Als sie den Käfer erreicht hatten, öffnete Georg die Beifahrertür. »Steig ein, dann können wir direkt los.«

»Ich soll mit dir mitfahren? Du hast doch eben nur gesagt, dass du mir etwas zeigen willst, und dafür müssen wir mit dem Auto fahren? Wohin denn?«

»Nach Trier«, antwortete Georg.

»Bis nach Trier? Was wollen wir da?«

»Irmgard Neumann besuchen«, erklärte Georg neutral.

»Deine Frau?« Eva trat einen Schritt von der geöffneten Beifahrertür zurück. »Wir sollen deine Frau besuchen? Damit willst du mir zeigen, dass du nicht verheiratet bist?«

»Eva, ich habe es dir schon einmal gesagt. Ich bin nicht Georg Neumann. Und wer könnte das besser wissen als Irmgard Neumann? Sie wird dir bestimmt bestätigen können, dass ich die Wahrheit erzähle. Ich bin nicht mit dieser Frau verheiratet.«

Eva warf einen letzten Blick über die Schulter, die Hochstraße hinauf, dann stieg sie in den Wagen ein. »Gut, das will ich sehen.«

Georg umrundete den Käfer und stieg zur Fahrertür ein. Er startete den Wagen. Als er sich umwandte und dabei den Arm hinter Evas Sitz legte, um beim Zurücksetzen den Verkehr hinter sich sehen zu können, dachte er, dass er zum ersten Mal seit Wochen Eva wieder so nah war wie schon lange nicht mehr. Als der Wagen sicher auf der Straße stand, blickte er kurz zu ihr hinüber. »Dann auf nach Trier!« Und damit ließ er die Kupplung kommen und trat aufs Gaspedal.

IRMGARD NEUMANN

Georg seufzte beinahe erleichtert auf, als er das Ortsschild von Trier sah. Nicht mehr lange, und sie hätten ihr Ziel erreicht. Die letzten zwei Stunden im Auto waren nervenaufreibend gewesen. Zunächst hatte Georg noch versucht, Eva in ein Gespräch zu verwickeln, hatte es mit Belanglosigkeiten wie dem Wetter und dem Straßenverkehr versucht, aber Eva hatte nur einsilbig geantwortet und war dann zu Schweigen übergegangen. So war auch er still geworden. Wenn sie früher zusammen geschwiegen hatten, war es niemals merkwürdig gewesen, jetzt war das ganz anders. Es war furchtbar unangenehm, und Eva schaute die meiste Zeit stur aus dem Fenster. Mit jeder Minute mehr im Auto wunderte Georg sich, dass Eva so bereitwillig mitgekommen war. Es musste etwas mit dem Streitgespräch zu tun haben, mit dem alten Mann, der Georg unbekannt war. Er überlegte, ob er Eva darauf ansprechen sollte. Jetzt war sie schließlich hier mit ihm in Trier, jetzt musste er nicht mehr fürchten, sie würde nicht mitkommen. Er warf ihr einen kurzen Seitenblick zu. Immer noch starrte sie aus dem Fenster. Einige Strähnen ihres hellen Haars standen wirr ab. Es sah dennoch gut aus.

»Eva?«, fragte er. Aber sie reagierte nicht, und so verwarf er seinen Gedanken wieder. Nach dem alten Mann und dem Streit zu fragen, dafür war jetzt nicht die Zeit. Nun musste Georg sich ganz anderen Dingen stellen.

Er hatte sich vorher den Weg genau auf der Karte eingeprägt, damit sie in Trier nicht mehr lange suchen mussten. Dennoch wünschte er sich jetzt, sie hätten sich verfahren. In seiner Vorstellung war alles so einfach gewesen. Sie würden nach Trier fahren, Georgs Frau aufsuchen, und die würde dann bestätigen, dass er – der neue Georg – nicht mit ihr – der Frau des alten Georg – verheiratet war. Dann würde Eva ihm endlich glauben, und alles würde wieder so werden wie zuvor. Aber mit jedem Meter, den sie die Straße nun entlangfuhren, die Straße, in der Irmgard Neumann wohnte, wurden seine Zweifel größer. Er kannte diese Frau nicht, er wusste nicht, wie sie reagieren würde. Schließlich hatte er die Identität ihres Mannes angenommen. Hatte sie gestohlen.

Am liebsten wäre Georg umgedreht. Aber Eva war hier bei ihm. Sie hatte zugestimmt, mit ihm zu fahren. Also würde er ihr heute beweisen, dass er nicht in allen Dingen gelogen hatte. Würde ihr beweisen, dass er kein Eheschwindler war. Alles andere würde sich fügen.

Dass man ihn vielleicht verhaften und ins Gefängnis stecken würde, schob er beiseite. Erst einmal war es wichtig, Eva die Wahrheit zu zeigen.

Obwohl es noch Nachmittag war, dämmerte es schon, als sie das Haus mit der Nummer 48 erreichten. Georg parkte den Wagen am Straßenrand. Sie stiegen aus. Es war ein Mehrparteienhaus. Georg kniff die Augen zusammen und versuchte, den Namen »Neumann« auf die Schnelle zu erkennen. Immer noch machten ihm die deutschen Buchstaben so seine Schwierigkeiten. Und hier im Dämmerlicht war es noch schwieriger. Bevor er die richtige Klingel gefunden hatte, drückte Eva mit einem entnervten Seufzen auf einen Knopf.

Im dritten Stock wurde ein Fenster geöffnet, und ein dunkler Haarschopf schob sich hinaus. Eine Frau. Das Gesicht konnte Georg bei der zunehmenden Dämmerung nicht erkennen. »Ja, bitte?«, fragte die Frau, und als Georg und Eva hinaufsahen, rief sie: »Georg? Bist du das? Hat die Hetti doch recht gehabt? Georg!« Der Frauenkopf verschwand, und im Haus hörte man Rumoren.

Eva warf ihm einen bösen Seitenblick zu, und sein Herz rutschte ihm in die Hose. Das konnte doch nicht sein! Kannte Irmgard Neumann ihren eigenen Mann so schlecht, dass sie nun dachte, er sei es wirklich? Bevor Georg sich noch weitere Gedanken dazu machen konnte, wurde die Tür aufgerissen, und die Frau stürzte heraus, warf sich Georg in die Arme. So stürmisch war sie dabei, dass er ein paar Schritte mit ihr nach hinten stolperte. Dann küsste sie ihn. Instinktiv riss Georg seinen Kopf zur Seite, trennte damit ihre Lippen. Schnell nahm er seine linke Hand zum Mund und fuhr mit dem Handrücken über die Lippen, als könnte er den Kuss damit rückgängig machen.

Irmgard Neumann wich nun auch von ihm zurück. Sie kniff die Augen zusammen, und dann rief sie: »Du bist gar nicht der Georg!«

Genau in diesem Moment öffnete sich im zweiten Stock ein Fenster, und einer der Nachbarn von Irmgard Neumann sah neugierig auf die Straße hinaus. Georg, der eigentlich gerade Eva einen triumphierenden Blick zuwerfen wollte, wandte sich stattdessen schnell an Irmgard: »Ich bin schon der Georg«, sagte er laut, und im Flüsterton fügte er hinzu: »Aber ich bin nicht dein Mann. Vielleicht können wir das drinnen klären.« Er nickte mit dem Kopf zur Tür.

Wenig später saßen sie bei Irmgard Neumann am Küchentisch.

»Von Weitem siehst du meinem Georg schon zum Verwechseln ähnlich«, sagte Irmgard Neumann nachdenklich.

Georg musterte sie. Ihr Haar war dunkel, fast schwarz, dennoch zeigten sich erste graue Strähnen an den Schläfen. Das machte es für Georg unmöglich, ihr Alter zu bestimmen. Auch ihr Gesicht sah seltsam alt aus, so viele harte Linien durchfurchten es, dabei konnte sie kaum älter sein als er selbst.

Irmgard Neumann rutschte auf ihrem Stuhl nach vorn und deutete mit dem ausgestreckten Zeigefinger auf Georg, bevor sie verlangte: »Und jetzt raus mit der Sprache: Warum gibst du dich als mein Mann aus? Die Hetti, das ist die Schwägerin von meiner Nachbarin, die oben aus dem dritten, jedenfalls … wo war ich? Ach ja, die Hetti, die arbeitet auf dem Amt, und die hat mir erzählt, dass da jemand von einem anderen Amt angerufen und gesagt hat, dass mein Mann, mein Georg, dass der wieder heiraten will. Ich hab's ja nicht glauben wollen! Nee, Hetti, hab ich gesagt, mein Georg, der ist tot. Der ist an der Front geblieben. Und dann klingelst du hier, und ich denke, mich tritt ein Pferd. Und dann biste es doch nicht.« Sie ließ den Zeigefinger wieder sinken.

Georg warf einen kurzen Blick zu Eva, die neben ihm saß und wie schon im Auto merkwürdig still war. Aber dann nickte sie ihm aufmunternd zu, und das bestärkte Georg. Er räusperte sich, und schließlich erzählte er Irmgard Neumann alles, was er auch Eva erzählt hatte.

NUR DIE HALBE WAHRHEIT

Während Eva Georgs Ausführungen lauschte, musterte sie die andere Frau. Diejenige, die mit Georg Neumann verheiratet war, dem echten Georg Neumann. Immer noch nicht wusste sie so genau, was sie von alldem halten sollte. Und erst recht nicht wusste sie, was sie von Irmgard Neumann halten sollte. Selten hatte sie jemanden kennengelernt mit solch einem verkniffenen Gesichtsausdruck. Eva fragte sich, ob diese Frau Neumann überhaupt lachen konnte oder ob sie immer so griesgrämig dreinschaute.

Zumindest klang nun alles, was Georg erzählte, all das, was er ja auch ihr schon erzählt hatte, mit jedem Wort plausibler. Aber es entschuldigte immer noch nicht, dass er es so lange vor ihr verschwiegen hatte. Und irgendwie hatte Eva auch das Gefühl, dass das hier noch nicht alles war, dass es nur die halbe Wahrheit war. Dass Georg ihr nur eine Seite der Medaille zeigte.

»Das muss ich der Hetti erzählen. Da hab ich nämlich doch recht gehabt!«, rief Irmgard Neumann nun triumphierend aus. »Mein Georg ist an der Front gefallen. In Ruhm und Ehren. Als Held!« Sie wandte sich an Eva. »Ich hab das nämlich gewusst, dass mein Georg ein Held ist und nicht so ein Feigling, der sich einfach aus dem Staub macht.« Sie nickte und wirkte dabei sehr überzeugt von sich selbst.

»Nein!«, rief Georg. »Bitte, Irmgard, das darfst du niemandem erzählen.«

»Aber warum denn nicht?«, fragte diese.

»Weil ich doch jetzt Georg Neumann bin. Und, ehrlich gesagt, möchte ich das auch gerne bleiben.«

»Ich versteh nicht …« Irmgard Neumann kniff die Augen zusammen.

»Ich wollte dich um die Scheidung bitten, damit ich die Eva heiraten kann. Ganz offiziell.« Georg drehte sich zu Eva und schenkte ihr ein warmes Lächeln, das Eva in diesem Moment nicht erwidern konnte.

Dass er ihr nun gezeigt hatte, dass er die Wahrheit darüber gesagt hatte, nicht verheiratet zu sein, war ja eine Sache, aber ob sie nach dieser ganzen Geschichte überhaupt noch bereit war, ihn zu heiraten, das war eine andere. Eva konnte es im Moment noch nicht sagen. Trotz des Kindes, das unter ihrem Herzen heranwuchs. Dem Kind, von dem Georg noch nichts ahnte.

»Ich versteh immer noch nicht«, drängte sich Irmgard Neumann in Evas Gedanken. »Wir zwei …« Sie deutete mit der Hand zwischen sich und Georg hin und her. »Wir sind überhaupt nicht verheiratet. Ich bin mit Georg Neumann verheiratet, und gerade habe ich erfahren, dass ich schon lange verwitwet bin, warum um alles in der Welt sollte ich mich scheiden lassen?«

»Weil dein Georg nie für tot erklärt wurde, und weil ich einen Personalausweis besitze, der das Gegenteil behauptet, der sagt, dass Georg noch am Leben ist«, erklärte er ruhig.

Eva fragte sich, woher er gerade diese Ruhe nahm, denn sie selbst hätte Irmgard Neumann gegenüber nicht so ruhig bleiben können.

»Pass auf«, fuhr Georg fort, »ich habe mich informiert, man kann die Ehe auch von einem Gericht für nichtig erklären lassen, wenn bei einem der Ehepartner ein Mangel der Geschäfts- und Urteilsfähigkeit vorgelegen hat.« Mit der rechten Hand deutete er auf sich selbst. »Das wäre dann bei mir der Fall. Ich werde auf Gedächtnisverlust plädieren. Schließlich erinnere ich mich wirklich nicht daran, jemals geheiratet zu haben.«

Irmgard lachte auf. »Natürlich. Gedächtnisverlust! Nennt man das heute so, wenn man anderen Leuten den Pass klaut? Aber ob Scheidung oder für nichtig erklären, für mich kommt's auf das Gleiche raus. Ich bin die Gepitschte! Ich bin die, auf die alle mit dem Finger zeigen. Die, die von ihrem Mann für eine andere sitzen gelassen worden ist.« Mit jedem Wort war ihre Stimme höher und schriller geworden.

Eva sah zu Georg. Wartete darauf, was er dazu sagen würde. Aber Georg saß dort am Küchentisch und sah aus wie vom Donner gerührt. Und in diesem Moment wurde Eva klar, dass er nicht so weit gedacht hatte, dass er keinen anderen Plan hatte als diesen einen.

Irmgard Neumann setzte wieder an: »Ich weiß wirklich nicht, was du dir vorgestellt hast. Warum sollte ich das tun?«

Georg war mit einem Mal sehr verlegen. »Ich dachte … ich …«

»Was hast du gedacht? Dass du dich einfach als mein Mann ausgeben kannst und ein gutes Leben irgendwo führst? Am Ende haste ihn noch auf dem Gewissen!«

»Ich hab deinen Mann nicht umgebracht. Ich hab … Ich hab einfach nur versucht zu überleben. Nichts anderes. Und dein Mann … Ich hätte ihn nicht mehr retten können. Für ihn war es schon zu spät. Ich habe bei ihm gesessen. Er ist nicht allein gestorben. Zählt das nichts?«

Irmgard brummte etwas Unverständliches und sagte dann: »Das ist ja schön und gut, aber davon kann ich mir nichts kaufen. Ich hab so gar nichts davon. Nur die Schande! Denn hier sieht es doch dann für alle so aus, als hätte ich es nicht geschafft, meinen Mann zu halten. Als wäre er mir davongelaufen, und ich hätte auch noch zugestimmt.« Sie verzog den Mund. »Das wird nicht einfach für mich. Bis jetzt war ich eine ehrbare Frau, aber mit einer Scheidung …?«

»Wie ich eben schon sagte, es muss nicht auf eine Scheidung hinauslaufen. Für nichtig erklären lassen geht in diesem Fall auch und ist auch viel schneller erledigt und …«

»Ich muss darüber nachdenken«, unterbrach Irmgard Neumann ihn abrupt. Sie stand auf und bedeutete damit Georg und Eva, auch aufzustehen. Langsam ging sie zur Wohnungstür. »Das ist nichts, was man so einfach übers Knie bricht. Es ist schon spät. Kommt morgen früh wieder, bis dahin überlege ich, und dann reden wir.« Damit schob sie Georg und Eva zur Tür hinaus und schlug ihnen diese vor der Nasenspitze zu.

UNTER EINER DECKE

»Pssst! Jetzt sei doch mal leise!«

Ilse eilte auf Zehenspitzen hinter Petra über den Flur. Der Saum ihres weitschwingenden Nachthemds rutschte bei jedem Schritt an ihrem Oberschenkel entlang, und sie wünschte sich, sie hätte doch Strümpfe angezogen, denn die Beine waren ihr schrecklich kalt. Von den Füßen wollte sie gar nicht erst anfangen.

Petra blieb vor einer Zimmertür stehen. Von drinnen hörte sie Stimmengemurmel und leise Musik. Petra klopfte an, und sofort verstummte alles. Kurze Zeit später öffnete sich die Tür, und die Mädchen traten ein. Ilse sah sich um. Das Zimmer glich demjenigen, das sie sich mit Helene teilte. Zwei Betten, zwei Schränke, an der Wand ein Tisch mit zwei Stühlen. Auf den beiden Betten saßen schon weitere Schwesternschülerinnen. Die meisten auch in Nachthemden, einige trugen Pyjamas. An der Seite stand ein tragbarer Plattenspieler und daneben einige Flaschen Wein.

Petra warf sich sofort auf das Bett zur Linken. »Mach mal Platz und gib mir was Decke«, forderte sie. Dann blickte sie zu Ilse herüber, die unsicher neben der Tür stand. »Ilse! Was stehste da rum, komm her, hier ist noch Platz.« Damit rutschte sie einfach zur Seite und schob das Mädchen neben sich weiter. Ilse ging hinüber und setzte sich auch auf das Bett, schob ihre kalten Beine unter die warme Decke, das tat gut.

»Jetzt stecken wir zwei unter einer Decke«, feixte Petra und schob ihre Füße an Ilses Waden.

Obwohl die Kälte unangenehm war, so war es Petras Nähe nicht. Und Ilse wusste nicht, was sie davon halten sollte.

Hildegard, die Schwesternschülerin im dritten Lehrjahr, deren Zimmer das hier war, schaltete den Plattenspieler wieder ein. Die Stimme von Caterina Valente erfüllte den Raum.

Jemand reichte Ilse und Petra Gläser, die verdächtig nach Zahnputzbechern aussahen. Hildegard ging mit zwei Flaschen Wein umher und füllte die Gläser. »Der ihre Eltern haben ein Weingut an der Mosel«, sagte Petra zu Ilse. »Die bringt den guten Stoff kofferweise von zu Hause mit.«

Ilse nickte nur, während sie das Glas in ihren Händen drehte. Die anderen Mädchen unterhielten sich angeregt und lachten und tranken.

»Du bist viel schöner, wenn du lachst, als wenn du so 'ne Schnute machst.« Petra stieß Ilse mit dem Ellenbogen an.

»Wie soll ich denn lachen? Mein Vater hustet Blut und ist bei Doktor Degen in Behandlung! Da kannst du dir schon ausrechnen, dass das nicht gut ausgehen wird. Und meine Mutter? Die war vor zwei Tagen hier, hat mir erzählt, sie würde meinen Lehrvertrag unterschreiben, aber passiert ist nichts! Was glaubst du, was das bedeutet? Ich weiß es doch schon: Von keinem von denen kriege ich die Unterschrift für meinen Lehrvertrag.«

»Das bekommen wir schon irgendwie hin«, versuchte Petra, sie aufzumuntern. »Jetzt trinkst du endlich einmal einen Schluck von dem guten Wein, dann sieht die Welt gleich wieder besser aus.« Sie prostete ihr zu und lächelte aufmunternd.

»Meinst du?«, fragte Ilse.

»Natürlich. Du siehst das alles zu negativ. Deine Mutter hat doch gesagt, dass sie den Vertrag unterschreibt, das wird schon alles werden. Mach dir nicht so viele Sorgen.«

Ilse drehte den Becher in ihrer Hand, der Wein schwappte träge. »Deine Zuversicht hätte ich mal gerne«, sagte sie matt.

»Brauchste nicht! Ich hab genug für zwei«, sagte Petra und setzte ihren Becher mit so viel Schwung an den Mund, dass sie sich die Hälfte des Weins überschüttete. Die Flüssigkeit lief ihr über Kinn und Hals. Petra lachte laut. »Da brauch ich mich gleich schon nicht mehr zu waschen.« Sie zwinkerte ihr zu.

Ilse erwiderte nichts, zu sehr war sie davon abgelenkt, wie der nasse Stoff von Petras Nachthemd an deren Brust klebte und jede Rundung nachzeichnete. Und wie sie sich mit aller Kraft beherrschen musste, nicht den Finger auszustrecken und diese Rundung selbst nachzuzeichnen.

NUR BIS MORGEN

Es hatte gedauert, bis sie eine Gaststätte gefunden hatten, die bereit war, zu dieser späten Stunde noch zwei Übernachtungsgäste aufzunehmen. Es war ein kleines Haus, und so war nur noch ein Zimmer frei. Immerhin hatte man Eva gestattet, kurz zu Hause anzurufen, damit sie der Tante mitteilen konnte, wo sie sich gerade aufhielt. Schließlich war sie in Andernach zu Georg ins Auto gestiegen, ohne jemandem Bescheid zu sagen. In der Annahme, sie würde am Abend wieder zurück sein. Das Telefonat war kurz gewesen. Tante Maria hatte angespannt geklungen, und Eva konnte es ihr nicht verübeln. Mit Onkel August hatte sie ihre ganz eigenen Sorgen.

Georg hatte zunächst versucht, es sich auf dem Stuhl, der in dem kleinen Zimmer zwischen dem schmalen Doppelbett und dem noch schmaleren Schrank Platz gefunden hatte, bequem zu machen, aber Eva konnte ihn schließlich davon überzeugen, dass er sich zu ihr ins Bett legte. Sie hatten schon so viele Stunden ein Bett geteilt und dabei mehr getan, als nur zu schlafen, da machte eine weitere Nacht nichts mehr aus.

Und dann lag Eva da. Starrte in die Dunkelheit und lauschte Georgs gleichmäßigem Atem. Er hatte sich auf die Seite gedreht und war so nah wie möglich an die Kante gerutscht. So war er. Er gab ihr den Raum, zeigte ihr, dass er die Situation nicht ausnutzen würde. Sie zwei allein in einem Zimmer, in einem Bett, wann war es das letzte Mal so gewesen? Unbewusst fuhr sie mit der Hand über den Bauch. Das war ihr letztes intimes Zusammensein gewesen. Am Abend nach dem Antrag. Dieser Abend, der so intensiv gewesen war, so heiß. Beim bloßen Gedanken daran spürte sie eine neue Hitze in sich aufwallen. Stärker als sonst. Drängender. Ihr Instinkt, die pure Lust, übernahm mit einem Mal die Kontrolle. Sie stieß ihren Verstand zur Seite und rollte zu Georg hinüber. Ehe sie selbst richtig begriff, was sie da tat, fuhr sie mit ihren Händen unter Georgs Hemd, strich über seinen warmen Körper, seine Haut, die sich so vertraut anfühlte.

Georg drehte sich zu ihr, sah sie an, eine Mischung aus Erstaunen und Freude auf dem Gesicht. Sie ließ ihre Hände über seinen Bauch wandern und dann hinunter. Sofort änderte sich sein Gesichtsausdruck, und ein leises Stöhnen entfuhr ihm.

»Willst du das wirklich?«, keuchte er.

»Nur heute Nacht«, murmelte sie. »Morgen sehen wir weiter. Ich weiß nicht, ob das hier richtig ist, aber jetzt fühlt es sich gut an.«

Er sah sie ernst an. »Eva … vielleicht sollten wir es dann lieber …«

»Nichts da!«, sagte sie und rutschte näher an ihn heran. Ihre Hände noch immer in seinem Schoß, küsste sie ihn so stürmisch und atemlos, wie sie ihn noch nie geküsst hatte. Sie fühlte sich wie eine Ertrinkende. Nur Georgs Arme, Georgs Mund und Georgs Körper, nur das war es, was sie jetzt noch retten konnte. Nichts anderes wollte sie.

In dieser Nacht waren sie sich wieder ganz nah. Und als Eva schwitzend und leicht außer Atem in die Kissen sank, hatte sie für einen Moment das Gefühl, es würde doch alles wieder gut werden.

Ja, Georg hatte gelogen. Aber er hatte auch die Wahrheit gesagt: Er war nicht mit dieser Irmgard Neumann verheiratet. Dennoch war es nicht mehr wie vorher. Alles, was sie über Georg zu wissen geglaubt hatte, stimmte nicht. Und mit diesem Wissen war er ihr mit einem Mal fremder als je zuvor.

Wieder legte sie die Hand auf ihren Bauch. Sie hatte Georg immer noch nicht von dem Kind erzählt, das in ihrem Bauch heranwuchs. Und sie wusste nicht, wann sie es tun würde; ob sie es tun würde. Eigentlich wusste sie überhaupt nicht, wie es mit ihr und Georg und dem Kind weitergehen würde. Manchmal wünschte sie, sie könne die Zeit einfach anhalten und zurückdrehen. Zurückdrehen zu dem Abend, an dem Georg ihr den Antrag gemacht hatte. Wenn sie da doch ihrem ersten Impuls gefolgt wäre, wenn sie Nein gesagt hätte. Dann hätte sie an diesem Abend auch nicht mit Georg geschlafen. Dann wäre sie jetzt nicht schwanger, sie hätten nie ein Aufgebot bestellt und Eva hätte nicht von der vermeintlichen Ehe Georgs erfahren. Sie würde immer noch in ihrem Traum vom schönen Leben leben. Aber dann dachte sie, dass es besser war, nun alles zu wissen. Dass ihr Leben vorher eben genau das gewesen war: ein Traum, ein Trugbild. Nun kannte sie die Wahrheit. Und die Wahrheit war nicht immer schön. Sie war schonungslos, aber sie war echt. Echter als jeder Traum. Genauso echt wie das neue Leben, das in ihr wuchs. Und mit diesem Gedanken wurde ihr bewusst, dass das der eigentliche Grund war, warum sie in Andernach mit Georg ins Auto gestiegen war. Das Kind war der eigentliche Grund, warum sie sich auf diese Reise eingelassen hatte. Auch wenn sie sich heute Nachmittag noch eingeredet hatte, es sei nur, um dem Streit zwischen Onkel und Tante zu entkommen.

Und nun war sie mit Georg zusammen bei Irmgard Neumann gewesen, der Frau des eigentlichen Georg. Eva wusste nicht, was sie von ihr halten sollte. Es war merkwürdig gewesen, dass sie sie so plötzlich vor die Tür gesetzt hatte. Und mit diesem Gedanken traf die Angst Eva kalt. Was, wenn Irmgard Neumann nichts Besseres zu tun gehabt hatte, als die Polizei zu verständigen? Würde man Georg noch in der Nacht abholen oder bis zum Morgen warten? So oder so würde sie am Ende allein mit einem Kind zu Hause sitzen, und Georg wäre im Gefängnis. Sie wollte sich gar nicht vorstellen, für welches Gerede das in Andernach sorgen würde. Das wäre nicht nur schlecht für sie, es wäre auch schlecht fürs Geschäft. Sie wusste doch, wie die Leute waren, wenn sie erst einmal ins Reden kamen. Eva versuchte, sich vorzustellen, wie das wäre: Zuerst würden sie sicherlich die Rhein-Buchhandlung stürmen und versuchen, alles aus Tante Maria herauszubekommen, und wenn sie dann die Wahrheit erfuhren, davon erfuhren, dass Eva unehelich schwanger geworden war, dann würden sie die Buchhandlung meiden …

Vor nur wenigen Wochen hatte sie noch von ihrer Zukunft geträumt. Von ihrem Leben, das sich in jeder Hinsicht so wunderbar gestaltet hatte. Die Tante hatte ihr gesagt, dass sie später einmal die Buchhandlung übernehmen könne, Georg hatte ihr einen Antrag gemacht, alles hatte sich so wunderbar gefügt. Und jetzt? Jetzt lag sie in Trier in einem schäbigen Pensionsbett, das unangenehm nach Mottenkugeln roch, war unverheiratet schwanger von einem Mann, der sich als ein anderer ausgab. Hatte sich ihm sogar erneut hingegeben, obwohl sie nicht einmal wusste, ob sie eine Zukunft mit ihm noch wollte.

Ihr ganzes traumhaftes Leben war von einem auf den anderen Moment aus den Fugen geraten. Alles war auseinandergebrochen. Einfach so. Wie sollte sie da nur wieder herauskommen?

Vielleicht war es besser, nicht zu weit zu blicken. Erst einmal in kleinen Schritten weiterzumachen, statt Angst vor der großen und ungewissen Zukunft zu haben. Morgen früh würden sie sich wieder mit Irmgard treffen. Morgen früh würde sie ihnen ihre

Entscheidung mitteilen. Und je nachdem, wie diese ausfiel, würde es weitergehen.

Erst mal nur bis morgen. Erst mal nur bis morgen. Sie sagte es sich im Kopf immer wieder vor. Die Augen und die Glieder wurden ihr schwer. *Erst mal nur bis …*

Freitag, 21. Oktober 1955

WAS KOSTET EIN LEBEN?

Es war noch nicht richtig hell, als sie sich am Morgen wieder zur Wohnung von Irmgard Neumann begaben. Obwohl Eva ihm in der Nacht so nah gewesen war, hielt sie jetzt Abstand zu ihm. Als wären sie Fremde, ging sie schweigend neben ihm her, den Kopf gesenkt, anscheinend ganz in Gedanken versunken. Georg hätte alles dafür gegeben, jetzt ihre Gedanken lesen zu können, erfahren zu können, was sie so sehr beschäftigte. Er fragte sich, ob es ihr wirklich gut ging. Beim Frühstück hatte sie kaum etwas gegessen, auch den Kaffee hatte sie abgelehnt.

Irmgard Neumann ließ sich Zeit, bis sie die Tür öffnete. Dann führte sie die beiden ohne ein Wort des Grußes in die Wohnung. Diesmal nicht in die Küche, sondern in ein kleines Wohnzimmer. Sie nahm in einem abgewetzten Sessel Platz. Georg und Eva setzten sich auf ein altes Sofa, das an der Wand neben einem in die Jahre gekommenen Buffetschrank stand. Alles an und in dem Raum war dunkel. Das Holz, der abgetretene Teppich, die Vorhänge an dem kleinen Fenster, selbst das Sonnenlicht, das kaum seinen Weg in das enge Zimmer hinein fand. Georg schluckte. Es roch muffig nach feuchtem Schimmel.

»Ich will ja nicht so sein«, eröffnete Irmgard Neumann schließlich das Gespräch. Sie gab ein schnalzendes Geräusch von sich und fuhr dann fort: »Ich werde die Scham auf mich nehmen, auch wenn es mich zum Gespött meiner Nachbarn machen wird. Gewissermaßen bin ich das eh schon. Schließlich war ich es, die so lange noch daran geglaubt hat, dass der Georg – mein Georg, nicht so ein Betrüger – zu mir zurückkommen wird.« Sie schüttelte den Kopf. »Ich hab ihn nie für tot erklären lassen, obwohl mir deshalb die Witwenrente durch die Lappen gegangen ist … Aber das hab ich einfach nicht übers Herz gebracht. Mein Georg war für mich immer ein Held. Aber solange sein Heldentod nicht offiziell von Amts wegen bestätigt war, habe ich es lieber auf mich genommen, in Armut zu leben.« Sie schob ihr Kinn vor. »Hin und wieder hat mir der freundliche Nachbar von oben etwas Geld zugesteckt. Am liebsten hätte er mir noch ganz andere Dinge zugesteckt, aber solange ich noch eine ehrbare, verheiratete Frau war, war daran zum Glück nicht zu denken.« Sie seufzte theatralisch. »Das bin ich ja bald nicht mehr, also verheiratet … dann muss ich schon auch etwas dafür bekommen.«

Georg legte die Stirn in Falten. Er warf Eva einen kurzen Blick zu, bevor er fragte: »Was möchtest du?«

»Nun ja, es wird ja dann einiges an Gerede geben, das ich zu ertragen haben werde, und ich will gar nicht erst davon sprechen, wie man mich dann schneiden wird! Und der Nachbar, der wird dann sicherlich noch aufdringlicher als sowieso schon. Das wird alles nicht einfach für mich werden.« Sie fixierte Georg mit einem leidenden Ausdruck auf dem Gesicht. Dann schnalzte sie erneut abfällig und sagte: »Also muss das schon entsprechend entlohnt werden. Für alles, was ich damit auf mich nehme!«

Georg zog die Augenbrauen zusammen. »Du willst Geld?«, fragte er.

Wieder ein Schnalzen. »Natürlich. Mit genug Geld ist alles erträglich.«

»Ich … ich soll mich freikaufen?«, fragte Georg. »Das ist nicht dein Ernst.«

»So, wie du mir das gestern dargelegt hast, hast du keine andere Wahl. Es sei denn, du bevorzugst es, ins Gefängnis zu gehen oder in deine Heimat zurückkehren zu müssen, was noch schlimmer wäre, wenn ich das richtig verstanden habe?«, fragte Irmgard Neumann. Ihre Stimme klang dabei mit einem Mal zuckersüß. »Also, wenn du weiterhin Georg Neumann bleiben willst, dann kostet dich das eine ganze Stange.«

Georg sah wieder zu Eva, las auf ihrem Gesicht die gleiche Fassungslosigkeit, die er selbst verspürte. »Du kannst doch nicht wirklich Geld von mir verlangen.«

»Ich kann und ich werde«, antwortete Irmgard Neumann knapp. Sie sah ihn herausfordernd an.

Georg biss die Zähne zusammen. »Wie viel willst du haben?«, presste er hervor. Zu seiner Fassungslosigkeit gesellte sich nun noch Angst. Die Angst, die ihn früher immer so fest im Griff gehabt hatte.

»Fünfzigtausend Mark.«

Georgs Gedanken rasten in seinem Kopf. Fünfzigtausend, das war mehr als das Doppelte von dem, was er über die letzten Jahre so mühsam zusammengespart hatte. Und selbst die Zwanzigtausend, die er im Moment auf der hohen Kante hatte, waren nicht mehr lange ihm, schließlich hatte er mit Fräulein Weber den Vertrag gemacht. Sie sollte sein Erspartes bekommen, als Anzahlung auf die Pension. Wo sollte er leben, wenn er die nicht kaufen konnte? Wenn er all sein Geld dieser Frau gab, hatte er selbst nichts mehr. Dann könnte er sich noch nicht einmal ein Zimmer leisten. »Aber …«, begann er verzweifelt, »so viel hab ich nicht.«

»Das ist nicht mein Problem«, antwortete Irmgard Neumann kalt. »Ich bin nicht diejenige, die sich jahrelang unter falschem Namen ein schönes Leben gemacht hat.« Sie sah Georg an. »Beschaff das Geld, oder du kommst hinter schwedische Gardinen. Deine Wahl.«

Georg schnappte nach Luft, während die Gedanken in seinem Kopf sich überschlugen. Sie würde ihn an die Polizei ausliefern, wenn er nicht zahlte. Sein Leben, seine zweite Chance, alles wäre dann vorbei. Aber was sollte er tun? So viel Geld hatte er nicht. Streng genommen hatte er gar nichts mehr. Sein Herz schlug auf einmal hart und fest in seiner Brust, und er hatte das Gefühl, dass der Boden unter seinen Füßen schwankte, obwohl er doch auf dem Sofa saß. Er kam sich vor, als wäre er in einem Boot auf hoher See. Dazu fühlte es sich mit einem Mal so an, als würde eine Hand seine Lungenflügel von innen zusammendrücken. Panik stieg in ihm auf. Er bekam keine Luft mehr. Genau in diesem Moment spürte er, wie jemand seine rechte Hand ergriff. Eine schmale Hand, warm und weich, mit zarten Fingern. Eva. Sie hatte ihre Hand in Georgs gelegt und drückte diese nun. Es war nur eine kleine Geste, aber sie gab ihm Kraft. Eva war da. Sie war an seiner Seite, und sie gab ihm Halt. War ihm plötzlich wieder nah. Natürlich nicht so nah wie in der Nacht, aber nah genug, dass Georg wieder Hoffnung schöpfte. Hoffnung, dass es mit ihnen noch nicht vorbei war, dass sie eine gemeinsame Zukunft haben konnten. Sie zwei zusammen, sie konnten alles überstehen, selbst eine habgierige Witwe. Er erwiderte den Druck von Evas Hand und straffte dann automatisch die Schultern, bevor er sich wieder an Irmgard Neumann wandte: »Zwanzigtausend, das ist alles, was ich dir geben kann.«

Irmgard Neumann stieß einen aufgebrachten Laut aus. Dann schloss sie ihre Augen und nahm theatralisch einen langen Atemzug, bevor sie sagte: »Dann kannst du dich schon einmal von deiner Freundin da verabschieden, lange werdet ihr nicht mehr miteinander haben, wenn die Polizei dich holen kommt.« Sie lehnte sich im Sessel zurück und verschränkte demonstrativ die Arme vor der Brust.

Georg spürte, wie Eva seine Hand erneut drückte. Er rutschte auf dem Sofa nach vorn, sodass er nun auf der Kante saß. »Zwanzigtausend. Das ist alles, was ich hab. Zwanzigtausend und keinen Pfennig mehr.«

»Für das, was ich alles auf mich nehmen soll, ist das nicht viel«, erwiderte Irmgard Neumann schnippisch. »Eigentlich sollte ich jetzt die Polizei rufen. Ich hätte es gestern schon tun sollen.«

»Wenn du die Polizei rufst, dann bekommst du nicht einmal eine Mark. Dann gehst du leer aus«, sagte Georg ruhig. »Ist es wirklich das, was du willst?«

»Du gehst dann ins Gefängnis«, erwiderte Irmgard eisig. »Ist es wirklich das, was du willst?«, äffte sie ihn nach.

»Das führt doch so zu nichts«, schaltete sich mit einem Mal Eva ein. Sie wandte sich an Irmgard Neumann. »Zwanzigtausend Mark, das ist ein gutes Angebot. Dafür muss ein rechtschaffener Mann viele Jahre arbeiten.«

»Rechtschaffen?« Irmgard Neumann lachte spitz auf. »Als wenn er rechtschaffen wäre, wenn er sich einfach als mein Mann ausgibt.«

»Ist es denn rechtschaffen, Geld zu erpressen?«, fragte Eva ruhig.

Georg stand auf und hob beschwichtigend die Arme. »Wir müssen jetzt nicht die Frage nach dem Huhn und dem Ei klären. Im Grunde genommen machen wir ein einfaches Geschäft. Hier haben wir einen Namen, da haben wir zwanzigtausend Mark. Nun müssen wir nur noch beide einschlagen, und alle sind zufrieden.« Er streckte Irmgard Neumann seine rechte Hand hin.

Diese zögerte, verzog den Mund. Schließlich hob sie ihre Hand und schlug ein. »Aber ich möchte noch einmal betonen, dass es sehr zu meinem Nachteil ist und dass ich hier ein großes Opfer bringe!«

Georg biss die Zähne zusammen. Ihm lag eine spitze Bemerkung auf der Zunge, aber zum Glück war Eva schneller: »So ist es, und wir sind dir sehr dankbar dafür.«

»Das könnt ihr auch sein!«, erwiderte Irmgard Neumann. Sie blickte nun Eva an und fügte noch hinzu: »Dann wirst du ja anscheinend bald meinen Platz einnehmen und die neue Frau Neumann werden.«

Eva stand nun auch auf und stellte sich neben Georg. Wieder ergriff sie seine Hand. Georg freute sich sehr über diese Geste, zeigte es ihm doch, dass Eva endlich wieder zu ihm stand.

Aber dann sagte sie: »Das wird sich noch zeigen.«

GEHEIMNISSE

Das Schweigen zwischen ihnen war ohrenbetäubend. Es füllte den kleinen Wagen bis in jede Ecke, jede Ritze aus und nahm Eva mit jeder Minute mehr den Atem. Während sie sich auf der Hinfahrt damit abgelenkt hatte, sich die Landschaft längs der Straße anzusehen, so konnte sie nun nichts anderes tun, als auf ihre Hände zu starren, die sie in ihrem Schoß zusammengelegt hatte. Der neuerliche Besuch bei Irmgard Neumann und deren Geldforderung wollte ihr einfach nicht aus dem Kopf gehen. Denn auch wenn die habgierige Witwe eingeschlagen hatte, so wusste Eva nicht, ob ihr wirklich zu trauen war. Und dann trieb sie immer noch die Scham um. Die Scham, dass sie gestern Nacht der Leidenschaft nachgegeben hatte. Dass sie über Georg hergefallen war, obwohl sie nicht einmal wusste, ob sie ihn noch in ihrem Leben haben wollte.

Und am meisten bedrückte sie, dass ihr Beisammensein so intensiv gewesen war wie nie zuvor. Natürlich hatte sie schon oft mit Georg geschlafen, dennoch war die letzte Nacht ganz anders gewesen. War es wegen ihres Streites? War es, weil er sie angelogen hatte oder weil sie die Bestätigung erhalten hatte, dass er zumindest in Bezug auf das Verheiratetsein die Wahrheit gesprochen hatte? Oder lag es an dem Kind? Dem gemeinsamen Kind in ihrem Bauch? Bei dem Gedanken verzog sie das Gesicht. Es fühlte sich alles falsch an.

Und damit wusste Eva plötzlich gar nicht mehr, was sie denken sollte. Sie war schwanger von einem Mann, der sie angelogen hatte, war in der Buchhandlung, die eigentlich ihre Zukunft sein sollte, nur noch geduldet. Alles kam ihr mit einem Mal ausweglos vor. Wie sollte es nur werden, wenn das Kind da war? Wie sollte sie das alles schaffen?

Sie blickte aus dem Fenster. Gerade passierten sie ein Straßenschild, das anzeigte, dass sie sich in der Nähe von Koblenz befanden. Bis Andernach war es also nicht mehr weit. Dann würde ihre Fahrt enden, und jeder von ihnen würde in sein Leben zurückkehren.

Eva blickte zu Georg hinüber, der konzentriert den Wagen lenkte. »Warum hast du damals nicht einfach einen zweiten Anlauf genommen?«

»Einen zweiten Anlauf?«

»Um mir die Wahrheit zu erzählen. Du hast mir gesagt, du hättest es einmal tun wollen, und ich hätte dich unterbrochen. Warum hast du es danach nie wieder versucht?«

»Ich … ich weiß es nicht«, antwortete Georg. Er sah sie dabei nicht an, hatte den Blick auf die Fahrbahn gerichtet. »Vielleicht, weil ich ein verdammter Feigling bin. Ich hatte Angst. Verdammt, ich hab immer noch Angst«, fügte er dann so leise hinzu, dass Eva Mühe hatte, es durch die lauten Motorengeräusche des Käfers zu verstehen.

»Wovor?«, fragte Eva.

»Davor, dass sie mich verhaften, oder davor, dass ich wieder zurückmuss. Und am meisten davor, wie du darauf reagieren würdest, dass ich dich dann verlieren würde.« Er lachte heiser und kehlig auf. »Und dann ist genau das passiert, weil ich aus Angst geschwiegen habe wie ein Feigling.«

Eva nickte nur, so hatte sie sich das mittlerweile auch schon gedacht.

»Wie war es in deiner … du weißt schon, in deiner Heimat?«, fragte sie schließlich.

»Das einzig Gute war meine Großmutter«, antwortete Georg, und Traurigkeit durchzog seine Stimme.

»Erzähl mir von ihr.«

Kurz wandte er den Kopf zu ihr. Ein kleines Lächeln flog über seine Lippen. Ganz kurz nur, dann waren seine Augen wieder von dieser Traurigkeit erfüllt, und er blickte zurück nach vorn, zur Straße. »Sie war lange Zeit der wichtigste Mensch in meinem Leben. Sie hat mir alles beigebracht, was ich heute weiß. Sie war …« Er schluckte. »Ich hab sie geliebt.«

Eva wartete ab, ob er noch mehr sagen würde, und so war es auch.

»Sie war eine Deutsche«, sagte Georg jetzt. »Kam ursprünglich aus der Nähe von Frankfurt.«

»Dann ist das der Grund, warum du eigentlich kaum einen Akzent hast? Früher ist es mir nicht aufgefallen, jetzt meine ich, es manchmal hören zu können.«

Georg nickte. »Sie hat fast nur Deutsch mit mir gesprochen. Nur die ganzen Märchen und Sagen, die hat sie mir auf Russisch erzählt. Ich glaube, weil sie sie selbst nur so kannte. Sie hat mir mal erzählt, dass sie die alle von der Großmutter meines Vaters erfahren hat. Die zwei mochten sich sehr. Ich hätte sie gern kennengelernt, aber als ich geboren wurde, da war sie schon lange …« Er beendete den Satz nicht, aber Eva konnte sich schon ihren Teil denken.

»Weißt du, was am merkwürdigsten war?«, fragte Georg, aber es war nur eine rhetorische Frage, denn er fuhr bereits fort: »Sie war Deutsche, aber was den Aberglauben anging, war sie manchmal russischer als mein Großvater und mein Vater und alle Dorfbewohner zusammen. Sie kannte jede Geschichte, jeden Brauch, jedes Fabelwesen, jedes Omen.« Georg lachte kurz. »Mein Vater wurde immer wütend, wenn sie so viel Deutsch mit mir gesprochen hat. Ich bin ihr heute so dankbar dafür.«

»Und deine Mutter?«, fragte Eva.

»Sie hat das Deutsche immer abgelehnt. Das ... es gab oft Streit zwischen ihr und meiner Großmutter. Und zwischen ihr und meinem Vater. Eigentlich hatte sie immer mit allen Streit. Ein Grund mehr, warum ich mich stets an meine Großmutter gehalten habe. Sie war so ein herzensguter Mensch. Streng, aber gerecht. Wir hatten nie viel, aber meine Großmutter, sie hat immer etwas für mich gehabt, mir immer etwas zugesteckt.« Auch wenn Georg weiter auf die Straße vor sich blickte, konnte Eva sehen, dass er lächelte. »Fräulein Weber erinnert mich oft an sie.«

»Das ist schön. Oder?«

Er nickte, und nun meinte Eva, ein Glitzern am Rande seines Auges sehen zu können, als würde dort Wasser stehen, das das Licht der entgegenkommenden Autos reflektierte. Georg standen die Tränen in den Augen. Noch nie hatte sie ihn so erlebt. So verletzlich, so offen. All die Liebe, die sie so lange für ihn empfunden hatte, kehrte mit voller Wucht zurück. Eva biss sich auf die Lippe. Was sollte sie tun? Sie liebte Georg. Liebte ihn mit jeder Faser ihres Körpers, mit all ihrem Sein. Und auch wenn er ihr vorenthalten hatte, wer er wirklich war, so änderte das nichts an dem Menschen, den sie kennengelernt hatte.

Ja, er hatte ihr nicht erzählt, dass er ein anderer war und warum er ein anderer war. Aber es gab auch etwas, das sie selbst nie jemandem erzählt hatte. Ein Geheimnis, das sie selbst jetzt noch mit sich herumtrug. Schließlich hatte sie nie jemandem von ihrer Reise erzählt. Von dem Mann, der sie auch heute noch manchmal bis in ihre Träume verfolgte. Und es gab noch ein weiteres Geheimnis, das sie bislang nicht mit Georg geteilt hatte, obwohl er ein Teil dessen war: das Kind in ihrem Leib.

Und mit diesem Gedanken wusste Eva, dass sie Georg verzeihen würde, dass sie ihm doch eigentlich schon längst verziehen hatte in dem Moment, in dem ihr klargeworden war, dass er ihr – wenn auch fast zu spät – die Wahrheit erzählt hatte.

EIN GUTER VATER

Er parkte den Wagen wieder vor dem Koblenzer Tor, zog mit einem lauten Geräusch die Handbremse an und schaltete den Motor aus.

Eva wusste, dass sie jetzt aussteigen sollte, aber sie blieb einfach sitzen. Beide schwiegen sie. Eva legte die Hände auf ihren Bauch. Ihr war mit einem Mal wieder so flau.

»Dann …«, begann Georg. »… warte, ich helfe dir aus dem Wagen.« Er wollte die Fahrertür öffnen, aber Eva hielt ihn davon ab.

»Warte.« Sie legte die Hände wieder auf ihren Bauch. »Es gibt da etwas, was ich mit dir klären muss. Etwas, das ich dir erzählen muss, weil es auch dich betrifft.«

»Mich betrifft?«

»Ja, dich und mich, uns beide.«

»Was ist es?«

Eva schob ihre Hände jetzt links und rechts seitlich an ihren Bauch, sodass die beginnende Wölbung gut zur Geltung kam. »Was glaubst denn du, warum ich mit nach Trier gekommen bin? Was glaubst du, warum ich versucht habe, bei Irmgard Neumann ein gutes Wort einzulegen?«

»Aber …« Georg sah sie ungläubig an. Seine Augen wanderten in einem schnellen Zickzack von ihren Augen zu ihrem Bauch und wieder zurück. Immer hoch und runter. Hoch und runter.

»Verdammt, Georg, ich bin schwanger«, entfuhr es Eva.

»Von mir?«, fragte er erstaunt.

»Natürlich von dir!«, rief Eva. Sie löste die Hände von ihrem Bauch und sah ihn entrüstet an.

Georg hob beschwichtigend beide Hände. »So hab ich das nicht gemeint, es ist nur … Wie? Wann?«

Eva hob eine Augenbraue. »Muss ich dir wirklich das Wie erklären?«

Georg schüttelte stumm den Kopf. Röte zeigte sich auf seinen Wangen.

»Und zum Wann«, fuhr Eva fort. »Es war das letzte Mal, als wir bei dir waren. Nach dem Antrag.«

Eva sah, dass Georg im Kopf zu rechnen begann, dass er die Tage, die Wochen zählte.

»Ich bin jetzt in der zehnten Woche, fast schon elfte«, sagte sie schnell. »Es wird im Mai kommen.«

Georg sah sie noch einen Moment mit ungläubigem Staunen an, dann beugte er sich vom Fahrersitz zu ihr herüber und nahm Eva in den Arm, so gut es in dem kleinen Käfer möglich war. Anschließend lehnte er sich wieder ein Stückchen zurück, hob die Hand in Richtung ihres Bauches, hielt aber inne und suchte ihren Blick. »Darf ich?«

Eva nickte. Sie nahm seine Hand, legte sie auf ihren Bauch.

Sie musste über Georgs Gesichtsausdruck schmunzeln. So konzentriert und ernst und dennoch mit einem halben Lächeln.

»Ich werde Vater«, sagte er langsam, mehr zu sich selbst, wie es Eva schien.

»Ja, das wirst du, Georg Neumann.«

»Weißt du schon, was es wird?«

Eva lachte hell auf. »Ich kann das Kind noch nicht einmal spüren, von der Übelkeit einmal abgesehen. Was es wird, das werden wir erst bei der Geburt erfahren.« Sie blickte zu ihrem Bauch hinunter. Legte nun ihre Hände auf Georgs Hand. »Manchmal denke ich, es wird vielleicht ein Mädchen.«

»Ein Mädchen. Ein kleines Mädchen«, sagte Georg verträumt.

»Aber es könnte auch ein Junge sein.«

»Ob Mädchen oder Junge, das ist doch egal. Ich werde es lieben, so viel steht fest.«

Eva sah Georg an, sah in seine blauen Augen, die sie früher immer so sehr an Alfred erinnert hatten und in denen sie heute immer nur Georg sah. Auch wenn ihr Georg in Wahrheit ein anderer war. Sie sah in diese Augen und versank in dem Glück, das sie ausstrahlten. Dem Glück, Vater zu werden. Eva wusste nicht, ob es mit der Schwangerschaft zusammenhing, aber in letzter Zeit fühlte sie alles so viel intensiver. Sie weinte schneller, war aber auch schneller glücklich. Und dieser kleine Moment jetzt erfüllte sie mit so viel Glück und Liebe, dass sie das Gefühl hatte, ihr Herz würde gleich einfach überlaufen vor lauter Gefühl. Sie neigte ihren Kopf Georg entgegen, und er überwand die letzten Zentimeter, die ihre Lippen noch trennten, und küsste sie. Sanft und vorsichtig. Eine Hand immer noch an ihrem Bauch.

In diesem Moment, in diesem Kuss, wusste Eva, dass sie alles schaffen würde, was sie sich vorgenommen hatte. Sie würde später einmal die Buchhandlung übernehmen, sie würde ihr Kind großziehen, und Georg würde bei alldem an ihrer Seite sein. Er hatte einen Fehler gemacht, hatte ihr die Wahrheit vorenthalten. Aber er war trotzdem ein guter Mensch. Und er würde ein guter Vater sein, das wusste Eva.

Samstag, 22. Oktober 1955

LOSLÖSEN

Georg knetete die verbleibenden Finger seiner linken Hand mit der rechten. Es nützte nichts, noch länger zu warten, er musste mit Fräulein Weber sprechen. Die alte Dame ging schließlich davon aus, dass er die Pension kaufen würde. Jetzt musste er ihr beichten, dass er es sich nicht mehr leisten konnte. Dass er sich gar nichts mehr leisten konnte … Georg seufzte schwer. Aber dann dachte er wieder an die Nacht mit Eva in Trier, an ihr Gespräch auf der Rückfahrt und daran, dass er Vater werden würde. Er! Vater. All diese Gedanken gaben ihm Kraft. Er trat in den Salon.

Fräulein Weber saß auf dem Sofa am Fenster und sah hinaus auf die Straße. Georg räusperte sich, um auf sich aufmerksam zu machen.

»Herr Neumann! Guter Gott, da sind Sie ja endlich wieder. Ich habe mir Sorgen um Sie gemacht. Erst verschwinden Sie einfach so für eine Nacht, und dann kommen Sie wieder zurück, ohne ein Wort zu sagen.«

Georg hielt sich nicht mit irgendwelchen Floskeln auf, er kam direkt auf den Punkt: »Fräulein Weber, ich … wir müssen den Vertrag lösen.«

»Wie bitte?« Seine Zimmerwirtin sah ihn überrascht an. »Warum sollten wir das tun?«

»Weil ich … ich habe kein Geld mehr. Ich habe gar nichts mehr.« Georg ließ die Hände sinken. Er setzte sich neben die alte Dame auf das Sofa.

»Aber wieso denn? Haben Sie Ihr Geld denn nicht auf der Bank? Hat man Sie überfallen?«

Bei jeder der Fragen schüttelte Georg den Kopf.

»Was in Dreigottesnamen ist denn dann passiert?«, rief Fräulein Weber aus.

»Ich … Nehmen Sie es mir nicht übel, aber damit kann und möchte ich Sie nicht belasten. Für Sie ist nur wichtig, dass ich das Geld nicht mehr habe und daher auch die Pension nicht mehr kaufen kann. So schwer es mir fällt.«

»Erschrecken Sie eine alte Frau doch nicht so. Herr Neumann! Jetzt mache ich mir große Sorgen.«

»Das müssen Sie nicht. Mit mir und Eva ist alles gut, und das ist das Wichtigste. Und wenn Sie die Pension gewinnbringend verkaufen, dann sind auch Sie gut versorgt, und dann muss ich mir keine Gedanken machen.«

Fräulein Weber neigte sich zu ihm nach vorn und legte ihm eine Hand an den Kopf. Eine Geste, wie sie seine Großmutter früher auch immer gemacht hatte. »Ach, Herr Neumann, Sie sind schon eine gute Seele. Schauen nach den anderen, aber nicht nach sich selbst. Wo wollen Sie denn wohnen, wenn Sie kein Geld mehr haben?«

»Ich finde schon was, Fräulein Weber. Ich werde schon etwas finden.« Er sagte es im Brustton der Überzeugung, aber gar nicht so sehr, um seine Zimmerwirtin zu überzeugen, sondern mehr sich selbst.

»Erst die Sache mit dem Fräulein Eva, und nun haben Sie Ihr Geld verloren und wissen noch nicht, wo Sie im neuen Jahr unterkommen werden?« Fräulein Weber drückte sich die Hand vor den Mund.

Georg sah sie an. »Als ich weg war, da war ich mit Eva unterwegs.«

Die Miene seiner Zimmerwirtin hellte sich sofort auf. »Dann haben Sie sich mit dem Fräulein Eva wieder vertragen?«

Georg nickte. »Es scheint ganz so.«

»Werden Sie mir jemals erzählen, was zwischen Ihnen beiden vorgefallen ist?«

»Vermutlich nicht«, antwortete Georg, und als er sah, wie Fräulein Weber dabei den Mund verzog, fügte er schnell hinzu: »Aber das hat nichts damit zu tun, wie ich zu Ihnen stehe, das müssen Sie wissen. Es ist … es ist besser für Sie, es nicht zu wissen. Und es ist kompliziert.«

»Und es geht mich neugierige alte Frau ja auch gar nichts an«, sagte seine Zimmerwirtin und zwinkerte ihm zu. »Die Hauptsache ist doch, dass Sie und das Fräulein Eva wieder glücklich sind. Werden Sie jetzt heiraten?«

Georg wiegte den Kopf hin und her. »Ich weiß es noch nicht, die Zukunft wird es zeigen. Erst einmal lasse ich meine bestehende Ehe für nichtig erklären, dann sehen wir weiter.«

»Ihre bestehende Ehe?« Fräulein Weber zog überrascht die Augenbrauen hoch.

Georg biss sich auf die Lippe. Da hatte er sich doch versehentlich verplappert. Dabei hatte er der alten Dame gar nichts davon erzählen wollen. Nun musste er sich etwas einfallen lassen. »Ja, ich … Vor dem Krieg, da hab ich … geheiratet … und … das hab ich über die Front …«

»Sie haben es vergessen? Verdrängt?«, bot Fräulein Weber an.

Georg nickte. »Gewissermaßen.«

»Dann ist das das Komplizierte, warum Sie das Fräulein Eva bislang noch nicht geheiratet haben?«, fragte sie nach.

Wieder nickte Georg.

»Ach, Herr Neumann, das hätten Sie mir doch gleich erzählen können. Es ist natürlich nicht ganz ehrenhaft von Ihnen, dass Sie einfach wieder heiraten wollten, obwohl Sie ja schon verheiratet sind, aber es gibt wirklich Schlimmeres.«

Ja, dachte Georg, das gibt es. Wenn man sich zum Beispiel als jemand ausgab, der man gar nicht war. Wenn man nur deshalb in eine solche Situation gekommen war. Aber dann dachte er wieder an Eva, an das Kind, und da musste er lächeln.

»Sehen Sie«, sagte Fräulein Weber und legte ihm erneut ihre Hand an die Wange, »so gefallen Sie mir gleich viel besser.« Sie nahm die Hand wieder herunter. »Nun gut, dann werde ich jetzt doch wieder mit dem Makler sprechen. Um den Vertrag machen Sie sich mal keine Sorgen, Herr Neumann, das wird schon alles seinen Weg gehen. Den werden wir lösen. Auch wenn es mir in der Seele wehtut, die Pension an einen Fremden zu geben. Ich hatte mich so darüber gefreut, dass Sie mit dem Fräulein Eva hier einziehen würden.«

»Ich mich auch, Fräulein Weber, ich mich auch.«

VERSTÄNDNIS

»Nein, Sie verstehen mich nicht richtig«, sprach Eva mit lauter Stimme in den Telefonhörer. »Ich habe mit Ihrem Verlagsvertreter Reizpartien vereinbart, und ich sehe nicht ein, dass mir diese versprochenen Konditionen nicht gewährt werden. Ich habe den Durchschlag des Reiseauftrags hier liegen, und ich verlange, dass Sie Ihre Rechnung dahingehend ändern. Ja, natürlich zu unseren Gunsten! Wofür habe ich denn die guten Konditionen mit Ihrem Verlagsvertreter ausgehandelt? Ja, genau! Danke. Ich erwarte in den nächsten Tagen die neue Rechnung. Ihnen auch einen schönen Tag.« Sie warf den Hörer auf die Gabel und zog dann den Saum ihrer Bluse mit beiden Händen glatt, als müsste sie nicht nur ihr erhitztes Gemüt, sondern auch ihre Kleidung wieder zur Ordnung rufen.

Onkel August stand am Regal neben dem Kassentresen, wie auch schon das ganze Telefonat über. Dabei hielt er immer noch dasselbe Buch in Händen, und Eva hatte den Eindruck, dass er nur gelauscht hatte. Dabei war es gar nicht nötig gewesen, so nah am Tresen zu stehen. Der Herr am anderen Ende hatte Eva so aufgebracht, dass man ihre Erwiderungen vermutlich auch noch im Flur hinter dem Lagerraum hätte hören können.

Onkel August stellte das Buch ins Regal und wandte sich zu ihr. »Du verstehst was davon«, brummte er anerkennend.

Eva freute sich über dieses Kompliment, dennoch wiegelte sie ab: »Das meiste hat Tante Maria mir beigebracht.«

»Wie du eben mit dem Verlag gesprochen hast, so was kann einem keiner beibringen.«

»Weißt du, ich habe immer schon gesagt, dass ich alles lernen kann. Und das habe ich dann auch getan«, antwortete Eva mit einem Schulterzucken. Zu gut nur erinnerte sie sich an den Tag, an dem sie in Andernach angekommen war, als sie in der viel zu großen und dreckigen Männerkleidung vor der Tante gestanden und ihr mit fester Stimme gesagt hatte, dass sie alles lernen könne.

Darauf erwiderte der Onkel nichts mehr. Nun sah er sie nur an, musterte sie beinahe. »Du siehst aus wie sie«, sagte er dann.

Eva zog die Augenbrauen zusammen. »Wie wer?«, fragte sie und konnte im Gesicht von Onkel August mit einem Mal Schmerz und Trauer sehen und etwas, das sie nicht einordnen konnte. War es Schuld?

»Du siehst aus wie meine Schwester, als sie in deinem Alter war«, murmelte August Herrmann leise.

»Warum hast du mich dann rausgeworfen?«, fragte Eva. »An dem Abend, als … du weißt schon …«

Ihr Onkel schluckte. Und seine tief liegenden Augen sahen mit einem Mal noch schmerzerfüllter aus. »All die Jahre hab ich mir ausgemalt, wie es wäre, wenn ich endlich wieder zu Hause bin. Immer hab ich es genau vor mir gesehen: Ich gehe die Hochstraße entlang, und Maria kommt mir schon aus der Tür der Buchhandlung entgegengelaufen. Meine Mädchen hinterher. Und dann bin ich wirklich wieder zurück. Und nichts ist so, wie ich gedacht habe. Die Buchhandlung ist voller Leute. Aber meine Maria ist nicht mit dabei. Stattdessen steht da eine jüngere Variante meiner Schwester. Und da, ich weiß nicht … Der Moment, an dem ich mich all die Jahre festgehalten habe, er war damit kaputt. Dabei hätte mir doch klar sein müssen, dass es so wie in meiner Vorstellung nicht ablaufen wird. Aber … Ich weiß, es rechtfertigt gar nichts, aber … Diese Vorstellung hat mich durch die vielen Jahre getragen. Hat mich durchhalten lassen, obwohl ich schon lange selbst nicht mehr daran geglaubt habe, wirklich wieder nach Andernach zurückzukehren. Und dann haben die ganzen Leute in der Buchhandlung alle durcheinandergeredet, und da war so viel Lärm, und da musste ich wieder an das Lager denken, und dann … und dann … mir ist einfach eine Sicherung durchgebrannt.«

Eva schluckte. Zum ersten Mal sah sie, warum der Onkel so war, wie er war. Verstand, warum er sie an dem Abend hinausgeworfen hatte. Warum er gar nicht anders hatte handeln können. »Willst du … willst du davon erzählen? Wie es da war?«, fragte sie vorsichtig.

Ihr Onkel schüttelte vehement den Kopf.

»Dann werde ich auch nie wieder danach fragen.«

Er nickte knapp und ging wieder an die Arbeit. Als wäre damit alles zwischen ihnen gesagt. Eva nahm den Reiseauftrag. Sie musste ihn wieder ins Lager bringen und dort abheften.

»Danke«, hörte sie die Stimme des Onkels leise, als sie schon fast im Lager verschwunden war. Sie machte Halt und drehte sich zu ihm um.

»Danke«, sagte er wieder, diesmal etwas lauter und fester.

»Wofür?«, fragte Eva.

»Eigentlich für alles.«

Montag, 24. Oktober 1955

DER FEIND IN DER FAMILIE

»Onkel August? Darf ich vorstellen: Das ist Georg Neumann, mein Verlobter.«

Georg zog hastig die Schiebermütze vom Kopf und sah Evas Onkel an, der neben dem Kassentresen der Buchhandlung stand. So aus der Nähe sah er noch älter aus als vor ein paar Tagen durch das Schaufenster. Eva hatte ihm erzählt, dass er lange Jahre in Kriegsgefangenschaft gewesen war. Aber erst als er diesem gebrochenen Mann gegenüberstand, wurde Georg bewusst, dass er hier das Schicksal sah, das eigentlich für ihn selbst bestimmt gewesen war, dem er gerade so hatte entkommen können.

»Georg, das ist mein Onkel August, der Bruder meiner Mutter«, wandte sich Eva nun an ihn.

Georg lächelte vorsichtig, und August Herrmann tat es ihm gleich. Er bedachte ihn aus zwar tief liegenden, aber gütigen Augen, während er die Hand ausstreckte. Georg ergriff und schüttelte sie.

Der Blick des alten Mannes wanderte zu Georgs versehrter Hand. Er löste den Händedruck und deutete darauf. »Kriegsverletzung oder Unfall?«

»Kriegsverletzung«, antwortete Georg knapp.

August Herrmann nickte wissend. »Sie werden nun also meine Nichte heiraten?«, fragte er, und Georg meinte, darin einen spitzen Unterton zu hören, aber er überging es einfach.

»Sobald die Nichtigkeitserklärung meiner jetzigen Ehe rechtskräftig ist, ja.« *Meiner jetzigen Ehe,* wie das klang. Immer noch hatte er Schwierigkeiten, diesen Ausdruck über die Lippen zu bringen. Es klang für ihn genauso falsch wie *meine Frau,* wenn er von Irmgard Neumann sprach.

»Gut«, schaltete Eva sich in das Gespräch ein. »Der Georg und ich, wir müssen jetzt auch los.«

Georg hatte den Eindruck, dass sie den Onkel von der Ehe und allem, was damit zu tun hatte, ablenken wollte, und das war ihm nur recht.

»Sonst wird es noch zu spät«, fuhr Eva fort. »Wir sind mit Margot verabredet, weißt du?« Sie wandte sich zum Gehen und zog Georg hinter sich her.

Und in diesem Moment passierte es: Eva preschte so forsch vor, dass Georg über seine eigenen Füße stolperte und dabei beinahe einen Bücherstapel von der Ecke des Auslagentisches mit sich gerissen hätte, und ehe er es noch aufhalten konnte, hatte das »Oi« seinen Mund verlassen. Wie immer, wenn er stolperte. Dieses Wörtchen hatte er noch nie aufhalten können. Eva hatte sich nie darüber gewundert, aber bei ihrem Onkel war das anders. Georg sah, wie sich die Augen von August Herrmann weiteten, wie das Lächeln, das er eben noch auf den Lippen getragen hatte, erstarb. Wie er eins und eins zusammenzählte und dann bleich wurde.

Evas Onkel wich einen Schritt zurück und rief: »Oi? Du Russki. Du Russki!«

So lange schon hatte er niemanden mehr in seiner Muttersprache sprechen hören. Und auch wenn August Herrmann Deutsch und Russisch gemischt hatte, antwortete Georg automatisch: »Da.« Statt des deutschen Ja.

Evas Onkel stolperte noch einen Schritt zurück und stieß dabei gegen das Regal hinter sich. Die Bücher darin wackelten. Purer Hass war mit einem Mal in seinem Blick. Da war nichts Gütiges mehr. »Du!«, brüllte er und kam mit großen Schritten auf Georg zu, die Hände zu Fäusten erhoben. Seine Fingerknöchel traten weiß hervor.

Unwillkürlich wich nun Georg zurück. Dabei überragte er Evas Onkel um einen guten Kopf und war viel kräftiger gebaut als dieser. Aber er hatte es an der Front schon erlebt. Wenn ein Mann nur von genug Hass getrieben war, konnte er Berge versetzen, und er wollte es nicht darauf ankommen lassen. Er wollte nicht kämpfen. Das hatte er noch nie gewollt. Damals im Krieg schon nicht und heute erst recht nicht mehr.

Kurz bevor August Herrmann ihn erreichte, schwenkte dieser plötzlich zu Eva herum und rief aufgebracht: »Du hast dich mit dem Feind eingelassen? Ihn in unser Leben, in unser Haus gebracht? Wenn es doch ein Engländer wäre oder meinetwegen sogar ein Franzose, aber nein, du musstest dir ja gleich einen von den Schlimmsten aussuchen!«

Eva trat auf den Onkel zu. Legte ihm eine Hand auf den Arm, bevor sie ruhig erwiderte: »Georg ist nicht unser Feind, das war er nie.«

»Natürlich ist er das!«, rief August Herrmann aufgebracht. Er schüttelte Evas Hand ab. »Er hat im Krieg gekämpft, ohne Krieg gibt's nämlich keine Kriegsverletzung. Und damit ist er genauso mein Feind, wie es die Männer waren, die mich in Gefangenschaft genommen haben. All die Jahre musste ich in dem Lager …« Er brach ab, und Georg sah, dass Tränen in seinen Augen blitzten.

Georg hob die Arme, wie um sich zu ergeben. »Hören Sie, Herr Herrmann, ich …«

August Herrmann ließ ihn nicht aussprechen. »Schweig!«, brüllte er. »Schweig einfach. Hier hab ich das Sagen! Wir sind hier in meinem Land, in meinem Laden. Hier bist du der Feind. Nicht ich.«

Georg schloss den Mund und ließ die Arme sinken.

Wie schon in Trier trat Eva zu ihm und ergriff seine Hand. Es tat gut, dass sie zu ihm stand.

August Herrmann entging diese Geste natürlich nicht. Er hob den rechten Arm und deutete mit erhobenem Zeigefinger auf Eva. »Wenn du ihn heiratest, dann kannst du die Buchhandlung für immer vergessen. Überhaupt, wenn du dich für den Feind entscheidest, dann solltest du auch gleich ins Feindeslager umziehen. Du bist nichts anderes als eine Kollaborateurin! Und jetzt raus mit dir! Als ich dich an dem Tag, an dem ich zurückgekommen bin, vor die Tür gesetzt habe, das war das einzig Richtige. Ich hätte dich niemals wieder zurücklassen dürfen!«

»Aber Onkel August«, versuchte Eva es.

»Nein, die eigene Nichte bringt mir den Feind ins Haus. Und ich soll jetzt Ja und Amen dazu sagen? Niemals lasse ich den Feind in meinen Laden, in meine Familie! Raus mit euch!« Und dann wurde er wieder von seinem Husten geschüttelt. Krümmte sich vor Schmerzen zusammen, bevor er ein letztes Mal brüllte: »Raus!«

DER WOLF IM SCHAFSPELZ

Hatte sie wirklich gedacht, es könnte funktionieren? Es funktionierte nicht. Nicht einmal eine trügerische Woche lang hatte es funktioniert. Das hier war nicht mehr ihr August. Es war nicht mehr der Buchhändler, mit dem sie früher von morgens bis abends in der Buchhandlung gearbeitet hatte. Das hier war ein verhärmter, wütender und uneinsichtiger Mann. Der alle über einen Kamm scherte, statt einmal genau hinzusehen. Da war sie nur einmal kurz in die Stube hinaufgegangen, um sich einen Kaffee aufzusetzen, und kaum war sie wieder zurück, da sah sie Eva und Georg nur noch von hinten aus der Buchhandlung gehen. August stand vor ihr, das Gesicht vor Wut rot angelaufen.

Maria wollte es nicht glauben, aber August hatte Eva tatsächlich ein weiteres Mal vor die Tür gesetzt. Und Georg gleich mit. Dabei war Maria so froh darüber gewesen, dass die zwei wieder zueinandergefunden hatten. Nur das mit der Kollaborateurin und dem Feind, das hatte Maria nicht verstanden. Georg war ein Kriegsversehrter. Er hatte selbst genauso wie August an der Front gekämpft. August konnte ihm doch nicht allen Ernstes vorwerfen, dass er so an der Hand verletzt worden war, dass man ihn vom Kriegsdienst entlassen hatte.

Sie würde noch einmal mit ihm reden müssen. Schließlich stand die Zukunft der Buchhandlung auf dem Spiel, wer sollte den Laden denn später übernehmen? Ilse wollte es nicht, das hatte sie mit dem Antritt ihrer Lehre im Krankenhaus mehr als deutlich gemacht. Und Eva, sie war so eine gute Buchhändlerin, deshalb hatte Maria ihr doch die Rhein-Buchhandlung versprochen. Weil sie wusste, dass sie bei ihrer Nichte in guten Händen war. In den besten Händen!

»August, ich verstehe es nicht. Du hast dich in den letzten Tagen selbst davon überzeugt, was für eine tüchtige Buchhändlerin Eva ist, warum muss es denn jetzt so enden?«

»Weil es nicht geht! Nicht mit diesem … diesem …« Der Rest seines Satzes ging in einem Hustenschwall unter.

»August. Ich weiß nicht …«, begann Maria, als sein Husten sich wieder etwas beruhigt hatte.

Er lachte auf. »Natürlich weißt du es nicht. Du hast dir all die Jahre hübsch etwas vorgaukeln lassen.«

»Vorgaukeln? Wovon sprichst du?«

»Du weißt nicht, wovon ich spreche? Ist das dein Ernst?« August musterte sie eindringlich, als wäre er sich nicht sicher, ob sie tatsächlich die Wahrheit sprach.

»August«, sagte Maria ruhig, »ich weiß wirklich nicht, worauf du hinaus willst.«

Er schüttelte den Kopf. »Du weißt es also nicht.«

Maria sah ihn nur stumm an, wartete ab, dass er sich endlich erklärte.

»Deine feine Nichte hat sich vom Feind schwängern lassen!«

Maria schüttelte den Kopf. »Georg ist doch nicht der Feind.«

»Natürlich ist er das! Er ist ein Russe! Er ist einer von denen, die mich jahrelang gefangen gehalten haben«, beharrte August.

»Er ist kein …«, begann Maria, aber August unterbrach sie sofort.

»Doch, ist er. Er heißt bestimmt nicht Georg. Nur Gott weiß, wie er wirklich heißt.«

Maria starrte August an und fragte sich einen Moment lang, ob ihr Mann fieberte. Anders konnte sie sich diesen Unsinn, den er gerade erzählte, nicht erklären. Georg ein Russe? Sie schüttelte den Kopf. Maria kannte den Schreiner nun schon so lange und hatte ihm vertraut. Gut, die Sache mit der vergessenen Ehefrau in Trier war natürlich ein Ding gewesen. Aber das hatten Eva und Georg geklärt, da war es nicht an ihr, darüber zu urteilen. Dass aber August fest davon überzeugt war, Eva habe sich mit »dem Feind« eingelassen, bestürzte Maria nun doch sehr. Sie machte sich Sorgen um August. Die Gefangenschaft war nicht ohne Spuren an ihm vorbeigegangen. Neben dem Husten musste sie nun auch um seine geistige Gesundheit fürchten. Sie fragte sich, was man August in dem Gefangenenlager angetan hatte, dass ein paranoider, kranker alter Mann zurückgekommen war. Ein Mann, der so anders war als der, den sie einmal geheiratet hatte, der der Vater ihrer beiden Töchter gewesen war. Dieser August war fröhlich gewesen. Fröhlich und weltoffen. Der jetzige August war das komplette Gegenteil.

»Aber selbst wenn er ein Russe sein soll, wie du sagst, dann hat er immer noch nichts mit deiner Gefangennahme zu tun«, sagte sie mit sanfter Stimme, um ihren aufgebrachten Mann zu beruhigen.

»Alle Russen sind unsere Feinde. Genauso wie die Amerikaner, die Engländer und die Franzosen und alle anderen! Die gehören alle in denselben Topf.« Er wurde erneut von einem rasselnden Hustenanfall geschüttelt.

»Bitte! Reg dich nicht auf. Und du kannst nicht so einfach alle in einen Sack stecken.«

»Doch, das kann ich. Als ich im Gefangenenlager war, hat es schließlich auch keinen interessiert, wer von uns nur Funker war oder Koch. Für die waren wir alle Soldaten, die getötet haben, alle Deutsche, alle Feinde. Und genauso haben die uns auch behandelt. Wir mussten nur schuften. Rabotti. Rabotti. Das war das Einzige, was bei denen gezählt hat. Und darüber kann ich mich ruhig aufregen!«

Maria verspürte den Drang, August in den Arm zu nehmen. Aber sie waren kein Paar mehr. Also trat sie nur näher und legte ihm einen Arm um den Rücken.

»Ich bin nicht mehr derjenige, der ich mal war«, sagte August mit einer Bitterkeit in der Stimme, die Maria in der Seele wehtat.

Das sehe ich, dachte Maria, aber sie sprach es nicht aus. Stattdessen sagte sie: »Georg ist ein guter Mann.«

»Er ist ein Lügner! Er hat niemandem die Wahrheit gesagt. Der Wolf im Schafspelz ist er. Und egal, was du sagst: Er ist unser Feind!«

»August«, versuchte es Maria sanft. »Der Krieg ist lange vorbei.«

Er lachte bitter auf. »Für euch mag das ja so sein, aber für mich ist er erst seit Kurzem vorbei.«

»Du kannst doch einen einzigen Mann nicht für all das verantwortlich machen, was dir widerfahren ist.«

Maria sah, wie das Gesicht von August noch röter wurde, wie eine dicke Ader auf der Stirn deutlich hervortrat, als er brüllte: »Natürlich kann ich das!« Und damit wirbelte er auf dem Absatz herum und verließ hustend die Buchhandlung durch das Lager.

Ein merkwürdiges Geräusch ertönte vom Flur her. Es schepperte metallisch, begleitet von einem tiefen Brummen. Ilse sah neugierig auf, da kamen schon die ersten Schwestern an ihr vorbeigelaufen. Mit angespannten und steinernen Mienen.

»Aber … was ist denn los?«, fragte Ilse und lief ihnen hinterher.

»Das kannst du dir gleich merken, mein Kind: Wenn der Aufzug rappelt, dann heißt das nie etwas Gutes«, sagte Schwester Katharina, und Hildegard, die Schwesternschülerin im dritten Lehrjahr, erklärte: »Das Telefon hat eben geläutet. Sie bringen eine Intensivpatientin.«

Ilse blickte fragend zwischen den beiden hin und her, doch sie sah nur graue und besorgte Gesichter. »Das ist nicht gut?«, fragte sie schließlich.

Schwester Katharina legte ihr eine Hand auf den Oberarm. »Kind, du bist noch nicht lange hier. Aber wenn jemand für die Intensivpflege kommt, dann geht es um Leben und Tod. So ein Patient benötigt ein eigenes Zimmer. Ruhe, Pflege rund um die Uhr. Aber du hast unsere Station gesehen. Wir haben kaum Einzelzimmer, und eigentlich haben wir gerade noch nicht einmal freie Betten. Und Hände, die haben wir zu wenig. Das brauche ich dir nicht zu erzählen, das weißt du selbst.«

»Aber …«, begann Ilse, »… was werden Sie denn dann mit der Patientin tun?«

Schwester Katharina zuckte kurz mit den Schultern. »Wir werden zwei Patienten für einige Zeit auf den Flur verlegen müssen. Wir haben noch ein paar Feldbetten, die können wir dafür aufstellen. Jetzt ist erst einmal nur wichtig, dass wir alles tun, was wir können, damit die Intensivpatientin vielleicht doch durchkommt.«

Nun verstand Ilse, warum die Mienen der Schwestern so angespannt waren, warum ihre Augen mit so viel Sorge erfüllt waren.

Die Tür des Aufzugs öffnete sich, und zwei Männer mit einer Bahre kamen heraus. Die Patientin hatte die Augen geschlossen, schien zu schlafen. Jemand hatte ihr eine Decke bis zum Kinn hinaufgezogen. Weißes Haar ergoss sich um ihren Kopf über das Kissen. Es sah aus, als würde ihr Gesicht in einem weißen Meer schwimmen. Das alte Gesicht kam Ilse bekannt vor, und sie brauchte einen Augenblick, bis ihr klar wurde, woher. Sie sog scharf die Luft ein. »Aber das ist ja Fräulein Frings!«

Noch nie hatte sie die alte Hebamme mit offenen Haaren gesehen und auch noch nie mit geschlossenen Augen. Immer hatte sie einen strengen Knoten getragen, die Augen hell und wach. Sie so zu sehen, friedlich zwar, aber auf eine gewisse Art auch leblos, das erschreckte Ilse.

»Was fehlt ihr? Wird sie wieder gesund?«

Schwester Katharina legte erneut die Hand an Ilses Oberarm. »In ihrem Zustand kann das nur noch der liebe Gott sagen. Und so lange werden wir alle hier auf der Station unseren Teil dazutun. Aber versprechen kann ich dir nichts. Patienten in so einem kritischen Zustand … da ist es schwer.«

»Kann ich bitte zu ihr? Kann ich da bitte irgendwie helfen?«, fragte Ilse.

»Im Moment braucht sie nur Ruhe und vielleicht noch jemanden, der für sie betet. Die nächsten Tage werden entscheiden, wie es ausgeht.«

»Dann lassen Sie mich einfach bei ihr sitzen. Ich kann ihre Hand halten und beten, das kann ich auch. Bitte.«

Schwester Katharina sah sie einen Augenblick lang mit nachdenklicher Miene an. »Eigentlich haben wir dafür keine Zeit«, sagte sie. Aber dann sah sie noch einmal in Ilses flehende Augen und fügte schließlich hinzu: »Gut, dann ab mit dir. Aber nur für eine halbe Stunde, und das ist eine Ausnahme, hörst du? Das können wir uns nicht bei jedem Patienten erlauben.«

Ilse konnte nicht mehr sagen, wie lange sie bei Fräulein Frings am Bett gesessen hatte. Wie lange sie die Hand der alten Dame gehalten hatte, die mit jeder Stunde kälter wurde. Dabei atmete die Hebamme noch. Ilse sah es am regelmäßigen Heben und Senken ihres Oberkörpers.

Irgendwann stand Schwester Katharina wieder vor ihr. »Ilse«, sagte sie leise, »du bist ja immer noch hier. Deine Schicht ist für heute vorbei, geh auf dein Zimmer, ruh dich aus. Morgen wird es wieder anstrengend.«

Ilse antwortete nicht. Sah nur zu Fräulein Frings, die immer noch so friedlich in dem Bett lag.

Schwester Katharina trat zu ihr heran. »Du kannst der alten Dame im Moment nicht helfen. Wenn sie die Nacht übersteht, dann können wir zu hoffen wagen.«

»Dann lassen Sie mich hier sitzen«, begehrte Ilse. »Lassen Sie mich bei ihr bleiben.«

»Nein, Schwester Ilse, das werde ich nicht zulassen. Ich kann es mir nicht erlauben, dass du morgen nicht arbeitsfähig bist. Du gehst jetzt auf dein Zimmer.«

»Darf ich denn morgen noch einmal zu Fräulein Frings, wenn sie …?«

»Wenn sie die Nacht übersteht?«, vollendete Schwester Katharina die unausgesprochene Frage von Ilse. Sie seufzte. »Meinetwegen. Aber für heute ist es gut.«

Ilse nickte und stand auf. Dabei legte sie die Hand der alten Dame sachte auf das Bett. »Bis morgen, Fräulein Frings«, flüsterte sie der Patientin zu, obwohl diese das natürlich nicht hörte. Dann ging sie hinter Schwester Katharina aus dem Zimmer.

Sie verließ das Krankenhaus, aber sie ging nicht hinüber ins Schwesternwohnheim. Ihre Füße trugen sie automatisch nach Hause, die Hochstraße hinauf zur Buchhandlung.

Als sie bei Fräulein Frings gesessen hatte, war ihr klar geworden, dass sie nach dem Vater sehen musste. So, wie er letzte Woche gehustet hatte, das war nicht gut. Und bei Fräulein Frings sah sie doch, wie schnell es zu Ende gehen konnte. Jetzt hatte sie noch die Gelegenheit, ihren Vater kennenzulernen. Schließlich war er als Spätheimkehrer zurückgekommen. Wer konnte ihr denn sagen, wie viel Zeit ihr noch mit ihm blieb?

Sie hatte die Buchhandlung erreicht und sah durch das Schaufenster. Ihre Mutter stand im Laden. Es war ein vertrautes Bild, und Ilse freute sich. Sie eilte zur Buchhandlung hinein und fiel ihrer Mutter um den Hals. Erst jetzt wurde sie sich der Angst, die sie mit sich herumtrug, bewusst. Sie hatte Angst, den Vater zu verlieren, wie sie damals ihre kleine Schwester Gisela verloren hatte. Sie wollte das nicht. Wollte nie wieder jemanden verlieren, dabei wusste sie doch schon, dass die Welt so nicht funktionierte. Fräulein Frings lag drüben im Krankenhaus im Sterben. So war der Lauf der Dinge. Ihre Mutter schlang die Arme fest um sie, und als Ilse so dastand, in den Armen der Mutter, da war sie mit einem Mal keine achtzehn mehr. Sie war wieder klein, fühlte sich wieder so sicher und geborgen und angenommen, wie es nur als kleines Kind möglich war. Sie drückte sich fest an die Mutter. Es war so tröstlich, in ihren Armen zu liegen, an ihrer weichen Brust. Sie roch so vertraut, so nah. Und mit einem Mal flossen Ilse die Tränen.

»Aber Ilse, was ist denn los?«, fragte die Mutter.

»Fräulein Frings stirbt.«

Nun löste die Mutter die Umarmung und schob Ilse an den Armen von sich, um ihr ins Gesicht zu sehen. »Fräulein Frings?«

Ilse zog die Nase hoch und nickte, dann warf sie sich wieder in die Umarmung und schluchzte: »Sie überlebt vielleicht die Nacht nicht. Ich … ich durfte nicht länger bei ihr bleiben. Aber solange ich heute konnte, habe ich bei ihr gesessen, ihre Hand gehalten.«

Die Mutter strich ihr mit einer Hand über den Rücken und mit einer über den Kopf.

»Ich … letzte Woche hab ich Vater gesehen, im Krankenhaus. Er hat Blut gehustet …«, sagte Ilse gegen die warme und weiche Brust ihrer Mutter. »Jetzt wo Fräulein Frings so schlecht dran ist … ich hab Angst, dass Vater auch stirbt.«

Die Mutter schob sie erneut zurück. »Komm, wir gehen hinauf. Für das alles brauchen wir eine Tasse Tee oder einen Kaffee … Ehrlich gesagt, brauche ich dazu noch etwas Stärkeres.«

»Aber … die Buchhandlung? Es ist doch offen?«

»Ich hänge ein Schild auf, das hier ist jetzt wichtiger. Gerade die Sache mit deinem Vater. Geh schon einmal hinauf in die Stube, ich komme gleich nach, wenn ich abgeschlossen habe.«

Erstaunt tat Ilse, wie ihr geheißen. Dabei fragte sie sich, wo ihr Vater war. In der Stube füllte sie den Wasserkessel und stellte ihn auf den Herd. Für die Mutter nahm sie die Flasche Korn aus dem Schrank und ein Gläschen dazu. Es dauerte nicht lange, und die Mutter erschien in der Stube. Wortlos nahm sie die Flasche, goss sich das Gläschen voll und trank es auf einen Schluck leer, dann setzte sie sich auf die Küchenbank. Das Wasser kochte, und Ilse brühte den Tee auf, dann setzte sie sich auf den Stuhl ihrer Mutter gegenüber.

»Wo ist Vater?«, fragte sie.

»Es geht ihm nicht gut.«

»Die Lunge?«, fragte Ilse, und die Mutter nickte nur. »Das habe ich schon befürchtet.« Ilse berichtete der Mutter, was sich am Dienstag im Krankenhaus zugetragen hatte.

»Doktor Degen war dann auch hier. Eigentlich müsste dein Vater ins Krankenhaus, aber er ist so stur. Jetzt schläft er wenigstens. Er hat sich heute Morgen furchtbar aufgeregt und wieder einen

Anfall gehabt. Ich habe ihm die Medizin gegeben, die Dr. Degen für ihn hiergelassen hat.«

Ilse nickte.

»Was ist mit Fräulein Frings?«, fragte die Mutter.

»Ich weiß nicht, was sie genau hat, aber sie liegt im Sterben. Die Oberschwester hat gesagt, dass es nur Hoffnung gibt, wenn sie die Nacht übersteht.«

»Und wird sie die Nacht überstehen?«, fragte die Mutter.

Ilse schüttelte den Kopf. »Ich glaube nicht.« Sie stand auf und setzte sich zu ihrer Mutter auf den Schoß, wie sie es früher als Kind gemacht hatte. Jetzt war sie viel zu groß, und es fühlte sich komisch an, aber auch gut. Geborgen. Ilse begann erneut zu weinen. »Ich will nicht, dass alle sterben müssen.«

»Irgendwann müssen wir alle sterben.«

»Ich weiß«, schluchzte Ilse.

»Wenn du im Krankenhaus arbeitest, wirst du das öfter sehen müssen.«

»Ich weiß«, schluchzte Ilse erneut.

»Bist du sicher, dass …«, begann die Mutter. Ein Blick von Ilse reichte, um sie verstummen zu lassen.

Ilse zog lautstark die Nase hoch und wischte sich mit dem Handrücken die Tränen aus den Augen. Dann stand sie auf, nahm die Flasche mit dem Korn und ein weiteres Gläschen und füllte es. Bevor sie den Schnaps ansetzte, sagte sie: »Ob ich sicher bin, dass ich im Krankenhaus arbeiten will? Ich bin mir sicher. So sicher wie noch nie zuvor.« Und damit trank sie den Korn. Dass die Flüssigkeit wie Feuer in ihrer Kehle brannte, ließ sie sich nicht anmerken. Sie wollte, dass die Mutter sah, wie ernst es ihr war und wie stark sie sein konnte, wenn es sein musste. Aber im Stillen nahm sie sich vor, nie wieder hochprozentigen Alkohol zu trinken.

Dienstag, 25. Oktober 1955

FÜNF MARK EXTRA

Am frühen Morgen war Ilse noch vor Schichtbeginn zu der alten Hebamme ins Zimmer geschlüpft. Zu diesem Zeitpunkt hatte sich der Brustkorb von Fräulein Frings noch bewegt, auch wenn es kaum zu sehen gewesen war. Wieder hatte Ilse sich neben das Bett gesetzt und die kalte Hand der alten Dame in ihrer gehalten. Nur einmal hatte ein Zucken die alte Frau durchzogen, und sie hatte Ilses Hand gedrückt, dann war sie ganz schlaff geworden. Da hatte Ilse gewusst, dass Fräulein Frings von uns gegangen war. Dennoch war sie sitzen geblieben. Sie wusste, dass das Zucken und der Händedruck nur eine körperliche Reaktion gewesen waren, die mit dem Tod einhergingen. Ein letztes Aufbäumen der Muskeln. Aber für sie war es ein bewusstes Zeichen gewesen. Der Beweis, dass die alte Hebamme wahrgenommen hatte, dass Ilse sie auf ihrem letzten Weg begleitet hatte.

Zwischendurch war ein Arzt hereingekommen und hatte die Hebamme für tot erklärt. Er hatte sich nicht lange aufgehalten. Hatte auf die Uhr gesehen, etwas notiert und von Ilse weiter keine Notiz genommen. Ihr war es nur recht. Sie wollte nicht gehen. Wollte Fräulein Frings nicht allein hier in diesem Krankenzimmer lassen, das jetzt ein Totenzimmer war.

Es war das erste Mal, dass sie dabei gewesen war, als jemand starb.

Die Tür öffnete sich wieder. Ilse sah nicht auf. Sie blickte immer noch auf das Gesicht von Fräulein Frings. Sie sah so entspannt, so friedlich aus, wie sie da in dem Meer aus weißem Haar lag.

»Ilse«, sagte jemand leise. Es war Petra. »Du kannst jetzt nichts mehr für sie tun.«

Immer noch hielt Ilse die leblose, kalte Hand von Fräulein Frings. Ohne Petra anzusehen, sagte sie: »Sie war bei meiner Geburt dabei, weißt du? Meine Mutter hat es mir oft erzählt.«

Petra trat einen Schritt in das Zimmer hinein. »Sie war in deiner ersten Stunde dabei und du nun in ihrer letzten«, sagte sie leise.

Ilse bemerkte, wie ihr bei diesen Worten die Tränen, die sich schon so lange in ihren Augen gesammelt hatten, überliefen. Mit der freien Hand fasste sie an den Denar an ihrer Kette. »So schließt sich der Kreis.«

»So ist es«, antwortete Petra schlicht. Sie trat vollends ein und schloss die Tür hinter sich. »Weißt du was, ich bleibe noch ein bisschen mit dir hier, und du erzählst mir noch mehr von der Frau, die dir ins Leben geholfen hat.«

Durch den Tränenschleier sah Ilse Petra dankbar an. Sie war froh, in ihr eine gute Freundin gefunden zu haben. Jemand, der sie verstand und genau wusste, was zu sagen oder zu tun war. Petra begriff, dass sie jetzt noch nicht gehen konnte. Ilse zog lautstark die Nase hoch und wischte sich mit dem Handrücken über die nassen Augen. Wortlos reichte Petra ihr ein Stofftaschentuch. Ilse hatte nicht gesehen, wo ihre Freundin es hervorgezaubert hatte, aber als sie sich damit über die Augen tupfte und die Nase putzte, stellte sie fest, dass es nach Petra roch. Das war tröstlich und beruhigend.

»Wir müssen sie hinunterbringen«, sagte Petra nach einer Weile.

»Hinunter?«

»In die Leichenhalle. Der Bestatter wartet schon. Deshalb bin ich eigentlich hier. Hilfst du mir?«

Ilse nickte.

Petra öffnete die Tür wieder und holte die Bahre herein. Dann ging alles sehr schnell. Sie legten Fräulein Frings auf die Bahre und trugen sie in die Leichenhalle. Der Bestatter war allein. Er blickte von Ilse zu Petra. »Wer von euch beiden kann mir dabei helfen, die Tote zu waschen und umzuziehen?«, fragte er. »Gibt auch fünf Mark extra dafür.«

Ilse trat vor. »Ich helfe«, sagte sie. »Aber die fünf Mark können Sie behalten. Oder Sie geben sie der Petra. Ich will das Geld nicht. Ich will nur Fräulein Frings die letzte Ehre erweisen.«

Der Bestatter zuckte mit den Schultern, zog aus der Hosentasche ein schwarzes Lederportemonnaie hervor und drückte Petra ein Fünfmarkstück in die Hand. Zu Ilse gewandt sagte er: »Dann an die Arbeit. Die Tote muss entkleidet und gewaschen werden.«

Während Ilse mit dem nassen Waschlappen an Hals und Gesicht, Armen und Beinen von Fräulein Frings entlangfuhr, fühlte es sich zunächst genauso an, als würde sie einen lebenden Patienten waschen. Nur wenn ihre Finger auf die kühle Haut trafen, bemerkte sie den Unterschied. Dann fühlte sie, dass das Leben aus dieser Frau gewichen war. Ilse hätte gedacht, dass es gruselig sein würde, hier mit der Toten. Aber tatsächlich war es friedlich und ruhig und fast schon ein bisschen heilig.

Die letzte Ehre erweisen. Bisher war das für Ilse nur ein Spruch gewesen. Das sagte man eben so. Sie selbst hatte es gerade gesagt, ohne eigentlich zu wissen, was es bedeutete. Aber als sie dem Bestatter half, Fräulein Frings für ihre letzte Reise fertig zu machen, da verstand sie, was es wirklich bedeutete. Und wie wichtig es war, den Toten diese Ehre zu gewähren.

EINE SCHLÄGEREI VIELLEICHT?

Georg hörte noch den letzten Glockenton des Mittagsgeläuts, als er vom Sperrholzwerk auf die Straße trat. Er hatte seine Brote nur hastig hinuntergeschlungen, damit ihm noch genug Zeit für einen Spaziergang blieb. Im Werk war die Luft so stickig und trocken, da wollte er wenigstens am Mittag ein wenig frische und staubfreie Luft in seine Lungen lassen. Wie so oft ging er zur Schlossruine hinüber, dann führten seine Beine ihn automatisch in die Hochstraße. Er wollte schon wieder umdrehen und zurück zur Arbeit gehen, als er jemanden auf der Straße entdeckte, der ihm bekannt vorkam. August Herrmann, Evas Onkel. Nach ihrem letzten Aufeinandertreffen wollte Georg ihm mit Sicherheit nicht noch einmal begegnen. Er fuhr herum, sah aber aus dem Augenwinkel noch, wie August Herrmann sich plötzlich zusammenkrümmte. Das ließ Georg innehalten. Er drehte den Kopf und sah über seine Schulter, dass Evas Onkel nun in die Knie ging und eine Hand zum Boden ausstreckte, um seinen Fall abzufangen. Georg zögerte keine Sekunde. Er schnellte herum und eilte zu ihm. Als er den Mann fast erreicht hatte, hörte und sah er, dass dieser von Husten geschüttelt wurde.

»Herr Herrmann, kommen Sie, ich helfe Ihnen.« Georg streckte eine Hand aus, um Evas Onkel wieder auf die Beine zu helfen.

»Fass … mich … nicht an!«, würgte August Herrmann unter weiterem Husten hervor. »Eher … kre… krepier ich … hier … als dass … ich mir … von … von einem Russki … helfen lasse.« Er hustete wieder und spuckte dabei Blut aus.

Georg starrte auf die Blutflecken. »Sie müssen ins Krankenhaus.«

»Ich lass mir … lass mir doch von … so einem … wie dir nicht sagen, was … was ich zu …« Weiter kam August Herrmann nicht.

Ein frischer Schwall Blut gurgelte in seiner Kehle hinauf, und der ausgemergelte Mann, der wieder von seinem eigenen Husten geschüttelt wurde, spuckte das Blut überall hin. Es ergoss sich über seine Kleidung, lief seine Kehle hinunter, hinterließ rote Flecken auf dem Straßenpflaster.

Georg fackelte nicht lange. »Dann lassen Sie sich halt nichts sagen«, brummte er und packte den dünnen Körper des Mannes kurzerhand auf die Arme. »Ich bringe Sie jetzt ins Krankenhaus.«

August Herrmann wollte protestieren, aber seine Worte gingen im nächsten Blut- und Hustenschwall unter. Das Blut spritzte auf Georgs Hemd, er fühlte es nass und warm auf seiner Brust, seinem Bauch. Konnte den metallischen Geruch ausmachen. Kurz musste er wieder an seine Zeit an der Front denken. Mehr als einen Kameraden hatte er so ins Feldlazarett getragen. Aber jetzt musste er wenigstens nicht auf das Gefechtsfeuer achten. Musste keinen Spießrutenlauf machen.

Endlich hatte er das Krankenhaus erreicht. Als er durch den Eingang taumelte, kamen sofort Schwestern angerannt und riefen wild durcheinander.

»Was ist denn passiert?«

»Eine Schlägerei vielleicht?«

»Sind beide verletzt?«

»Wie ist das geschehen?«

Georg sank mit August Herrmann auf den Armen auf die Knie. »Keine Schlägerei«, erklärte er atemlos. »Er hat so einen schlimmen Husten, und jetzt hustet er Blut.«

Die Schwester, die neben ihm stand, nickte, und plötzlich ging alles ganz schnell. Irgendwoher kam jemand mit einer Trage. Hände griffen nach August Herrmann, wollten ihm den hustenden Mann abnehmen, als Georg Ilses Stimme durch den Eingangsbereich des Krankenhauses hallen hörte: »Vater?« Dann kam Ilse auf ihn zu: »Georg? Was ist passiert? Was hast du mit meinem Vater gemacht?«

»August Herrmann? Warum interessieren Sie sich für diesen Patienten …« Die ältere Schwester musterte kurz Ilses Namensschild. »… Schwester Ilse?«, fragte sie schließlich streng.

»Er ist mein Vater«, antwortete Ilse.

Über das Gesicht der anderen Schwester huschte für einen Augenblick so etwas wie Sorge, aber dann sagte sie: »Dann kommen Sie, ich bringe Sie zu ihm. Aber eins kann ich Ihnen schon sagen, es sieht nicht gut aus.«

»Dann … ist es wie mit Fräulein Frings?«, fragte Ilse verunsichert. Immer noch sah sie das Bild vor sich, wie Georg ihren Vater vor ein paar Stunden ins Krankenhaus gebracht hatte. Wie dieser schlapp in Georgs Armen gehangen hatte und beide voller Blut gewesen waren. Fräulein Frings war heute schon gestorben, jetzt konnte doch nicht auch noch ihr Vater sterben!

»Wenn er eben nicht rechtzeitig zu uns gebracht worden wäre, dann wäre es schon heute vorbei gewesen. So aber hat er noch etwas«, antwortete die Stationsschwester vage.

Aber Ilse verstand, was sie andeuten wollte. »Dann wird es nicht mehr lange sein?«

»So ist es.«

»Da hatte ich mein ganzes Leben lang einen Vater, der im Krieg oder tot war, und jetzt, wo er wieder da ist, stirbt er wirklich …«, murmelte Ilse zu sich selbst.

Sie dachte nicht, dass die Schwester sie gehört hätte, aber diese sagte: »Ja, das Leben ist nicht immer einfach.«

Vor der Zimmertür blieb die Stationsschwester stehen und wandte sich zu Ilse. »Lange können Sie nicht bleiben. Und was immer Sie sagen, Schwester Ilse, bedenken Sie bitte, dass Aufregung jeglicher Art nicht gut für Ihren Vater ist.«

Ilse nickte und betrat das Zimmer. Mit klopfendem Herzen trat sie an das Bett ihres Vaters. Er hatte die Augen geschlossen. »Vater?«, fragte sie leise, und da öffnete August Herrmann die Augen einen Spalt.

»Ilse?« Er räusperte sich. »Was machst du denn hier?«

»Ich mache doch hier meine Lehre«, sagte Ilse und hoffte, dass ihn das nicht wieder aufregen würde.

»Ach ja, ach ja«, erwiderte der Vater ganz zerstreut. Und es war keine Spur von Wut oder Aufregung darin.

Es lag bestimmt nur daran, dass er nicht ganz bei Kräften war, oder daran, dass man ihm ein Medikament verabreicht hatte, dachte Ilse bei sich.

»Hat der Arzt schon mit dir … hat er schon …« Ilse brach ab. Wie fragte man jemanden, ob er schon wusste, dass sein Ende nah war?

»Natürlich hat der Doktor mit mir gesprochen. Vor Wochen schon.« Ihr Vater hustete. »Schon davor wusste ich, dass ich nicht mehr lange hab. Ehrlich gesagt, bin ich manchmal selbst überrascht, dass es mich nicht im Lager schon dahingerafft hat.« Wieder brach der Vater ab, um zu husten. »Dass ich überhaupt noch die Kraft hatte, bis nach Hause zu kommen.«

»Warum hast du nichts gesagt?«, fragte Ilse leise.

Der Vater ergriff ihre Hand. »Weil ich nicht wollte, dass sich jemand Sorgen um mich macht. Ich wollte einfach nur noch ein bisschen was von meinem guten alten Leben haben, bevor es vorbei ist.«

»Und jetzt schau, wo es dich hingeführt hat! Jetzt liegst du hier! Hätte ich es gewusst, ich hätte nach dir schauen können!«, rief Ilse.

»Genau das wollte ich nicht. Aber weißt du was, mein Kind? Der liebe Gott, der meint es gut mit mir. Er hat mir einen Feind geschickt, der mich rettet und mir noch ein klein bisschen mehr Zeit verschafft. Die Wege des Herrn sind wahrlich unergründlich.« Der Vater lächelte.

Jetzt machte Ilse sich richtig große Sorgen. Wovon sprach der Vater? Welchen Feind meinte er? Oder sprachen hier die Medikamente, die man ihm gegeben hatte? War er nicht mehr wirklich bei Bewusstsein, sondern fantasierte? Dabei sah er nicht wirr aus, er wirkte nur friedlich und zufrieden. So hatte Ilse ihn bislang noch nicht erlebt, und sie meinte, etwas von dem Vater sehen zu können, der er vielleicht früher einmal gewesen war. Der Vater, von dem die Mutter manchmal erzählt hatte und an den Ilse selbst sich nicht mehr erinnern konnte. Der Vater, der ganz anders gewesen war als derjenige, der ihr am Abend der Lesung begegnet war.

»Vater, als du … an dem Abend, als du wiedergekommen bist, da hatte ich richtig Angst vor dir«, sprach sie ihren Gedanken aus.

»Angst? Warum?«

»Wie du gebrüllt hast und Eva und alle anderen rausgeworfen hast. Und dann war ich plötzlich mit dir allein, und …« Sie brach ab. Wie sollte sie das Gefühl beschreiben, das an dem Abend Besitz von ihr ergriffen hatte? Das dazu geführt hatte, dass sie sich schließlich in ihrem Zimmer verkrochen hatte?

»Du kennst mich nicht«, sagte der Vater, und es war kein Vorwurf, keine Anklage in seinen Worten.

Ilse nickte. »Und jetzt bleibt mir kaum noch Zeit, dich kennenzulernen, bevor wir uns wieder verabschieden müssen.«

»Diesmal für immer«, sagte der Vater leise und hustete wieder. Laut und bellend.

Sie sah ihn an, bemerkte, dass er sie musterte. Von Kopf bis Fuß.

»Die Schwesterntracht steht dir«, sagte er schließlich.

Ilse wusste nicht, was sie darauf erwidern sollte. Schließlich sagte sie: »Danke?«

»Machst du die Arbeit hier gern?«, fragte der Vater. »Auch wenn die Menschen sterben, so wie ich?«

Ilse dachte an Fräulein Frings, dachte an alles, was sie bisher gelernt und gearbeitet hatte. Das Schöne und das nicht so Schöne und das Traurige. »Ja«, sagte sie im Brustton der Überzeugung.

»Und die Buchhandlung?«, fragte der Vater.

»Ich liebe Bücher, und ich lese gern, daran wird sich auch nie etwas ändern. Aber mein Herz, das schlägt hierfür.«

»Dann sei es so«, sagte der Vater. »Meinen Se…« Ein neuerliches Husten unterbrach ihn. »Meinen Segen hast du.«

Während sie fühlte, wie Freude in ihr aufwallte, sah sie den Vater dennoch ungläubig an. Hatte er das wirklich gerade gesagt? Er gab ihr den Segen? Das hieß ja, dass doch nicht alles vorbei war, dass sie ihre Lehre hier im Krankenhaus weitermachen konnte. »Danke!«, sagte Ilse wieder, und diesmal meinte sie es aus vollem Herzen.

»Gern, mein Kind«, antwortete der Vater. »Bevor du gleich gehst, da ist … noch etwas.«

»Was denn?«, fragte Ilse.

»Hol mir den … wie heißt er noch? Der Freund von Eva?«

»Meinst du Georg?«

»Genau den. Hol mir den Georg her. Ich muss mit ihm sprechen.«

FAHRKARTE IN DIE FREIHEIT

Georg hatte gerade erst wieder die Arbeit im Sperrholzwerk aufgenommen – er war vorher noch nach Hause gelaufen und hatte das blutige Hemd gewechselt –, als Ilse zur Werkshalle hereingelaufen kam. Innerlich hatte er sich schon auf alles gefasst gemacht. Würde Ilse ihm nun weitere Vorwürfe machen? Ihm vorwerfen, Schuld an der schlechten Verfassung ihres Vaters zu sein?

Aber Ilse war nur gekommen, um ihm zu sagen, dass ihr Vater ihn sprechen wolle. Das hatte er schon im Werk merkwürdig gefunden, aber jetzt, wo er hier in dem Krankenzimmer vor dem Bett von August Herrmann stand, da war es noch viel merkwürdiger. Nach einem kurzen Grußwort schwiegen sie beide betreten.

Schließlich hustete August Herrmann, räusperte sich und sagte: »Wie … ich weiß einfach nicht, wie ich dich ansprechen soll …«

»Sagen Sie einfach Georg zu mir. Ich bin Georg.«

»Gut, Georg.« August Herrmann nickte. »Ich … ich sag's jetzt einfach, wie es ist: Ohne dich wäre ich jetzt schon nicht mehr am Leben. Also …« Er wischte sich in einer schnellen Bewegung mit der Hand über den Mund. »Danke.«

Georg winkte ab. »Das war doch selbstverständlich.«

»Du sagst das so, aber es ist nicht selbstverständlich. Weißt du, früher, als ich noch jung war, da hab ich das auch gedacht. Aber der Krieg … die Zeit an der Front und erst recht die langen Jahre in Gefangenschaft … das alles hat mir eine andere Welt gezeigt. Eine, in der nichts mehr selbstverständlich ist. Und du … du hast mir geholfen, obwohl ich deine Hilfe nicht wollte, obwohl ich diese … diese ganzen Dinge zu dir gesagt habe. Obwohl du im Krieg auf der anderen Seite gekämpft hast.«

»Das hab ich mir nicht ausgesucht«, antwortete Georg. »Ich hab nie auf irgendeiner Seite kämpfen wollen. Eigentlich hab ich gar nicht kämpfen wollen.«

»Ich auch nicht, ich auch nicht«, murmelte August Herrmann.

»Herr Herrmann …«, begann Georg, wurde aber sofort von diesem unterbrochen: »Du kannst August zu mir sagen.«

»In Ordnung: August.« Sie nickten sich beide knapp zu, dann fuhr Georg fort: »Ich weiß nicht, wie mein Leben verlaufen wäre, wäre ich nicht zu Georg Neumann geworden. Hätte ich nicht so viel Glück gehabt. Vielleicht wäre ich auch in Kriegsgefangenschaft geraten, oder ich hätte den Tod an der Front gefunden, wer weiß. Lange Zeit habe ich Angst gehabt, dass mich dieses Glück einholen wird. Dass … dass es sich gegen mich wenden wird und mir alles nimmt. Mein neues Leben, meine Freiheit, meine Liebe. Und das hat es auch. Aber nicht so, wie ich es befürchtet hatte. Es ist … jetzt ist wieder alles gut. Ich weiß, dass mein Glück für viele andere ungerecht wirkt. Und ehrlich … es fühlt sich auch für mich selbst oft ungerecht an. Womit habe ich das alles verdient? Mein neues Leben hier in Andernach? Die Frau an meiner Seite? Das gute Leben? Immer denke ich, dass ich das nicht verdient hab.« Er fuhr sich mit einer Hand über den Nacken. »Ich bin ein Betrüger, das weiß ich. Und da kann ich nicht mehr raus. Und so komisch, wie das jetzt auch klingen mag, eigentlich bin ich ein ehrlicher Mensch.«

»Wie bist du zu Georg geworden?«, fragte August.

Und da erzählte Georg es ihm. Alles, was er bisher nur Eva erzählt hatte. Von dem Tag an der Front, vom zweiten Überlebenden, davon, wie er Pass und Kleidung an sich genommen hatte.

»Weißt du, Georg«, sagte August Herrmann, als er geendet hatte, »wenn ich so eine Chance bekommen hätte, ich wär auch sofort zum Betrüger geworden. Eigentlich bin ich es doch auch schon längst.« Er hustete.

»Wie meinst du das?«, fragte Georg.

»Na ja, mit meinem Husten, da hab ich erst mal keinem von erzählt. Und das ist nicht alles … Im Lager … da … wir waren irgendwann keine Menschen mehr. Wir waren Tiere. Wir haben gestohlen, gelogen, betrogen. Alles nur, um zu überleben. Ich hab Dinge getan … Da will ich nicht mal mehr drüber nachdenken, denn sonst könnte ich mich selbst nicht mehr leiden. Ich sag's mal so: Ich bin der Letzte, der dich verurteilen darf. Wirklich der Allerletzte. Was hast du schon getan? Du hast den Pass und die Kleidung eines Verstorbenen genommen. Hast ihn weiterleben lassen, durch dich.«

»Das ist noch nicht alles. Ich habe gelogen. Habe jahrelang darüber gelogen. Und das hier …« Georg hielt seine linke Hand hoch. »Das hab ich mir selbst zugefügt. Weil …« Er konnte nicht weitersprechen. Allein beim Gedanken daran schmerzten seine verlorenen Finger wieder, die, die es so lange schon nicht mehr gab.

»Du hast es nicht ausgehalten«, stellte August fest. Es klang nicht anklagend. Es klang wissend. Niemand anderer als August Herrmann konnte ihn in der Situation besser verstehen. »Ich war auch so kurz davor, aber ich hatte nicht den Mumm«, sagte August leise. »Und in der Gefangenschaft hätte es mir nichts mehr genützt. Ich hätte dann nicht mehr arbeiten können, und dann wäre ich für die nicht mehr zu gebrauchen gewesen. Es wäre mein sicherer Tod gewesen. Aber für dich war's die Fahrkarte in die Freiheit.«

Die Fahrkarte in die Freiheit. Georg nickte. Genauso war es.

»Du bist ein guter Kerl«, sagte August Herrmann.

»Sie … ich meine: du auch«, erwiderte Georg.

August Herrmann lachte, und dann ging das Lachen wieder in einen Hustenschwall über. Wie schon heute Mittag auf der Straße hustete der alte Mann Blut. »Ich hab nicht mehr lang«, sagte August, als er wieder zu Atem kam. »Kannst du mir was versprechen?«

Georg nickte.

»Gut«, sagte August Herrmann. »Versprich mir, dass du immer gut zu der Eva sein wirst. Sonst …« Erneut hustete er. »Sonst bin ich nachher noch gezwungen, aus meinem Grab zu steigen und dich als Geist heimzusuchen. Und weißt du, die ewige Ruhe, die würd ich zur Abwechslung gern genießen.«

Donnerstag, 27. Oktober 1955

LETZTE WORTE

»Da kommen Sie gerade noch rechtzeitig.«

»Rechtzeitig? Zu was?«, fragte Maria.

»Na, bevor der Herr Herrmann zum Bestatter gebracht wird. Sind Sie nicht deshalb hier?«

Alles in Maria verkrampfte sich. Sie hatte gewusst, dass August nicht mehr lange hatte. Und dass er die letzten Tage tatsächlich im Krankenhaus verbracht hatte, hatte ihr noch einmal mehr gezeigt, wie ernst die Lage war. Dennoch traf es sie unvorbereitet. Sie hatte August doch nur besuchen wollen. Ihm ein neues Buch bringen wollen. In den letzten zwei Tagen hatte er schon fünf Bücher gelesen. Es war Maria so vorgekommen, als hätte er die Literatur der letzten Jahre, alles, was er im Krieg und in der Gefangenschaft verpasst hatte, nachholen wollen.

»Dann kann ich jetzt noch einmal kurz zu ihm? Allein?«, fragte Maria, und die Schwester nickte und ließ sie eintreten.

Maria sah sofort, dass alles Leben aus ihm gewichen war. Er war sowieso in den letzten Tagen nur ein Abbild seiner selbst gewesen. Aber wie er jetzt hier im Bett lag, die Augen geschlossen, als würde er schlafen, die Hände auf der Bettdecke gefaltet, da sah er aus, als hätte er seinen Frieden gefunden. Und diesen Gedanken fand Maria tröstlich.

Sie ging zu ihm hinüber, beugte sich über ihn und gab ihm einen Kuss auf die Wange. Seine Haut war kalt und fühlte sich seltsam wächsern an.

»Mach's gut, August, und pass gut auf dat Klein auf«, flüsterte

Maria. Dann wandte sie sich zum Gehen. Sie konnte hier nichts mehr tun.

Sie war gerade aus dem Krankenhaus hinaus an die frische Luft getreten, als ihr eine Ordensschwester hinterhergelaufen kam. »Warten Sie! So warten Sie doch!«, rief sie.

Maria blieb stehen und sah der Schwester entgegen. In der Hand hielt sie etwas, ein Papier oder Unterlagen?

Endlich hatte diese sie erreicht. »Das hat Ihr Mann mir für Sie gegeben. Gestern schon. Ich sollte Ihnen den Brief geben, wenn … Er wusste anscheinend selbst, dass es nun zu Ende geht.«

Maria nickte und nahm den Brief entgegen. »Danke.«

Die Ordensschwester kehrte zur Arbeit zurück, während Maria den Brief entfaltete und immer noch vor dem Krankenhaus stehend zu lesen begann.

Meine liebe Maria,
als ich mich damals in dich verliebt habe, an dem Tag, an dem ich dich zum ersten Mal am Rhein gesehen habe, da konnte ich noch nicht ahnen, was das Schicksal für uns bereithalten würde. Damals habe ich nur eine hübsche junge Frau mit braunen Haaren und dem herzerwärmendsten Lachen vor mir gesehen. Nicht mehr und nicht weniger. Bestimmt habe ich keinen Krieg und erst recht keine jahrelange Gefangenschaft gesehen.
Wenn ich könnte, ich würde wieder zurück zu dem Tag gehen und zu der Zeit danach. Zu unserem ersten Rendezvous, unserem ersten Kuss und allen weiteren ersten Malen. Wie gern würde ich das noch einmal mit dir erleben können, erleben dürfen! Aber das ist mir nicht vergönnt, es ist niemandem vergönnt, und so liege ich hier in meinem Krankenbett und schwelge in Erinnerungen, während ich durch das Fenster hinaus auf den Rhein blicke.

Maria, ich hätte mir gewünscht, dass unser Leben anders verläuft, dass wir mehr Zeit miteinander gehabt hätten. Vor allem hätte ich so gern mehr Zeit mit unseren Töchtern verbracht. Aber all das hat das Schicksal nicht für mich vorgesehen. So muss ich mich mit dem zufriedengeben, was mir bleibt. Und das ist mehr, als anderen Männern meiner Kompanie vergönnt war. Die meisten haben ihr Leben schon vor vielen Jahren im Krieg gelassen. Sie hatten nie die Chance, zu ihren Lieben zurückzukehren. Das immerhin konnte ich tun. Wenn auch nur kurz, so kurz.
Wenn ich nur einen Wunsch frei hätte, so wäre der, dass ihr alle glücklich sein sollt. Du und Ilse und Eva. Ihr alle seid meine Familie. Gib Eva die Buchhandlung, wenn ich nicht mehr bin. Sie ist eine tüchtige Buchhändlerin, ich habe es mit eigenen Augen gesehen, und lass Ilse die Lehre hier im Krankenhaus weiterführen, es ist die richtige Entscheidung. Unser großes Mädchen weiß, was sie will, und sie weiß, was sie tut.
Und was dich angeht, dich und Hans. Natürlich hat es mich hart getroffen, als du mir erzählt hast, dass du wieder geheiratet hast. Aber jetzt bin ich froh darüber. So weiß ich, dass du nicht allein bist.
Ich schreibe all diese Zeilen, diese letzten Worte, weil ich weiß, dass ich nicht mehr lange habe. Und weil ich noch eine große Bitte an dich habe, Maria: Vergiss mich nicht. Behalte mich so in Erinnerung, wie ich früher war. Als der Mann, der dich geliebt hat, der nun hier im Krankenhaus liegt und dich immer noch liebt. Aus ganzem Herzen.
Dein August

November 1955

RUHEN IN FRIEDEN

»… das ewige Licht leuchte ihnen, lass sie ruhen in Frieden …«, leierte die Stimme des Priesters über den Friedhof, unterstützt vom Gemurmel der Umstehenden. Wie ein stiller Chor.

Lass sie ruhen in Frieden, dachte Eva. Vor ein paar Tagen war sie erst auf der Beerdigung von Fräulein Frings hier auf dem Friedhof gewesen, und nun wurde schon ihr Onkel beigesetzt. Am Ende war es schnell mit ihm gegangen. Dabei hatte es nach den ersten Tagen im Krankenhaus mit einem Mal besser ausgesehen. Fast hatten sie alle so etwas wie Hoffnung gehabt. Aber dann hatte Tante Maria mit grauem Gesicht vor ihnen gestanden und erzählt, dass August gestorben sei. Friedlich entschlafen.

Und nun standen sie alle an diesem grauen, kalten und diesigen Tag auf dem Friedhof und lauschten den Worten des Priesters.

Maria stand neben Hans, Ilse war in Begleitung einer Freundin aus dem Krankenhaus erschienen, und Eva hatte Georg an ihrer Seite. In den letzten Tagen war wieder so etwas wie Normalität in ihrer Beziehung eingekehrt. Es war immer noch nicht so wie früher, aber es wurde besser. Mit jedem Tag mehr. Aus Trier war ein Schreiben vom Gericht gekommen. Der Antrag auf Erklärung der Nichtigkeit war eingetroffen, und mit etwas Glück wäre Georg schon am Ende des Jahres von Irmgard Neumann gelöst. Dann stand einer Eheschließung am Anfang des neuen Jahres nichts mehr im Weg. Dennoch sah Eva dem Ganzen noch mit gemischten Gefühlen entgegen. Zu tief saß der Schock, den sie beim ersten Aufgebot erlitten hatte. Der Schock darüber, dass es etwas gab, das Georg vor ihr verheimlicht hatte. Dabei wusste sie doch jetzt, dass er es selbst nicht gewusst hatte. Er hatte es zusammen mit Eva auf dem Standesamt erfahren. Keine Minute früher.

Dennoch, dachte Eva, wenn Georg ihr vor Jahren schon erzählt hätte, dass er nicht war, wer er zu sein vorgab, dann wäre es niemals zu so einem Schock gekommen. Dann hätte Eva gewusst, dass es nicht ihr Georg gewesen war, der Irmgard Neumann in Trier geheiratet hatte, sondern der andere Georg.

Bei der Beerdigung von Fräulein Frings war der Friedhof voller Menschen gewesen. Fast hatte Eva den Eindruck gehabt, ganz Andernach wäre auf den Beinen gewesen, um der alten Hebamme das letzte Geleit zu geben. Es hatte lange gedauert, bis alle einmal am Grab vorbeigegangen waren, um Erde oder Blumen hineinzuwerfen. Als Eva selbst an der Reihe gewesen war, hatte sie sich kaum bewegen können. Es war Georg gewesen, der sie zum Grab und von dort wieder fort begleitet hatte.

Unwillkürlich fasste Eva sich an den Bauch. Sie spürte die kleine Wölbung, die man so noch nicht sehen konnte. Sie war davon ausgegangen, dass Fräulein Frings sie in ihrer Schwangerschaft begleiten würde. So wie sie es auch bei Margot getan hatte, und bei Tante Maria. Aber das war jetzt nicht mehr möglich. Eva spürte, wie ihr die Tränen langsam hochstiegen.

Während sie ihr über das Gesicht liefen, fühlte sie sich klein. War es wirklich an ihr, so sehr um die alte Hebamme zu trauern? Gab es nicht Menschen, die sie viel länger und besser gekannt hatten, die mehr Recht hatten zu trauern? Und müsste sie nicht eigentlich mehr um ihren Onkel trauern? Den Bruder ihrer Mutter? Ja, sie fand es traurig, dass Onkel August gestorben war, dennoch nahm es sie nicht so mit wie der Tod von Fräulein Frings. Sie hatte ihren Onkel kaum gekannt, und in der kurzen Zeit, die er hier in Andernach gewesen war, hatte sie ihn nicht richtig kennenlernen können. Und Trauer, das wurde Eva jetzt bewusst, war etwas sehr Persönliches. Der eine trauerte mehr als der andere.

Sie nahm die Hand wieder von ihrem Bauch und hakte sich bei Georg unter, der sich zu ihr herunterbeugte und ihr einen Kuss auf den Scheitel gab. Sie hatte gerade zwei Menschen in ihrem Leben verloren, aber einen hatte sie wiedergefunden: Georg.

Und wie sie langsam zwischen den Gräbern auf den Ausgang des Friedhofs zuschritten, da wusste Eva, dass Georg immer für sie da sein würde. Dass sie nicht allein war. Es würde für immer sie und Georg sein – und ihr gemeinsames Kind.

WIR DREI

Es hatte zu regnen begonnen, als sie vom Friedhof zurückgingen. Georg war froh, als er endlich wieder auf der Straße stand. Als die Stille des Totenfeldes hinter ihm lag. Er war nicht gern auf Friedhöfen. Die friedliche Ruhe dort erinnerte ihn zu sehr an all die Menschen, die er hatte sterben sehen. All die Soldaten, die man nur notdürftig verscharrt hatte, statt sie ordentlich auf einem Friedhof zu begraben.

Gestern hatte er das Geld nach Trier überweisen lassen. Jetzt war sein Sparkonto leer. Und er hatte immer noch keine Ahnung, wo er unterkommen sollte. Fräulein Weber hatte schon mit dem Packen begonnen. Überall in der Pension standen Kartons herum. Die Möbel würde sie bis auf wenige Stücke im Haus belassen. Wer auch immer die Pension kaufen würde, würde dann darüber entscheiden können.

Eva ging schweigend neben ihm her. Sie war in ihre eigenen Gedanken versunken.

Als sie an der Buchhandlung angekommen waren, gingen sie hinauf in die Stube. Während Eva sich daran machte, Kaffee aufzusetzen, nahm Georg am Küchentisch Platz. Es war so still im Haus. Wenn Georg früher hier gewesen war, dann hatte er Evas Tante irgendwo rumoren hören, oder ihre Cousine hatte den Kopf zur Tür hereingesteckt. »Wo sind denn alle?«, fragte er Eva.

»Meine Tante ist bei Hans eingezogen. Das ist ja auch sinnig, wo sie doch geheiratet haben«, erklärte Eva, »und Ilse wohnt im Schwesternwohnheim, wie alle Schwesternschülerinnen.«

Georg nickte nur. Eva hatte es so selbstverständlich gesagt, als wären das alles Informationen, die Georg schon lange haben müsste, aber er hatte nur davon gewusst, dass Ilse nun im Krankenhaus arbeitete. Er zog die Brauen zusammen, als er sich fragte, wann wohl Evas Tante Hans Schumacher geheiratet hatte? Wo sie doch August Herrmann erst heute beerdigt hatten. Georg schüttelte den Kopf, es war nicht an ihm, darüber Schlüsse zu ziehen oder gar zu urteilen.

»Dann bist du jetzt ganz allein hier?«, fragte er, als Eva mit dem Kaffee an den Tisch trat.

»Ja. Ganz allein. Tante Maria kommt tagsüber zum Arbeiten in die Buchhandlung, aber den Rest der Zeit bin ich allein. Eigentlich …« Eva brach ab. Immer noch stand sie neben Georg.

»Eigentlich?«, fragte Georg.

»Warum ziehst du nicht bei mir ein? Worauf sollen wir noch warten? Wir bekommen ein Kind zusammen, da können wir auch schon zusammen wohnen. Lange hast du doch nicht mehr, bis Fräulein Weber weg ist.«

»Aber was werden denn die Leute sagen?«, fragte Georg.

»Ach, die Leute, die Leute. Die reden so oder so über uns. Und wichtig ist nur, dass wir zwei glücklich sind.«

Georg zog Eva zu sich auf den Schoß. Dann legte er ihr eine Hand auf den Bauch. »Wir drei«, sagte er.

»Es ist alles so schnell gegangen. Das Telegramm, und dann war August plötzlich wieder da, und jetzt ist er gegangen, und diesmal für immer. Ich … ich hatte gar nicht die Zeit, das alles richtig … ich weiß nicht …« Maria brach ab. Ihre Gedanken, ihr Herz, ihr ganzes Sein, alles war so aufgewühlt, dass sie es nicht in Worte fassen konnte.

»Du bist stark, Maria. Du bist die stärkste Frau, die ich je kennengelernt habe«, sagte Hans sanft und zog sie zu sich heran.

Sie standen in Hans' kleiner Küche. Maria legte ihren Kopf auf seiner Schulter ab. »Stärke ist das Letzte, was ich gerade fühle, eher im Gegenteil«, flüsterte sie.

»Aber du bist stark. Die letzten Wochen, der Tag heute … andere wären daran zerbrochen.«

»Ich bin vor so vielen Jahren zerbrochen, als meine Tochter gestorben ist«, sagte Maria mit harter Stimme. »Es ist nichts mehr da, was noch zerbrechen kann.«

Hans fuhr ihr mit einer Hand über das Haar. »Das stimmt nicht, und das weißt du.«

Maria atmete tief ein, nahm den vertrauten Geruch von Hans wahr, die Wärme, die sein Körper ausstrahlte, die Sicherheit, die mit diesen Dingen immer einherging. Dennoch half es heute nicht richtig. Sie hatte ihren ersten Mann zu Grabe getragen. Den Mann, von dem sie sich doch nach dem Krieg schon verabschiedet hatte, den sie für tot hatte erklären lassen, bevor er tatsächlich gestorben war. Weil sie es nicht besser gewusst hatte, weil sie die Hoffnung, die sie den Krieg über immer gehegt hatte, schließlich doch aufgegeben hatte. Und sich für einen anderen Mann entschieden hatte. Für Hans.

Hans Schumacher, bei dem sie nun wohnte, weil sie seine Frau war. Hans Schumacher, der immer an ihrer Seite gewesen war.

Aber heute, am Tag der Beerdigung von August, fühlte es sich falsch an. Maria hob den Kopf und trat zwei Schritte zurück, löste die Umarmung damit.

»Ich glaube, ich brauche eine … eine Auszeit. Einfach Abstand.«

»Von mir?«, fragte Hans, und die Verzweiflung, die in seinen Worten mitschwang, stach Maria tief ins Herz.

»Ich weiß es nicht genau. Von allem eigentlich. Von August, von der Buchhandlung, von Andernach.«

»Dann lass uns wieder verreisen«, sagte Hans. »Von unseren drei Wochen hatten wir nicht einmal eine ganze. Und was hält uns noch hier? Lass uns reisen, die Welt sehen.«

»Die Welt sehen«, murmelte Maria. Das klang gut.

»Wer weiß denn, wie lange uns beiden das noch vergönnt ist. Du hast es doch gesehen, wie schnell es mit einem Mal gehen kann. Wir zwei, wir werden die Koffer wieder packen, und dann lassen wir uns um die Welt treiben.«

Maria sah Hans an. Das klang so unvernünftig und verrückt und einfach großartig. »Lass uns das tun.«

NICHT MEHR ALLEIN

»Danke«, flüsterte Ilse, als sie neben Petra zurück zum Schwesternwohnheim ging.

»Wofür?«, fragte ihre Freundin überrascht.

»Dafür, dass ich heute nicht allein sein musste, dass du mit mir zu der Beerdigung gegangen bist.«

»Wenn ich nicht mitgekommen wäre, dann hättest du doch noch deine Familie gehabt«, antwortete Petra mit einem Schulterzucken.

»Das ist nicht das Gleiche, und das weißt du auch«, sagte Ilse leise.

Und da ergriff Petra ihre Hand. In der klirrenden Kälte fühlte sie die warme Hand von Petra, und eigentlich fühlte sie noch viel mehr als nur die Wärme von Petras Hand.

»Ja, es ist nicht das Gleiche«, murmelte Petra, und Ilse war sich gerade nicht mehr sicher, ob sie noch über die Beerdigung sprachen oder über etwas ganz anderes.

Überhaupt wusste sie in letzter Zeit gar nicht mehr, ob Petra wirklich nur eine Freundin für sie war oder ob da noch mehr war. Und am wenigsten wusste sie, ob das überhaupt möglich war? Ob es sein durfte?

Den Rest des Weges schwiegen sie. Aber es war nicht merkwürdig oder unangenehm.

Als sie am Schwesternwohnheim angekommen waren, verabschiedete sich Petra von ihr, wie an jedem anderen Tag auch. Sie mussten beide in ihre Zimmer, sich wieder die Schülerinnentracht anziehen und dann ab zur Arbeit. Im Krankenhaus gab es immer zu tun.

Als Ilse sich vor ihrem Kleiderschrank auskleidete und die kalte Luft auf ihrer Haut spürte, da dachte sie wieder an Petras warme Hand in ihrer und an die Rundungen unter dem weingetränkten Nachthemd. Und obwohl das schöne Gedanken waren, Gedanken, die sich so gut anfühlten, erfüllte sie mit einem Mal die Scham. Sie schüttelte den Kopf, um das ungute Gefühl zu vertreiben. Sie und Petra, sie waren Freundinnen. Das war es, was zählte. Mit Petra war sie nicht mehr allein, und das war schön und würde immer schön sein.

Januar 1956

FRÄULEIN LIEBE

»Willst du deine Frau lieben und achten und ihr die Treue halten alle Tage ihres Lebens?«

»Ja.«

»In guten wie in schlechten Tagen, in Gesundheit wie in Krankheit, bis dass der Tod euch scheidet?«

»Ja.«

Bei jedem Ja hatte Georg Eva tief in die Augen gesehen, und obwohl es sich hier wieder um Versprechen handelte, so nahm Eva jedes einzelne von ihnen heute gern an.

Über Weihnachten und den Jahreswechsel hatte sie noch mit sich gehadert, ob sie Georg wirklich heiraten wollte, ob sie überhaupt heiraten wollte. Aber dann hatte sie am Neujahrsmorgen die ersten Kindsbewegungen gespürt. Es hatte sich angefühlt, als würde ein kleiner Schmetterling seine Flügel ausbreiten und von innen gegen ihren Bauch flattern. Es war das schönste Gefühl, das sie je verspürt hatte. Und mit dem Glück, das sie damit erfüllt hatte, war ihr plötzlich klar gewesen, dass sie Georg heiraten wollte. Dass sie es eigentlich schon immer tief in ihrem Herzen hatte tun wollen, aber das Schicksal und das Leben hatten zwischendurch andere Pläne für sie gehabt.

Wie sie jetzt hier vor dem Altar im Mariendom stand, in einem weißen Spitzenkleid mit Glockenrock, der ihr bis zu den Waden reichte und den beginnenden Babybauch gekonnt kaschierte, Georg neben ihr in einem dunklen Anzug, der seine breite Brust noch mehr als sonst zur Geltung brachte, da war Eva glücklich.

Nach der Zeremonie wurden sie vor der Kirche von einer riesigen Festschar erwartet. Alle Arbeiter aus dem Sperrholzwerk waren angetreten und hielten Holzbögen hoch, die mit weißen Papierblumen geschmückt waren. Trotz des Schnees und der Kälte war Eva nicht kalt in ihrem Kleid. Die Aufregung und Freude wärmten sie von innen heraus. So viele Menschen waren gekommen, um dem Brautpaar zu gratulieren, das hätte Eva nicht für möglich gehalten. Neben den geladenen Gästen, Freunden und Familie waren auch fast alle Stammkunden der Buchhandlung da.

Der alte Seul hatte ihnen wieder seinen Käfer zur Verfügung gestellt. Diesmal samt seines Schwagers, der heute ihr Chauffeur war. Auf der Motorhaube hatte jemand ein Gesteck befestigt.

»Steigen Sie ein, Frau Neumann«, sagte Georg und hielt ihr die Beifahrertür auf.

Eva kletterte an dem nach vorn geklappten Sitz vorbei auf die Rückbank. »Frau Neumann, ich weiß nicht, ob ich mich daran je gewöhnen werde. Ich war so lange ein Fräulein.«

Georg nahm neben ihr Platz und zog sie zu einer Umarmung zu sich. »Für mich wirst du auch immer das Fräulein Liebe bleiben«, murmelte er.

Seuls Schwager startete den Wagen und fuhr los. Eva schmunzelte. Immer das Fräulein Liebe. Das gefiel ihr. Für Georg war sie immer Fräulein Liebe und für sich selbst auch. Genauso wie Georg für sie Georg war und immer Georg bleiben würde. Sie drehten eine kurze Runde durch die Stadt und fuhren schließlich unten am Rhein entlang. Die Rheinpromenade glitzerte im Schnee, und fast fühlte Eva sich, als wäre sie in einem Märchen, einem mit dem klassischen Ende: *Und dann lebten sie glücklich bis ans Ende ihrer Tage.*

Der Wagen hielt vor der Rheinkrone. Georg hob die Hand, verharrte dann aber mitten in der Bewegung. Er blickte Eva in die Augen. »Darf ich?«, fragte er und deutete auf ihren Bauch.

Eva lächelte. »Aber natürlich.«

Georg hob einen Mundwinkel zu einem schiefen Lächeln an und legte dann seine Hand auf ihren Bauch. Eva spürte die Wärme seiner Hand durch den Stoff, und sie spürte, wie das Flattern in ihrem Bauch wieder begann. »Es strampelt«, flüsterte sie.

Georg strahlte und küsste sie.

Dann blickten sie beide zu dem Hotel. »Bereit, Frau Neumann?«, fragte Georg.

Eva nickte. »Aber natürlich, Herr Neumann.«

Und dann stiegen sie aus. Machten zusammen die ersten Schritte in ihr neues Leben als Ehepaar und Familie.

Eva und Georg. Georg und Eva. Für immer.

Nachwort

Wie in Band 1 der Reihe, *Fräulein Liebe und das Glück der Bücher*, habe ich auch für diesen Roman wahre Begebenheiten mit Fiktion verwoben. Zu den realen Ereignissen zählen unter anderem der Aufruf von Freiwilligen zur Bundeswehr, die Hochzeit der Prinzessin Rose Margaretha von Hohenzollern auf Schloss Namedy sowie die Rückkehr vieler Spätheimkehrer aus Russland im Oktober 1955, welche der damalige Bundeskanzler Konrad Adenauer bei seiner Russland-Reise gefordert hatte.

In den Jahren 1954 und 1955 hat es tatsächlich keinen Rosenmontagszug gegeben, weshalb im Herbst 1955 der »Festausschuss Andernacher Karneval« gegründet wurde, der auch heute noch besteht. Im Buch erzähle ich davon, dass ein solcher Ausschuss in Planung war.

Die Schriftstellerin Anna Densing ist meiner Fantasie entsprungen, aber alle anderen Autorinnen, Autoren und Titel, die im Roman Erwähnung finden, sind real, die meisten Bücher auch heute noch lieferbar.

Nach Kriegsende dauerte es eine Weile, bis Verlage und Buchhandlungen ihre Arbeit wieder wie gewohnt aufnehmen konnten. Sie mussten dafür zunächst eine Konzession von den jeweiligen Besatzern erhalten. In Koblenz zum Beispiel war es die Buchhändlerin Anita Reuffel, die im Sommer 1945 als erste wieder Bücher verkaufen durfte. Damals noch aus der elterlichen Wohnung heraus.

Das Städtische Oberlyzeum für Mädchen – heute Bertha-von-Suttner-Gymnasium – war lange Zeit am Martinsberg untergebracht. Aktuell ist dort die Martinschule, eine Grundschule, zu finden. Das Gymnasium zog 1966 in einen Neubau an der Salentinstraße.

Auch die Buchhändlerschule ist mittlerweile umgezogen. Fanden die ersten Lehrgänge ab 1946 an der Universität Köln statt, so beschloss der Börsenverein des Deutschen Buchhandels Ende der 50er-Jahre einen Umzug nach Frankfurt. Im Sommer 1962 konnten die »Schulen des Deutschen Buchhandels« ihre neuen Räumlichkeiten im Frankfurter Ortsteil Seckbach beziehen. Auch heute noch werden dort Buchhändlerinnen und Buchhändler aus ganz Deutschland ausgebildet. Ich selbst habe zwei neunwöchige Kurse im Rahmen meiner Ausbildung zur Buchhändlerin in den Jahren 2001 und 2002 dort besucht. Seit 2009 nennt die Schule sich »Mediacampus«.

Mit *Fräulein Liebe und der Traum vom Leben* bin ich in die 50er-Jahre zurückgereist. Eine Zeit, in der das Wirtschaftswunder sich von seiner besten Seite zeigte. In fast allen Bereichen des Lebens herrschte wieder Fülle. Heute wird diese Zeit gern mit beschwingten Schlagern und luftigen Petticoat-Röcken in Verbindung gebracht. Dabei waren die Schrecken des Krieges noch lange nicht vergessen, ebenso wenig die Wunden. Die Rückkehr der Spätheimkehrer zeigt dies: Zahlreiche Männer hatten Schwierigkeiten mit dem normalen Alltag. Für viele Familien war es eine Belastungs- und Bewährungsprobe. Gerade, wenn die Frauen – wie Tante Maria im Roman – wieder neu geheiratet hatten.

Susanne Esser
März 2024

Danksagung

Mein erster Dank gebührt wieder Lieselotte Kriesmer. Ich hätte ihr gerne die Romane um Fräulein Liebe zu lesen gegeben, aber das ist leider nicht mehr möglich.

Der nächste Dank geht an meinen Schwiegervater Thomas Kriesmer, von ihm habe ich einige Anekdoten erfahren, die ich in den Roman eingeflochten habe.

Dann danke ich meiner Familie, die mich immer unterstützt und mir den Rücken freihält.

Ich danke meinem Agenten Dirk Meynecke und dem Team von Droemer Knaur, insbesondere meiner Ansprechpartnerin Julia Cremer und meiner Lektorin Dr. Clarissa Czöppan.

Des Weiteren danke ich meinen Testleserinnen Viola, Sarah und Nicola für ihr wichtiges Feedback.

Ich danke Olga für ihre Auskünfte und Melui und Keah für Motivation und Rückhalt.

Dank geht auch an Steffi und an Ulrike, die mir einen Einblick in das Leben und Arbeiten von Schwesternschülerinnen gewährt haben.

Ich danke Jenny, die mir alles rund um die Dauerwelle erzählt hat, auch wenn es davon nur ein Satz in das Buch geschafft hat.

Wieder möchte ich Herrn Dr. Kai Seebert vom Stadtmuseum Andernach meinen Dank aussprechen und Herrn Peter Bergmann-Franke vom Stadtarchiv für Einsicht in alte Aufzeichnungen und Zeitungen.

Eine große Liebe, eine bahnbrechende Erfindung und eine Frau, die die Welt verändert

ALEXANDER SCHWARZ

Bertha Benz und die Straße der Träume

Roman

Mannheim, 1888: Bertha Benz hat genug! Sie liebt ihren Mann Carl, bewundert den brillanten Ingenieur und glaubt fest an seine Vision einer pferdelosen Kutsche. Schließlich verbringt sie selbst genug Zeit in der Werkstatt und lässt sich alle Motoren und Maschinen erklären, die Carl sich ausdenkt. Und sie hat sich ihre Mitgift und einen Teil ihres Erbes noch vor der Ehe auszahlen lassen, um die Werkstatt zu finanzieren – gegen den zunächst entschiedenen Willen ihrer Eltern.
Doch nach einem Konkurs hatten Bertha und Carl lange Zeit ständig die Schuldner im Nacken und mussten mit ihren Kindern in bitterer Armut leben. Jetzt ist es an der Zeit, dass sich endlich etwas ändert! Aber Carl mit seinem Perfektionismus zögert und zögert. Also beschließt Bertha, das Steuer selbst in die Hand zu nehmen – im wahrsten Sinne des Wortes …

Die erste Romanbiografie über Bertha Benz – die Frau, die dem Automobil zum Durchbruch verholfen hat

KNAUR

Neubeginn zwischen Sommerglück und Sturmböen: Der Auftakt der großen Timmendorfer-Strand-Saga

ANNA HUSEN

DIE FRAUEN DER VILLA SOMMERWIND

Das Glück am Horizont

Roman

Das Ostseebad Timmendorfer Strand 1903: Henriettes Familie hat in dem mondänen Kurort eine Villa geerbt, aus der der Vater ein elegantes Hotel machen will. Die begeisterte Henriette wird schnell seine rechte Hand. Eines Tages landet die junge Frau ungeplant im Fischerdorf Niendorf, wo sie Ole kennenlernt. Trotz des Standesunterschieds ist es Liebe auf den ersten Blick – doch Henriettes Vater hat längst ihre Verlobung mit dem Sohn einer angesehenen Familie arrangiert. Als dann auch noch der Schatten des Ersten Weltkriegs auf den Kurort fällt, muss Henriette alles geben, um ihre Familie zu beschützen …

»›Das Glück am Horizont‹ […] enthält alle Zutaten für spannende Unterhaltung.«
Blog *Frau Goethe liest*

KNAUR

Zwei Schwestern – Erinnerungen,
die zur Zukunft werden – und eine große Liebe

DANI ATKINS

Was die Sterne dir schenken

Roman

Voller Sorge eilt die 32-jährige Lexi ans Krankenbett ihrer Schwester: Seit Amelia bewusstlos am Strand gefunden wurde, leidet sie unter rätselhaften Symptomen. Einerseits weist ihr Gedächtnis enorme Lücken auf – andererseits erinnert sie sich bis ins kleinste Detail an ihren Ehemann Sam und dessen Hund. Das Problem dabei: Amelia war nie verheiratet. Die Ärzte raten Lexi, so zu tun, als ob es Sam gäbe, um Amelias Genesung nicht zu gefährden. Widerwillig lässt sie sich darauf ein. Als sie eines Tages bei Amelias Haus am Strand spazieren geht, trifft sie dort einen Mann mit Hund, der exakt der Beschreibung von Sam entspricht. Doch der Name des Mannes ist Nick, und er ist Lexis Schwester noch nie begegnet …

»Dani Atkins schafft es mit ihren Büchern immer wieder, meine gesamte Emotionswelt vollkommen hochkochen zu lassen: Ich weine, ich trauere und ich verliebe mich.«

brigitte.de über *Bis zum Mond und zurück*

KNAUR